정 바른
욕 망

바른욕망

正欲

정
욕

朝井リョウ

아사이 료 지음
민경욱 옮김

REA∃bie

이를테면 길을 걷는다고 치죠.

그러면 다양한 정보가 눈에 들어올 겁니다.

하늘의 푸름, 사람들의 발소리, 낯선 지역의 자동차 번호, 색깔, 소리, 글자, 뭐든 좋습니다. 그저 걷기만 할 뿐인데도 시야는 온통 다양한 정보로 가득해집니다.

예전에는 그 정보들이 저마다 독립되어 있었습니다. 예를 들어 전차 벽에 쭉 붙어 있는, 영어 회화를 배우자거나 다이어트를 해 건강해지자는 식의 긍정적인 메시지들. 어릴 때는 그것들이 어디까지나 '영어 회화를 배우자.', '건강해지자.' 등 저마다 독립된 주장을 하는 듯 보였습니다. 이를테면 장소를 상점가로 바꿔도 마찬가지입니다. 오늘의 추천 상품이나 기간 한정 할인 세일 같은 화려한 디자인의 간판이나 전단도 저마다 독립된 주장을 하고 있다고 생각했습니다. 그때는, 길을 걸으면 자연스럽게 들어오는 온갖 정보를, 어디까지나 온갖 정보로만 생각했습니다.

그런데 조금씩 깨달았습니다. 얼핏 보면 독립되어 보이는 메시지가 사실은 그렇지 않음을. 세상에 흘러넘치는 정보는 거의 모든 작은 개울이 모이고 또 모여 커다란 바다를 이루듯, 이 세상 전부는 사람들 몰래 설정된 커다란 목표로 수렴되어 간다는 사실을.

그 '커다란 목표'를 단적으로 표현하면 '내일 죽지 않는 것'입니다.

눈에 들어오는 정보 대부분은 최종적으로 그 목표에 도달하기 위한 발판입니다. 어학을 공부해 능력을 키우는 일은 인간관계의 확장과 수입 증가로 이어집니다. 건강해진다는 건 그야말로 내일 죽지 않는 것과 이어집니다. 이 밖에도 다른 이와의 만남과 이성과의 관계 향상을 촉진하는 것, 절약하는 것…… 그 모든 게 '내일 죽지 않는 것'이라는 바다를 이루기 전의 강입니다. 우리는 어느새, 이 거리에는 내일(노래 가사처럼 '미래'라는 이름이 붙어 있는 이미지입니다) 죽고 싶지 않은 사람들에게 필요한 정보가 세세하게 쪼개져 흩어져 있음을 깨닫습니다.

이는 곧 【모든 사람이 '내일, 죽고 싶지 않아.'라고 느끼고 있다.】라는 대전제 아래 이 세상이 성립되어 있다는 말이기도 하겠죠.

무엇보다 '내일, 죽고 싶지 않아.'라는 것은, 어떤 상태일까요?

내일, 나아가 앞으로 이어질 먼 미래, 더 나아가서는 영원히 죽고 싶지 않은 사람들. 가장 전형적인 예는 인생을 함께하는 사람이 있는 사람이겠죠. 파트너나 아이가 있는 사람. 그 밖에도 부모, 형제, 친구, 애인, 반려동물까지 포함해 나 이외의 생명과 공생하는 사람들. 내 생명이 존재하지 않으면 생명 활동이 멈출 우려가 있는 생명체가 존재하는 경우 '내일, 죽고 싶지 않아.'라고 생각할 가능성이 클 겁니다. 생각한다기보다 무의식적으로 그런 상태가 된다는 게 적절한 표현이겠네요. 그리고 '내일, 죽고 싶지 않아.'라는 상태에 해당하는 사람은 자신이 그런 상태에 있음을 자각하지 못하는 경우가 대부분입니다. 그러므로 누군가가 '인간은 왜 살아야 하나.', '살아야 할 의미가 도대체 어디 있느냐.'와 같은 의문을 드러내면, 작년 여름은 더웠다고 말하듯 "내게도 그런 때가 있었지." 따위의 말을 할 뿐입니다.

한심한 대답입니다.

"그런 생각, 젊었을 때는 자주 했지.", "그런 생각 해 봤자 소용없어. 그저 매일 살아 내야지.", "인생의 의미는 죽는 순간 알게 되지 않을까?", "오히려 그런 고민을 하고 있다니 부럽네. 눈앞의 집안일과 회사 일로 정신없는데."

이런 말들은 모두, 인생에, 자연스럽게 타자(他者)가 나타나 준 사람들의 얘기입니다. '내일, 죽고 싶지 않은' 사람들이 일상을 문제없이 보내기 위한 방패로 쓰기 위해 갈고닦은 말들입니다.

그런 사람들이 세상 대다수를 차지하고 있으니, 그런 사람들을 바탕으로 이 세상의 목표가 형성된 것은 자연스러운 일이라고 생각합니다.

그리고 지난 몇 년 사이, 행복에 다양한 형태가 있다는 풍조가 강해졌습니다. 가정이나 아이를 가지지 않는 인생. 결혼하지 않는 사실혼, 동성혼, 폴리아모리*, 에이섹슈얼**, 논섹슈얼***, 세 명 이상 또는 혼자 살기로 선택한 인생. 다양성이라는 단어가 시민권을 얻어 사람들이 저마다 본인의 기쁨을 당당히 드러내고 서로 인정하는 흐름이 정착하고 있습니다. 목표는 저마다 다르죠. 시대가 변했어요. 과거와 지금은 달라요. 상식과 가치관이 변했어요. 그렇게 당당하게 선언하는 정보를 접할 기회가 훨씬 늘어났습니다.

이 글을 읽고 있는 당신은, 아마도 저와 같은 생각일 겁니다.

시끄러워, 입 좀 닥쳐!

다양성, 이 단어 속에는 축복과 비슷한 이미지가 담겨 있는 것 같습니다.

자신과 다른 존재를 인정하자. 내가 다른 사람과 다르더라도 당당하게 가슴을 펴자. 나답다는 데 당당해지자. 타고난 속성을 다른 이가 판단하는 건 틀렸다.

가슴이 상쾌해질 정도로 축복이 반짝이는 말입니다. 하지만 이것들은 결국, 소수자 가운데서도 주류에게만 해당하는 말이자 말하는 사람이 상상할 수 있는 범위 안의 '자신과 다른 것'에만 해당하는 말입니다.

상상을 초월한 나머지 이해하기 힘든, 직시할 수 없을 만큼 혐오스러워 거리를 두고 싶어지는 것에는 단단히 뚜껑을 덮는 사람

● Polyamory. 다자간 연애
● ● Asexual. 연애 감정도 성적 욕구도 느끼지 않는 성적 취향
● ● ● Nonsexual. 연애 감정은 있으나 성적 욕구는 느끼지 않는 성적 취향

들이 자주 사용하는 말들이죠.

　저는 줄곧 이 별에 유학을 와 있는 느낌입니다.
　있어서는 안 될 장소에 있는, 그런 심정입니다.
　타고난 나다움을 당당하게 여기자는 마음 따위 조금도 가져 본
적 없습니다.
　저는 제가 너무 끔찍합니다. 그리고 이런 저에게 절대 관심을
품지 않을 타자를 거부하면서 한편으로는 그 탓에 오히려 나를 끊
임없이 생각할 수밖에 없는 인생이 너무나 허무합니다.
　그러므로 축복 어린 얼굴로 "다들 달라도 괜찮아."라고 양손 벌
려 환영해도 곤란할 뿐입니다.
　나라는 인간은 사회로부터 확실히 선을 긋고 살아야 한다고 생
각하므로.
　그냥 놔두길 바랍니다.
　그냥 놔두기만 하면 알아서 살 테니까.

　하지만 왠지, 사회는, 사람을 그냥 놔두지 않습니다.
　특히 조직 속에서 일하고 있으면 그런 느낌이 강해집니다. 인간
은 다른 이의 뒤를 캐는 걸 정말 좋아합니다. 누군가의 타고난 속
성이므로 다른 이가 함부로 판단해서는 안 된다고 말히면서, 태어
났기에 그 사람이 손에 넣은 것이나 넣지 못한 것 모든 정보를 총
동원해 그 사람을 가차 없이 판단합니다.
　최근 들어 알게 된 게 있습니다.

그것은, 사회의 이목을 끌지 않으려면 사회의 일원이 되는 게 가장 빠른 방법이라는 점입니다. 아이러니죠. 하지만 사실입니다. 참고로 사회의 일원이 된다는 말은 즉 이 세상이 설정한 커다란 목표에 이르는 흐름에 올라타는 겁니다. 강줄기의 하나가 되어 바다를 목표로 하는 것. 그러면 다른 이의 참견이 적정한 수준으로 줄어듭니다. 내 생명이 존재하지 않으면 생명 활동이 멈출 우려가 있는 생명체 옆에서 '내일, 죽고 싶지 않아.'라고 생각하며 살 수 있으며, 사회가 당신을 가만 놔둘 가능성이 큽니다.

　마지막으로 하나만 더.
　이를테면 길을 걷고 있다고 치죠.
　'내일, 죽고 싶지 않아.'라고 생각하면서.
　세상에 흘러넘치는 저마다의 정보가 수렴되는 커다란 목표를, 의심 없이 바라보면서.
　그때, 너무나 익숙한 이 세상이 어떻게 보일지, 저는 알고 싶습니다.
　사실은, 그저 그게 전부일지 모르겠네요.

　여기까지 읽었다면, 이걸 제게 돌려주세요.
　이다음 이야기는, 육성으로 직접 전할 생각입니다.

■ 아동 성 착취물 적발, 초등학교 기간제 교사와 대기업 직원, 대학에서 유명한 준(準)미스터 미남까지. 녹음으로 우거진 공원에서 개최된 소아성애자들의 '파티'

'그럼, 내일 오전 11시니까 잘 부탁드립니다. 이번 만남을 기대하겠습니다.'

적발된 사사키 요시미치 용의자(30)는 '파티'에 참가할 사람들에게 커뮤니케이션 앱을 통해 이렇게 전했다. 이 너무나 차분한 내용이 오히려 이 끔찍한 '파티'가 그들에게는 얼마나 자연스러운 것이었는지를 알려 주는 듯해 더 불온하다.

7월 16일, 가나가와현 소속 경찰 등 7개 현의 경찰로 구성된 합동 수사본부는 남아의 성희롱 영상을 촬영한 등의 혐의로 사사키 등 3명을 체포, 검찰 송치했다고 발표. 압수된 영상은 합계 천 점 이상, 피해 아동은 적어도 열다섯 명에 달한다.

■ 발각은 의외의 경로로

수사로 밝혀진 사실은 사랑스러운 아이들 바로 곁에 '소아성애자'가 숨어 있다는 충격적인 진실이다. 주말 한적한 주택가 공원, 모여든 아이들에게 다양한 도구를 주고 마치 자원봉사를 하는 착한 사람들인 양 함께 신나게 노는 어른들. 그들이 도착적인 성욕을 지닌 사람들이라고 누가 상상할 수 있었겠는가. 아이가 있는 부모에게 이보다 더 용서할 수 없는 범죄는 없을 것이다.

이번에 체포된 3명은 초등학교 기간제 교사인 야타베 요헤이 용의자(24), 국공립대학 3학년 재학생인 모로하시 다이야 용의자(21), 그리고 앞서 쓴 메시지의 작성자이자 '파티'의 리더이며 대형 식품 회사에 근무하는 사사키 요시미치 용의자. 이 '파티'의 존재가 발각된 것은 뜻밖의 사건을 통해서다.

"계기는 올해 6월, 도쿄도 안에서 16세 소년이 보호되었습니다. 그 소년이 조사를 받으면서 금전을 받고 인터넷으로 만난 남자와 성적 관계를 맺었다고 밝혔습니다. 그 남자가 바로 이번에 체포된 사람 가운데 하나인 야타베였습니다(수사 관계자)."

그 후 수사본부는 야타베의 자택을 수색해 대량의 동영상과 사진이 담긴 컴퓨터와 휴대전화를 압수했다.

"소년의 속옷을 벗겨 성기를 잡고 주무르는 동영상을 비롯해 이 밖에도 내용을 자세히 밝힐 수 없을 만큼 끔찍한 데이터가 속속 발견되었습니다. 보호된 소년 이외에도 피해자가 다수 존재할 것으로 예상되어 커뮤니케이션 앱 이력을 샅샅이 뒤진 결과, 공원에 모여 그곳에 온 아이들과 교류하는 '파티'의 존재가 드러났습니다. '파티'란 사사키가 리더를 맡은 그룹으로, 그곳에 야타베도 참가했습니다(위와 동일)."

수사 관계자의 말이 이어진다.

"최근 점점 엄격해지고 있는 아동·청소년 성 착취물 금지법에 걸리지 않을 구멍을 찾아내려 한 '파티'는 매우 교묘한 수법으로 아이들에게 접근했습니다. 그들의 수법은 일단 여름철 공원에서 무상으로 물대포 같은 놀이 기구를 나눠 줍니다. 그러면 아이들은 물과 땀에 젖은 옷을 자연스럽게 벗을 테고 어른은 젖은 아이들의 몸을 닦아 줘야 합니다. 그때 신체 접촉을 시도하거나 사진이나 동영상을 찍었습니다. 그 밖에도 다친 아이에게 약이나 모기 물린 데 바르는 연고 등을 발라 주며 접촉하고 그 모습을 촬영한 것도 발견했습니다. 물론 그 동영상과 사진은 파티 일원들이 공유했습니다(위와 동일)."

■ 아무것도 몰랐던 가족, 친구들

"'파티'의 리더인 사사키에게는 아내가 있는데 충격이 컸는지 집 안에 틀어박혀 있다고 합니다. 사사키는 근무한 식품 회사에서 신상품 개발을 맡는 등 기대를 모으고 있던 인재라 그 영향도 헤아릴 수 없을 겁니다. 본인도 변호사와 제대로 대화할 수 있는 상황이 아니라고 합니다. 또 사사키와 함께 체포된 모로하시는 학교 축제의 미스터 선발 대회에서 준미스터가 될 정도로 미남이라 캠퍼스에서도 큰 소동이 일어났습니다. 댄스 이벤트에도 출연한 바 있는 유명인이었습니다(위와 동일)."

모 대학 3학년에 재학 중인 모로하시 다이야의 친구에게도 이야기를 들었다.

"캠퍼스에서 미남으로 유명했어요. 내 친구 중에서도 그를 짝사랑한 사람이 있어서 다들 놀랐죠(모로하시 용의자와 같은 대학 친구)."

모로하시 다이야 용의자(사진은 소속한 동아리의 인스타그램에서 발췌)

■ '파티'의 세 가지 규칙

"이번 사건의 무서운 점은 도쿄도에서 보호된 소년이 야타베의 이름을 대지 않았다면 아마도 줄곧 밝혀지지 않았을 것이라는 점입니다. 그만큼 철저하게 정보를 잘 관리했습니다(다른 수사 관계자)."

'파티'에는 엄격한 세 가지 규칙이 있었다고 한다.

"첫째는 '원하는 동영상을 촬영할 때는 최대한 다른 사람이 보지 않는 환경에서 한다.', 둘째는 '촬영한 사진이나 동영상을 관계없는 제삼자에게 넘기지 않는다. 인터넷에도 올리지 않는다.', 셋째는 '촬영한 동영상과 사진을 공유할 때는 최대한 직접 만나서 한다. 그게 어려울 때는 메일로 주고받아도 되나 그 이력은 반드시 삭제한다.' 이 세 가지입니다. 데이터로 꼬리가 잡히지 않도록 한 겁니다. 이 규칙으로 인해 피해 아동들의 사진 등이 세상에 퍼지지 않은 점이 불행 중 다행이라 할 수 있겠습니다(위와 동일)."

다만 이는, 이번 적발된 사건이 빙산의 일각에 불과하다고 받아들일 만한 이야기다. 우리가 모를 뿐 비겁한 수법으로 아이들을 성적으로 착취하는 어른이 널려 있는 것이다.

■ 사사키는 혐의를 부인

놀랍게도 '파티'의 리더를 맡은 사사키는 혐의를 부인하고 있다.

"야타베는 혐의를 거의 인정했으나 모로하시는 묵비권을 지키고 있고 사사키는 부인하고 있다고 합니다. 도무지 이해할 수 없는 주장을 되풀이하는 듯한데 정신감정을 받으려는 속셈일지도 모르겠습니다. 불기소처분을 받더라도 근무하던 식품 회사에서는 해고될 테고 이혼도 피할 수 없을 겁니다. 그보다 그렇게 많은 양의 사진과 동영상이 발견된 만큼 불기소처분은 있을 수 없겠죠(위와 동일)."

본 취재진은 사사키의 자택 근처에서 귀가 중인 아내에게 말을

걸었다. 남편 이야기를 꺼내니 아내는 고개를 숙이고 재빨리 집으
로 들어가 바로 문을 잠가 버렸다.

그곳은 너무나도 평범하고 한적한 주택가. 착한 이의 가면을 쓴
악마는 당신 곁에 있을지도 모른다.

2019년 7월 ×일 업데이트
특집 〈'아동 성 착취물' 악마는 당신 바로 곁에〉

데라이 히로키
2019년 5월 1일까지, 515일

이상한 사건투성이다. 데라이 히로키는 인터넷 뉴스 제목을 바라보면서 우두커니 그렇게 생각했다.

아침 식사 자리에서 종이 신문만이 아니라 인터넷 뉴스까지 함께 본 게 언제부터였더라. 히로키는 쌀밥을 씹으면서 종이와 인터넷 양쪽을 훑어보며 잠든 사이 쉴 새 없이 업데이트된 세상의 사건을 파악했다. 이렇게라도 해야 수면이라는 형태로 사회와 격리되었던 몇 시간의 빈틈을 간신히 메울 수 있을 듯했다.

구운 연어 지방에서 풍기는 달콤함에 쌀밥을 입으로 가져가는 젓가락의 움직임이 빨라졌다.

지난 몇 년간, 매일 아침 뉴스를 확인할 때마다 자신이 어릴 때 상상했던 사회의 형태와 현실이 전혀 다르다는 것을 강하게 인식했다. 임금수준이 하염없이 추락한다거나 결혼이나 출산이 사치품이 된 상황, 정치가가 이토록 뻔뻔한 거짓말을 하고 공문서를 마구 뜯어고치다니……. 이 모든 일은 과거의 자신이 전혀 상상하지 못한 사회의 형태였다. 하지만 검사라는 일을 계속해 오는 동안 그런 사건은 별의 개수만큼이나 많고, 그중에서도 일등성만큼 빛나야 겨우 그 잔광이 뉴스 제목이 되어 대중의 눈에 닿는다는 사실을 뼈저리게 느꼈다. 젊었을 때는 시간만 흐르면 다 잊히는 게 안타까웠다. 하지만 지금은 신이 이 세상 사람들을 위해 망각이라는 기능을 마련해 준 것처럼 느껴졌다.

'하지만' 히로키는 각 보도 속에 숨은 피해자의 심정을, 그곳에 배어 있는 쓰디쓴 고통을 느껴 보려 했다. 다양한 현실을 알고 있는 지금이야말로 검찰 조직이 목표로 하는 사회정의의 실현, 그 일익을 담당하는 사람이 되기로 결의한 순간을 잊고 싶지 않다.

"참! 오늘 저녁부터 비가 내린대."

부엌에 선 유미가 싱크대 안에서 부지런히 손을 움직이고 있다. 이 집을 지을 때 아내 유미가 가장 신경 쓴 부분이 부엌 주위의 동선이다. '분명 여기가 내 방이나 마찬가지일 테니까.' 유미는 그렇게 말했다. 그 말이 히로키에게는 너무나 익숙한 '사회'의 형태였으나 요즘 그런 말이 건설 회사 광고에 등장하면 순식간에 엄청난 비난을 받을 것이다. 사실 일시적인 상황이기는 하지만, '전업주부'라는 지금 유미의 상태가 드문 일로 받아들여지는 시대가 된 것이다.

사회는 날마다 변한다. 가치관, 사고방식, 상식, 어제는 이랬던 게 오늘은 그렇지 않게 된다. 가치관을 재는 눈금이 항상 흔들리는 시대이므로 법 아래의 평등만은 지켜야 한다고 히로키는 생각했다.

"비라."

일기예보 앱을 누르고 화면을 조금 눈에서 떼어 낸다. 사십 대 후반을 넘어서자, 물리적 의미에서 사회를 보는 눈이 변했다. 노안이 시작된 것이다.

"밤까지 추적추적 내린다고 하니까 접이 우산이 좋지 않을까? 아마 현관 신발장에 있을 거야."

"응, 고마워."

히로키는 휴대전화를 뒤집어 놓고 아침 식사로 시선을 떨어뜨렸다. 유미는 매일 아침, 히로키를 위해 일본식 아침을 준비한다. 아들 다이키가 매일 아침 배가 아프다고 해서 소화하기 쉬운 리소토 같은 걸 만들게 된 이후로도 히로키에게는 여전히 일본식 아침을 차려 준다.

매일 아침, 여러 종류의 식사를 준비하는 번거로움을 번거롭게 여기지 않고 받아들여 주는 아내에게 히로키는 진심으로 감사한다. 다만 동시에 그 번거로움을 받아들일 여유로운 환경을 만드는 게 바로 자신의 급여라는 생각을 어렴풋이나마 품고 있다.

생활을 지켜 주는 아내에 대한 감사와 생활비를 버는 자신의 수고. 각각 다른 방에 넣어 두어야 하는 감정인데 때로 폐유처럼 변한 그 감정이 스르륵 서로 섞이고 만다. 다른 차원의 우주가 뒤섞이는 듯한 그런 감정은 경찰에서 검찰 송치된 서류를 읽을 때도 종종 일어나는 현상인데, 히로키는 다양한 사건을 담당하며 자기 안의 뜻밖의 부분을 자각하고는 했다.

"그러고 보니, 전에 얘기한 다이키 공부, 어떻게 생각해?"

"공부?"

히로키는 기억을 더듬었다. 다이키의 공부라. 그런 얘기를 한 적 있나?

"그거 말이야, 비영리단체 얘기. 기억 안 나? 등교 거부 학생의 기초 체력을 길러 준다고 했나. 몇 번 말했잖아? 호도가야 공원에서 한다는 거."

"아, 그거."

히로키는 고개를 끄덕이며 아예 처음부터 비영리단체라는 단어를 꺼냈으면 좋았을 게 아닌가 하고 생각한다. 한 주제에 대해 시간을 두고 다시 거론할 때는 주제를 상징하는 키워드를 통일해야 한다. 전에 얘기할 때 유미는 '공부'라는 말을 쓰지 않았다.

히로키는 거기까지 생각하다 지금 본인이 집에 있다는 것을 깨닫고 자제했다. 얼마 전, 젊은 연수생들과 교류할 기회가 있었는데 그들의 미숙한 정보 전달력에 짜증이 나는 일이 많았다. 그런 감정을 가정까지 끌고 들어와서는 안 된다.

"연초에 체험회 같은 게 있다고 들었어. 주말이나 휴일에 같이 가 볼래?"

유미는 일단 자기 혼자라도 괜찮다고 덧붙이며 가볍게 물로 씻은 식기들을 식기세척기에 넣었다. 아들의 사립 초등학교 입학에 맞춰 인테리어에 힘을 쓴 단독주택. 그 모든 게 갖춰졌을 때 히로키는 지금까지의 사십여 년 인생이 마치 퍼즐처럼 아름답게 맞춰지는 듯했다. 그 후 다이키가 기적적으로 합격한 초등학교를 3학년부터 다니지 않게 될 줄은 전혀 상상하지 못했다.

　검사는 근속 연수와 상관없이 이삼 년마다 계속 전근을 다녀야 한다. 하지만 히로키는 최근 몇 번의 이동을, 집을 지은 요코하마시 미나미구에서 통근할 수 있는 범위에서 지켜 냈다. 단신 부임을 희망하지 않는 이유로 아들이 희망한 사립학교에 합격했다고 보고하자 인사 위원회에 있는 동기로부터 "아들, 잘됐네!"라는 축하 인사를 받기도 했다.

　그랬는데.

　"일단 체력보다 학력을 고려해야 할 듯한데."

　"그것도 알아. 하지만 말이야."

　유미에게 가세하듯 땡 하고 오븐 토스터가 소리를 낸다.

　"쟤, 그냥도 집에서 안 나간다고. 그러니 추워지면 아무 데도 안 나갈 거야. 최근에는 제대로 걷지도 못하는 것 같아. 그러면 막상 학교에 갈 상태가 되어도 몸이 따라 주지 않을 거야."

　지금으로부터 반년 이상 전, 다이키는 오랜만에 등교에 도전했다. 당시에는 아직 학교에 가지 않는 데 죄책감이 있었던 듯하고 학년이 올라가 반이 바뀐 점도 영향을 주어 초등학교 4학년이 된 4월 중에 며칠, 책가방을 메고 집을 나섰다. 하지만 종례가 끝날 때까지 교실에 있지 못했다.

　중간부터 너무 힘들었어. 다이키는 집에 돌아와 눈에 보이지 않는 곳에 책가방을 놓고 고개를 떨구며 그렇게 말했다고 한다. 유미가 뭐가 힘들었냐고 묻자, "음." 하고 오래 신음하더니 그냥 몸이라고 중얼거렸다고 한다. 우연히 그때 유미가 읽는 책에 '등교 거부 하생은 학력보다 먼저 일정 시간 의자에 앉아 있거나 온종일 학교에서 보낼 체력이 사라지는 경향이 있습니다.'라는 문장이 있었던 모양이다. 원래 간호사로 일했던 유미의 생각과도 맞아떨어져 이후 유미는 다이키의 체력 향상을 최대 과제로 설정하고 있다.

"체력, 체력 하는데 문제의 본질을 외면하는 느낌이야."

쿵쿵. 히로키의 말을 가로막듯 계단을 내려오는 발소리가 들렸다.

"엄마."

발소리 사이로 틈틈이 한없이 늘어진 목소리가 들려왔다. 히로키는 그대로 멈췄던 젓가락을 다시 움직이기 시작했다.

"나, 배고파……."

찰칵 소리를 내며 열린 문 너머에서 어머니의 사랑으로 짠 듯한 잠옷을 입은 소년이 나타났다. 히로키는 자기가 곧 초등학교 5학년이 되려 했을 때 저렇게 몸과 마음이 유약했는지 떠올렸다. 물론 어디에도 정답이 없을 이런 비교는 아무 의미 없는 짓임을, 이제는 지긋지긋할 정도로 잘 이해하고 있다.

다이키와 눈이 마주쳤다. 그 얼굴근육이 중력에 무너진다.

늘 자신이 아침을 먹는 장소에서 아버지의 모습을 발견하면 다이키는 응석 어린 목소리로 상징되는 상쾌한 분위기를 쓱 자기 안에 집어넣어 버렸다.

"여기서 먹을래?"

다정하게 묻는 유미에게 다이키는 고개를 흔든다. 히로키는 그
동작을 보며 지난주, 다이키의 주장에 자신이 탐탁지 않아 하며
NO를 표명한 사실을 떠올렸다. 다이키는 유미에게 아침 식사가
담긴 쟁반을 받아 그대로 히로키에게 등을 돌리고 2층으로 이어
진 계단으로 사라졌다.

침묵이, 식당을 뒤덮는다.

섬세한 아이를 다시 학교로 돌려보내는 게 잔혹하다 느껴지는
마음은 히로키에게도 있다. 하지만 그와 똑같은 비중으로, 이대
로 계속 자기 집이라는 완벽하게 안전한 장소에서 아들을 지켜 줄
수는 없다는 초조한 마음도 있다. 히로키에게는 외아들의 몸과 마
음이 유연제를 잔뜩 사용해 세탁한 잠옷에 맞춰 점점 변형되는 듯
보였다.

애정 결핍, 과잉보호, 육아 방기, 아이를 떼어 내지 못하는 한
심한 부모. 지금의 아들에게 학교에 가라 해도, 가지 말라고 해도
어쨌든 부정적인 말을 들을 것만 같다. 아무도 정답을 알려 주지
않았고, 어떤 방법을 선택해도 틀렸다는 말만 들을 것 같다.

매일 아침 눈을 뜰 때마다 날마다 바뀌는 사회의 불확실한 상황
과 다이키를 둘러싼 문제를 그저 보류하고 있을 뿐이라는 확연한
현실이 히로키의 모든 오감을 조용히 봉인했다. 시각도 청각도 빼
앗긴 듯한 그런 불안을 얼버무려 주는 것은, 지금 자신이 있는 이
공간은 틀림없이 내 노력으로 손에 넣은 거라는 사실뿐이었다. 이
장소만 존재한다면 앞으로 어떤 상상하지도 못한 상황이 펼쳐지
더라도 살아갈 수 있으리라. 아직 대출은 남아 있지만 무엇보다

이 공간이 히로키의 정신을 지켜 주고 있었다.

"연호가, 정말 바뀌겠네."

어느새 건너편에 앉은 유미가 테이블 위에 펼쳐진 신문에 시선을 떨구고 있었다.

2017년 12월 2일. 오늘 날짜 바로 아래에는 천황의 생전 퇴임이 결정되었음을 알리는 기사가 있다.【천황 폐하의 퇴위 일정을 의논하는 황실 회의가 1일 오전, 궁내청에서 열렸으며, 회의 결과 폐하는 2019년 4월 30일에 퇴위하는 일정이 결정되었다.】기사에 따르면 살아 있는 천황의 퇴위는 1817년 고카쿠 천황 이후 약 이백 년 만이라고 한다.

"뭐가 될까? 뭐, 아직 일 년 반 뒤의 일이기는 하지만."

히로키는 된장국을 다 들이켜고 젓가락을 놓았다.

그다지 현실감이 없는 일이라고 말을 이으려는데 유미가 조용히 입을 열었다.

"순식간이잖아."

일 년 반은.

유미는 그렇게 중얼거리고 신문을 뒤집어 TV 프로그램 편성표를 봤다. 다이키가 학교에 가지 않은 지 이제 일 년 반쯤 되었다.

요코하마 시영 지하철, 통칭 블루 라인의 구묘지역과 마이타역 사이에 있는 주택가는 고지대로 이루어져 있다. 각 역에서 집에 가려면 급경사의 언덕을 열심히 올라야 하는데 매일 아침 등청(登廳)을 위해 역으로 향할 때는 눈 아래 펼쳐진 거리로 부드럽게 착

룩하는 듯한 감각에 사로잡힌다. 히로키는 자신이 토해 낸 하얀 입김을 가르며 잰걸음으로 역으로 향했다. 오늘은 토요일이지만 조사가 있다. 요코하마 지방검찰청과 가장 가까운 역인 간나이역까지는 마이타역에서 블루 라인으로 겨우 네 정거장.

평일 출근 시간에 등청할 때는 언제나, 집에서 역까지의 길에 다이키 정도 키의 아이들이 있었다. 형형색색의 책가방을 흔들며 저마다의 보폭으로 학교로 향하는 그 모습이 지금의 히로키에게는 너무나도 듬직하고 또 용감하게 보였다.

자신의 발소리가 깊은 한숨을 붙잡는다. "그런 깊은 한숨, 늙는다." 지금은 유미의 그런 잔소리를 신경 쓰지 않아도 된다. 통근은 자연스럽게 나만의 시간을 만들어 준다는 점에서 지금 히로키에게는 너무나 소중한 시간이었다.

다이키가 학교에 다니지 않게 되었을 때 히로키는 우선, 상사와 동료에게 알려서는 안 된다고 생각했다. 미나미구에 단독주택을 산 것, 그리고 다이키가 희망하는 사립 초등학교에 합격한 사실을 담보로 먼 지역의 이동을 면제받았으므로 담보 중 하나가 무효가 되었다는 사실은 최대한 비밀로 하고 싶었다. 그러나 조직 생활하는 사람의 인사에 관한 관심은 절대 얕봐서는 안 되는 부분이라, 이미 소문은 어디선가 새어 나와 퍼지고 있는 듯하다.

'스쿨 존'이라는 하얀 글자가 무슨 그림자처럼 도로에 잔뜩 길게 뻗어 있다.

늘 이 근처에서 보는 아이들은 모두 통학하며 깡충깡충 뛴다. 친한 친구끼리 이제부터 갈 학교 생각에 기뻐 어쩔 줄 모르는 듯하다. 그 조그만 몸들은 모두 고무공이 통통 뛰듯 활기차다.

이제 학교는 필요 없는 존재가 되었어. 다이키의 주장을 이 아이들이 듣는다면 어떤 표정을 지을까?

결석 초기, 다이키는 학교에 가지 않는 데 죄책감을 안고 있었다. 딱 보기에도 의기소침해 있는 아들에게 시끄럽게 잔소리하기는 꺼려졌다. 하지만 히로키는 다양한 범죄 가해자를 봐 온 경험을 통해 사회의 평범한 길에서 벗어난 인간의 무시무시한 추락을 알고 있기에 안타까운 마음을 품을 수밖에 없었다.

히로키는 이제까지의 검사 인생을 통해 인간에게는 당연히 걸어야 할 평범한 길이 있다고 배웠다. 기본적인 요소를 말하자면 배가 고프면 먹는다, 피곤하면 쉰다, 밤에는 잔다, 추우면 따뜻한 곳으로 간다, 그런 수준의 일들이다. 하지만 이 길에서 벗어난 사람들은 의외로 많고 그 사람들과 범죄와의 거리는 아주 가까워진다. 굳이 더 말하자면 가족에게 사랑받고 자라고 좋은 친구와 연인을 만나고 학교를 졸업해 사회인이 되어 자신의 생활 기반을 쌓는 길 안쪽에 사는 한 사람은 범죄에 손댈 확률이 극히 낮아진다. 다만 어떤 환경에서 태어나는지는 자신이 정한 게 아니므로 어쩔 수 없을지 모른다. 그렇기에 오히려 스스로 그 길에서 벗어나려는 사람을 만나면 히로키는 격렬하게 초조한 마음을 품게 되었다.

그래서 히로키는 다이키가 학교로 돌아가길 바랐다. 다행히 일반적인 삶 속에 있었는데 그것을 스스로 놓아 버리는 어리석음을 알길 바랐다. 그저 아들이 걱정되었다. 하지만 히로키가 그런 마음을 전할 때마다 다이키의 얼굴근육은 중력에 무너지고 말았다.

다이키는 곧 대답 자체를 피했고 히로키도 점차 의사소통 자체를 포기했다. 그것은 다이키에 대한 배려라기보다 히로키의 마음속에 있던 '언젠가 시간이 해결해 주겠지.'라는 낙관적인 생각에 매달리고픈 안일함이기도 했다. 또 육아에 관해서는 이제까지 거의 유미에게 일임했기에 솔직히 마음을 닫은 아들을 어떻게 대해야 할지도 몰랐다.

그 후 남아도는 시간을 감당하지 못한 다이키가 유미의 스마트폰을 만지기 시작하며 사태가 변했다. 다이키는 '등교 거부' 즉 '앞으로의 시대, 학교는 더 이상 필요하지 않다고 설득'해 주목을 얻은 초등학생 인플루언서에게 경도되었다.

그날, 히로키는 집에서 저녁을 먹었다. 하지만 성가신 부인 사건[*]을 처리하고 있어서 집에 있으면서도 정신적 여유가 없었다. 그래서였을까. 상장이라도 자랑하듯 다이키가 내민 동영상의 내용은 자신도, 놀랄 만큼 받아들이기 어려웠다.

【"우리는 저마다 다른데 같은 모습으로 똑같은 수업! 너무 바보 같아!"】

【"학교, 너무 후지지 않나요? 내가 좋아하는 걸 공부하는 게 훨씬 좋아!"】

【"내가 보기에는 다들 세뇌당했어. 학교 공부, 사회에 나와 제 역할을 한다?"】

동영상에는 다이키와 또래일까, 가냘픈 소년이 열심히 양손을

● 피고인이 혐의를 부인해 법정 공방이 예상되는 사건

움직이면서 말하는 모습이 찍혀 있었다. 아직 변성기도 지나지 않은 높은 목소리가 목젖이 생길 조짐도 없는 매끄러운 목을 통해 나왔다. 육체를 형성하는 모든 부분이 아직 다 완성되지 않은 모습에서 나오는 주장은 자신이 학교에 가지 않기로 선택했다는 현상만을 드러낼 뿐이었다. 십여 년 후, 자기와 같은 또래들이 학교라는 장소에 거의 가지 않을 나이가 되었을 때 이 소년은 도대체 무엇을 소리 높여 주장할지, 히로키는 오히려 그게 더 흥미로웠다.

【"앞으로는 개인의 시대, 학교에서의 배움은 이제 의미가 없어! 사회는 변했어! 그걸 깨닫지 못한 어른이 많을 뿐!"】

다이키는 동영상 재생이 끝나자, 마치 그 소년이 옆에 있기라도 한 듯한 얼굴로 말했다.

"나도 이 애처럼 학교에 가지 않고 내가 하고 싶은 일을 하고 싶어."

히로키는 다이키를 바로 앞에 앉혔다. 그리고 침을 튀기면서 말했다. 그러다가 자신이 지금 정말 아들을 바른길로 이끌기 위해 말하고 있는지, 아니면 그 얄팍한 사고에 대한 혐오감을 엔진 삼아 가학적인 말을 하고 있는지조차 알 수 없는 상태가 되었다. 다만 솟아 나오는 말이 자신을 추월하는 듯한 감각은 피의자의 자백을 독촉할 때의 감각과 비슷했다.

다이키의 얼굴근육은 점점 중력에 져 흘러내렸다. 화나거나 겁을 먹었다기보다 이 사람에게 설명해도 소용없다는 듯한 표정에 히로키의 짜증은 점점 더 늘어만 갔다.

"나는 솔직히, 억지로 학교에 보내는 게 정답인지는 잘 모르겠어."

그날 밤, 잠자리에 들자 나란히 누운 유미가 갑자기 그렇게 읊조렸다. 유미는 히로키에게 몸을 돌리지도 않고 똑바로 누워 천장을 바라보며 말했다.

"학교는 끝내 학급 앙케트 조사 결과 괴롭힘은 발견되지 않았다는 말만 되풀이하고 있잖아. 억지로 학교에 보냈다가 또 안 좋은 일이 일어나면 곧바로 학교에 못 가게 될 것 같아. 다이키는 섬세한 아이라 남자애들끼리 있을 때의 분위기나 노는 방법과 안 맞는다고 생각해. 유치원 때부터 그랬어. 사립이라도 다양한 애가 있고 애당초 사람이 많은 장소와 안 맞는 듯도 하고."

히로키는 옆에서 눈을 감고 있었다. 그런 말은 정말 듣고 싶지 않아 한 행동인데 어둠 속에서 눈을 감고 있자니 청각이 더 예민해졌다.

"학교만이 전부가 아니라는 말에 힘을 얻었다고 생각해. 시대적으로도 학교에 가서 취직하는 것과는 다른 형태로 살 수 있는 사회가 될지도 모르고."

스쿨 존을 빠져나오자, 거리의 풍경이 주택가에서 시가지로 확 변했다. 히로키는 지하철 입구로 미끄러져 들어가면서 본인의 의식이 데라이 집안의 아버지에서 한 사람의 사회인으로 바뀌는 것을 느낀다.

'내가 보기에는 다들 세뇌당했어. 학교 공부, 사회에 니와 제 역할을 한다?'

그 동영상의 소년도, 다이키도, 유미도 모른다. 검사로서 상대하는 피의자 대부분이 거기서 멈췄어야 할 길에서 벗어나자마자 법률이 정한 선을 가볍게 뛰어넘는다는 사실을.

'사회는 변했어! 그걸 깨닫지 못한 어른이 많을 뿐!'

검찰이라는 조직이 목표로 하는 사회정의의 실현, 그 일익을 담당하는 사람이 되고 싶다. 요코하마 지검으로 향하는 지하철에 타면 히로키의 머리에는 언제나 검사가 된 당시의 맹세가 되살아났다.

하지만 최근에는 사회정의라는 단어 가운데 '사회' 쪽이 자신에게서 멀어지는 느낌이 들었다. 점점 다가오는 '정의'의 장소를 앞두고 히로키는 의식을 단단히 조여 맸다.

기류 나쓰키
2019년 5월 1일까지, 515일

의식을 단단히 붙잡아도 체감온도에 변화는 거의 없었다. 몰 전체에 설정되어 있다니 어쩔 수 없겠으나 한 계절이라도 내 몸이 냉난방 온도를 온전히 느낄 때가 있으면 좋겠다고 나쓰키는 생각했다.

"죄송한데요, 매트리스를 찾고 있는데요."

언제부터인가 내가 말을 걸기 전에 말을 붙여 올 법한 손님을 그냥 알아보게 되었다. 스스로 생각하기보다 먼저 다른 이에게 묻는 습성을 지닌 인간은 그 외모와 행동에 든든하지 못한 구석이 배어 나온다.

"네. 매트리스요? 어서 오세요."

손님이 말을 걸어온 순간 나쓰키의 몸에 스위치가 들어온다. 실수만 하지 않고 수행하면 되는 근무시간은 얼마나 편한가. 끔찍할 정도로 싹싹한 자기 목소리를 들으면서 생각한다.

　"다양한 종류의 매트리스를 취급하고 있답니다. 원하시는 조건이 있으실까요?"

　"허리에 부담이 적은 걸 찾는데……. 저기, 광고에 나온 게 마음에 들어서 왔는데요. 죄송해요. 이름이 잘 떠오르지 않아서. 아, 그거요! 그 스포츠 선수가 애용한다는."

　"&Air 시리즈 매트리스겠네요. 여기 있습니다."

　거침없이 말하는 나쓰키를 보며 말을 건 부부가 안도의 표정을 짓는다. 나이는 육십 대 초반 정도, 아이가 있더라도 이미 독립해 자신의 건강과 수명에 저축을 사용하는 세대로 보인다. 나쓰키가 근무하는 침구 브랜드가 주 고객층으로 설정하고 있는 사람이다.

　"아, 이거, 이거, 이거예요. 와! 그런데 이중에도 여러 종류가 있네요."

　여성이 그렇게 중얼거리면서 종류의 차이보다 각각의 가격을 쓱 훑어보는 게 보였다. 남성은 오히려 가격을 신경 쓰지 않는다는 점을 어필하고 싶은지 대놓고 성능을 해설해 놓은 글을 읽으며 비교하고 있다.

　"많이 준비되어 있습니다. 잠깐 설명해 드릴까요?"

　나쓰키는 머릿속에 있는 문장을 입 근처까지 통째로 끌어낸다.

　"광고로도 보셨으리라 생각하는데요, &Air의 특징은 취침할 때 생기는 몸의 압력에 따른 부담을 분산한다는 점입니다. 뒤척이며 어떤 자세가 되든 혈행을 방해하지 않아 피로가 잘 풀린답니다."

"아아."

여성은 도무지 이해할 수 없으나 일단 고개는 끄덕이고 보자는 태도를 그대로 드러내며 고개를 끄덕인다. 남성은 젊은 여직원의 번드르르한 설명보다는 자신의 해독 능력, 이해력을 신뢰한다는 자세를 드러내고 싶은지, 해설 카드에서 눈을 떼지 않는다.

"이 시리즈는 부디 직접 만져 보고 확인하시길 바랍니다."

나쓰키의 권유에 여성만 샘플 매트리스 쪽으로 손을 뻗었다.

"이렇게 매트리스 표면이 요철 구조로 되어 있어요. 면이라기보다 수많은 점으로 고객의 온몸을 받치는 이미지입니다. 그렇게 하면 매트리스와 몸이 접촉하는 부분의 혈행이 방해되지 않습니다. 가격이 높을수록 그 점의 수가 많아지고 용수철의 층 구조도 치밀해집니다. 물론 여기 스탠다드 버전도 충분한 효과를 느낄 수 있지만, 아침에 일어나셨을 때 허리 통증 같은 게 있으시다면 이쪽 프리미엄 버전을 검토하시길 추천해 드립니다."

여성이 그러냐며 힐끔 남성의 안색을 살핀다. 그 모습을 통해 이 가정의 문제해결 과정을 알 수 있다. 어쨌든 이 점포에서 고급 매트리스 같은 침구를 사려는 고령 세대는 대부분 이런 느낌이다.

침구 전문점이라고 하면 일단 고급 이불을 방문판매하는 이미지 때문인지, 부모님에게 옮기는 직장 이름을 알렸을 때 반응이 좋지 않았다. 요즘 세상에 침구라니, 불경기인데 괜찮을까? 예상한 대로 걱정스러워했는데 사원 할인으로 산 매트리스를 선물하자 그 편안함에 바로 백기를 들었다. 일하고 나서 안 사실인데 침구 업계는 현재, 고령화에 따른 건강 제일주의, 일과 삶의 균형이라는 말과 함께 침투한 '집에서 가족과 보내는 시간을 더 쾌적하게'라는 풍조 등 다양한 요인 덕분에 호황을 누리는 분야다.

여성이 계속 힐끔힐끔 남편으로 보이는 남성에게 시선을 보내면서 질문을 던진다.

"음. 어쩔지. 좀 누워 봐도 될까요?"

나쓰키는 물론이라고 대답하고 미소를 지었으나 조금 누워 본다고 해서 이 매트리스의 장점을 알기는 어렵다는 점을 강하게 자각하고 있었다. 이런 쇼핑에는 납득이 아니라 용기가 필요한 법이다. 용기만 있으면 충분하다.

오카야마역과 바로 연결된 이온몰에 이 침구 전문점이 입점한다는 소식을 들었을 때 전 직장 동료들은 점심을 먹으면서 웃으며 말했다. "그런 데 금세 망할 거야. 이불 같은 거 니토리● 같은 데서 침대랑 같이 그냥 사지 않나?" 이렇게 말하는 동료들 옆에서 나쓰키는 침구 전문점의 채용 정보를 검색했다. 나쓰키는 인간의 3대 욕구 중 식욕은 왕성하게 만끽하면서 수면욕을 파는 장사를 경시하는 감각을 도무지 이해할 수 없었다.

"감사합니다. 언제든 궁금한 게 있으시면 말씀해 주세요."

끝내 그 부부는 좀 더 검토하겠다는 흔한 말을 남기고 점포를 떠났다. 최대 걸림돌은 아마도 가격일 것이다. 하지만 나쓰키는

● 일본의 이케아로 불리는 최대 홈퍼니싱 리테일 기업

알고 있다. 저 부부는 곧 이 매트리스를 사러 올 것이다. '돈만 내면 매일 수면의 질이 좋아진다.'라는 사실을 이미 알아 버린 인간은 결국 지갑을 열 가능성이 크다. 수면이라는, 반드시 매일 통과하는 몇 시간을 최고로 만들고 싶다는 생각은 뇌에서 좀처럼 떠나지 않는 법이다.

주력하는 상품과 매상 목표, 목표 달성을 위한 홍보와 마케팅 등은 본사의 영업 직원을 통해 월초마다 공유되는데 개인 할당량이 있는 건 아니다. 점장이라도 되면 압력을 느낄 테지만 점포에 선 일개 판매원으로서는 정신적으로 쫓길 일도 없어 좋은 직장이라고 생각했다.

점포에 선 일개 판매원, 일 때는.

나쓰키는 몰 안을 이동하는 사람들을 바라봤다. 시간대도 그렇지만, 토요일이라 학생은 거의 없다. 대다수가 고령의 부부나 유모차를 밀고 있는 여성, 그리고 젊은 커플이다. 생활과 관련된 모든 게 갖춰진 이 공간에서 생활을 함께하는 사람들은 아주 편안해 보였다.

아무래도, 난방 온도가 조금 낮다.

나쓰키는 몸을 돌려 점포 안으로 돌아왔다. 접객과 접객 사이의 시간에는 늘 이 거대한 몰을 덮는 공기 속에 자기만이 동떨어져 있다는 사실을 새삼 인식하고 만다.

휴게실 편의점에서 점심을 사서 테이블에 앉았을 때였다.

"수고해! 좀 오랜만이지?"

어디선가 갑자기 사오리가 다가왔다.

"수고하시네요."

"기류 씨, 헤이세이[●] 세대지?"

"그런데요. 연호로는 간신히 헤이세이 세대죠."

"어머, 그렇구나."

사오리는 그렇게 말하고 편의점에서 산 듯한 두유 팩에 빨대를 꽂았다.

"원년(1989년) 태생이야? 그러면 연호가 바뀌면 우리 쇼와^{●●} 태생이랑 같은 처지가 되네."

마치 원래 대화하는 사이였던 듯 이야기를 계속하는 사오리의 목소리는 언제나 조금 크다. 그래서 늘 주위 사람들이 실례라는 듯 잠깐 눈살을 찌푸리는 시선을 던진다.

두 달쯤 전, 이온몰 종업원이라면 누구나 사용하는 휴게실에서 갑자기 말을 걸어온 사람이 나스 사오리였다. 얼굴을 보자마자 건너편 잡화점에서 일하는 목소리가 큰 점원이라는 것을 알았으나 다른 브랜드에서 일하는 사람과도 인간관계를 가지려는 사람은 전혀 보지 못했던 터라 나쓰키는 당황했다.

"있잖아, 옆에 앉아도 돼? 나, 건너편 잡화점 점원이야. 알지? 늘 서 있는 거 봤을 테니까."

그때 사오리는 처음 말을 걸었다고 생각할 수 없을 정도로 서글

● 1989년 1월 8일~2019년 4월 30일 사이에 사용된 연호
●● 1926년 12월 25일~1989년 1월 7일 사이에 사용된 연호

서글하게 나쓰키의 반응을 기다리지 않고 옆자리에 앉았다.

"가게에서 제일 나이가 많아지니까 아무도 말을 안 걸어. 옆자리, 괜찮아? 어머, 벌써 앉아 버렸네. 아니, 건너편에 또래가 있잖아? 그래서 친해지면 좋겠다고 생각해서, 노리고 있었어."

진심을 전해도 된다면, 나는 됐다고 말하고 싶었다. 하지만 일하면서 늘 시선이 부딪히는 관계라 함부로 대할 수는 없었다.

그런 이유로 사오리는 그 후로도 나쓰키가 소중히 쌓아 온 혼자만의 공간에 너무나 쉽게 밀고 들어왔다. 그리고 일방적으로 말을 걸어왔다. 곧 사오리가 말한 '친해지면 좋겠다.'라는 말은 절대 말 그대로의 뜻이 아님을 깨달았다.

"헤이세이 세대라는 칭호가 이리 빨리 낡은 게 될 줄이야! 일 년 반 뒤지? 연호 같은 거 그냥 내일이라도 바뀌면 좋을 텐데."

즐겁게 떠들어 대는 사오리의 휴식 시간은 몇 시부터였을까. 벌써 점심을 다 먹은 걸로 보아 남은 사십오 분 내내 휴식 시간이 겹치지는 않겠지.

"그러네요. 앞으로 일 년 반 뒤라 아직 현실감이 없네요."

나쓰키는 사오리의 기분이 상하지 않도록 동조하며 어제 뉴스를 떠올렸다.

퇴위, 2019년 4월 말에 총리 "황실 회의에서 의견 결정", 낯선 단어들이 많았는데 어쨌든 앞으로 일 년 반 정도가 지나면 연호가 바뀐다고 보도하는 것이리라. 나쓰키는 하나의 연호 속에서만 살아와서 도대체 무슨 일이 일어나고 있는지 영 짐작이 가질 않았다. 그렇다고 쇼와라 불린 시간을 삼 년쯤 살았을 뿐인 사오리가 의기양양한 태도를 보일 이유도 없을 텐데.

"다음 연호, 뭔가 굉장한 게 되지 않을까? 가타카나나 영어나."

"글쎄요."

얼른 좀 가라는 나쓰키의 바람과 달리 사오리의 목소리가 커진다.

"벌써 12월인가?"

사오리는 두 팔을 테이블 위에 툭 던지듯 내리고 말했다.

"올해 목표, 임신해서 일을 그만두는 거였는데."

사오리의 큰 목소리에 일찌감치 눈살을 찌푸리고 있던 사람들이 이번에는 나서서 귀를 기울이는 듯했다.

"젊은 애들이 들어와도 죄다 속도위반이니 해서 금방 그만두잖아. 나만 남았어. 부점장이라 그만두기도 어렵고."

병원 가는 데도 돈이 든다고 계속 떠드는 사오리는 주위 사람이 이런 얘기를 듣는 데 전혀 신경 쓰지 않았다. 지난주, 같은 가게에서 유일하게 대화를 나누는 젊은 아르바이트 여직원과도 커다란 목소리로 서로의 밤 얘기를 하는 장면을 맞닥뜨린 적이 있다. 그때도 사오리는 "다 끝난 다음에 쿵 몸이 떨어지면 너무 무거워."라거나 "임신하기 쉬운 타이밍을 노렸는데 잘 안됐어."라고 마치 주위 사람보고 들으라는 듯 떠들었다. 상대 여자도 "이날 하자고 정하면 더 흥분돼요?"라며 역시 커다란 목소리로 웃어 댔다.

환경이나 나이가 변하면 사귀는 사람도 달라진다. 하지만 다들, 무서울 정도로 하는 이야기는 똑같다.

"나 정말 얼른 벗어나고 싶어. 이 어정쩡한 상황에서."

벗어나고 싶다. 사오리는 자주, 이 표현을 썼다.

얼른 임신해서 이토록 오래 사귀었는데도 결혼하지 않으려는 남자 친구에 대한 초조함에서 벗어나고 싶다. 좋아하지도 않는데 매일 서서 하는 일에 진저리가 나니까 일단 가정에 들어가 전혀 매상이 오르지 않는 잡화점의 일상에서 벗어나고 싶다. 얼른 손자를 보여 줘 권력을 휘두르는 시부모와 상대하는 번잡스러움에서 벗어나고 싶다.

"연말연시는?"

사오리가 갑자기 나쓰키에게 화제를 돌렸다.

"기류 씨는 본가에서 살지? 남자 친구와 해외 같은 데 안 가?"

"특별한 계획은 없어요."

전에도 말했다고 덧붙였다.

"여전히 혼자구나."

사오리는 등을 뒤로 젖히며 말했다.

주위 사람들의 쫑긋 솟은 귀가 닫힌다.

나쓰키는 이온몰과 직접 이어진 오카야마역에서 봤을 때 아사히카와강 너머에 있는 나카구의 본가에서 부모님과 살고 있다. 직장에서는 차를 타고 동쪽으로 이십 분쯤 달리면 그만이라 뉴스 등에서 보는 만원 전차가 진짜 존재하는지조차 의심스러울 정도다. 고향의 고등학교 상업학과를 졸업하고 다른 졸업생 몇 명과 같이 지역 운송 회사에 정직원으로 취직했으나 칠 년 근무하고 직징을 옮겼다. 같은 고등학교 졸업생이 없는 곳을 찾았다. 인생이 통째로 회사와 이어지지 않는 고용 형태에서 일하는 생활을 선택한 것이다.

"나스 씨는 연말연시에 어디 가세요?"

예의상 사오리에게 질문했다.

"안 가! 여행, 피곤하기만 하고."

여전히 사오리는 두 팔을 테이블에 내던진 채 내뱉듯 대답했다.

나쓰키는 해외여행을 해 본 적이 없다. 애당초 비행기를 타 본 적도 없고 본가가 있는 마을 이외에서 살아 본 적도 없다. 사오리 역시 그럴 가능성이 크고 굳이 더 얘기하자면 지금 여기 휴게실에 있는 사람 과반도 마찬가지일 것이다. 이런 인생, 이 세상에 흔해 빠진 형태이다.

하지만 다들 마찬가지라도 마음이 불편하지 않으려면, 이 세상의 흔해 빠진 인간 형태를 하고 있어야 한다.

"기류 씨는 왜 남자 친구가 없어? 갖고 싶지 않아? 언제부터 없었어?"

사오리가 던진 물음표가 낮은 포복으로 달려든다.

"특별히 갖고 싶다는 생각은 안 들어요."

나쓰키는 물음표 같은 건 아예 보지 못한 사람처럼 대답했다.

점심밥이 줄지 않았다. 말해야 해서 제대로 씹지 못한다기보다 그럭저럭 있던 식욕이 어느새 손가락 사이로 빠져 버린 느낌이다.

"기류 씨는 어쩐지 여유로워 보여. 헤이세이 세대도 이제 젊은 것도 아닌데."

"그렇죠. 무엇보다 애당초 젊다는 생각을 안 하니까요."

나쓰키는 조그맣게 덧붙인다.

사오리는 물고 있던 빨대로 남은 두유를 소리 내어 빨아들이고 자기 손톱을 보며 중얼거렸다.

"기류 씨는 정말 아무 말도 안 하더라. 나는 죄다 얘기하는데."

"아, 부점장님!"

뒤에서 젊고 높은 목소리가 날아왔다.

"저기요. 점장님이 찾으세요! 벌써 휴식 시간은 끝났다고요. 빨리 돌아오세요. 점장님, 기분이 그리 좋지 않아요. 아까부터."

"이런! 들켰다."

말을 걸어온 젊은 여자애는 틀림없이 얼마 전 사오리와 서로의 밤일에 관해 즐겁게 대화하던 그 사람이다.

"얼른, 얼른 와요."

사오리를 채근하는 그녀의 이름표에는 '와키모토'라고 적혀 있었다.

"그럼, 기류 씨, 또 봐!"

사오리가 자리에서 일어난 순간, 와키모토에게 눈짓하는 게 보였다. 환경이나 시대가 아무리 변해도 변함없이 존재하는 광경.

사오리가 자리를 뜨자 테이블 전체의 공기가 조금 부드러워졌다. 사오리의 큰 목소리는 자동으로 사오리를 그 자리의 주인공으로 만든다.

와키모토는 나쓰키에게 인사할 생각도, 특별히 대화를 나눌 생각도 없다는 의지를 명확하게 드러내며 사오리가 앉았던 자리에 앉았다. 와키모토는 사오리가 없는 자리에서는 나쓰키에게 말을 걸지 않았다. 그녀가 보기에 나쓰키는 나이 차가 많이 나는 건너편 가게의 판매원에 불과하다. 나쓰키도 특별히 와키모토와의 거리를 좁힐 생각이 없으므로 그녀의 자연스러운 행동이 고마웠다. 그리고 나쓰키에게 자연스럽게 셔터를 내리는 모습을 보고 있자면 이 아이는 사오리와 대화할 때도 절대 진심으로 그러는 게 아니라 사오리에게 가장 편한 형태로 자신을 변형시킨다고 느꼈다.

그리고 무엇보다, 나쓰키는 사오리와 와키모토에게 자신이라는 존재는 단순한 장난감에 불과함을 잘 알고 있었다. 사오리가 자기에게 말을 걸어오는 건 절대 친구가 되려고 하는 게 아니다. 답답한 일상에서 직장 동료와 함께 한껏 흥을 올릴 '장난감으로 적당한 대상'이 필요할 뿐이다.

출산으로 퇴직하는 사람이 많은 직장에서 어느새 이단적인 존재가 된 지금, 그런 자신이 이단이라고 손가락질할 대상이 필요할 뿐이다.

휴식 시간은 앞으로 이십오 분. 나쓰키는 들고 있는 샌드위치의 단면을 바라봤다. 조금 먹은 상태에서 시간이 너무 흘러 버린 탓인지, 지금은 배가 고프기나 한 건지 알 수 없게 되었다.

식욕은, 이렇게 이따금, 알 수 없게 된다. 자신을 배신할 때가 있다. 그러므로 언제나 정당하게 존재하고 늘 자신을 배신하지 않는 수면욕과 관련된 직장을, 이직처로 선택한 것이다.

나쓰키는 여전히 자기에게는 딱 맞지 않는 실내 온도 속에서 샌드위치를 입에 쑤셔 넣었다. 잘 생각해 보면 온도가 잘 맞지 않는다는 것 정도는 아무것도 아니다. 애당초 나는 이 세상이 설정한 커다란 길에서 벗어나 있으니까.

간베 야에코
2019년 5월 1일까지, 515일

"정말 그래, 요즘 세상에 미스 선발 대회라니, 시대착오적이야."

야에코는 그렇게 말하면서 발을 움직였는데 건너편에 앉은 요시카가 "아야!" 하며 얼굴을 찌푸렸다. 야에코의 발끝이 요시카의 정강이를 친 모양이다.

"아, 미안! 미안!"

"아파 죽겠어!"

요시카가 술래잡기라도 하듯 테이블 밑으로 상체를 접는다. 야에코는 그 동작을 보면서 자기는 뱃살이 걸려 저렇게 쉽게 허리를 굽히지 못했으리라 생각한다.

"어쨌든 요시카가 지금 말한, 우리가 모두 미스, 미스터라는 사실을 전하자는 기획에는 나도 찬성이야. 그거 정말 좋은 아이디어야."

야에코는 테이블에 펼쳐 놓은 노트에 미스 **선발 대회 폐지, 전원이 미스·미스터**라고 메모한다. 써 놓은 글을 다시 읽으니 새삼 다음 학교 축제의 핵심 기획에 어울릴 만한 아이디어가 탄생했다는 자신감이 솟았다.

"무엇보다 사람의 미모에 등급을 매기는 기획이 전국적으로 인기였다는 게 이상해."

야에코는 그렇게 말하면서 올해 학교 축제를 떠올린다. 가나자와핫케이 대학 축제의 핵심 기획이 미스·미스터 선발 대회라는 사실을, 매년 열렸다는 이유로 아무 생각 없이 받아들였다. 하지만 뒤풀이를 마치고 조금 냉정해지자 야에코는 의구심이 들기 시작했다. '이건 내가 시간과 노력을 들여 만들고 싶은 게 아니지 않나?' 외모와 태도 등으로 각각 남녀 1위를 결정하는 기획. 거기에서 풍겨 나오는 위화감을 무시해도 좋은가?

하지만 야에코가 이 말을 꺼내기는 매우 힘들었다. 그것은 결단코 자신이 1학년이라는 처지에 있기 때문만은 아니다.

못생긴 여자의 불평이라는 소리를 들을 게 빤했기 때문이다.

"야에코도 불만인 줄은 몰랐어. 나, 선발 대회 후보자에게 하는 질문도 진짜 짜증 났거든."

"맞아. 무엇보다 여학생에게는 잘하는 요리에 관해 묻고 남학생에게는 묻지 않는 것도 열받아."

야에코가 힐끔 요시카의 표정을 살폈다.

"다들 연애를 좋아한다는 전제로 온갖 질문을 하는 것도 그래."

좋아하는 타입. 연인과 하고 싶은 데이트. 이상적인 프러포즈. 남녀 불문하고 선발 대회 후보자에게는 이성과의 연애를 바탕으로 한 질문만 던진다. 모두 저마다 대답하기는 했으나 야에코는 남녀 사이에 그런 시선이 교차하는 데 아무런 저항이 없다는 점을 대전제로 하는 세상에 도무지 익숙해질 수 없었다.

야에코는 남자 친구가 있어 본 적이 없다. 가족 이외의 남성을 만진 적도, 가족 이외의 남성이 야에코를 만진 적도 없다.

"그거 뭔지 알아. 우리 세대는 연애 지상주의도 아닌데. 운영자에게 다양성이라는 관점이 없으면 어쩌자는 거냐고. 좋아하는 타입을 물어봤자 다정한 사람이나 존경할 만한 사람이라는 둥 적당한 대답만 나오고. 나였다면 주원이라고 말해 버렸을 거야."

요시카는 그렇게 말하고 들고 있던 스마트폰의 화면을 켰다. 그러자 요시카의 대기 화면을 차지한 인형처럼 피부가 하얀 미남과 눈이 마주쳤다. 야에코는 요시카가 푹 빠진 K-POP 아이돌의 이름을 여전히 외우지 못했다.

요시카의 대기 화면은 자주 바뀐다. 하지만 피사체는 늘 같은 사람이다. 지금처럼 완벽하게 화장한 것, 라이브 중에 찍힌 듯 땀을 흘리고 있는 것, 마스크를 쓰고 거리를 걷는 것, 단련된 육체가 잘 드러나는 것. 요시카는 모든 대기 화면을 구멍 날 정도로 쳐다보며 중얼거렸다.

"최애만 있으면 현실의 남자 친구 따위 필요 없어."

"그리고."

야에코는 고개를 끄덕이며 노트에 적힌 **미스 선발 대회 폐지**라는 글자를 응시한다.

"SNS 댓글도 엄청 많았고."

실행 위원이 관리하는 미스·미스터 선발 대회 SNS에는 언제부터인가 주로 여성 후보자의 성적 가치를 매기는 내용의 댓글이 수없이 달렸다. 야에코는 그런 말을 듣는 줄도 모르고 미소 짓고 있는 사진 속 후보자들이 너무나 안쓰러웠다.

무엇보다 연애에 관한 질문을 하는 것과 그런 댓글이 달리는 것에는 깊은 인과관계가 있다고 느껴졌다. 그리고 그런 위화감을 누구에게도 표명할 수 없는 점이 너무나 답답했다.

"아, 섹시하네요. 이런 말이라도 정말 기분 나빠. 솔직히."

"그렇지?"

야에코는 동의해 주는 요시카에게 절로 몸을 내밀었다.

"대회에서도 대놓고 여자 후보자만 찍는 사람, 꽤 있었어. 의상도 여학생 쪽이 훨씬 노출이 심하고."

"그거 완전히 성적 착취지."

야에코는 자신의 시야가 확 트이는 느낌이 들었다. 성적 착취라는 말이 자기 이외의 누군가의 입에서 나왔다는 사실이 너무나 기뻤다.

이런 화제는 어렵다. 동성이라고 해서 다 이해하는 것도 아니다. 오히려 성가시게 생각할 가능성도 있다. 이성이 상대라면 더하다. 하지만 요시카와는 이런 이야기를 할 수 있구나. 야에코가 그렇게 생각했을 때 요시카가 말했다.

"그런데 말이야, 딱 한 사람 있었지? 좋아하는 타입 같은 질문에 죄다 '특별히 없습니다.'라고 대답한 사람이."

있었지. 야에코는 목소리를 내는 대신 생각에 잠겼다.

야에코는 흘러넘쳐 나올 것만 같은 말을 몸속으로 밀어 넣었다.

"얘기가 벗어났다. 미안."

야에코가 목소리 톤을 올리고 조금 빠르게 말을 이었다.

"우리, 내년 기획 이야기를 하고 있었잖아. 그러니까 미스 · 미스터 선발 대회가 아니라, 뭐랄까, 모두가 미스이자 미스터인, 선발 대회가 아니라 페스티벌 같은 게 되면 좋겠어."

"페스티벌, 그거 좋네. 순위 매기기와는 거리가 멀고."

야에코가 다니는 가나자와핫케이 대학의 축제 '핫케이사이(八景祭)'는 매년 문화의 날과 가장 가까운 주말에 열린다. 올해까지의 핵심 기획은 3백 명 이상을 수용하는 '시걸홀'에서 개최되는 미스 · 미스터 선발 대회였다. 선발 대회의 담당 주체 자리는 실행위원의 일 중 가장 중요한 일로 여겨져 위원이라면 누구나 하고 싶어 하는 자리였다.

야에코와 요시카는 실행 위원 가운데서도 기획국에 속해 올해는 캠퍼스 안에서 이뤄진 스탬프 찍기 행사를 담당했다. 스탬프 찍기는 매년 기획국에 속한 신입생이 담당하는 업무로 이어져 내려오고 있어서 요시카와 다른 위원들이 협력해 그럭저럭 치러 냈다. 그 충족감 덕분에 내년부터는 좀 더 큰 기획을 맡고 싶다고 생각했다.

"있잖아. 모두가 미스이자 미스터라는 생각을 전부 정리해 미스 · 미스터 선발 대회 대신 **다이버시티 페스티벌**로 하면 어떨까?"

야에코는 노트에 다이버시티 페스티벌이라고 적어 본다.

"미스·미스터 선발 대회를 폐지하는 데서 끝내지 말고 그것의 문제점이 무엇인지, 대신 누구에게 초점을 맞추면 좋을지를 협의하는 장을 만들자고. 장기적으로 생각했을 때 그게 운영자도 다양성이라는 관점을 갖는 것과 이어지지 않을까?"

"다이버시티 페스티벌. 좋네. 왠지 부르고 싶은 게스트에게도 제안하기 쉬울 것 같고. 다이버시티 페스티벌에 출연하지 않으실래요?"

진짜다! 그거 정말 좋다. 두 사람의 대화는 점점 흥이 올랐다. 야에코는 요시카의 얼굴을 들여다보며 덧붙였다.

"그리고, 이 안, 사야 선배도 틀림없이 마음에 들어 할 거야."

지난달 열린 뒤풀이 자리에서 다음 기(期) 실행 위원 대표가 발표되었다. 최근 몇 년, 남학생이 계속 대표를 맡아 왔는데 이번에는 구와하라 사야라는 내년에 3학년이 되는 여자 선배가 대표로 뽑혔다.

야에코, 요시카와 마찬가지로 기획국에 속한 사야는 작년에는 스탬프 찍기 행사를, 올해는 시걸홀을 담당했는데 두 사람이 축제를 준비하며 가장 의지했던 선배다. 항상 편집국이나 섭외국과 정신없이 소통해야 하는 처지이면서도 야에코 일행이 사소한 질문을 할 때 늘 웃으며 들어줬다. 피로를 겉으로 드러내지 않아 다른 이가 눈치 보게 하지 않았다. 하지만 따질 때는 확실히 따졌다. 마치 드라마에 나오는 커리어 우먼처럼 일을 처리하는 모습을 기획국 선배로서, 한 여성으로서 동경하고 있다.

"그보다 내년 대표가 사야 선배라니 정말 최고야."

"굉장해. 선배 밑이라면 무슨 일이라도 할 수 있을 것 같아."

사야는 대표로 취임하고 첫인사에서 일찌감치 선언했다.

"미스·미스터 선발 대회를 대신할 내년의 시걸홀 기획안을 위원 모두로부터 모집하겠습니다."

일단은 올해 말까지를 마감으로 자유로이 생각해 축제를 빛낼 기획을 생각해 주길 바란다. 의견을 내는 사람과는 충분한 시간을 들여 실현 가능성을 검토할 것이다. 이제까지의 축제 상식을 일단 버리고, 축제에 대해 하나에서부터 다시 구축하는 시간을 만들고 싶다. 사야가 그렇게 말하는 모습을 보고 야에코는 이 사람도 자신과 같은 문제의식을 안고 있음을 확신했다. 그리고 그 기획안 모집에 열성을 다해 뛰어들어 보자고 결심했다.

"**다이버시티 페스티벌**이 사야 선배에게 채택되면 우리가 3학년이 되었을 때 축제의 색깔이 완전히 달라질지도 모르겠다."

"응. 무엇보다 곧 연호도 바뀌잖아. 이상했던 것들은 싹 다 우리 시대에서 바꾸자."

야에코는 자신이 내뱉은 말로 인해 체온이 올라감을 느꼈다. 외모로 경쟁하여 루키즘*을 조장하는 미스·미스터 선발 대회를 폐지하는 것만이 아니라 다양성을 장려하는 축제의 장을 만든다. 사야에게 제출할 기획서의 문장이 야에코의 머릿속에 속속 떠올랐다.

간베 야에코와 구루메 요시카. 학번이 나란히 붙어 있다는 점

● Lookism. 외모를 가치의 중심에 두는 사고방식

과 기초 교양 수업을 함께 받는다는 점, 똑같이 중국어를 선택한 점, 서로 성이 지명처럼 들린다고 생각하는 점. 친해진 계기는 수도 없이 많지만, 무엇보다 두 사람의 거리를 좁힌 것은 '애써 대학생까지 되었으니까, 친구들과 보람 있는 일을 해내고 싶다.'라고 생각했으나 '해내고 싶은 그 무엇'이 무엇인지 모른다는 마음이었다. 그 결과 둘은 나란히 핫케이사이 실행 위원이 되었다.

"큰일이다! 나 이제 가야 해."

요시카가 스마트폰으로 시선을 떨구더니 장난감 상자의 내용물처럼 폴짝 일어났다.

"알바?"

"응. 수험 전이라 힘들어."

요시카는 집 근처에서 학원 강사를 한다. 지금은 중학교 3학년 담당이라고 한다.

"그러면 각자 부르고 싶은 게스트를 생각해 오지 않을래? 그걸 놓고 다음에 제대로 된 기획서를 만들자."

"오케이!"

요시카는 예상보다 전차 시간이 빠듯한지 코트를 안고 황급히 자리를 떴다. 야에코는 그녀의 익숙한 향수 냄새가 남은 자리에서 스니커즈를 신은 다리를 정신없이 움직이는 요시카의 모습을 혼자 바라봤다. '나도 저렇게 키가 크고 마르고 스타일이 좋았다면 얼마나 좋을까.'라고 생각을 하다가 고개를 살살 흔들었다. '아니, 아니야. 그런 생각이야말로 루키즘, 루키즘이야.'

그때였다.

"저기요."

뒤에서 낮은 목소리가 들렸다.

야에코의 어깨가 흠칫 떨린다.

"이거, 떨어뜨리셨어요."

돌아보니 그곳에는 커다란 배낭을 멘 남자가 야에코가 앉은 의자 근처에 떨어져 있었을 펜을 들고 서 있었다. 자기도 모르게 떨어뜨린 모양이다.

남자의 시선.

야에코는 눈이 마주치지 않도록 고개를 돌렸다.

"고맙습니다."

입에서 흘러나온 조그만 목소리가 이번에는 자신의 체온을 떨어뜨리고 있음을 야에코는 알아차렸다.

야에코의 집이 있는 미쓰자와카미초역까지는 대학과 가장 가까운 가나자와핫케이역에서 편도 삼십 분 정도 걸린다. 요코하마에서 갈아타면 혼잡한 구간을 거쳐야 하므로 야에코는 늘 가미오오카에서 갈아탄다.

미쓰자와카미초는 결코 번화가라 할 수 없는 거리라, 식사나 쇼핑을 할 곳이 극히 적다. 역 앞 국도를 제외하면 나머지는 한적한 주택가가 펼쳐질 뿐이라 평온하고 치안도 좋아 차만 있다면 살기 좋은 지역일 것이다.

태어날 때부터 살아온 집에 지금도 살고 있다. 대학 1학년인 야에코에게는 특별히 이상한 일도 아닌데 역에서 집까지의 길을 걸으며 쭉 늘어선 모든 집에 저마다의 역사가 있다고 생각할 때마다 왠지 조금 소름이 돋았다.

집에 돌아오니 평소처럼 어머니는 부엌에 있었다. 야에코는 늘 하던 대로 심장 한가운데를 조이듯 온몸에 힘을 줬다.

"나, 왔어!"

부엌에 선 어머니에게 말을 걸었다. 아버지는 오늘도 늦게 오는지, 거실과 식당이 있는 1층에는 어머니만 있었다.

"어머. 생각보다 빨리 왔네."

어머니는 잠깐 이쪽을 보고 바로 다시 저녁 식사 준비로 돌아갔다.

"저녁 먹지?"

"응. 고마워. 배가 너무 고파. 나 옷 좀 갈아입고 올게."

야에코는 말을 남기고 옷방으로 향했다. 난방이 되지 않는 복도는 집안이라고 생각할 수 없을 만큼 추웠다.

코트를 벗어 옷걸이에 걸고 실내인데도 하얀 숨이 나오는 공간에서 전신 거울에 비치는 자신의 모습을 바라본다.

'오빠는 스타일이 좋은데 너는 안 그러네.'

거울을 보면 떠오르는 건지, 떠올라서 거울을 보는 건지, 이제는 도통 알 수가 없다. 하지만 예상만큼 시험을 못 봤을 때, 대학 수험을 끝냈을 때, 거울에 온몸을 비춰 볼 때, 야에코의 왼쪽과 오른쪽 귀를 잇는 가장 짧은 거리를 어머니의 목소리가 훑고 지나간다.

'오빠는 머리가 좋은데 너는 아니네.'

'오빠는 요코하마 국립을 붙었는데. 다니기 편한 데 집이 있는데.'

야에코는 외출복을 벗고 서랍장에서 꺼낸 일상복으로 갈아입고 빨 옷은 세탁기가 있는 세면실로 가져간다. 거울은 어디에나 있고 그때마다 어머니의 목소리가 얼굴을 상하로 가르듯 횡단한다.

미쓰자와카미초는 요코하마 국립대학에 다니는 학생이 자취하는 동네 중 하나였다. 하지만 야에코는 자기 집이 그런 마을에 있다는 사실을 클 때까지 몰랐다. 지망 학교를 요코하마 국립에서 지금 학교로 바꿨을 때 우연히 이곳에서 자랐을 뿐인데 왜 이토록 나쁜 짓을 한 듯한 느낌이 들어야 하나 생각했다.

세면실에서 손을 씻고 거실로 돌아왔다. 그 직전, 야에코는 다시 온몸의 중심에 힘을 줬다.

야에코는 식사를 마치고 바로 목욕한 다음 2층 자기 방으로 향했다. 그리고 침대 옆 콘센트에서 뻗어 나온 충전 케이블에 휴대전화를 연결하고 원래 그러는 게 당연하다는 듯 침대에 온몸을 맡겼다.

방으로 돌아오면 책상에서 할 일이 있더라도, 어쨌든 일단 스스로를 충전하듯 침대에 누워 시간을 보낸다. 특히 오늘처럼 목욕과 스킨케어를 끝냈을 때는 더욱 그러하다.

야에코는 이불 위에 덮어 놓은 담요에 엎드려 책상에 놓인 노트북을 바라본다. 사실은 요시카와 나눈 대화가 아직 머릿속에 선명히 남아 있을 때 다이버시티 페스티벌 기획서 초안을 작성할 생각이었다. 하지만 일단 이 자세를 취하면 저 책상까지의 몇 미터 이동이 아주 힘들어진다는 사실을 너무나 잘 알고 있다.

'각자 부르고 싶은 게스트를 생각해 오지 않을래?'

학교 식당에서 헤어진 뒤 요시카가 【다이버시티 페스티벌을 한다면 나, 꼭 부르고 싶은 사람이 있어! 아마 안 되겠지만】이라는 메시지를 보냈다. 물어보니 인기 남성 배우 둘이 주연을 맡은 연애 드라마 〈아저씨도 사랑하고 싶어〉의 여성 프로듀서였다.

〈아저씨도 사랑하고 싶어〉, 이른바 〈아저씨 사랑〉은 일개 연속극이라는 틀을 넘어 사회적 붐을 일으켰다. 야에코는 원래 연애 드라마에도 보이즈 러브 작품에도 관심이 없어 "정말 멋져."라고 중얼거리는 요시카의 말에 그리 공감하지 않았다. 다만 얼굴도 몸도 단정한 남자들이 소수자라는 사실을 자각하고 당황하면서도 자기들만의 관계를 구축하는 모습에 감명받은 수많은 시청자의 "내 마음에 솔직하게 살고 싶다는 생각이 들게 한다."라는 감상 사제에는 야에코도 열렬하게 공감했다.

그런데 야에코는 원래 연애 드라마를 그리 좋아하지 않는다. 아니, 드라마 자체가 별로다. 드라마마다 거의 필수적으로 등장하는 연애 요소를 볼 때마다 그곳에서 파생되는 다양한 사건에 얼굴을 찌푸리는 자신이 있음을 다시금 인식한다. 이 세상이 '연애 감정으로 묶이는 두 남녀'라는 최소 단위로 구축되었다는 거대한 불안이 슬쩍 건드려지기 때문이다.

야에코는 고개를 살짝 돌렸다. 그만하자. 지금은 그런 생각이나 하고 있을 때가 아니다.

그 드라마의 프로듀서는 아직 젊은 여성으로, 처음에는 반대 의견 일색이었던 기획을 끊임없이 상층부에 어필했다고 한다. 다양한 매체의 인터뷰에 자주 등장하는 것으로 보아 학교 축제에 출연할 가능성도 아예 없지는 않다. 물론 도쿄의 유명 대학 얘기일지도 모르겠지만.

하지만. 야에코는 생각한다. 그 프로듀서가 나와 준다고 해도 홀까지 통째로 빌린 기획 내용이 강연이라면 너무 밋밋하다. 페스티벌이라는 이름에 어울리게 정적인 것과 동적인 것 중 하나를 고르라면 동적으로 분류될 내용이 있어야 할 것이다.

야에코는 충전 케이블에 연결된 휴대전화를 자기 쪽으로 끌어당긴다. 동시에 담요를 허벅지 사이에 끼우고 몸을 왼쪽으로 돌린다.

이렇게 아무도 보지 않는 곳에서 휴대전화를 만질 때. 야에코의 몸은 자연스럽게, 포근한 담요를 허벅지로 꾹 누르는 듯한 자세를 취한다.

그러고 있으면 자연스럽게, 그 사람이 떠오른다.

지난달 무사히 막을 내린 핫케이사이, 그 준비 기간. 야에코는 제2체육관 지하에서 열린 퍼포먼스 무대의 리허설을 담당했다. 아카펠라와 마술 동아리가 들어가고 나갈 동선과 조명, 음원 등을 하나씩 확인하는 가운데 마지막으로 '스페이드'라는 댄스 동아리가 등장했다.

왕성한 에너지의 사람들.

야에코는 그렇게 생각하다가 친구가 이 동아리 사람과 사귀고 있다는 것을 그제야 떠올렸다. 억지로 공연에 끌려간 적도 있는데 그때 인상과 크게 다르지 않았다. 딱 보기에도 에너지가 왕성한 사람들. 남녀 불문하고 얼핏 봐도 이제까지 몸을 무척 많이 움직여 왔다는 것을 알 수 있는 사람들. 그런 집단을 보면 내 몸이 위축되는 느낌이 들었다. 이제까지 살아오면서 이런 사람들로부터 늘 깔보는 듯한 시선을 받아 왔다.

본무대와 똑같이 진행되는 리허설은 일단 오프닝 곡부터 시작되었다. 선발된 여성들이겠지, 마치 프로처럼 춤추는 사람들이 무대에 나타났다. 모두 상반신은 수영복처럼 보이는 노출이 심한 옷을 입고 다부진 육체를 쿨렁쿨렁 움직였다. 조명을 받은 빗장뼈와 복근의 그림자가 더 짙어져 흐르는 땀이 보일 정도였다. 무대 옆에서 그 모습을 줄곧 응시하는 남성 스태프가 있었다. 돌아보니 이 회장에 있는 남자들의 시선은 모조리 무대 위의 몸매를 강조한 여성들에 집중되어 있었다.

남자들의, 여성을 응시하는 시선.

야에코는 다시, 자기 몸이 오그라드는 느낌을 받았다. 날아드는 시선 속에 섞여 있는 성적인 향기에 자기만 숨이 막히고 있다는 것을 자각했다.

1층에서 현관문 열리는 소리가 났다. 아버지가 돌아온 것이다.

옆으로 누워 휴대전화를 보고 있으니 조금 전 말린 머리카락에서 나는 트리트먼트 냄새가 코 근처로 내려왔다. 목욕한 뒤의 청결한 몸 내부에서는 마치 물이 끓기 시작할 때처럼 작은 기포가 보글보글 떠오르기 시작한다.

불쾌한 감정을 느낀 야에코와는 아랑곳없이 '스페이드'의 리허설 자체는 순조롭게 이루어졌다. 그 시점에서 이미 거의 견학생처럼 되어 버린 야에코는 이어지는 군무를 무대 아래에서 가만히 올려다보고 있었다.

몇 번째 곡이었을까. 무대 위에 야에코가 지금까지의 인생에서 가장 인연이 멀다고 느껴 온 분위기의 남성들이 모였다. 그들이 춤을 추기 시작하자, 무대 옆의 여성들이 그들 중 누군가의 이름을 불러 대며 요란을 떨었다. 리허설이라 그랬는지 이름을 불린 남성도 이름을 부른 여성에게 눈짓으로 신호를 보냈다. 오가는 시선이 남녀의 그것이라는 점도, 무대 위에 사람의 이름을 부르는 목소리도 다 기분 나빴다.

바로 그때, 무대 위의 한 사람과 문득 눈이 마주쳤다.

야에코는 이성의 시선을 느끼면 언제나 반사적으로 고개를 돌렸다.

하지만 그때, 야에코의 몸은 거부반응을 일으키지 않았다.

야에코는 그 눈을 어디선가 본 듯했다. 그 시선을 알고 있는 듯했다.

그 수수께끼는 핫케이사이 팸플릿을 최종 점검하다가 풀렸다. 그가 미스터 선발 대회 후보에 있었다. 이름 : 모로하시 다이야. 상학부 1학년생, 댄스 동아리 '스페이드' 소속. 자기소개 : 선배가 억지로 참가시켰다. 내게 투표하기보다 '스페이드' 공연을 보러 와 주면 더 좋겠습니다.

좋아하는 타입 : 딱히 없습니다.

만약 연인이 있다면 하고 싶은 데이트 : 딱히 없습니다.

이상적인 프러포즈 : 딱히 없습니다.

그도 다른 후보와 마찬가지로 말끔하게 사진이 찍혀 있었다. 야에코는 눈썹과 가까운 쌍꺼풀을 바라보며 생각했다.

무섭지 않네.

그것은 야에코에게는, 불가사의한 감각이었다.

왜 이러지? 이 사람의 시선은 다른 남자에 비해 무섭지 않다.

팸플릿 덕분에 그의 이름을 알게 된 날, 야에코는 집에 오자마자 SNS로 그의 계정을 검색했다. 그 얼굴을, 그 눈을 한 번 더 보고 싶었다. 끝내 개인 계정을 찾지 못했으나 '스페이드'는 트위터와 인스타그램으로 연습 일정이나 신규 회원 모집, 다음 공연 정보 등을 올리고 있고 틱톡에는 댄스 동영상을 잔뜩 올렸다. 이전에 올린 내용들을 하나씩 찾아보니 이따금 모로하시 다이야가 등장하는 사진이나 동영상을 찾을 수 있었다.

야에코는 배고픈 아이가 어렵게 얻은 도넛에 손을 뻗듯 무서운 속도로, 하나씩 그 데이터를 저장했다. 무섭지 않아. 이 사람의 시선은 무섭지 않아. 그날 이후 시선이 무섭지 않은 남자를 처음 만난 것이다. 그 기쁨이 너무나 컸다.

누워 뒹구는 침대 훨씬 아래, 1층에서 아버지와 어머니의 대화 소리가 흘러 들어왔다. 옆방에서는 어떤 소리도 들리지 않았다.

요시카가 부르고 싶어 하는 〈아저씨 사랑〉의 프로듀서가 정적이라면, 다이버시티 페스티벌에서 '스페이드'의 댄스 공연은 동적인 게 되지 않을까? 댄스는 나이도 국경도 성별도 다 초월한다. 다양성의 축하연을 채우기에 최적이라고 주장하는 프레젠테이션으로 일단 요시카부터 설득해야 할까? 야에코는 적당한 이유를 머릿속에 적어 두면서 일과가 된 '스페이드'의 SNS 순회를 시작했다.

야에코는 '스페이드' 계정을 발견한 날부터, 그러니까 이미 한 달 이상, 트위터도 인스타그램도 틱톡도 매일 확인하고 있다. 다이야는 아무래도 내성적인 성격인 듯 올라온 사진이나 영상에 등장하는 일이 적었다. 그래서 더 새로운 다이야의 모습을 발견할 때의 기쁨은 각별했다.

　"앗!"

　저도 모르게 작게 소리를 지르고 말았다. 나와 있다. 인스타그램의 오늘 업데이트.

　'스페이드'의 SNS에 올라온 다이야의 모습은 축제 팸플릿에 실린 미스터 선발 대회 사진보다 훨씬 강하게 야에코의 시선을 끌어당겼다. 동료들과의 연습 풍경에는 하얀 셔츠를 입고 가만히 있을 뿐인 프로필 사진에서 찾아낼 수 없는 정보가 대량으로 담겨 있다. 상반신 뼈의 형태를 다 알아볼 수 있을 정도로 얇은 옷에 땀으로 달라붙은 앞머리. 좋아하는지 언제나 쓰고 있는 모자, 머리와 팔 근육의 음영, 웃을 때 드러나는 송곳니, 큰 어깨와 귀와 손바닥과 발바닥.

　야에코의 다리 사이에 낀 담요가 완전히 찌부러져 뒤틀리는 듯했다.

　언젠가 요시카가 말했다.

　"주원님은 자궁으로 와."

　그 이야기를 처음 들었을 때 야에코는 그 말의 의미를 알지 못했다.

　"그거 알아!", "그럴 수밖에 없지." 하지만 주위 친구들은 다들 동의해 커다란 소외감을 느꼈다.

다이야의 사진을 보고 있을 때만은 그 의미를 알 것 같았다. 입으로도 심장으로도 아닌 호흡에 따라 신축하는 장소가 하나 더 있는 느낌이 들었다.

그 감각은 발끝에서부터 야에코를 집어삼킬 듯한 거대한 불안을 순간 저 멀리 보내 버린다. 자신에게도 언젠가 이성의 호의적인 시선을 받는 날이 오지 않을까, 이 세상을 구축하는 단위의 하나가 될지도 모른다는 달콤한 예감을 가져온다.

'스톱!'

야에코는 휴대전화를 뒤집었다. 이대로 계속 뒹굴면 그냥 잠들 가능성이 크다. 조금이라도 기획서 원안을 작업해 두는 게 좋겠다.

야에코가 기합을 넣고 일어나 슬리퍼를 신고 화장실에 가려고 방문을 열었을 때였다.

옆방 문에서 다 비운 식기를 놓은 쟁반을 밀어 내놓는 오빠의 손목이 보였다.

콰당. 소리를 내며 옆방 문은 곧 닫혔다. 야에코는 열린 문손잡이를 쥔 채 '후' 하고 천천히 숨을 내뱉었다.

후, 다시 숨을 토한다. 손잡이를 잡은 손가락의 떨림이 멎을 때까지.

어머니가 편애하는 오빠가 방에서 나오지 않게 된 지, 벌써 이 년이 되었다.

1층에서 부모님의 목소리가 들려왔다. 무슨 말을 하는지 여전히 들리지 않았다. 들리지 않는 게 오히려 다행이었다.

무섭다. 기분이 나쁘다. 야에코는 벽 한 장 너머에 있는 오빠의 존재를 잊으려 했다. 오빠의 방에서 있었던 일을 기억에서 삭제하려 했다.

　이럴 때 야에코는 아주 높은 곳에서 낙하하는 무언가를 바라보는 듯한, 심정이 된다.

　좋아하는 사람에게 안기고 싶다.

　말로 표현할 수 없는 불안이 다 녹아 없어질 정도로 꼭 안아 줬으면 좋겠다. 그리고 다 괜찮을 거라고 속삭이며 머리를 쓰다듬어 주고, 목소리가 나오지 않을 만큼 힘껏 세게 안아 줬으면 좋겠다. 속속 떠오르는 망상은 너무나도 지금의 내 인생과 멀어, 귀중한 체온만이 겨울 복도의 공기에 녹아든다.

데라이 히로키
2019년 5월 1일까지, 444일

한겨울의 바깥 공기에 귀중한 체온이 빠져나간다. 히로키는 손바닥을 비비면서 얇은 옷만 입고 돌아다니는 아이들을 바라봤다.

"자. 일단 여기서 휴식. 겨울이지만 수분 보충은 중요하단다. 물 꼭 마셔."

비영리법인의 직원인지 자원봉사자인지 셔츠 차림을 한 젊은 남자의 명령에 아이들은 뿔뿔이 흩어졌고 다이키도 그 명령에 따라 히로키와 유미가 있는 벤치 쪽으로 달려왔다. 히로키는 다이키가 바로 지치거나 다른 애들과 어울리지 못하고 소외되리라 생각했는데 의외로 아들은 그 자리를 즐기는 듯했다.

해가 바뀌고 2월의 사흘 연휴, 전에 유미가 말한 '등교 거부 아이를 위해 기초 체력을 익히는 운동을 가르쳐 주는' 단체가 집 근처 공원에서 그 프로그램을 실행한다는 사실을 알게 되었다. 그 단체는 가나가와현의 다양한 장소를 돌며 활동하는 듯 유미는 "이렇게 근처까지 오는 일은 거의 없으니까 가 보지 않을래? 사흘 연휴니까 휴일을 조정해 놔."라며 잔뜩 흥분했다. 다이키도 본인이 열중하고 있는 등교 거부 인플루언서가 "학교 이외의 장소에서 친구를 만들어."라는 주장을 펼친 지 얼마 안 된 덕분에 의외로 긍정적이었다.

"봤어? 나, 잘했지?"

다이키는 배드민턴 채를 옆구리에 끼고 스포츠 음료 페트병을 입에 댔다.

"나, 셔틀콕, 한 번도 안 떨어뜨렸어."

얼핏 봐도 흥분해서 땀에 젖은 온몸은 2월의 차가운 공기 속에서 사람 형태의 붉은 열을 뿜어냈다.

"엄마도 봤어. 너무 잘해서 깜짝 놀랐어. 안 피곤해? 괜찮아?"

"응! 아무렇지도 않아."

뺨을 붉히며 허세를 부리는 아들은 집에 있을 때와는 완전히 다른 사람처럼 보였다. 집에서는 죄다 풀어져 있던 근육이 척척 제 모습을 갖춰 가는 듯 보였다. 성장기 아이가 밖에서 실컷 몸을 움직이는 게 얼마나 중요한 것인지를 절절히 통감하고 있었다. 그와 동시에 학교의 소중함도.

"다음은 사람을 바꿔 연속 20회에 도전할 거야! 다들 힘을 합치면 할 수 있어!"

오늘 활동은 주로, 두 남성이 이끌었다. 둘 다 쾌활하고 상쾌한 에너지를 뿜어내고 있어 보기만 해도 안심이 되었다. 자기소개와 준비운동을 거쳐 지금은 네 명씩 한 그룹으로 묶여 배드민턴 랠리를 연속으로 몇 번 계속하는지를 겨루는 게임을 하고 있다.

　'학교에 다니지 않는 아이들에게도 친구와 노는 자리를.'

　유미에게 들은 단체를 조사하자 그런 글귀가 등장했다. 놀이를 통해 아이의 가능성을 확장하는 자원봉사 단체 '라이언 키즈'는 헌혈이나 발전도상국 지원 등 다양한 활동을 벌이는 인증된 비영리법인에 속해 있었다. 단체 운영은 기부금과 보조금으로 이루어지고 있다고 한다.

　"자, 20회를 목표로 최선을 다하자! 어떤 그룹이 먼저 달성할까?"

　히로키는 오늘 이렇게 견학할 때까지는 스트레칭이나 체조, 달리기 등 체력을 키우는 훈련을 계속하지 않을까 지레짐작했다. 하지만 막상 시작해 보니 스트레칭을 포함해 거의 모든 과정이 여러 사람과 협력하며 하는 것이었다. '그렇구나! 이런 식이면 몸이 작은 아이라도 랠리를 자연스럽게 계속하게 할 수 있구나.' 아이들이 저마다 자기 외의 누군가의 존재를 의식하며 행동하고 있는 것이 잘 느껴졌다. 단체경기를 함으로써 집안에만 있으면 형성하기 어려운 사회성을 끌어내는 것이다. 히로키는 학교에 다닌다는 행위를 통해 강제적으로 집단 속에 던져 넣어짐으로써, 때와 장소에 따라 필요한 역할을 알고 행동하는 사회성과 반드시 알아야 하는 자기의 특성을 배우게 된다는 사실을 새삼 깨달았다.

　"즐거워 보이네."

옆에서 유미의 속삭임이 들려왔다. 이 시간대는 초등학교 4학년부터 6학년까지가 대상인 듯 오늘은 여덟 명의 아이가 참가했다. 즐겁게 배드민턴 채를 휘두르는 여덟 명의 소년과 소녀는 마치 부화하기 직전의 나비 같다. 맑게 갠 2월의 공원은 아이들이 놀기만 했을 뿐인데 어떤 절경 포인트보다 빛났다.

"저, 죄송한데요."

고개를 드니 히로키와 유미가 앉은 벤치 옆에 한 여성이 서 있었다.

"네?"

히로키는 대답하며 이 사람은 조금 전까지 운동장 반대편 벤치에 앉아 있던 사람이 아닌가 하고 생각했다.

"다이키 부모님 되시죠? 저는 아키라의 엄마예요."

"아아, 처음 뵙겠습니다. 데라이 다이키의 엄마입니다."

유미가 몸을 옆으로 움직여 말을 걸어온 여성에게 옆자리에 앉도록 권한다. 벤치는 3인용이다.

"저는 오늘이 처음이라 정말 불안했어요. 그런데 다이키가 모두를 잘 이끌어 줘서……. 동생이라도 있나요?"

"아니, 아닙니다. 외동이에요. 집에서는 어리광쟁이랍니다."

아이들은 저마다 가슴에 이름표를 달고 있는데 그게 아이들의 의사소통에 큰 도움이 되는 듯했다. 다이키와 특히 가까워진 듯 보이는 남자아이의 가슴에는 '아키라'라는 세 글자가 있다.

"저, 정말 감사드려요. 아키라와 잘 지내 줘서."

"아니, 무슨 말씀을. 저희야말로 정말."

유미가 당황한다.

"아키라가 저렇게 친구와 노는 모습을 처음 봐서. 그냥 좀 참을 수가 없어서요."

여성은 그렇게 말하고 커다란 다운재킷에서 나온 양손을 배 위에서 꼭 잡았다.

"저도 그 마음 잘 알아요."

유미가 수없이 고개를 끄덕인다.

"열둘, 열셋, 열넷…… 앗!"

"지금은 내 잘못 아니지?"

잔디 위를 뒹굴며 필사적으로 항의하는 다이키의 목소리가 높은 하늘을 가르듯 울렸다. 히로키는 다른 벤치에 앉거나 선 채 배드민턴에 빠진 아이들을 쳐다보는 어른들의 모습을 살폈다.

모두 어떻게 하면 내 아이가 다시 학교에 갈 수 있을까, 저마다 고민하고 있을 것이다. 그런 생각이 드니 일종의 연대감에 안주하고 싶은 마음이 들었으나 그래서는 안 된다고 생각했다. 고민을 공유하는 동료의 존재는 든든하다. 하지만 지금 상황을 서로 긍정해 버리면 안 된다.

"드실래요?"

유미가 여성에게 텀블러를 내민다. 애를 지켜보고만 있으면 몸이 차가워질 거라며 집을 나올 때 뜨거운 커피를 준비해 왔다.

"고맙습니다. 아, 따뜻해라!"

여성은 유미에게 텀블러를 받아 한 모금 마시고 중얼거렸다. 그 말은 커피 온도만 가리키는 말로 받아들이기에는 아까울 정도로 온갖 감정이 담긴 듯 들렸다.

"어머, 놀라워라. 우리 애도 똑같은 얘기를 하던데요."

실컷 논 아이들이 몸을 풀려고 스트레칭을 시작했을 때였다. 아키라의 어머니 도미요시 나나에가 곤란한 듯 눈썹을 늘어뜨렸다.

"혹시 같은 사람의 동영상을 봤을까요? 특히 지난 몇 개월 동안, 학교는 이미 한물갔다, 가는 게 오히려 바보 같다는 둥 이상하게 고집을 부려서요."

들으면 들을수록 데라이와 도미요시 집안의 상황은 비슷했다. 아키라의 학교는 공립이었으나 역시 이 지역에 단독주택을 지은 탓에 이사는 어렵다. 또 아키라의 아버지는 치과 의사라 주말에도 집을 비울 때가 많다고 한다. 검사는 국가공무원이라 일직 당번이 아닌 한 휴일은 쉰다는 규정이 있으나 현실은 그렇지 않다. 그리고 비슷한 시기에 아이를 얻었고 히로키도 유미도 나나에도 사십 대였다.

"부모가 보기에는 그래도 앞으로 학교에 진학해 취업하는 게 좋다고 생각하잖아요? 세상 보는 눈 때문이 아니라 애의 인생을 위해서요."

"물론이죠. 저희도 같은 마음이에요."

유미보다 먼저 히로키가 동의했다.

"그렇죠?"

나나에의 목소리가 조금 커졌다.

"물론 시대가 점점 변하고 있는 건 저도 알아요. 하지만 학교가 한물갔는지 새로운지는 모르겠고……. 아들은 어차피 유튜버가 될 테니까 학교는 필요 없다, 괜찮다며 제 말을 듣질 않아요."

"저희도 비슷합니다. 아니 도대체 인플루언서가 뭘 하는 사람인지도 모르겠지만, 부모의 돈으로 사는 녀석이 무슨 소리를 하는가 싶어서."

한창 신이 난 두 사람 옆에서 유미가 무슨 말을 하려고 하는 듯했다. 그래서 더 히로키는 그 입을 막으려 애썼다.

"저기요, 도미요시 씨……."

"정말로 요즘 아이들은 신세대죠?"

뭔가 말을 꺼내려는 유미를 젊은 남자의 목소리가 막았다. 주위를 보니 땅에 책상다리하고 배드민턴 채와 셔틀콕을 정리하던 남자 직원이 히로키 일행을 올려다보고 있었다.

"중학생이라도 되면 더 굉장해요. 독학으로 블로그를 시작해 어필리에이트* 수입으로 부모의 수입을 단숨에 앞질러 버리는 애까지, 정말 다양하죠."

활동하며 다양한 아이들을 만났을 것이다. 남자 직원은 배드민턴을 할 때와 마찬가지로 쾌활하게 말을 이었다.

"저는 올해로 스물여섯 살인데 또래와 얘기하는 게 아닌가 싶을 때도 있어요. 이미 사고나 생활 방식이 정말 천차만별인 시대죠."

"그런가요?"

조금 전까지 히로키에 향해 있던 나나에의 봄이 쓱 직원 쪽으로

● Affiliate. 제휴 마케팅 업무

돌아갔다.

"선생님 세대가 보기에는 학교가 한물갔다거나 더는 필요 없다는 소리가 그렇게 이상한 의견이 아닌가요?"

자기는 선생님이 아니라고 웃으면서 얼굴 앞에서 손을 흔든 남자 직원은 잠시 생각에 잠겼다가 말했다.

"확실히 그렇기는 합니다. 실제로 동창 가운데 마음에 맞는 친구와 게임 실황중계를 하며 생활하는 녀석이 있어요. 저는 이 일을 좋아하니까 괜찮은데, 싫어하는 환경을 붙들고 정신적 상처를 입고 있을 바에는 일단 뭔가를 시작해 보는 게 낫다고 생각하는 시대인 것 같습니다. 그걸로 생활할 가능성도 있으니까요. 촬영도 편집도 요즘에는 쉽게 할 수 있고."

"게임 실황이 그래요?"

감탄한 듯한 나나에의 음색에 히로키는 불안해졌다. 이 사람은 들은 이야기에 바로 감응하는 위험이 있다. 그 위험은 곧 학교는 불필요하다고 가슴을 펴기 시작한 저 아이들과 비슷하다.

"요즘은 옛날에는 생각할 수 없는 방법으로 돈을 벌게 되었으니까요. 학교에 가는 것 말고 하고 싶은 게 있다면 해 보게 하는 것도 손해는 아닐 겁니다. 특히 동영상 서비스 쪽은 생각보다 쉽지 않다는 현실도 알게 될 테고, 만약 동영상 편집이 가능할 정도가 되면 직업으로서 괜찮은 결과를 얻을 수 있을지도 모르고."

"하지만."

히로키는 저도 모르게 참견하고 말았다.

"그렇다고 해도 개인 정보 유출 같은 다양한 위험성을 안고 있습니다. 그런 부분을 학교에서 제대로 배운 다음에 하는 게 좋다고 생각합니다. 아이를 가진 부모로서는."

　남자 직원은 히로키가 품은 불쾌한 감정을 알아차렸는지 아닌지, 여덟 개의 채를 다 모으자 웃으며 일어났다.

　"아버님이 무슨 말씀을 하시는지는 잘 압니다. 하지만 학교에 갈 수 없을 때는 무엇보다 자신 스스로가 점점 싫어지고 맙니다. 가족 이외의 사람과는 전혀 만나지 못하지, 동급생을 대할 낯도 없고 모두가 해내는 일을 혼자 못 하고 있지, 점점 세상과 연결되어 있지 않은 느낌이 들죠. 정말 고독하다고 할까요? 저도 중학교 때 등교 거부를 해서 잘 압니다."

　"선생님도 그런 시기가 있었어요?"

　이번에는 유미의 몸이 직원 쪽으로 돌아갔다. 풍향계 같은 두 사람 사이에서 히로키는 자기 발바닥에 힘을 줬다.

　"있었죠. 그때 생각했어요. 정말 중요한 건, 좋아하는 일이나 사람과 이어져 있다는 것 아닌가. 학교에 가지 않더라도 좋아하는 게 있고 사람과의 관계를 유지한다면 어떻게든 살 수 있지 않을까 하고요. 그건 지금도 같은 생각입니다."

　"하지만"이라는 히로키의 목소리는 "그래서"라는 젊고 활기찬 목소리에 묻혔다.

　"아드님이 동영상 서비스를 하고 싶다고 말하면 집에 틀어박혀 있기보다 해 보게 하는 게 어떨까요? 저도 대충 아니까 시작하는 방법 정도는 도와줄 수 있습니다. 다이키와 아키라, 둘이 함께 해 보는 것도 좋고요. 또래 친구를 만나는 편이 둘에게 더 좋을 테고 무엇보다 필요 이상으로 자신을 싫어하지 않아도 되니까요."

일개 젊은이의 얕은 소견일지도 모른다는 말로 마무리하고 환하게 웃는 남자 직원의 뒤에서 다이키와 아키라가 이쪽을 향해 달려오는 게 보였다. "배고파!"라고 소리치는 두 사람은 이곳에서의 만남이 너무나 신나는지 아주 오랜 친구처럼 그 조그만 손을 꼭 잡고 있었다.

기류 나쓰키
2019년 5월 1일까지, 443일

    단단히 붙잡고 있었을 '침구 전문점 직원'으로서의 의식이 아주 쉽게 무너져 내렸다.

    "역시 기류였네! 잠깐만, 기류가 있어!"

    남자가 조금 앞을 걷는 여자의 어깨를 두드리며 말했다.

    나쓰키는 그 순간, 이제부터 찾아올 몇 분을 상상하며 이미 피로를 느꼈다.

    "저기, 밖에서 그렇게 큰 소리 좀 내지 마."

    유모차를 모는 여자가 돌아봤다.

    "보라고! 기류가 있다고!"

    여자의 주의를 개의치 않고 남자의 목소리가 점점 커졌다. 나쓰키는 가게 안의 상태가 걱정되었는데 "뭐? 앗!"이라며 여자 쪽도 예상대로 요란을 떨기 시작하자 일단 눈앞의 두 사람에게 의식을 집중시키기로 했다.

"진짜다, 기류! 이게 무슨 일이야! 마침 잘됐다. 나 알아보겠어? 아이코, 히로타 아이코. 지금은 니시야마이지만."

여자는 자신을 가리키며 쓰고 있던 마스크를 내렸다. 두 사람 다 집에서 그대로 나온 듯한 옷차림이었고 아이코의 마스크 안은 화장기가 전혀 없어 보였다.

히로타 아이코와는 고등학교도 같이 다녔다. 나쓰키는 있는 힘껏 발밑에 힘을 줬다.

"기류, 여기서 일해? 운송 회사에 취직하지 않았어? 이직했어?"

"응. 좀 됐어."

"그래?"

표정과는 달리 아이코의 목소리에는 전혀 이해하는 느낌이 없었다.

"그 회사에 간 사람들, 다들 화이트칼라가 되어 행운이라고 했잖아. 왜 이직했어?"

서서 일하는 일이라 힘들지 않겠느냐며 아이코가 남자를 올려다보며 동의를 구한다. 남자는 '학창 시절에 스포츠를 했고 당시의 근육이 지방으로 변한 사람'의 전형적인 체격을 하고 있었다. 몸집이 작은 아이코는 고개를 들지 않으면 그 남자의 얼굴을 볼 수 없는 듯하다.

"기류는 별로 안 변했다."

이 남자가 스스로 이름을 대지 않는 이유는 당시의 동창은 지금도 다 자기의 존재를 기억하리라는 자신감이 있기 때문이다. 그리고 실제로 나쓰키는 시도 때도 없이 동창을 소집하고 싶어 하는 이 남자를, 이름부터 활동한 동아리와 학창 시절의 에피소드까지다 기억하고 있다.

반이 두 개밖에 없는 조그만 중학교에서 우연히도 삼 년 내내같은 반이었던 야구부 주장 니시야마 슈. 학교 다닐 때는 무슨 일에든 눈에 띄는 존재여서 남녀 불문, 심지어 선생님들에게도 인기가 있었던 남자다. 중학교를 졸업하고 난 다음에도 반 단위의 동창회나 성인식에 이르기까지 온갖 행사를 주도하고 있다. 성인식에서 재회한 아이코와 혼전 임신을 해 결혼했다는 이야기는 당시근무하던 회사 동료에게 귀동냥해 들었다.

"그냥, 이직 이유는 많지."

나쓰키가 적당히 화제를 돌리려 했는데 이미 아이코는 나쓰키의 이직에는 관심이 없었다.

"어제 마침 기류와 연락이 안 된다고 당신이 분해했잖아. '내가연락이 안 되는 동창이 있다니'라며."

아이코는 남편의 등을 두드리며 웃었다.

"그랬구나."

나쓰키는 최소한의 맞장구를 치면서, 지역의 히브 같은 역할을하는 장소에서 접객업에 종사하며 이제까지 동창과 만나지 않은행운을 곱씹었다. 나쓰키는 SNS를 하지 않고, 고등학교를 졸업한뒤로는 휴대전화를 바꿀 때마다 번호를 아무에게도 알려 주지 않았다. 그러므로 본가에 직접 전화하지 않는 한 예전 동창과 얽힐 일은 없을 터였다.

"호나미와 가쓰라라고 기억해? 걔들이 이번에 결혼해. 그리고 둘 다 지금 미나미 중학교 교사라고. 그래서 둘의 결혼식을 그냥 총동창회로 하는 게 좋겠다는 말이 나왔어. 내가 간사고. 기류 말고 한 사람만 연락이 안 되고 있어. 전원 참석이 목표인데."

"어머! 깼구나."

어느새 나쓰키 쪽을 향해 있던 유모차 속에서 조그만 아이가 울음을 터뜨렸다. 뒤틀어 짠 걸레에서 나온 구정물 같은 울음소리가 나쓰키의 귀에 도달했다.

"아, 리리아!"

리리아.

나쓰키는 원숭이 같은 생명체에 붙여진 이름을 입 속에서만 발음해 봤다.

"배고팠어? 아이고, 아이고."

아이코가 특별히 초조한 기색도 없이 갓난아이가 목에 걸고 있던 젖꼭지를 입에 물려 줬다.

"참고로 큰 애는 지금 가오루 집에 맡겨 놓았어. 기억해? 와타나베 가오루."

"지금은 가도와키지만."

"그래?"

나쓰키는 애써 과장해 반응하며 뭐든 상관없다고 생각했다. 가도와키라는 성의 남학생을 떠올리려 하다가 바로 포기한다. 어차피 그들도 동창끼리 결혼했겠지.

"큰 애는 아들이야. 벌써 초등학교 1학년인데 데리고 놀러 가 줘서 우리가 편하지. 그사이에 쇼핑도 한다고."

'다음은 우리 차례인가.'라는 아이코의 이야기로 보건대 가도와키 집안에도 니시야마 집안의 장남과 비슷한 아이가 있는 듯하다. 동창생 부부의 아이들이 동창이라니. 그런 사이클 속에서 태어난 생명들은 결국 역과 직접 연결된 대형 쇼핑몰 안을 또 빙빙 돌겠지.

"그보다 기류. 여전히 미인이네. 날씬하고."

갑자기 슈의 시선이 온몸을 훑는 게 느껴졌다. 그 시선에는 바다에서 막 나온 몸으로 다른 사람의 차에 타는 것과 같은 무례함이 있었다. 나쓰키는 그런 행위를 모두 용서받아 온 사람의 당당함에 나쁜 의미에서 할 말을 잃었다.

"아이. 나는 이미 애를 둘이나 낳아서 완전히 망했어."

말하며 웃는 아이코의 시선이 순간, 나쓰키의 가슴께로 떨어졌다.

"기류. 옛날 성 그대로 일해?"

넌지시 상황을 떠보려 한다는 것을 바로 알았다.

"아니야. 일부러 그런 건 아니야."

나쓰키가 대답하자 아이코의 표정에서 훅 힘이 빠진다.

"아, 맞다! 총동창회 건 말인데."

지금 일하는 중이니까 더는 방해하지 말라며 아이코가 슈의 허리 언저리를 툭 찔렀다.

"그렇지? 여기서 설명하자면 길어질 테니까. 일단 연락처 좀 알려 줄래? 라인 하지?"

슈는 청바지 주머니에서 휴대전화를 꺼냈다.

업무 중이라 휴대전화가 없다고 대답했으나 당연히 "그래? 그러면 번호만 알려 줘."라며 슈는 물러서지 않았다. 이렇게 된 이상 거절하는 게 더 이상해진다. 체념한 나쓰키는 번호를 줬다.

마지막 숫자 하나는 다른 숫자를 댈까? 그런 생각이 든 순간이었다.

"그러고 보니, 사사키 연락처 알아?"

슈가 물었다.

"사사키?"

되묻는 나쓰키의 머리에 단 하나의 인물이 또렷하게 떠올랐다.

"3학년 중간쯤 전학 간 사사키 요시미치. 지금 기류와 사사키만 연락이 안 되어서."

사사키 요시미치. 그 이름이 지닌 울림은 이 거대한 쇼핑몰에서 나쓰키의 육체만을 따로 불러내는 마법의 주문 같았다.

"기류, 사사키와 친하지 않았어?"

"응? 그런 이미지 전혀 없었는데."

웃긴다며 아이코가 웃었다. 유모차 안의 아이가 젖꼭지를 내뱉고 다시 울음을 터뜨렸다.

"내 기억이 잘못됐나? 그냥 사사키가 전학 가기 직전에."

작은 동물의 울음소리를 뚫고 슈의 목소리가 닿고 만다.

"너희들 둘, 학교 건물 뒤 급수장에 있는 걸 본 것 같은데."

"미안해."

리리아! 아이코가 그 자리에 주저앉는다.

"나, 이제 가 봐야 해서."

그 순간, 리리아의 입에서 흐른 침이 그날 떨어졌던 물방울처럼 묵직하게 빛났다.

예를 들어 동영상을 보고 있는데 휴대전화 위쪽에 새로운 메시지 수신 알람이 뜨면, 마치 자신이 지금 보는 동영상을 메시지를 보낸 사람이 들여다보는 듯한 기분이 든다. 나쓰키는 평소처럼 자기 방에서 혼자 점찍어 둔 채널을 둘러보고 있다가 괜스레 찜찜한 감정을 느끼며 유튜브 앱을 닫았다.

【호나미 다쓰로, 가쓰라 마오의 결혼식 & 뒤풀이 겸 총동창회 알림】

예상보다 일찍 도착한 메시지는 아이코가 정리한 부분과 슈가 썼을 부분이 너무나 뚜렷하게 나뉘어져 있었다. 나쓰키는 읽기 힘든 슈의 문장에 집중하며 인간의 부모에게는 지성이 필요한 순간이 반드시 있다는 당연한 사실을 곱씹는다. 몇 시간 전에 상대한 남자에게는 자신이 다양한 부분에 재능이 있다고 의심하지 않는 사람 특유의 반짝임이 가득했는데.

나쓰키는 침대에 엎드린 채 슈가 보낸 정보를 나름 정리해 본다.

호나미 다쓰로와 가쓰라 마오가 결혼식을 올린다. 그 뒤풀이를 미나미 중학교 총동창회로 하고 싶다. 쉽게 말하자면 그런 내용을 전하는 연락인데 호나미 다쓰로를 떠올리다 보니 어쩌다가 이런 계획이 세워졌는지 드디어 이해했다. 호나미 다쓰로의 아버지는 나쓰키와 그 동창들의 3학년 담임이었다.

당시 학생들은 호나미 선생님과 다쓰로가 부자지간이라는 사실에 호기심 어린 시선을 보냈다. 그 바람에 언제나 두 사람은 불편해했다. 하지만 두 학급밖에 없는 조그만 중학교라 언젠가 이 둘이 담임과 학생으로 만나는 건 당연한 운명이었고 그게 3학년 때 실현된 것이다.

그런 다쓰로가 같은 반이었던 마오와 결혼한다. 그것뿐이라면 그리 특별할 일도 아니다. 이번 뒤풀이가 뒤풀이 겸 총동창회로 명명된 이유는 호나미 다쓰로와 가쓰라 마오가 현재 미나미 중학교 교사로 일하고 있기 때문이다. 그러니까 다쓰로와 호나미 선생님은 현재 동료 교사로 있는 셈이다.

그렇다면 식 참석자는 미나미 중학교 관계자들뿐일 것이다. 그러니 뒤풀이는 총동창회가 된다는 안이 자연스럽게 나왔을 것이다.

여전히 빙글빙글 돌고 있다. 나쓰키는 도무지 정체되지 않는 생명의 사이클에 노래라도 부르고 싶은 심정이 된다. 거대 쇼핑몰 안을, 작은 교실 안을, 올바른 생명들은 하염없이 빙글빙글 돌고 있다.

나쓰키는 오랜만에 본 슈의 모습을 떠올렸다. 이런 모임의 개최는 모두를 즐겁게 하는 일이라고 믿고 있다. 그 동물적인 정직함. 대놓고 나서서 슈가 간사를 맡은 모임, 아니 슈니까 간사를 자처하고 나섰을 법한 이야기다.

하지만.

'사사키가 전학 가기 직전.'

나쓰키의 뇌리에 슈의 목소리가 되살아났다.

'너희들 둘, 학교 건물 뒤 급수장에 있는 걸 본 것 같은데.'

야성적인 감으로 살아가는 녀석일수록 자연계에 숨은 부자연스러운 순간에 민감하다.

나쓰키는 메일 화면을 닫고 조금 전 닫은 유튜브 앱을 열었다. 화면은 조금 전까지 돌아보던 화면 그대로다.

세 학생이 작은 화면에 등장했다.

동영상 서비스를 막 시작한 듯 조명도 음성도 제대로 조정되어 있지 않은 세계에서 남자 대학생 세 명이 뭐라고 떠들고 있다. 인기인이 되겠다는 마음만은 양손 가득한데 구독자와 조회수가 늘어나지 않으면 재미있는 기획 아이디어를 생각해 내지 못하는 그저 평범한 일반인일 뿐이다. 그런 상황에 있는 유튜버는 동영상에 대한 반응을 무조건 좋아한다. 댓글을 달면 바로 반응하고 그 내용이 동영상에 대한 요청이기라도 하면 "구독자의 요청입니다!"라며 이제 막 외운 대사를 보란 듯 외치며 바로 달려든다.

그 내용이 정상적인 어른이 보기에는 눈살을 찌푸릴 만한 것이라도.

나쓰키는 화면을 쓸어 올렸다. 대학생들이 등장하는 화면은 상단에 고정되고 댓글이 표시됐다.

SATORU FUJIWARA.

또, 있다. 나쓰키는 댓글에 등장한 한 이름을 응시한다. 마음에 드는 채널을 돌아보고 있을 때면 반드시,라고 할 수 있을 정도로 이미 그곳에 있는 사람.

댓글 가운데 이 이름을 발견할 때마다 나쓰키는 〈귀를 기울이면〉*의 아마사와 세이지를 떠올린다. 사정은 그 이야기의 달콤 쌉싸름함과 닮은 듯 닮지 않은 듯하나 그렇게 생각하는 것만으로도 이 현상이 드러내는 공포가 가벼워지는 느낌이다.

사토루 후지와라.

나쓰키가 매일 남몰래 돌아보는 유튜브 단골 채널들. 그 댓글에 자주 등장하는 특정 이름. 그 이름을 볼 때마다 나쓰키의 머릿속에는 늘, 하나의 인물이 떠올랐다.

'3학년 중간쯤 전학 간 사사키 요시미치. 지금 기류와 사사키만 연락이 안 되어서.'

나쓰키는 앱을 닫고 검색 화면을 켰다. '사사키 요시미치'라고 검색했다.

일반인이니까 대단한 정보는 나오지 않겠지. 학창 시절에 어떤 대회 같은 데 입상했다면 그런 게 검색에 걸릴까? 나쓰키는 너무 기대하지 말자며 자신을 다독이고 검색 결과를 기다렸다.

바뀐 화면 꼭대기에는 한 대형 식품 회사의 채용 사이트가 나와 있었다.

영업부, 상품 개발부, 사사키 요시미치. 내용 소개 글 속에 확실히 그 이름이 있다.

나쓰키는, 살그머니 손가락을 뻗는다.

● 여주인공이 빌린 책의 대여 카드에 늘 같은 사람의 이름을 발견하면서 시작되는 내용의 애니메이션

그 이름을 건드린다.

바뀐 화면에 얼굴 사진이 나온다.

사사키다.

그렇게 생각하자마자 나쓰키의 시야 가득, 물방울이 튄다.

중학교 3학년의 어느 날, 사사키와 둘이 흠뻑 젖었던 물방울들.

얼굴은 물론 그 시절 그대로는 아니었다. 하지만 그때의 얼굴이 분명히 남아 있다. 니시야마 슈처럼 대놓고 눈에 띄는 것도, 호나미 다쓰로처럼 학력으로 두각을 드러내는 것도 아니었으나 그를 싫어하는 사람은 없었던 걸로 기억한다.

왜냐면, 그는, 누구와도 일정한 거리를 유지하고 있었으니까.

나처럼.

나쓰키는 얼굴 사진 아래 적힌 프로필을 훑어봤다. 둘이 함께 물을 뒤집어쓴 이후의 인생이 간단히 정리되어 있다. 전학 후에는 아무래도 가나가와에서 산 모양이다. 그리고 도내 대학을 나와 취직했다는 아주 평범한 길을 걸었다.

나쓰키의 시선을 끈 것은 인터뷰의 한 질문이었다.

【Q. 이 회사에 취직한 이유는?】

'왜 이직했어?'

오늘 낮, 아이코가 그렇게 물었다. 부모님도, 원래 직장 동료도 나쓰키에게 침구 전문점으로 이직하는 이유를 물었다. 그때마다 적당히 둘러댔는데 나쓰키는 마음속으로 매번 이렇게 주장했다.

수면욕은 인간을 배신하지 않으니까.

【A. 짧게 말해, 식욕은 인간을 배신하지 않으니까요.】

간베 야에코
2019년 5월 1일까지, 395일

평소에는 식욕을 채우고 나면 거대한 수면욕이 덮쳐 온다. 하지만 오늘은 점심을 먹고 난 다음인데도 머리가 맑았다.

"잘 부탁드려요."

인사하며 고개를 숙이는 다이야의 가슴에는 파란 티셔츠가 접착제처럼 달라붙어 있었다. 조금 전까지도 연습했을 '스페이드'의 두 사람은 야에코를 비롯한 실행 위원들에 비해 훨씬 얇은 옷을 입고 있는데도 체온은 더 높아 보였다.

"이건, 사전에 보내 주신 자료와 같나요?"

'스페이드'의 대표라고 나타난 여성이 사야가 내민 자료를 가리켰다.

"맞아요. 메일로 보낸 것과 같아요."

"고맙습니다."

여성은 자료를 미리 읽었는지 얼굴을 들어 정면을 봤다. 섭외 담당으로 나타난 다이야는 말없이 자료로 시선을 떨궜다.

언제나 쓰고 있는 모자.

야에코는 이쪽을 향해 있는 모자 꼭대기를 바라보며, 생각했다.

"구와하라 씨가 올해 실행 위원 대표인가요?"

"그렇습니다. 잘 부탁드려요."

구와하라 사야는 미소를 짓고 양쪽에 있는 요시카, 야에코에게 각각 시선을 던졌다.

"이 두 사람이 다이버시티 페스티벌 기획 발안자예요. 아직 2학년이지만, 올해는 이 둘이 운영의 중심 멤버로 새로운 핫케이사이를 이끌 예정입니다."

요시카가 얼굴을 붉히며 "잘 부탁드립니다."라고 말하면서 고개를 숙였다. 야에코도 머리로는 요시카를 따라 인사해야 한다는 걸 알았으나 곁에서 다이야를 지켜보는 시간을 일 초도 놓치고 싶지 않다는 마음이 이기고 말았다.

설마 '스페이드'의 섭외 담당이라니. 어제도 그제도 각 SNS를 돌아다니며 새로운 정보가 없는지 뒤졌던 상대가 이렇게 회의 장소에 나타나다니.

"다이버시티 페스티벌, 정말 좋은 생각이에요."

'스페이드'의 대표 다카미 유메라는 여성이 또렷하게 들릴 속도로 말한다.

"미스·미스터 선발 대회 같은 기획, 저도 솔직히 지긋지긋했어요. 헤이세이라는 시대도 끝나는 마당에 학교 축제의 핵심 기획이라는 게 저래도 괜찮을까 생각한 터라 이런 발전적인 방향, 적극 찬성합니다. 게다가 거기에 '스페이드'가 참가하다니."

학교 축제 실행 위원과 마찬가지로 '스페이드'에서도 여성이 대표를 맡는 건 오랜만이라고 했다. 사야와 같은 3학년이라는 점도 있어서 둘은 왠지 비슷한 분위기를 풍겼다. 내면의 자신감이 외모의 아름다움에 기여하는지, 외모가 아름다워 내면에도 자신감을 가지게 되는지, 어느 쪽이든 동성에게도 이성에게도 신뢰를 얻는 타입이다.

자신과는 다른 별의 사람들. 야에코는 그렇게 생각하다가 지나치게 비굴해지는 자신을 나무랐다.

"아, 이런 말을 해도 옆에 있는 모로하시는 작년에 미스터 선발 대회에 나갔지만요."

"억지로 참가한 것뿐이에요."

다이야는 화제가 자신에게 돌아오자 퍼뜩 고개를 들었다.

모든 사진에 쓰고 나오는 검은 모자, 여기저기 땀이 번진 오버핏의 파란 티셔츠. 사진보다 훨씬 단단한 어깨, 낮은 목소리가 흘러나오는 목젖, 오똑한 콧등.

야에코는 허벅지에 꽉 힘을 줬다.

"그때는 정말 신세 많이 졌습니다."

사야가 조금 과장되게 고개를 숙이자 다이야도 어색하게 인사했다. 다이야가 작년 미스터 선발 대회에서 준미스터에 선발된 일은 지금도 '스페이드' 안에서 웃음거리가 되고 있다고 한다.

새 학년이 시작된 4월 1일, 수업은 없었으나 신입생 환영회 준비 등으로 대학은 북적였다. 학교 안의 회의실 이용 예약은 거의 다 찬 상태여서 어쩔 수 없이 다섯 명이 모이기에는 상당히 비좁은 방을 예약할 수밖에 없었다.

학원 축제 기획안을 모집하겠다고 선언한 사야에게는 사실 다양한 기획안이 제출되었다고 한다. 그 가운데 사야의 눈에 든 안이 바로 야에코와 요시카가 만든 **다이버시티 페스티벌**이었다. "이런 기획안을 기다렸어."라고 사야는 말했고 이후 두 사람은 기획국의 2학년이라는 위치로서는 이례적으로 앞으로 일 년, 사야의 오른팔로 기획 운영을 맡게 되었다.

다른 동급생이나 선배들이 신경 쓰이기는 했다. 그보다 돼지의 심통 탓에 선발 대회가 폐지되었다는 험담이 야에코의 귀에도 어렴풋하게 들려왔다. 그때마다 발밑이 무너지는 기분이 들었으나 "학교 축제 전체가 목표로 하는 비전에 공감하는 사람이 꼭 실무를 담당해야 해."라는 사야의 거듭된 설득에 간신히 지금 이 자리까지 왔다.

사야는 정식으로 새로운 학년이 시작하는 4월 1일이라는 바로 그 타이밍에, 반드시 잡아 둬야 하는 사람들에게 연락해야 한다고 주장했다. 그건 너무 빠르다, 섭외받는 쪽도 벌써 11월 일정까지 알 수는 없을 거라며 야에코는 조금 부정적이었다.

"꼭 당신이어야 한다는 생각을 밝히는 요소는 하나라도 많을수록 좋아. 상대에게는 앞으로도 우리와 일정이 겹칠 의뢰가 많을 텐데 그때 핫케이 쪽은 4월부터 신청해 주었다고 생각할지도 몰라."

사야는 이런 주장을 굽히지 않았다. 회의 결과, 드라마 〈아저씨도 사랑하고 싶어〉의 프로듀서가 속한 방송국에 기획서를 보낼 것, '스페이드'의 담당자와 만날 것, 이 두 가지를 4월 1일에 하기로 정했다.

"그리고."

유메가 페트병 물을 한 모금 마셨다.

"기획서에는 〈아저씨 사랑〉의 히라노 프로듀서에게도 의뢰한다고 적혀 있던데 그거 정말이에요?"

"자세히 읽어 줘서 고마워요."

사야가 미소를 지었다.

"오늘 오전에 그쪽에 기획서를 보낸 단계라 아직은 어떻게 될지 모르지만 일단 요청은 해 놓은 상태예요."

우리 조직도 4월부터 정식으로 운영진이 바뀌었는데 학교 축제를 통해 새로운 대학의 모습을 전하고 싶습니다. 그런 마음에 따라 부디 드라마 세계에서 새로운 시대를 이끈 히라노 프로듀서님이 등장해 주시기를 간절히 바랍니다. 〈아저씨 사랑〉의 프로듀서에게 보낸 기획서는 곁에서 지켜본 사람이 보기에도 상당히 심혈을 기울인 글이었다. 야에코는 우리 사정만 전하면 곤란하지 않을까 했는데 그 정도는 써야 전해지는 게 있다며 사야는 물러서지 않았다.

사야와 이야기하고 있으면 자신이 얼마나 세상을 조심스럽게 대해 왔는지 깨닫게 된다. 이런 일을 하면 폐가 될지 몰라, 상대가 곤란해할지 몰라, 싫어할지도 몰라. 무슨 행동을 하든 일단 그렇게 생각하는 자신에 우울해졌다.

"혹시 〈아저씨 사랑〉 보셨어요?"

요시카가 물었다.

"실은 열혈 팬이라."

유메는 환하게 웃으며 대답했다.

"아, 정말! 그 프로듀서에게 출연 제의를 하다니 엄청난 감각이라고 생각했어요. 여러모로 시대적인 발전이라고 느꼈죠. 강연와 주면 좋겠어요. 뒷이야기도 듣고 싶고 어쩌면 다음 시리즈 이야기도."

"죄송해요."

낮은 목소리가 끼어들었다.

"여기 '스페이드'의 자체 공연을 보러 와 주셨다는 분은 누구세요?"

다이야가 자료를 가리키고 있다. 〈아저씨 사랑〉으로 한껏 고조된 분위기가 원래의 온도를 되찾았다.

"아, 그거요."

"여기 있는 이 사람이요. 그래서 이번에 요청한 거고요. 그렇지?"

사야는 본론, 본론이라고 중얼거리고 조금 쑥스러운 목소리로 대답하며 야에코에게 화제를 넘겼다.

이번에 '스페이드'에 출연을 제의하는 이유는 스태프 중 한 명이 작년 여름 공연을 보러 간 게 계기입니다. '스페이드'에 보낸 자료에는 그런 문장이 숨어 있다.

"작년 여름, 즈시 문화홀 공연, 보러 갔어요."

넋을 놓은 채 이야기를 시작하고 말았다. 야에코는 입을 움직이면서 그 내용을 알맹이가 있는 것으로 옮겨 간다.

그 공연을 보러 간 것은, 지금 생각하면 행운에 가까운 우연이었다. 요시카 말고 또 다른 친구의 당시 사귀던 상대가 '스페이드'에서 활동해서 함께 보러 가자고 제안한 것이다. 그때 야에코는 옆자리에 앉은 친구와 무대 위에 차례로 등장하는 왕성한 사람들을 비교하면서 저 중 누구와 연애 감정으로 이어질 일은 자기 인생에는 절대 생기지 않으리라 생각했다.

"그때 본 무대가 아주 인상적이었어요. 뭐랄까, 댄스란 정말 언어나 성별 등 많은 걸 초월해서 마음에 와닿는다는 걸 새삼 깨달았습니다. 그래서 이번에 꼭 출연해 주셨으면 기쁘겠다고 생각했죠."

야에코는 의뢰하려고 날조한 문장을 떠들면서 유메와 다이야에게 공평하게 시선을 던졌다. "그래요?"라며 풍부한 표정을 드러내고 고개를 끄덕이는 유메와는 대조적으로 다이야는 그 단정한 얼굴에 별다른 감정을 드러내지 않고 말하는 사람을 똑바로 바라봤다.

역시, 무섭지 않다.

야에코는 생각한다. 왜 그럴까? 이 사람도 내가 제일 두려워하는 부류의 사람일 텐데.

"확실히 다양성과 댄스는 이어져 있다는 생각, 좋은 아이디어일 수도."

유메가 말하기 시작해 야에코는 다이야로부터 자연스럽게 시선을 돌릴 수 있었다.

"진짜요?"

야에코는 맞장구치면서 조용히 가슴을 쓸어내렸다.

"이를테면 요즘 왁킹이라는 장르가 인기 있는데요."

아느냐고 묻는 듯해 실행 위원 세 명은 나란히 고개를 저을 수밖에 없었다.

"원래는 70년대 게이 클럽에서 생긴 댄스라고 해요. 게이 댄서들이 당시 스타 여배우의 사진 같은 걸 따라 계속 포즈를 취하는 퍼포먼스였죠. 이후에 두 팔을 채찍처럼 휘두르다가 포즈를 잡는 지금 스타일로 변화했어요."

"어머, 지금 그런 댄스가 유행이에요? 확실히 〈아저씨 사랑〉 붐과 연결된 부분이 있을 수도 있겠네요."

사야가 대놓고 감탄한다.

"왁킹은 남성의 신체 라인이 아주 아름답게 나오는 댄스라고 할까요, 어쨌든 부드러우면서도 다이내믹해 아주 멋지답니다. 하지만 그 장르를 차별해 다른 이름으로 부르는 사람도 있었다고……. 지금은 전혀 없지만."

"그런 일도 있었군요."

사야가 말했다.

"저는 평소 힙합을 추고 있는데 그것도 원래는 흑인 문화에서 태어난 거죠. 모든 댄스는 문화를 배경으로 두고 있어요. 정말 다양한 문화를."

유메의 말투에 열기가 담긴다. 사야의 끄덕임도 점점 커진다.

"저, 요즘에는 브레이크 댄스도 연습하고 있어요. 힙합이란 원래 랩, 브레이크 댄스, 그래피티라는 세 가지 요소로 구성된 문화라서요. 그래서 브레이크 댄스를 배우면 더 힙합을 알게 되지 않을까 해서.”

“어머, 정말 멋져요! 브레이크 댄스라면 머리로 빙글빙글 도는 거죠? 여자도 할 수 있나요?”

사야가 맞장구치며 질문을 던졌다.

연달아 나오는 낯선 단어에 얼마쯤 이해하기를 포기한 야에코는 사야처럼 어떤 대화에도 대응하는 능력에 진심으로 감탄했다.

“보통 다들 그렇게 반응해요.”

유메가 훅 눈썹의 각도를 내렸다.

“여자가 댄스한다면 노출이 심한 옷을 입고 섹시하게 움직이는 모습을 연상할 때가 많죠. 하지만 그게 다가 아니라는 마음이 제게는 있어요. 그런 것도 포함해 다양성과 댄스는 정말 유사한 점이 많다고 생각해요.”

질책하는 정도는 아니었으나 낮은 이해 수준을 지적당한 분위기가 흘렀다. 그런 변화를 알아차렸는지 유메는 목소리를 한 톤 높여 말했다.

“댄스란 시대나 다양한 나라의 문화에서 태어난 것이라 공부하면 할수록 다양성의 존중과 이어지는 요소를 찾을 수 있어요. 어차피 시작한 일이니 단순히 쇼를 보여 주는 것만이 아니라 기획 콘셉트에 어울리는 구성을 짜면 좋을 것 같아요.”

“그렇게도 되나요?”

야에코는 그렇게 물으면서 힐끔 다이야를 봤다. 아까부터 그는 조용했다.

"예를 들어 다이야는 평소 팝이라는 장르를 하는데."

사야가 잠시 다이야 쪽으로 고개를 돌렸다.

"근육을 튕기는 움직임이 많은 댄스라 완전히 남성스러운 무대가 될 겁니다. 그런데 그런 사람이 왁킹을 한다거나, 더 다른 여성적인 문화를 배경으로 한 장르의 춤을 춘다거나……. 그리고 팸플릿에 자세한 설명을 실으면 댄스에 별로 관심이 없는 사람들도 새로운 관점으로 즐기지 않을까 해요."

"그거 정말 재미있을 것 같아요."

사야가 몸을 내밀었다.

"그런 관점으로 댄스를 본 적 없는 사람도 많을 테고, 틀림없이 춤추는 사람들도 새로운 발견이……."

"의미 없어요."

이 공간을 통째로 감싸고 있던 풍선이 터진 듯했다.

"그런 콘셉트에 맞춰 억지로 다른 장르의 춤을 추는 거, 의미 없어요. 그런 건, 문화 배경만 이용한, 더 비열한 방법이라고 생각해요. 내가 추고 싶은 댄스면 되지 않나요?"

다이야의 낮은 목소리가 그가 이 공간에 있는 유일한 남자라는 사실을 부각했다. 한동안 여성 음역의 목소리만 오고 간 터라 남자의 저음은 더 도드라졌다.

"기획에 맞춰 원하지도 않는 장르를 추게 하는 거야말로 다양성과 먼 얘기 아닐까요?"

좀 더 넓은 회의실을 예약했어야 했다. 야에코는 왠지 냉정하게 이런 생각을 했다. 좁은 공간에서는 약간의 어색함에도 모든 게 망가지고 만다.

발안자로서 분위기를 바꾸고 싶었다. 하지만 어떻게 해야……?
똑같이 동요를 숨기지 못하고 있는 요시카와 눈이 마주쳤을 때 뜻
밖의 밝은 목소리가 들려왔다.

"그거다! 요즘 이상한 요청이 많이 와서 다른 장르를 요구받는
데 민감한 거지?"

"이상한 요청?"

사야가 빙긋 웃고 있는 유메에게 되물었다.

"아니, 그냥."

유메가 후, 숨을 내쉬며 자신을 다독이려는 듯 가슴에 손을 댔다.

"얼마 전부터 동아리에서 운영하는 SNS에 댓글이라고 해야 하
나, 요청이라고 해야 하나, 그런 게 달려요."

야에코의 심장이 쿵 한 번 크게 뛰었다.

"이런 사진이 보고 싶다거나 이런 곡을 추는 모습을 보고 싶다
거나, 뭐 그런 느낌의 귀여운 내용인데 쓴 사람이 다 임시 계정이
에요. 정확하게 밝혀진 건 아닌데 아마 다이야의 팬이겠죠."

"아니, 그런 게 아니라고요."

절로 떨구어진 얼굴이 1억 배는 무겁다.

"아! 정말 준미스터답네요!"

사야가 놀리듯 말했다.

야에코는 그 말을 정수리로 듣는다.

"그 사람, 다이야가 등장하는 내용에만 '좋아요'를 눌러요. 좀
더 다양한 모습을 보고 싶다는 마음이 훤히 보이죠. 우리는 아마

사와 세이지라고 불러요."

"아마사와 세이지?"

사야의 목소리에 이미 웃음기가 묻어 있다.

"있잖아요. 〈귀를 기울이면〉이라는 애니메이션 알아요? 그런 느낌이에요. 다이야가 나오는 내용은 모두 그 사람이 이미 체크하고 있는 느낌이랄까?"

자연스럽게 대화에 껴야 한다는 건 알고 있다. 다른 화제를 내놓고 싶다는 마음만 부푼다. 하지만 몸이 움직이질 않는다.

"어라?"

요시카의 목소리.

내게로 화제가 향할 듯한 느낌이 든다.

그러지 마.

알아차리지 말아 줘.

아무 말도 하지 마.

"〈아저씨 사랑〉 프로듀서에게 답장이 왔어요."

화제가 바뀌었다. 그렇게 이해한 순간 가위가 풀린 듯 몸을 움직일 수 있었다.

고개를 드니 다이야 이외의 모든 사람의 시선이 노트북 화면을 들여다보는 요시카에게 모여 있었다.

"아, 아직 OK도 NG도 아니지만, 정성스러운 기획서에 감동했다고."

"그건 나중에 알려 줘도 돼. 죄송해요."

사야는 흥분해 보고하는 요시카에게 냉정한 태도를 유지했다.

"굉장한 일이잖아요! 역시 일 잘하는 사람은 대답도 빠르네요."

차분한 사야와는 달리 유메가 "메일 보고 싶네!"라고 매달렸다. 요시카는 사야의 안색을 살피면서 모두가 화면을 볼 수 있게 노트북을 옮겼다.

다이야 이외의 상반신이 하나의 화면에 빨려들었다.

"우와!"

유메가 문장을 확인하고 짝짝 손뼉을 쳤다.

"만약 오케이하면 핫케이사이, 정말 바뀔 수 있겠네요. 다이버시티 페스티벌, 엄청난 화제를 모을 거예요."

야에코는 좋아하는 유메에게 미소를 지으며 아까보다 물리적으로 가까워진 다이야 옆에서 훅 코로 숨을 들이쉬었다.

데라이 히로키
2019년 5월 1일까지, 365일

"화제가 될 것 같지는 않지만……, 그렇게 된 겁니까?"

"나도 자네와 같은 의견이야."

히로키가 말했다.

"아드님도 무슨 생각이 있을 겁니다."

고시카와는 진지한 표정으로 중얼거렸다.

늘 올곧은 고시카와의 성격은 업무상 파트너로 움직여 줄 때는 고마우나 점심 휴식을 함께 할 상대로는 조금 숨 막힌다. 하지만 이 남자만큼 입이 무겁지 않으면 아들 얘기는 하기 힘든 것도 사실이다.

요코하마 지검 형사부에 소속되면서 파트너가 된 고시카와 히데키는 대졸로 검찰 사무관이 된 것을 여전히 깔보는 상사를 만나도 전혀 개의치 않는 대범함이 있다. 아직 삼십 대 초반으로 젊은데 구태의연한 체질에서 벗어나지 못한 검찰 조직에 문제없이 적응한 것도 대학에서 체육 동아리인 검도부에서 활동했기 때문일지 모른다. 그때와 비교하면 지금의 부조리는 아무것도 아니라는 식으로 말하는 모습을 보고 있으면 지금까지 어떤 일을 당해 왔는지 궁금했다.

"참고로 아드님은 어떤 장르의 동영상을 올립니까?"

"뭐라고 했더라, 엔터테인먼트 계열, 뭐든 하는 계열, 그런 소리를 했었는데."

'라이언 키즈'의 활동에서 만난 도미요시 아키라와 친해진 뒤 다이키의 표정은 훨씬 밝아졌다. 서로의 집이 걸어서 다닐 수 있는 거리에 있음을 알고부터는 빈번하게 오갔다. 다이키도 아키라도 오랜만에 생긴 친구라는 존재에 잔뜩 들떠 있는 게 훤히 보였다. 유미가 등교 거부 아들을 놓고 함께 대화할 나나에라는 친구를 만난 점도 크다. 다만 히로키는 다른 사람의 의견에 바로 쉽게 동조하는 나나에와 유미의 거리가 너무 가까워지는 게 걱정이었다.

끝내 다이키는 히로키와 상의 한 번 없이 유튜브 채널을 열었다. 채널 이름은 아키라와 상의해【연호가 바뀔 때까지 앞으로 ◯일 채널】이라고 정했다고 한다. 개설한 날부터 매일, ◯일에 연호가 바뀔 때까지의 날을 입력해 카운트다운을 한다고 한다. 도대체 왜 그런 성가신 일을 굳이 하느냐는 마음이 표정에 드러났는지 유미가 바로 설명했다. "평범한 채널 이름으로는 주목을 얻지 못한 대." 히로키는 적당히 고개를 끄덕여 주면서 애당초 인지도도 능력도 없는 아마추어가 그런 걸 한다고 해서 뭐가 되겠나 하고 생각했다. 히로키는 그런 것조차 예상하지 못하는 상상력을 귀여워할 정도로 아들의 현 상황을 따뜻한 눈으로 보지 않았다.

얼른 안 된다는 사실을 깨닫고 학교에 다니는 인생으로 돌아가길 바란다. 그렇게 생각하는 것도 부모 마음일 것이다.

"동영상 편집 같은 것도, 아드님이 직접 하나요?"

"아, 글쎄? 그쪽은 영 몰라서."

유미가 딱 한 번, 둘의 영상을 보여 준 적 있다. 내용은 선글라스를 쓴 두 사람이 채널을 열었다는 사실과 채널 이름의 유래를 설명하는 것이었다. 배경은 아키라의 집인 듯했고 둘 다 설치한 카메라를 보고 손짓발짓해 가며 열심히 이야기하고 있었다. 집 주소지를 파악할 수 있을 만한 영상은 찍지 않는다, 완전히 얼굴을 드러내지 않을 것 등 누구에게 들었는지 개인 정보를 지나치게 유출하지 않을 정도는 그런대로 조심하고 있었다.

둘은 나란히 목소리를 높여 이런 주장을 되풀이했다. **"이 채널의 이름에는 시대가 달라진다는 기대를 담고 있습니다!", "우리는 지금 학교에 다니지 않고 있습니다! 하지만 그게 정말 좋지 않은 일일까요?", "아이들은 다 학교에 다녀야 하나요? 그런 생각은 너무 진부해!", "숫자가 0이 될 무렵에는 틀림없이 상식 같은 것도 바뀌어 있을 겁니다!"**

아이가 하려는 일은 다 하게 하고 싶다. 아이의 생각을 부정하고 싶지 않다. 히로키도 물론 그렇게 생각한다. 하지만 동시에 아이의 잘못을 지적하는 일도 부모의 역할이라고 생각한다.

"저기, 수도꼭지 사건 말인데요."

히로키가 커피에 입을 대는데 고시카와가 파일에서 용지를 꺼내며 말했다.

고시카와가 말한 수도꼭지 사건이란, 마침 오늘 오전에 구류 연장이 청구된 안건이다. 2인조 남성이 전국 공공시설의 수도꼭지를 훔치고 다니다가 요코하마시 공원에서 체포되었다. 둘 다 묵비권을 행사하고 있는데, 매매 목적의 금속 절도임이 명백했다. 둘 다 나란히 입을 다물고 있는 것은 뒤에 금속 전매를 관장하는 거대 조직이 있기 때문일 것이다. 만일 체포되었을 때를 대비해 미리 묵비권을 지키기로 입을 맞췄을 것이다.

"조사 방침은 금속 전매로 잡았습니다만 관할 밖 사건까지 포함해 과거의 유사 사건을 조사해 봤습니다. 그랬더니 이런 사례가 나왔습니다."

어느새 히로키의 옆에 선 고시카와가 복사한 신문 기사를 내밀었다. 히로키는 안경을 올리고 용지와 조금 거리를 둔다. 구석에는 2004년 6월 23일이라고 손 글씨로 날짜가 적혀 있다.

오카야마현경 ○×서는 22일, 경찰 시설에 침입해 물을 그대로 틀어 놓은 채 수도꼭지를 훔친 같은 현 ○×시 서부 니혼신문 배달원 후지와라 사토루 용의자(45)를 절도와 건조물 침입 혐의로 체포했다.

현장과 인접한 같은 현 ○×시에서 4월부터 5월 초에 걸쳐 공원과 주택, 마을회관의 실외에 설치된 수도꼭지가 도난당해 물이 계속 흐른 사건이 여러 건 발생한 바 있어 경찰은 그 관련성을 조사하고 있다.

조사에 따르면 후지와라 용의자는 4월 11일~18일 사이에 같은 현 ○×시 ○×시경 기동 경찰대 고바세 분견소의 사무소 창문을 깨고 침입해 욕실 수도를 틀어 놓은 상태로 만든 다음 수도꼭지(시가 5백 엔 상당)를 떼어 내 훔친 혐의. 분견소는 평소에 사람이 없어 일반 시민이 창문이 깨져 있는 것을 발견하고 신고했다. 담당 경찰서원이 욕실 안을 확인한 결과 욕조의 수돗물이 격렬하게 뿜어져 나오고 있었다고 한다.

후지와라 용의자는 "물이 철철 나오는 게 너무 기뻤다."라고 진술했다.

"이 말은 곧, 수도꼭지 자체가 아니라 물의 분출이 목적이었다는 말이죠?"

히로키가 기사를 다 읽기도 전에 고시카와가 말을 꺼냈다.

"마지막에 기뻤다는 표현을 썼는데 이건 아마, 그러니까 흥분했다는 의미 같은 걸로 생각됩니다. 그래서 조사해 봤는데요."

고시카와는 다른 용지를 또 내밀었다.

"세상에는 소아성애반이 아니라 이상 성향을 지닌 사람이 많다고 합니다. 이를테면 풍선이 터질 때 흥분하는 사람 같은, 그런 사람들이요. 이번 피의자도 혹시 수도꼭지 절도가 목적이 아닐지도 모릅니다."

히로키는 새로운 용지를 받아 들기는 했으나 내용을 보지는 않았다.

"이번 사건에서 피의자 둘이 나란히 묵비하는 이유도 어쩌면 금속 도난이 아니라 성적 흥분이 이유라."

"그건 아니야."

히로키는 도시락 뚜껑을 닫고 받은 용지를 뒤집어서 밀었다.

"이런 특수한 예, 어디서 가져왔나? 무엇보다 이 기사의 남자도 전매를 숨기려고 거짓 진술을 했을 가능성이 커."

"하지만."

"게다가."

히로키의 목소리가 커졌다.

"만약 그런 이유라 하더라도 모든 사건의 피의자가 공공물을 절도했다는 사실에는 변함이 없어. 우리 일은 피의 사실에 해당하는 죄명을 올바르게 판단하는 거야. 검사에게 의견을 개진해 눈에 띄고 싶은 마음은 알겠는데."

히로키의 이야기에 고시카와의 눈썹이 흠칫 움직였다.

"사건은 자네 공적을 위해 존재하지 않아."

바로 옆에 있는 고시카와의 근육질 몸이 싸구려 양복 속에서 훅 팽창하는 느낌이 들었다. 하지만 그것을 겉으로 드러낼 정도로 고시카와는 어리석지 않다.

"알겠습니다."

고시카와는 얌전히 자기 자리로 돌아갔다.

집무실은 넓지 않다. 그러므로 그 안에 있는 두 사람의 관계가 나빠지면 전체적인 분위기가 단숨에 가라앉는다.

임관하고 곧 고시카와와도 술자리를 마련했다. 그때 히로키는 언젠가 시험을 치러 부검사, 특임 검사가 되는 게 목표라고 말하는 고시카와를 바라보며 그 성실함을 안타깝게 생각했다. 나쁘게 말하면 한물간, 좋게 말하면 철벽의 질서를 자랑하는 검찰청은 사법시험 합격이라는 기본 통로가 아닌 다른 길로 조직에 들어온 인간을 그다지 좋아하지 않는다. 검찰 사무관이 시험에 합격해 특임 검사가 되더라도 괜찮은 사건을 배정받지 못할 것이다. 지금 생각하면 알코올과 꿈꾸는 미래에 볼을 붉히던 청년의 모습은 동영상 속 다이키와 겹치는 부분이 있다.

저녁 늦게 귀가하자 거실 소파에 유미가 앉아 있었다. 그리고 여전히 가방을 들고 있는 히로키에게 파란 물건을 내밀었다.

"당신, 이거 불 수 있어?"

"그게 뭔데?"

거실에는 다이키가 아직 학교에 다닐 때 사 놓은 장난감 배트와 글러브, 줄넘기 등이 아무렇게나 놓여 있었다.

"동영상 촬영에 쓴다고 옛날에 쓰던 놀이 도구를 몽땅 내일까지 꺼내 놓으래. 기획에 필요하다며 난리야."

"뭐?"

히로키는 피곤했던 터라 입은 옷 그대로 소파에 앉았다. 오후 내내 고시카와와의 사이에 약간의 긴장감이 있었다. 단순한 남자니까 내일쯤이면 원래대로 돌아올 테지만 평소보다 스트레스가 쌓이기는 했다.

"오늘은 풍선을 이용한 동영상을 찍을 예정이었는데 폐활량이 부족한지 아키라도 다이키도 풍선을 불지 못했어. 당신 할 수 있어?"

유미가 들고 있는 파란 물체는 불기 전의 풍선인 듯하다. 이걸 못 불다니 도대체 얼마나 힘이 없느냐는 생각이 들었으나 확실히 입으로 풍선을 불려면 예상보다 많은 에너지가 필요할 것이다.

"뭐라더라, 시청자들이 댓글로 요청을 남긴대. '풍선 빨리 터뜨리기 대결해 주세요.'라고. 나는 그게 왜 재미있는지 도무지 모르겠는데."

촬영, 기획, 시청자, 요청. 삶은 달걀처럼 매끈한 피부를 지닌 다이키가 전문가나 할 법한 단어를 사용했다고 생각하니 히로키의 온몸이 근질근질했다.

"학교로 돌아가면 훨씬 더 재미있는 놀이가 잔뜩 있을 텐데."

히로키는 풍선을 받아 소파에 몸을 기대고 TV 장식장에 놓인 시계를 봤다. 오후 11시를 넘어서고 있다.

"나도 유튜버가 되길 바라는 건 아니지만."

유미가 슬쩍 히로키의 표정을 살핀다.

"매일 전보다 훨씬 즐거워하니까 일단 안심이야."

유미가 TV를 켜지 않은 것으로 보아 다이키는 이미 자고 있을 것이다. 목욕을 마친 듯 보이는 유미는 화장기 없는 얼굴에 안경을 쓰고 있다.

"내내 방에 틀어박혀 있는 것보다는 지금이 훨씬 나아."

히로키는 유미의 머리카락에서 풍겨 오는 트리트먼트 냄새를 맡자 쫙 벌린 다리 안쪽에서 피가 돌기 시작하는 것을 느꼈다.

"다이키, 얼굴이 좀 단단해진 것 같지 않아? 역시 그동안 너무 안 움직였어. 진짜 친구가 생겨서 다행이야."

히로키는 유미에게서 받은 풍선을 검지와 엄지로 잡아 봤다. 축 늘어진 그 형태를 보니 사용 후 콘돔 입구를 묶는 순간이 떠올랐다.

"나나에 씨도 전보다 훨씬 밝아진 듯하고. 역시 부모끼리 어울리는 게 좋아."

하염없이 떠들어 대는 그 모습을 통해 유미가 다이키 없이 히로키와 둘만 있는 공간에 긴장하고 있음이 전해졌다. 히로키는 사타구니의 중심을 휘감는 소용돌이가 그 반경을 넓히고 있음을 느끼면서 화장품으로 전혀 꾸미지 않은, 밤에만 볼 수 있는 유미의 눈동자를 가만히 응시했다.

유미는 옛날부터 삽입할 때 이유 없이 눈물을 흘렸다. "아프거나 싫은 게 아니야. 그냥 눈물이 나와." 그런 말을 들었어도 교제 초기에는 정말 놀랐는데 금세 익숙한 광경이 되었다. 히로키는 어느새 유미 위에 올라 허리를 움직이면서 그 동그란 눈동자가 촉촉하게 젖어 가는 모습을 보는 게 좋아졌다. 터널 저 멀리 있는 빛에 가까워지는 듯 히로키의 움직임에 맞춰 유미의 눈동자에 천천히 눈물이 차오른다. 어느새, 기어이 한 방울이 똑 떨어지는 그 순간, 히로키의 흥분이 최고조에 달하는 구조가 온몸의 신경에 바히고 말았다.

"풍선, 할 수 있겠어?"

'물이 철철 나오는 게 너무 기뻤다.'

고개를 든 유미와 눈이 마주쳤을 때, 히로키의 뇌리에는 이유도 없이 낮에 본 기사의 마지막 구절이 떠올랐다.

기류 나쓰키
2019년 5월 1일까지, 311일

틀어 놓았던 물소리가 멈췄다.

그 순간, TV에서 들려오는 소리가 한층 명확해졌다. 화면에 나오는 인물을 파악한 순간, 나쓰키의 몸 내부가 안개 같은 걸로 가득 찼다.

【"처음에는 상사도 제대로 대응해 주지 않았습니다. 아저씨끼리의 사랑을 누가 보겠느냐며."】

리모컨을 쥔 아버지가 순간, 슬쩍 나쓰키에게 시선을 던졌다. 바꾸고 싶으면 바꿔도 되는데 아버지는 굳이 채널을 그대로 두고 리모컨을 내던졌다.

이상한 TV 드라마 〈아저씨 사랑〉의 프로듀서가 말한다.

화면 오른쪽 위의 자막은 손 글씨 스타일인데 그런 연출조차 짜 증스럽다. 밤 버라이어티 프로그램이 시작되기 직전 뉴스, 그 안 에 편성된 조금 긴 특집이다.

【"그런 게 유행할 리 없다, 광고도 붙지 않아……라는 말만 들었 습니다. 하지만 갑자기 신규 드라마 기획이 필요한 상황이 되는 바람에 끈질기게 계속 제안한 제 기획이 실현될 수 있었습니다. 회사 내부의 홍보가 중요하다는 것을 절실히 깨달았습니다."】

아버지가 바꾸지 않은 채널의 프로그램 속에는 사원증 비슷한 것을 목에 건 여성이 나와 있다. 분명히 최근 몇 년 사이 붐이 된 남성 동성애자를 주인공으로 한 드라마의 프로듀서다. 그녀를 이 런 식으로 인식할 생각은 없었는데 최근 의외로 여러 군데 얼굴을 드러내는 바람에 자연스럽게 외우고 말았다.

지금 나는 사회에 좋은 영향을 주고 있어……. 그렇게 믿어 의 심치 않는 얼굴의 기름기가 조명을 받아 번쩍번쩍 빛나고 있다.

아버지의 시선이 또 조심스럽게 나쓰키에게 닿았다. 그 시선을 통해 지금 아버지의 생각이 전해진 듯해 나쓰키는 역시 밖에서 저 녁을 먹었어야 한다고 생각했다.

어머니가 만든 연어구이는 아무래도 간이 약하다.

【"요즘은 〈아저씨 사랑〉이 성공한 콘텐츠가 되어 방송국 사람 들의 보는 눈도 달라졌지만, 전에는 정말 입지가 좁았습니다. 이 상한 기획을 들고 오는 녀석이라는 평판이 퍼져서……. 이 드라마 시리즈의 프로듀서를 맡으면서 소수자에 대한 세상의 편견과 차 별을 실감할 수 있었습니다."】

편견, 차별이라는 단어가 비뚤게 가공되어 화면을 가로지른다. 【현재의 드라마 업계에서는 지금까지 정석이었던 좋아하는 사람과 서로 사랑해 결혼한다는 해피 엔딩이 줄고 있다고 히라노 프로듀서는 말했습니다.】 더 심각하게 보이도록 가공된 차별, 편견이라는 글자. 대놓고 거드름을 피우는 해설자가 그 글자가 드러내는 분위기를 끈질기게 증폭시킨다.

【"〈아저씨도 사랑하고 싶어〉의 성공으로 LGBTQ만이 아니라 더 다양한 사람들의 이야기가 기획 회의에 나오고 있습니다. 에이섹슈얼, 팬섹슈얼*, 폴리아모리, 모든 사람의 힘든 삶에 다가가는 드라마가 생기고 있습니다."】

아이고, 네, 네. 나쓰키는 절로 열릴 듯한 입을 닫으려고 보리차를 한 모금 마셨다.

이제는 이런 주장에 짜증도 안 난다. 이 정도의 관점으로 요란을 피우는 사람이 있다는 현실을 그저 싸늘하게 지켜볼 뿐이다.

【"아무리 픽션 세계라 해도 지금까지는 너무 일면적이었죠. 행복의 형태는 더 많은 종류가 있고 그 사람이 정한 행복에 아무도 참견할 수 없습니다. 드라마를 통해 이런 가치관을 알리는 게 제 보람입니다."】

보람! 나왔구나! 나쓰키는 웃음이 터질 듯한 입에 연어와 함께 버섯 된장 찜을 가져간다. 힘든 삶에 다가가겠다며 헌신적인 자세를 어필한 몇 초 뒤에 그게 자기 보람이라며 희희낙락 떠든다. 너

● Pansexual. 범성애. 젠더에 상관없이 끌림을 느끼는 성적 취향

무나 인간답게 움직이는 입술은 오렌지 계열의 립스틱으로 아름답게 칠해져 있다.

【"마침 무료로 많은 사람에게 동시에 호소할 수 있는 TV라는 미디어에서 일하는 만큼 앞으로도 사회에 좋은 영향을 주는 작품을 만들고 싶습니다. 〈아저씨 사랑〉에는 LGBTQ 당사자도 그렇지 않은 사람도, 이 드라마 덕분에 살기가 편해졌다, 또는 다양성이라는 단어에 관해 생각하게 되었다는, 이제까지 담당한 작품에서는 얻지 못한 다양한 감상을 들었습니다. 앞으로도 시청자가 어떤 누구와도 멀어지지 않으며 좀 더 자신에게 솔직하게 살 수 있도록 하는 드라마를 제작하고 싶습니다."】

어디까지나 본인은 이끄는 쪽에 있다는 의식에, 구역질이 난다.

"이제 헤이세이도 끝나네."

부엌에서 돌아온 어머니가 의자에 앉자마자 조그만 화분을 내려놓았다. 조그만 공간 속에 어깨를 맞대고 있는 작은 토마토들의 매끈한 피부에 투명한 물방울이 매달려 있다.

"어제 본 드라마도 사실혼이라고 했던가? 그런 게 주제였어. 결혼해 성을 바꾸고 싶지 않다고. 우리 때는 생각도 못 해 본 일이지. 안 그래요, 여보?"

어머니는 아버지에게 마요네즈를 너무 많이 치지 말라고 주의를 주며 자신이 얼마나 이 특집과 눈앞의 딸을 잘 이해하는지 목소리 가득 감정을 담아 말했다.

"지금은 결혼해 아이를 낳는 일만이 행복이 아니지. 정말 시대가 변했어. 나쓰키, 토마토 줄까?"

쓱, 작은 화분 바닥이 테이블과 마찰하는 소리가 났다.

"고마워."

나쓰키는 인사를 건네면서도 손을 뻗으려고 하지 않았다.

그러니까 채널을 바꾸는 게 더 나았어. 나쓰키는 어금니에 낀 버섯을 혀로 빼내며 덩그러니 놓여 있는 리모컨을 바라봤다.

"최근에는 영화에서도 LGBT라고 하나? 유행하더라. 지금까지의 해피 엔딩은 이제 지겹던 참이라 딱 좋더라."

어머니가 부엌일을 마치고 식탁에 앉았을 때쯤 아버지의 식사는 거의 끝나 있었다. 이토록 새로운 가치관 따위 조금도 비집고 들어갈 틈 없는 시간 속에서 산 두 사람이 결혼은커녕 애인이 생길 기색도 없는 외동딸의 존재를 스스로 받아들이려고 하고, 나아가 굳이 새로운 사고방식을 익히려 몸부림치는 모습을 볼 때마다 견딜 수 없는 기분이 든다.

TV에서는 가정을 가지자마자 그 경력을 내세워 평론가가 된 듯 행동하는 개그맨들이, 공격당하는 걸 너무 의식한 나머지 결국은 누구에게도 가닿지 않을 공허한 발언만 해 대고 있다. 【후배 중에도 이런 느낌의 사람들, 정말 많이 늘었어요.】【시대가 변했구나 싶어요.】

"얼마 전 본 외국영화도 그런 내용이었지. 그렇죠, 여보? 재밌었잖아. 극장 가서 본 영화. 젊은 사람들만 가득해서. 저 세대에는 이런 내용이 잘 받아들여지는구나 싶었잖아. 헤이세이 다음 세대라고 해야 하나?"

"그래?"

나쓰키는 맞장구치면서 생각한다. 부모와의 대화는 언제나 이 모양이다. 말이 오고 가지만 대화가 되지는 않는다. 피차 핵심을 죽어라 덮고 숨기니까.

【새로운 가치관에 대응해야 합니다.】【정말 맞는 말씀입니다.】

'대응해야 한다.' 정말 한숨이 절로 나오는 표현이다.

게다가 부모나 뉴스 프로그램의 평론가들이 저토록 관용적인 태도를 드러내는 이유는 분명하다. 이미 자기들은 본질적으로 변화할 필요가 없으므로 그저 공격당하지 않게 받아넘기면 그냥 넘어갈 수 있는 단계에 있다는 것을 자각하고 있기 때문이다.

나쓰키는 사오리를 떠올렸다.

도무지 시대가 변했다고 생각할 수 없게 만드는 사람들.

휴식 시간에 사오리가 말을 거는 빈도가 점점 늘고 있다. 그에 따라 임신 계획 이야기를 반복하며 은근히 본인 이야기라면서 나쓰키의 상황을 캐묻는 횟수도 늘었다. 여유가 없으리라. 그 모습을 보고 있자면 후배인 와키모토와 함께 나를 보며 "저 사람, 어떻게 살 생각이지?"라고 비웃고 싶어 하는 절박한 마음이 전해진다. 자신만의 '해피 엔딩'을 지니라고 아무리 떠들어도, 특히 아이를 낳을 수 있는 성별을 지닌 이 세대 사람에게는 결국 결단의 시기가 다가오는 법이다.

사오리의 목소리가 쏟아질 때마다, 조금 전 프로듀서 같은 사람이 TV에 등장할 때마다, 나쓰키는 저녁 시간과 학창 시절의 공기를 떠올린다. 이미 내릴 수밖에 없는 비, 좁은 교실 속에서 들을 수밖에 없는 목소리. 살아 있는 한 피할 수 없는, 무섭게 달려드는 세상 그 자체.

식사를 끝낸 아버지가 자리에서 일어났다. 어머니에게 맛있었다거나 잘 먹었다는 말을 전하는 법도 없고 식기를 싱크대로 옮겨 놓는 일도 없다. 아버지는 옛날과 다름없는 가치관 속을 살며 그런 자신을 시대의 변화에 맞추려고도 하지 않는다. 지금이 이 사람에게는 가장 편안한 상태이므로 당연한 일일지 모른다. 애써 바꾸려 노력하는 것보다 그게 오히려 깔끔한 태도라 편하다.

아아, 맞다. 나쓰키는 주간 일기예보 화면에 나오는 날짜를 보고 진저리를 쳤다. 8월 결혼식 겸 총동창회에서 틀 영상을 오늘 중으로 보내야 한다.

참가자가 저마다 신랑 신부에게 보내는 축하 메시지를 촬영하면 그것을 하나로 편집해 결혼식에서 상영할 것이다. 총동창회도 겸하는 자리이니까 그런 영상이 있으면 화젯거리도 되어 좋을 거다. 간사로 왕성하게 활약 중인 니시야마 슈는 그런 뜻의 내용을 도무지 이해할 수 없는 문장으로 연락해 왔다. 그런데 나쓰키의 관심을 끈 것은, 축하 동영상에 관한 부분이 아니었다.

【사사키도 온다고 하니 정말 전원이 다 모이게 되는 거야. 꼭 보내!】

슈는 분명히, 그렇게 적었다.

사사키 요시미치가, 총동창회에 온다.

【사사키도 와?】 나쓰키는 입으로 언어 가시를 골라내면서 받은 메시지에 바로 답장을 던졌고 지금 그 답장을 떠올렸다.

【처음에는 거절했는데 기류가 온다니까 역시 온다고 하더라. 뭐

야? 너희들 잘되겠어!】

사사키 요시미치가, 총동창회에 온다.

SATORU FUJIWARA라는 이름을 볼 때마다 떠올리는, 유일한 인간이.

온다.

나쓰키의 목구멍에 분명히 뺐을 연어 가시가 탁 걸렸다.

단독주택의 2층은 추위도 더위도 증폭한다. 나쓰키는 밤마다 자기 방으로 돌아올 때 어떤 예고도 없이 고스란히 드러나는 기온의 환영을 받으며 계절의 변화를 실감했다.

이제 곧 여름이 오겠구나. 나쓰키는 늘 하던 대로 휴대전화로 유튜브 앱을 켰다. 여름을 손꼽아 기다리지만, 바다나 불꽃놀이를 좋아해서도, 자신이 태어난 계절이어서도 아니다. 오히려 방학 중인 8월이 생일이라 생일 축하 인사를 들을 기회가 줄어든다는 점에서 감사했다.

여름이 좋아진 것은, 어른이 되고 나서부터다. 더 설명하자면 유튜브를 비롯한 동영상 플랫폼 사이트가 보급되고 나서다. 여름, 학생들은 방학에 들어간다. 그리고 기온이 높으면 높을수록 차가운 물을 사용하는 기획에 채널 운영자들은 긍정적으로 반응한다.

이제 잠들 준비를 마친 몸을 침대에 눕힌다. 6월의 밤은 무더워 자연스럽게 에어컨 리모컨으로 손이 갔다.

나쓰키는 동영상 플랫폼 사이트의 검색창을 터치했다. 만에 하나 누군가가 내 휴대전화를 보거나, 내 계정 정보가 유출되는 사태에 대비해 늘 둘러보는 채널은 수없이 많아도 구독은 하지 않도록 조심하고 있다.

한 글자를 입력하자 자동 완성 글자들의 후보들이 바로 쭉 뜬다. 이 사용자의 특성을 기억하고 있다고 당당하게 말하는 듯한 태도가 영 거슬린다.

켕기는 부분이 있기에 오히려 인터넷 검색을 사용하는 사람이 많다는 것을 세계적인 유명 기업에서 일하는 똑똑한 사람들이 상정하지 않았을 리 없다. 그런데 도대체 왜 이런 기능을 사용자 모두에게 적용하느냐는 말이다. 아니면 세상 대다수의 사람들이 자기가 검색한 정보가 축적된다는 사실을 기꺼이 받아들인다고 생각하는 걸까.

대단하다! 그렇게 중얼거리는 나쓰키의 머릿속에 니시야마 슈의 얼굴이 떠올랐다. 자신의 정체성은 다른 사람에게도 너무나 좋은 발명이라고 의심하지 않고 살아가는 인간의 얼굴.

올바른 생명의 순환 속을 사는 사람.

나쓰키가 최근 관심을 쏟는 채널은 남자 초등학생 두 명이 운영하는 채널이다. 처음에는 **'학교에 다니는 대신 원하는 일을 하며 살겠다!'** 라는 둥 큰소리를 치던 소년들은 곧바로 너무나 흔하디흔한 한심한 기획에 한껏 흥을 올렸다. 멀리 보는 눈 없이 그저 눈앞에 보이는 데에만 뛰어드는 얄팍함이, 동영상 서비스로 유명해진 사람을 동경하는 아이 같아서 미소를 짓고 말았다. 그들은 구독자도 조회수도 아주 적지만 결코 업로드를 멈추지 않는다. 결과가 나오지 않으면 바로 업로드를 중단하는 다른 초등학생에 비하면 상당한 끈기인데 등교 거부 중이라 달리 인정받을 곳이 없어서 그럴 것이다. 그렇게 생각하니 카운트다운 형식이라는 언뜻 특이한 채널 이름으로 세상의 관심을 끌려는 태도도 애처롭게 느껴졌다.

나쓰키가 왜 그들에게 관심을 가졌느냐면 시청자들의 반응을 죽을 만큼 욕망하는 게 화면 너머로도 명확하게 전해졌기 때문이다. 동영상에 대한 요청 같은 게 댓글에 달리면 그들은 두 손 들어 환영하며 받아들였다.

나쓰키는 자기 방 침대에서 단골 채널들을 순회하고 있을 때면 홀로 숲속 깊은 미지의 호수로 나아가는 듯한 기분이 들었다. 이 감각이 좋았다. 사오리의 커다란 목소리와 뉴스 프로그램의 특집 등 그저 살아 있다는 이유만으로 허락 없이 다가오는 존재들보다, 다른 사람 몰래 세상을 물리치고 돌진하지 않으면 도착할 수 없는 존재에 닿고 싶다.

연호가 바뀔 때까지 앞으로 ○일 채널. 최근에 발견한 나만의 호수.

나쓰키는 들뜬 기분을 다스리며 최신 동영상 제목을 점검했다.

【요청받은 기획! 풍선 빨리 터뜨리기 대결! ※벌칙 게임은 전기 안마】

아!

나쓰키는 동영상을 일단 멈추고 댓글로 직행했다. 예상대로 이번 동영상에 대한 감사의 말이 제일 위에 달려 있다.

요청에 응해 줘서 감사합니다! 대결도 벌칙 게임도 다 재미있었어요. 다음에는 부디, 벌칙 게임 할 때 전기 안마를 받는 사람의

얼굴이 잘 나오도록 찍으면 더 재미있을 거예요! (선글라스를 벗으면 표정이 잘 보이므로 그게 더 인기를 끌 겁니다.)

나쓰키는 감사하는 척하며 더 상세한 요청을 덧붙이는 이 댓글을 안됐다는 마음으로 바라봤다. 이 댓글을 쓴 사람의 이름도 최근 자주 봤다. 십 대 남자가 운영하는 모든 채널에 전기 안마 벌칙 게임을 요청하는 사람이다.

이 동영상으로 인해 그들이 구독자의 요청에 쉽게 응하는 유튜버라는 점이 증명되었다. 앞으로 이 동영상의 댓글 창에는 다양한 요청이 적힐 것이다.

SATORU FUJIWARA 같은 인물에 의해.

나쓰키는 일단 댓글 창을 닫고 멈춰 놓았던 동영상을 재생했다. 【"새로운 시대를 살아갈 여러분들, 안녕하세요! 연호가 바뀔 때까지 앞으로 311일 채널입니다!"】유명 유튜버에게 배웠는지 프로처럼 독자적인 인사로 시작하는 데 또 미소를 지었다. 주제곡도 무료 음원 중에 유명 채널과 겹치지 않은 걸 고른 듯하다. 독특한 리듬의 음원은 아마추어라는 것이 그대로 티 나는 동영상과 잘 어울리지 않았다.

동영상의 내용은 제목대로 한 사람당 다섯 개씩 준비된 풍선을 누가 빨리 터뜨리는지를 겨루는 것이었다. 어른들이 보기에는 이런 정도의 동영상으로는 사람들에게 인기를 얻지 못할 게 뻔하지만, 정작 본인들은 진지하게 이 동영상으로 유명해지리라고 생각할 것이다. 무서워하면서도 풍선을 꼭 안거나 풍선에 필사적으로 손톱을 세우는 소년들을 지켜보면서 나쓰키는 이 대결 자체도 그쪽 사람이 요청한 것이리라고 생각했다. 풍선이라면 러버(rubber, 고무) 페티시즘일 가능성이……. 이런 생각에 잠겨 있는데 천진난 만한 목소리가 날아들었다.

【"자, 다이키 패배! 벌칙 게임은 요청대로 전기 안마 30초입니 다!"】

역시 이게 목적이었을까. 나쓰키가 그렇게 생각하는 동안에도 동영상에서는 【"악! 너무해!"】 전기 안마를 거부하면서도 어딘가 즐거워 보이는 소년의 목소리가 들려왔다.

전기 안마. 초등학교 교실 구석에서 남자애들끼리 하는 장난이 다. 눕힌 상대의 양다리를 들어 올리고 무방비 상태가 된 사타구 니를 발바닥으로 꾹꾹 눌러 고통을 주는 놀이. 어디까지나 게임 참가자 본인들은 자주 하는 벌칙 게임 중 하나.

어디까지나, 본인들에게는.

【"벌칙 게임 요청도 감사합니다! 그럼, 이제 시작할게요. 3, 2, 1."】

카운트다운 뒤에 들리는 밝은 음악과 소녀처럼 높은 목소리의 절규. 나쓰키는 표정 하나 바꾸지 않고 두 소년이 장난치는 모습 을 바라봤다.

이 동영상의 조회수는 늘어날 것이다. 사타구니를 자극당하며 고통스러워하는 소년의 모습을 바라보며 나쓰키는 생각했다.

【"오늘은 시청자 여러분의 요청 덕분에 즐거웠습니다! 요청은 늘 모집하고 있습니다. 우리가 해 주길 바라는 게 있으면 댓글에 남겨 주세요!"】

벌칙 게임을 수행한 소년이 환히 웃으며 이쪽을 향해 손을 흔들었다. 전기 안마를 당한 아이도 어깨로 씩씩 숨을 들이켜면서도 웃고 있다. 이 장면도, 두 사람이 있는 곳이 초등학교 교실이었다면, 그들을 보는 사람이 그들의 반 친구들이었다면 이상할 게 하나도 없는 일이다.

다시 댓글 창을 살펴봤다. 그러자 예상대로 이미 다양한 그쪽 인간들의 요청이 달려 있다.

다음은 물속에서 숨 참기 대결을 희망합니다. 벌칙 게임은 폐활량을 단련하는 목 조르기를 원합니다.

이건 질식 페티시즘의 요청이다.

온몸을 랩으로 감고 몇 초 만에 탈출할 수 있는지 재는 게임이 외국에서 유행하고 있답니다. 일본에서 하는 유튜버는 거의 없으니까 해 보면 인기가 있을 겁니다!

이건 온몸을 미라처럼 구속하는 걸 좋아하는 머미피케이션(Mummification) 페티시즘이 보낸 요청.

내용만 보면 후자가 더 이질적이나 내용에 욕망을 너무 그대로 드러내고 있다는 점에서 전자가 더 불온한 분위기를 보이고 말았다. 이 요청도 모든 채널의 댓글 창에서 자주 보는 것이다. 밑져야 본전이라는 식으로 온갖 곳에 쓰다 보면 해 주는 데가 있으리라는 생각일 것이다.

'앞으로도 시청자가 어떤 누구와도 멀어지지 않으며 좀 더 자신에게 솔직하게 살 수 있도록 하는 드라마를 제작하고 싶습니다.'

머릿속에서 조금 전 본 TV 특집의 여성 출연자의 목소리가 울려 퍼졌다. 어떤 누구와도 멀어지지 않으며 좀 더 자신에게 솔직하게 살 수 있도록. 그저 아름답기만 할 뿐 공허한 말이 울려 퍼진다.

그때였다.

더워지고 있으니까 여름답게 물을 이용한 기획은 어떨까요? 물풍선을 터뜨리지 않고 몇 번이나 주고받을 수 있는지 대결, 호스에서 나오는 물을 얼마나 멀리 뿌릴 수 있는지 대결 등을 보고 싶네요.

있다.

SATORU FUJIWARA

〈귀를 기울이면〉의 아마사와 세이지처럼 나쓰키가 살펴보는 모든 댓글 창에 등장하는 이름.

사토루 후지와라.

그 이름을 보면 언제나 떠오르는 유일한 동급생.

그와 이제 곧 총동창회에서 재회한다.

나쓰키는 일단 휴대전화를 침대 위에 내려놓았다. 손가락 끝은 찬데 손바닥에는 땀이 차 있다.

이어질 듯하다가도 직접적으로 이어지지 않는 단편들. 그것들은 마치, 생각지도 못한 형태로 이어져 별자리가 되기 직전의 별들처럼 각자의 위치에 얼굴을 내밀고 있다.

사사키 요시미치가 전학 가기 직전, 현지에서 보도된 '절도' 사건.

학교 건물 뒤쪽 급수장에서 둘이 나눈 짧은 대화.

식품 회사 채용 페이지에 실려 있던 입사 이유.

이어질 듯 이어지지 않는다. 하지만 이 모든 걸 우연으로 치부

할 만큼 둔하지는 않다.

사사키 요시미치가, 총동창회에 온다.

SATORU FUJIWARA라는 이름을 볼 때마다 떠오르는 유일한 인간이.

온다.

그렇게 생각한 순간, 침대에 놓인 휴대전화가 반짝였다.

나쓰키는 불에라도 데인 듯 벌떡 일어났다. 전화한 상대가 내 생각을 알 리가 없는데.

화면에는 결혼식 겸 총동창회의 동영상 제작을 담당한 동급생 가도와키의 이름이 떠 있다. 식과 관련된 모든 걸 슈가 담당하려 했는데 너무 바빠 다 책임질 수 없어 보다 못한 가도와키가 도와 주게 되었다고 들었다.

축하 동영상을 보내지 않아 재촉하려는 것이겠지. 그렇다면 내일 보낸다고 해야지. 그렇게 생각하면서 나쓰키는 통화 버튼을 터치했다.

"네, 기류입니다."

【"여보세요. 가도와키입니다."】

나쓰키는 상대가 보이지도 않는데 살짝 고개를 숙이며 말했다.

"영상 때문이지? 미안, 요즘 좀 바빠서."

【"아, 그게 아니고."】

전화 너머의 가도와키가 휴, 한숨을 내쉰다.

【"지금 전화 괜찮아?"】

전혀 다른 이야기를 듣겠구나. 나쓰키는 순간 깨달았다. 괜찮다고 대답하면서 나쓰키는 움츠리고 있던 어깨에서 힘을 뺐다.

【"이번에 초대한 사람들에게 다 전화를 돌리고 있는데."】

"응."

【"슈가 죽었어."】

"뭐?"

나쓰키는 너무나 한심하게 울리는 자기 목소리를 들었다.

【"사고사야. 쓰야*와 장례식이 있을 예정인데."】

수화기를 통해 들려오는 목소리를 들으면서 유모차 안에서 울고 있던 리리아의 얼굴을 떠올렸다. 슈의 정자가 그대로 크게 부풀어 오른 듯한 뺨을 붉히며 자기가 가진 생명 전부를 써 버릴 듯 울던 그 모습을.

● 초상집에서 함께 밤샘하는 의식

간베 야에코
2019년 5월 1일까지, 267일

이 생명 전부를 오늘 다 써 버리겠다는 듯 8월의 태양은 가차 없다. 하필 화장이 잘 먹은 날에 이렇게 땀투성이가 되어 버린 데 짜증을 내며 야에코는 한여름 불볕더위가 잘 어울리는 가마쿠라 거리를 한 걸음씩 걷고 있었다. 점심을 먹고 난 오후 1시 이후, 태양이 그 절정을 발휘하는 시간대였다.

"그러면 사야 선배는 대학까지 버스 한 번이면 온다는 거예요? 정말 부럽네요. 본가가 가마쿠라라니 최고잖아요."

요시카의 목소리에는 진심 어린 선망이 배어 있고 발걸음도 아주 가볍다. 야에코는 앞에서 걷는 두 사람에게 폐가 되지 않도록 한 달 가운데 가장 권태감을 느끼는 몸을 부지런히 움직였다.

어떤 계기로 사야의 본가가 가마쿠라라는 걸 알았을 때 야에코는 출신지까지 동경의 대상이 될 수 있다니 사야 선배답다고 생각했다. 또 다른 감상이라면 자취하지 않고 있다는 게 조금 의외였던 터라 요시카가 본가에 놀러 가고 싶다고 바로 손을 들어서 놀랐다. 야에코는 본가에 폐를 끼치다니 말도 안 되는 일이지 싶어 망설여졌는데 결국은 여름방학 첫 회의를 사야의 본가에서 하기로 했다.

"나는 어려서부터 여기서 살아서 그냥 익숙해. 그런데 처음 듣는 얘기네. 요시카의 취미가 절 순례라니."

사야가 영차 하며 오른손에 든 슈퍼마켓 봉투를 고쳐 잡았다. 장시간 회의 동안 먹을 식료품을 사 가기로 했는데 점심 식사를 마친 뒤인데도 사야가 주저 없이 음식과 음료수를 바구니에 넣는 바람에 각자 한 봉지씩 들어야 운반할 수 있는 양이 되었다. 야에코는 계산대를 통과하기 훨씬 전부터 앞에 선 사야의 뒷모습을 물끄러미 바라봤다.

야에코가 늘 피하는 음식만 골라 넣은 사람의 뒷모습이 자기와는 비교할 수 없을 만큼 날씬했다.

"가마쿠라에는 백 개 이상의 사원이 있어요. 혼자 여러 번 왔었는데 좀처럼 다 돌아볼 수가 없었어요. 그런 곳에서 어릴 때부터 살다니 너무 부러워요. 실은 오늘도 오전에 와서 여기저기 둘러봤어요."

"그랬어? 그럼 나도 부르지."

야에코는 앞에서 걷는 두 사람의 대화를 들으며 나란히 늘어선

세 그림자를 바라봤다. 그림자라면, 다 비슷하게 윤곽이 뭉개져 아무리 봐도 슬퍼지지 않는다.

"그러면 다음에는 요시카에게 가마쿠라 안내를 부탁해 볼까?"

농담처럼 말하는 사야에게 요시카가 더 장난스럽게 대꾸했다.

"네? 저 좀 진심으로 루트 짤 거예요. 데이트요, 데이트."

데이트. 이 두 사람은 해 본 적 있겠지.

정신을 놓으면 두 사람의 속도를 따라잡지 못하고 만다. 야에코는 쏟아지는 매미 소리에 뛰어들 듯 평소보다 무거운 몸을 억지로 계속 전진시켰다.

"어라? 문이 열려 있네?"

사야의 본가는 야에코의 본가보다 훨씬 훌륭했다. 그런 집이 열려 있다니, 순간 야에코의 뇌리를 불길한 상상이 지배했으나 불안은 곧 사라졌다.

"언니! 집에 왔어?"

'부모님은 맞벌이라 집에는 아무도 없어. 그러니까 큰 식탁을 이용해 회의하자.' 사야는 그렇게 말했는데 텅 비어 있어야 할 식탁에 날렵한 실루엣의 여성이 앉아 있었다.

"다행이다. 밤까지 나 혼자 있어야 하나 걱정했는데. 이른 휴가를 냈지."

그렇게 말하는 목소리도 표정도 사야와 닮았다. 아니, 사야가 더 어른스러워지고 더 자립한 여성이 된 느낌이랄까. 닮았다기보다 미래상이다.

"사야의 친구? 안녕하세요. 언니 마키에요."

"처음 뵙겠습니다. 실례할게요."

야에코는 고개를 숙이면서 이 사람도 사야와 마찬가지로 다른 별에서 사는 사람임을 깨닫는다. 헤어스타일도 화장도 옷도, 유행과는 관계없이 지금 자신에게 가장 어울리는 것들을 이미 발견한 사람. 상대를 위협할 필요 없이 그곳에 있기만 해도 당당한 존재감을 발휘하는 사람.

"올 거면 연락해 주지. 지금부터 이 테이블에서 회의해야 하는데. 둘 다 실행 위원 후배들."

사야의 목소리가 동아리에 있을 때보다 훨씬 어리게 느껴져 귀엽다.

"회의? 열심히 하네."

마키는 말하면서 식탁에 놓인 하얀 상자를 옆으로 치웠다. 집에 올 때 선물로 사 온 걸까, 가족과 나눠 먹을 과자 선물 세트 같은 게 들어 있을 크기다.

"실행 위원이라면 학교 축제? 너도 참 오지랖도 넓다. 그냥 놀면 될 텐데 굳이 대학 때 일을 하고."

"아, 네, 네. 잔소리는 그만해. 둘 다 짐 내려놔!"

사야가 슈퍼마켓 봉지를 테이블에 툭 내려놓았다. 사야는 음료수가 많이 들어 가장 무거운 봉지를 들고 왔다.

"어머, 이걸 다 사 왔어? 너무 많지 않아? 점심 안 먹었어?"

마키가 봉지 안을 들여다보며 물었다.

'그렇죠, 너무 많이 사 버렸어요.' 야에코가 그렇게 말하며 끼어

들려는 순간 사야가 주저 없이 말했다.

"지금 생리 전이라 늘 배가 고파 죽겠어. 그래서 그만 너무 사고 말았어."

사야는 야에코가 들고 있던 봉지를 빼앗듯 가져가 안에 있던 스낵 과자들을 테이블 위에 펼쳐 놓으며 언니에게 말했다.

"알잖아. 나 옛날부터 그때는 늘 살찌는 거."

본가의 거실을 배경으로 늘 하던 일상 대화 같은 리듬으로.

"야에코? 왜 그래?"

정신을 차리니 야에코 말고 모두 식탁 의자에 앉아 있었다. 요시카는 이미 노트북을 켜고 있다.

"저."

야에코는 간신히 자기 짐을 일단 의자에 올려놓고 마키에게 물었다.

"마키 씨는 몇 살이세요?"

"어? 갑자기 나이를 묻는 거야?"

마키는 웃으면서 선선히 대답해 주었다.

"사야보다 여덟 살 위니까 올해로 사회생활 칠 년째 스물아홉 살이야. 아무래도 결혼과는 멀어졌지."

사야 선배보다 여덟 살 위니까 나보다는 아홉 살 위.

동갑이다.

우리 오빠와 동갑.

"진짜? 히라노 지에가 확정이라고? 〈아저씨 사랑〉의 프로듀서?

너희들 보통이 아니구나!"

용케 일정을 잡았다며 감탄하는 마키를 향해 요시카가 의기양양한 태도로 대답했다.

"사야 선배 말대로 했더니 통했어요. 빨리 연락해 두면 그만큼 우리의 열정이 전해질 거라고."

현재 가장 빛나고 있는 히라노 지에 프로듀서의 참석이 결정되었을 때, 실행 위원 가운데 주로 남자를 중심으로 존재했던 '다이버시티 페스티벌 반대파'가 재빨리 꼬리를 내렸다. 애당초 그 드라마에 빠진 사람은 실행 위원 안에서 여자뿐이라 남자 위원 가운데는 여전히 탐탁지 않아 하는 사람도 있었으나 이보다 더 나은 게스트를 부를 행동력을 지닌 사람이 없는 것만은 확실했다.

"내 여동생이지만 자랑스럽네. 너, 우리 회사에 취직 안 할래?"

사야는 농담을 날리는 마키 옆에서 또 새로운 과자 봉지를 뜯고 있다. "고마운 말씀이나 직장을 고를 권리는 제게 있습니다." 농담을 농담으로 받는 사야의 행동이 아까부터 계속 '여동생'과 '실행 위원 대표'라는 자리 사이에서 흔들리고 있어 신선했다.

최근 오픈한 인터넷 미디어에서 부편집장을 맡고 있다는 마키는 미스 선발 대회가 불러오는 성적 착취와 루키즘 조장 등의 문제에 대해 전부터 깊이 생각했기에 이 기획을 일반 학생들에게 어떻게 접근하면 좋을지, 야에코 일행의 머리에는 없는 조언을 수없이 해 주었다.

"핵심은 전체를 관통하는 주제라고 생각해."

마키는 빗나가려는 화제를 자연스럽게 원래 자리로 되돌리면서 선물로 사 온 버터 샌드 포장을 우리 앞에서 풀었다.

야에코는 자연스럽게 버터 샌드가 들어 있는 상자의 옆면을 봤다. 그리고 1개당 영양 성분표를 응시했다. 버터 샌드는 어떤 기사를 통해 처음 접했을 때부터 내내 먹고 싶었다. 하지만 버터크림의 칼로리가 아주 높다는 사실 역시 알고 있다.

마키의 고운 색깔의 손톱이 은색 포장지를 가볍게 벗겨 냈다. 그 가는 손가락의 매끄러운 움직임이야말로 달콤하고 풍부한 향을 내는 듯 보였다.

"너희들 기개는 충분히 알겠는데 아직은 전체적으로 애매한 느낌이 있어. 전체를 관통하는 주제가 확실히 정해지면 평소 이런 데 관심 없던 사람도 주목할 거야."

"맞아. 바로 그거야."

사야도 마키에 이어 버터 샌드로 손을 뻗었다.

"다이버시티 페스티벌에서 전하고 싶은 내용은 정말 많아. 하지만 한마디로 딱 정리할 주제가 필요해……. 다양성이나 젠더 같은 데 평소 전혀 관심 없던 사람도 이게 뭐지 하고 달려들 키워드가 필요하다고."

사야의 작은 앞니가 버터크림을 바른 쿠키에 귀여운 잇자국을 남겼다. 생리 전 공복감이 엄청나다는 건 사실인 듯하다. 오늘의 사야는 내내 뭔가를 입으로 가져가고 있다.

야에코는 꼬르륵 소리를 내려는 배를 손으로 눌렀다.

다이버시티 페스티벌을 상징하는 주제. 평소 다양성이나 젠더에 관심이 없는 학생들도 달려들, 나와도 관계가 있다고 여겨질 단어……. 거기까지 생각했을 때 야에코는 조금 전 자기가 느꼈던 생각을 떠올렸다.

사야와 마키의 관계. 자기 인생에는 없는 두 사람의 대화를 부럽다고 여긴 그 순간.

"연대, 어떨까요?"

야에코의 목소리가 테이블 한가운데 떨어졌다.

"연대."

옆에 앉은 요시카가 그렇게 중얼거리면서 키보드 소리를 울리며 두 글자를 쳤다.

"저, 아까 놀랐어요."

야에코는 건너편에 나란히 앉은 자매를 번갈아 바라봤다.

"두 사람이 정말 자연스럽게 생리 이야기를 해서요. 저도 생리전 식욕이 늘 고민이라……. 살이 잘 찌는 체질인 데다 매달 그때만 되면 폭음에 폭식으로 몸무게가 늘고 몸이 붓기도 해 정말 괴로워요. 하지만 저는 오빠만 있고 부모님과도 그런 대화를 할 분위기가 아니라……. 아까 두 사람의 대화를 듣고 나도 저렇게 얘기할 수 있는 사람이 집에 있었으면 얼마나 좋았을까 생각했어요."

이번에는 자매 쪽이 움직임을 멈출 차례였다. 자신들에게는 너무나 자연스러운 일상이 귀중한 무언가로 받아들여지는 데 대한 놀라움일 것이다.

"오늘 마키 씨를 만나니까 사야 선배가 실행 위원 대표로 뽑힐 정도로 신뢰를 얻고, 멋진 안을 수없이 낼 수 있는 이유를 조금 알게 된 느낌이에요. 어렸을 때부터 마키 씨 같은 사고방식을 지닌 사람이 곁에 있다면 다양한 관점을 자연스럽게 익혔을 거예요."

사야 선배는 선배 자체로도 대단하다고 마무리하고 야에코는 숨을 꿀꺽 삼켰다.

"저도 지금 생리 전이라."

야에코는 에이, 모르겠다는 심정으로 버터 샌드로 손을 뻗었다.

"먹어야겠어요. 어쩔 수 없잖아요? 먹어서 뚱뚱해진 내게 죄책 감은 안 가져도 되겠죠?"

야에코는 손바닥에 쏙 들어온 동그란 덩어리에 시선을 떨궜다. 다양한 맛이 있었으나 먹는다면 이걸로 하자고 정한 게 있었다. 버터 샌드를 소개하는 기사에서도 다룬 솔트 캐러멜.

"그래? 지금까지 힘들었겠구나."

마키가 다정한 미소를 지었다.

지금까지, 힘들었다. 야에코는 일단 눈을 감았다.

지금까지 힘들었고 앞으로 힘든 일이 가득할 것이다. 틀림없이 연애 경험도 풍부할 눈앞의 자매는 이해하지 못할 불안도 가득하 다. 하지만 이렇게, 불안의 원인이 해소되지 않더라도, 경계조차 보이지 않을 만큼 쌓이고 쌓인 온갖 괴로움을 하나씩 분해하면 편 안해지는 부분도 있다. 야에코는 그것을 처음 깨달았다.

"우리 대학에도 틀림없이 아무에게도 말하지 못할 고민을 하 는 사람이 많을 거예요. 그런 사람들이 오늘 저처럼 그 고민을 말 할 수 있는 사람과 이어질 수만 있다면 그것만으로도 조금쯤 편안 해질 거예요. 저, 미스 선발 대회에 대한 위화감도 요시카와 사야 선배와 공유할 수 있어서 정말 후련했어요."

옆에 있는 요시카의 표정을 봤다. 키보드 위에 놓여 있던 손이 어느새 야에코의 손 바로 옆에 살며시 놓여 있다.

"그런 면은 어떤 사람이나 다 마찬가지라고 생각해요. 이를테면 LGBTQ 사람들도 그렇고, 같은 고민을 품은 사람과 이어지면 틀림없이 누구나 더 살기 편해질 테니까요."

"확실히."

사야가 한 입 베어 문 버터 샌드를 포장지 위에 놓았다.

"〈아저씨 사랑〉 붐도 아저씨끼리의 사랑이 드물었던 것만이 원인이 아니라고 히라노 씨가 말했어. 남자끼리의 연애물을 좋아하지만 대놓고 말할 수 없었던 사람들이 〈아저씨 사랑〉을 통해 이어져 이렇게 큰 붐이 되었다고."

히라노 프로듀서에게 의뢰하며 과거의 인터뷰를 모조리 찾아봤을 것이다. 사야의 말에는 망설임이 없었다.

"히라노 프로듀서도 〈아저씨 사랑〉의 제작을 계기로 이제까지 만나지 못했던 장르의 창작자를 정말 많이 만났다고 했어. 그런 사람들에게는 같은 방송국 동료들에게 말하기 힘든 고민이나 생각을 말하기 쉽다고…… 드라마의 제작 비화만이 아니라 〈아저씨 사랑〉이 낳은 인연을 중심으로 강연을 부탁하는 것도 괜찮겠다."

"그거 정말 흥미롭겠네요."

동의하는 요시카 옆에서 야에코는 버터 샌드를 힘껏 베어 물었다. 쿠키를 자른 앞니 끝이 두터운 버터크림 층을 거침없이 가르고 나아갔다. 달콤하면서도 짭짜름해서 정말 맛있다. 혀 위에서 녹는 크림의 달콤함이 온몸의 세포 틈을 메우듯 퍼져 나갔다.

"야에코의 의견, 아주 깊은 부분을 찔렀네."

야에코는 휴지로 입가를 닦고 마키를 봤다.

"무적의 사람이라는 말 있잖아. 다양한 사건이 보도될 때마다 범인은 무적의 사람이 아니냐고 얘기되어 유행어가 되기도 했고."

무적의 사람.

솔트 캐러멜 속 소금 부분이 야에코의 혀를 강하게 자극했다.

"죄송해요. 그게 무슨 뜻이에요?"

요시카가 몰라서 죄송하다는 듯 조그만 목소리로 되물었다.

"이를테면 일하지 않고 집에 틀어박혀 있는 사람이나. 뭐랄까, 가족, 친구, 연인, 일까지 어쨌든 사회와의 모든 연결 고리에서 벗어나 지킬 게 하나도 없는 사람. 그래서 오히려 무슨 일이든 할 수 있는 정신 상태의 사람, 같은 느낌이야. 사회로부터 튕겨 나갔다고 해야 하나."

일하지 않고.

집에 틀어박혀.

사회로부터 튕겨 나가.

"우리도 그런 주제의 특집을 다룬 적 있는데 역시 마지막으로 나온 키워드가 연대였어."

야에코는 보란 듯 고개를 끄덕이며 무적의 사람을 나타내는 키워드가 불러낸 한 사람의 모습을 지워 버렸다.

"연대라는 말, 자주 듣는 말이라 간단하고 흔한 주제라고 생각할 수도 있지만 그래서 정말 중요해. 다이버시티 페스티벌을 통해 이 대학에는 다양한 연대의 실마리가 있음을 보여 주는 일은 정말 의미 있는 시도야. LGBTQ나 젠더, 그런 단어를 너무 내세우면 나와는 관계없다고 생각하는 사람도 늘어나지 않을까? 관계없는 사람은 사실 한 명도 없는데 말이야."

"정말이야."

사야가 말을 이어받았다.

"이 대학에는 다양한 사람이 있고 다양한 장소가 있고 받아들일 그릇도 많다. 그런 뜻을 전하면 적어도 미스 선발 대회보다 훨씬 의미가 있을 거야."

"뭐랄까요."

이번에는 요시카가 입을 열었다.

"우리도, 더 이야기를 나눠야 할지 모르겠네요."

요시카의 시선이 야에코에게 멈춘다.

"나는 아무것도 몰랐던 것 같네요. 야에코가 체형이나 생리로 고민하는 줄은."

늘 같이 있었는데. 조그만 목소리로 덧붙인 말이 야에코에게 묵직하게 울렸다.

"그냥 더 많은 얘기를 나누고 싶어요. 제일 먼저 우리가 서로를 받아 주는 사람, 그 정도는 아닐지 모르지만, 우리 사이의 연대를 더 단단히 하는 게 중요할 듯하네요. 지금은."

"요시카가 절을 좋아한다는 사실도 오늘 처음 알았고."

사야가 덧붙였다.

"어머, 그래? 우리 다음에 가을 절 답사를 기획 중인데?"

마키가 바로 반응했다.

순식간에 직업인으로 변한 마키를 보고 요시카도 긍정적인 태도를 보이며 대답했다.

"어? 진짜요?"

야에코는 그런 세 사람을 보면서 생각했다.

'그냥 더 많은 얘기를 나누고 싶어요.'

이 사람들에게 말해도 괜찮을까?

오빠의 일을.

뉴스 같은 데서 무적의 사람이라는 말을 접할 때마다 오빠를 떠올린다는 사실을.

오빠의 방에서 본 게 지금도 잊히지 않는다는 것을.

지금도 오빠가 그 공간에 틀어박혀 있다는 걸 떠올리면 오빠만이 아니라 남자라는 생물이 쏟아붓는 모든 시선이 너무 무섭고 기분 나빠 견딜 수 없다는 것을.

말해 봤자 불안감만 전염시키는 게 아닐까.

"어? 생각보다 전문가네. 진짜 조력자로 일해 줄래?"

마키가 제안했다.

"부디 꼭!"

요시카는 눈을 반짝이며 대답했다.

이야기에 열중하는 그들 옆에서 야에코는 제대로 처리되지 않는 생각을 버터크림과 함께 녹여 내고 있었다.

오빠는 요코하마 국립대학을 졸업한 뒤 본가에서 출퇴근 가능한 현지 은행에 취직했다. 야에코가 사는 지역에서는 가장 탄탄한 성공의 길이었던지라, 내 자식 특히 아들을 그 길에 올려놓겠다는 목표를 지녔던 어머니는 무척 기뻐했다.

오빠가 방에서 나오지 않게 된 것은, 오빠가 사회인이 되고 사 년째 여름, 지금으로부터 삼 년 전 일이다.

8월 어느 날, 오빠는 집에 오자마자 "내일부터 그동안 안 쓴 휴가를 냈어."라고 말하고는 자기 방에 틀어박혔다. 지난 삼 년간 평일 내리 휴가를 쓴 적이 있나 하고 어머니는 의아해했으나 이제 사 년째가 되니 휴가도 마음대로 쓸 수 있게 되었나보다 이해하고 넘어갔다.

야에코는 오빠가 계단을 올라가는 소리를 들으면서 그대로 평생 방에서 나오지 않았으면 좋겠다고 생각했다. 자기 상상이 현실이 될 줄 조금도 상상하지 못했기 때문이다.

다음 날 아침, 오빠가 방에서 나오지 않았다. 그리고 휴가를 낸 게 아니라 무단결근이라는 사실이 회사에서 걸려 온 전화로 드러났다.

온갖 곳에서 들려온 소문의 중복된 내용을 이어 붙여 보니 오빠는 직장에서 겉도는 존재였던 듯하다. 업무 능력이 낮아 주위로부터 소외된 것만이 아니라 성적 경험이 없다는 이유로 후배들로부터 비웃음을 당했다고 한다. 일 못하는 동정(童貞) 엘리트. 경멸을 담아 잘도 갖다 붙인 이 명칭은 곧 대놓고 쓰였다고 한다.

업무 능력과 성 경험. 오빠를 편애해 마지않은 어머니가 도저히 살필 수 없었던 부분.

어머니가 아무리 부르고 문을 두드려도 오빠는 바깥 세계와 대화하려 하지 않았다. '부탁이니까 제발 나와 봐. 얼굴 좀 보여다오.' 야에코는 애걸하는 어머니의 목소리를 들으면서 절대 오빠의 얼굴을 다시 보고 싶지 않다고 생각했다.

그날을 경계로 보고 싶지 않아졌어. 그렇게 생각했다.

야에코는 오빠가 마지막 출근을 마치고 귀가하기 바로 두 시간쯤 전, 단순한 호기심에 오빠 방에 들어갔다.

"여동생의 스마트폰을 빌렸는데 인스타그램의 비밀 계정이 로그인되어 있어서 남자 친구와 키스하는 사진 같은 걸 잔뜩 봤어. 중학생 주제에 엄청나게 진도를 나갔더라!"

당시의 동급생이 잔뜩 흥분해 떠들었던 게 기억나 자신도 오빠가 없는 동안 방을 뒤져 보고 싶다는 호기심이 동했다. 오빠가 아직 일하고 있을 저녁에 몰래 방에 침입해 연인과의 사진이나 편지가 없나 뒤졌다. 남매 사이에 그런 종류의 대화는 한 적 없고 부모님이 어떻게 만나 결혼했는지조차 전혀 몰랐다. 가족이지만, 가족이라……, 사실은 한 커플의 애정으로 생긴 단체임에도, 그런 단체라……. 어느 게 진짜 이유인지는 모르겠으나 집안에서 그런 주제를 화제로 올리기는 힘들었다.

오빠 방은 놀랄 정도로 아무것도 없었다. 어쩌면 자신이 평소 보는 오빠의 모습이 전부이고 다른 부분은 전혀 없는 사람일지 모르겠다는 생각이 들 정도였다. 내가 아닌 사람의 냄새로 기득한 공간을 불쾌하게 느끼기 시작했을 때 책상 위에 놓인 노트북이 눈에 들어왔다.

노트북은 전원이 꺼져 있지 않고 절전 모드였다. 야에코는 그냥 마우스를 움직여 봤다. 화면이 바뀌며 비밀번호를 넣으라는 지시가 나왔다. 역시! 그렇게 생각하며 대충 오빠의 이름과 생일을 조합한 문자열을 입력했더니 보안이 쉽게 풀리고 말았다.

절전 모드에서 복귀한 컴퓨터 화면에 오빠가 바로 전에 본 게 그대로 나타났다.

야에코의 얼굴에 발가벗은 여자가 그대로 비쳤다. 오빠가 보던 성적 동영상이 단숨에 야에코의 시야를 가득 채웠다.

아마추어 JK(여고생의 줄임말) 여동생★극비 도촬 영상 유출.

동영상 제목일까, 야에코는 그 글을 인식한 순간 자석의 같은 극이 서로 반발하듯 자기 신체 전부가 오빠 방의 공기 전체를 거부하고 있음을 깨달았다.

야에코는 방을 나와 일단 화장실로 들어갔다.

아마추어 JK? 먼저 생각했다. 아마추어 JK 여동생이라고 소리 내어 말해 보았다. 야에코는 옷을 입은 채 변기에 앉아 자기의 두 손바닥을 내려봤다.

야에코는 그때, 고교 2학년의 17살이었다. 아마추어 JK 여동생이었다.

무리야.

직감적으로 그렇게 생각했다. 앞으로는, 오빠가 자신을 그동안 어떻게 봐 왔고, 별 의도는 없었다고 해도 망막에 새겨진 글자가 머릿속에 떠오르는 저주 속에 미래를 통째로 담가 버릴 듯한 느낌이 들었다.

생각하기 시작하자 멈출 수 없었다.

파우치를 들고 화장실에 가는 여학생들을 바라보는 남학생들의 시선. 교복 차림으로 역 계단을 오르는 여학생들을 올려다보는 남자들의 시선. 복장 점검에 나선 남자 선생들의 시선. 그런 시선을 거부하는 의사를 드러내면 못 생기고 돼지인 너는 자의식 과잉이라고 단죄하는 세상의 시선.

전혀 다른 일이라도, 동시다발적으로 발생하는 불안은 바로 이어진다. 전부터 내내 품고 있던 외모에 대한 불안. 그리고 주위 친구들처럼 연애하지 못할 듯한 불안. 그런데 정작 사회는 연애 감정으로 이어진 한 쌍을 최소 단위로 이루어진 듯한 불안. 여기에 이성의 시선에 대한 불안이 더해지자 야에코의 몸과 마음은 이미 하얗고 차가운 도기가 꽉 채워진 듯 무거워졌다.

그 몇 시간 뒤, 오빠가 돌아왔다. 내일부터 그동안 안 쓴 휴가를 냈다고 말하면서.

"괜찮아?"

덜컹, 소리를 내며 전차가 흔들렸다. 옆에 앉은 요시카가 야에코의 얼굴을 들여다보고 있다.

"진통제 있는데 줄까?"

요시카는 가방을 뒤지기 시작했다.

"아, 아니야. 괜찮아. 미안, 미안. 그게 아니야. 나 괜찮아. 더위를 먹었는지 좀 피곤할 뿐이야."

야에코는 급히 요시카를 말렸다.

가마쿠라에서 요코스카선을 타고 요코하마에서 갈아탄다. 사야의 본가에서 돌아오는 길, 신가와사키까지 가야 하는 요시카와는 요코하마역까지의 동선이 겹친다. 운 좋게 자리를 잡고 앉아 흔들리며 야에코는 어느새 딴 정신이었던 모양이다.

"불꽃 축제인가!"

요시카가 살짝 고개를 든 상태로 중얼거렸다. 시선 끝을 좇으니 전차 짐칸 위의 광고판에 도달했다. 8월의 전차는 불꽃 축제 포스터로 가득했다.

"실행 위원에도 청춘에 어울릴 만한 이벤트가 있으면 좋겠는데."

"맞아."

야에코는 동의하면서도 별로 그런 마음이 없음을 자각했다.

실행 위원의 장점은 다른 동아리와 달리 연애 요소가 끼어들 만한 이벤트가 적다는 부분이다. 즉 이성이 상대를 이성으로 의식할 시선이 생기기 어렵다는 점이다.

"와!"

요시카가 언제부터인지 만지고 있던 휴대전화를 향해 소리를 냈다.

"'스페이드', 지금 여름 합숙 중이래. 사진이 그야말로 청춘이다!"

어서 보란 듯 휴대전화 화면을 쑥 내밀었다. 화면에는 연습복 차림의 젊은 남녀가 어깨동무한 사진이 나와 있었다.

【올해도 자니 로드*에서 여름 합숙! 3박 4일, 온통 댄스만(이지 않을 수도?)의 여름이 시작됩니다! 홍보 담당 히카리가 여름 합숙 상황을 전할 겁니다!】

● 이바라키현에 있는 대형 호텔

"엄청 많이 올렸어. 잔뜩 기합이 들었구나. 홍보 담당 히카리."

요시카는 히카리가 누군지 맞춰 보자고 농담을 던지며 몇 장의 사진을 확대했다. 홍보 담당 히카리는 아무래도 매우 꼼꼼한 인물인 듯 본문의 글도 상세했다.

【※'스페이드'가 마음에 든다는 여고생으로부터, 합숙 모습을 자세히 알고 싶다는 요청을 DM으로 받았습니다. 요청에 따라 올해는 댄스 연습 장면 외에 다른 활동 모습도 잔뜩 올리겠습니다.】

"와, DM까지 다 보는구나. 히카리, 꽤 하는데?"

요시카는 올린 글에 맞장구치며 말했다.

"그러네."

야에코는 대답하며 본문을 가만히 응시했다.

''스페이드'가 마음에 든다는 여고생으로부터, 합숙 모습을 자세히 알고 싶다는 요청을 DM으로 받았습니다.'

【자니 로드라고 하면 바로 바다! 올해도 연습 틈틈이 다 같이 수영했어요! 밤에는 해변에서 불꽃놀이를 할 예정입니다. 그 전에 제대로 연습해야죠. 놀기만 하면 안 되니까요. DM 주신 여학생 분, 오해하지 말아 줘요!】

사진 배경이 체육관에서 바다로 바뀌었다.

스탬프로 찍은 듯한 하얀 구름, 마법의 카펫처럼 파란 하늘, 반짝반짝 빛나는 수평선. 그 모든 풍경을 등지고 수영복 차림으로 브이 사인을 하는 '스페이드' 사람들.

'요청에 따라 올해는 댄스 연습 장면 외에 다른 활동 모습도 잔뜩 올리겠습니다.'

야에코는 모로하시 다이야의 모습을 찾았다.

겨우 만난, 왠지 시선이 무섭지 않은 이성.

야에코는 그를 이렇게라도 만나고 싶다고 간절히 바랐다.

어디, 어디일까. 있을까. 있었으면 좋겠다. 야에코는 화면을 확대하고 싶었으나 요시카의 휴대전화라 그러지 못했다.

"야에코."

아.

있다. 오른쪽 끝.

야에코는 화면에 얼굴을 바싹 갖다 댔다.

머리에 수건을 두르고 있어 금방 알아보지 못했는데 검은 수영복을 입고 브이 사인도 하지 않은 채 그냥 서 있다. 이거다.

보라고, 역시!

무섭지 않다. 기분이 나쁘지 않다. 불쾌한 감정이 들지 않는다.

남자든 여자든 수영복 단체 사진은 오가는 시선의 종류를 상상하기만 해도 평소에는 보고 싶지도 않은데. 그런데 다이야는 계속 볼 수 있다.

멋지다.

이마가 잘생겼네.

역시 엄청난 근육질이야.

복근도 있어.

"야에코!"

누가 어깨를 두드렸다.

야에코는 고개를 들었다. 그러자 어이없는 표정의 요시카가 있었다.

"요코하마, 도착했어."

야에코는 어느새 허벅지 사이에 끼워져 있던 손을 살며시 뺐다.

데라이 히로키
2019년 5월 1일까지, 267일

히로키는 입에서 조용히 젓가락을 빼고 물었다.

"바다?"

"응. 아키라와 바다에 가고 싶대. 자, 이제 네가 설명해야지."

유미가 옆에 앉은 다이키를 재촉하며 말했다.

그래도 다이키는 우물쭈물할 뿐 좀처럼 히로키의 눈을 보려고 하지 않았다.

귀가가 늦었는데도 다이키가 거실에 있어서 부탁할 게 있다는 건 알았다. 그런 상황이 아니면 다이키는 아버지와 얼굴을 마주하려 하지 않는다. 학교는 이제 필요 없다, 원하는 대로 살 수 있는 시대가 온다는 지금 자신이 매달리고 있는 생각을 부정하는 사람과는 대면하고 싶지 않다는 마음이 손에 잡힐 듯 전해졌다.

히로키는 된장국을 마시며 바로 그런 점이 안일하다고 생각했다. 하지만 그와 동시에 그렇다면 좀 더 아버지로서 대화했어야 한다고도 생각했다.

학교는 자동으로 인간과의 연대감을 만들어 주는 장소다. 그게 얼마나 감사한 일인지, 어떻게 전하면 알 수 있을까.

"자, 어서 직접 말해."

늦은 저녁을 먹는 히로키 건너편에 유미와 다이키가 나란히 앉아 있다.

"아키라와 함께 바다에 데려가 줬으면 해서요."

히로키는 일단 침묵을 지킨 채 이야기를 시작한 다이키의 말에 귀를 기울였다. 다이키의 시선은 아래를 향하고 있어 눈이 마주치는 일은 없었다.

"바다에서 노는 모습을 보고 싶다는 시청자 요청이 있어서. 그런데 아키라의 아버지는 바빠서 안 된대. 그러니까 아빠가 데리고 가 줬으면 좋겠는데."

"그 요청이라는 게 뭔데?"

히로키가 질문을 던졌다.

"아, 그게. 댓글에 다양한 요청을 할 수 있게 되어 있어서."

다이키의 목소리가 조금 커졌다. 자기 영역의 이야기라 그런지 표정도 조금 밝아졌다.

"시청자들이 수영복을 입고 깃발 뽑기 대결이나 물대포 대결 같은 걸 해 달라는 요청을 많이 보내. 그 요청에 성실하게 응하고 싶어서."

'성실하게'라는 말로 자기를 정당화하고 있는 게 조금 마음에 걸렸다. 여기서 히로키가 바다에 데려가는 걸 거절하면 시청자들에게 '성실'하지 못한 사람이 되는 모양이다.

"그건 그렇고 차로 가려면 엄마가 같이 가도 될 텐데. 엄마도 운전할 줄 아니까."

히로키가 다시 질문을 던졌다.

다이키의 시선이 점점 더 아래로 떨어졌다. "얘!" 재촉하는 유미의 목소리가 부드럽다.

이 이야기가 시작되고 나서 처음으로 다이키와 히로키의 시선이 마주쳤다.

"아빠에게 내가 하는 일을 보여 줘서 이해받고 싶어."

히로키는 힐끔 유미의 표정을 확인했다. 뭔가 만족스러운 듯 콧방울이 부풀어 있다.

"아빠는 아마 내가 빨리 학교로 돌아가길 바랄 거야. 그러니까 우리가 얼마나 진지하게 동영상을 찍고 있는지, 또 우리에게 동영상을 찍어 달라는 사람이 얼마나 있는지 알려 주고 싶어."

저 둘이 이 제안을 의논했을까. 히로키는 생각했다. 네가 직접 설명하면 아버지도 틀림없이 이해해 줄 거라고 유미가 조언했을까.

"그래서 일로 바쁜 줄은 아는데."

"너희들이 동영상을 찍는 걸 본다고 해서 내 마음이 바뀌지는 않을 거다."

히로키가 입을 열자마자 다이키의 얼굴근육이 다시 중력에 무너지기 시작했다.

"나는 네가 걱정이다, 다이키. 이제 곧 새로운 시대가 온다는 말은 당장 눈앞의 문제에서 도망치는 게 아닐까? 지금은 유튜브가 재미있을지 모르지만, 아키라가 학교로 돌아가겠다고 하면 너는 어쩔 셈이니? 요청하는 그 사람들에게서도 도망치는 게 되지 않을까?"

연호가 바뀔 때까지 앞으로 ○일 채널. 날짜가 매일 줄어드는 채널 이름이 히로키의 뇌리에 되살아났다.

"아무리 시대가 새로워져도 눈앞의 일에서 계속 도망치는 버릇이 든 사람은 살기 힘들다."

지금 담당한 사건 가운데도 피의자가 사회적으로 고립된 사례가 여럿 보였다. 이를테면 오늘 조사한 피의자는 고등학교 1학년 때 등교 거부를 시작한 이후 한 번도 사회에 나간 적 없는 42세 남성이었다. 여고생을 성폭행할 목적으로 덮쳤다가 현행범으로 체포되었다. 피의자에게는 친구도 동료도 연인도 없다. 나이 든 부모만이 있을 뿐이다.

히로키는 생각했다. 다이키가 지금 하는 짓은 살아가기만 하면 자연스럽게 얻고 누릴 여러 사회적 연결 고리를 스스로 끊어 내는 일이나 마찬가지라고. 그리고 곰곰이 생각했다. 사회적 연결 고리란 곧 억제력이다. 법률로 정해진 선을 넘으려 하는 인간을 어떤 형태로든 그 선 안에 머물게 해 주는 힘이라고.

하지만 그 연결 고리는 학교나 회사라는 일상적인 길에서 벗어나는 순간 자연스럽게 멀어진다. 그 안에 있으면 마치 석양처럼 자연스럽게 얻을 수 있는 연대감을 직접 두 손을 뻗어 움켜쥐고 가야만 한다.

그런 이야기를, 어떻게 하면 전할 수 있을까.

"알겠어요."

자리에서 일어나는 소리가 다이키의 기분을 반영하고 있었다. 역시 이 사람에게 설명해도 소용없는 짓이었다고 생각하는 게 훤히 보인다.

후, 한숨이 들려왔다. "다이키의 얘기도 좀 들어 주지." 건너편에 앉은 유미가 중얼거렸다.

"들으려 했더니 녀석이 가 버렸잖아."

"그럴지도 모르지만."

고개를 떨군 유미의 얼굴근육도 중력에 무너지고 있다.

요즘 들어 자주 자기 책임론이라는 말이 머리를 스쳤다.

사회에 원한이 있다. 자신은 사회에 받아들여지지 못했다, 어쩔 수 없었다…… 오늘 조사한 피의자도 반복해서 그렇게 말했다. 하지만 이런 데까지 오기 전에 스스로 자신을 어떻게 해 볼 기회는 얼마든지 있었다고 생각하면서 히로키는 어느새 피의자의 목소리가 다이키의 목소리와 겹치고 있음을 깨달았다.

왜 사회가 거부하기 전에 원래의 길로 돌려보내 주지 않았어? 아빠.

"실제로 시청자들의 요청이 많이 오나 봐."

유미가 목소리를 한 톤 높였다.

"그것을 모아서 바다에서 찍고 싶다고. 시청자들이 좋아할 테니까."

자기도 잘은 모른다고 덧붙이면서 유미는 차를 한 모금 마셨다.

"누군가를 기쁘게 해 주고 싶다는 말, 저 애 처음 하는 거잖아. 시청자의 반응이 의욕으로 이어진 것도, 덕분에 저 애가 전보다 훨씬 활발해진 것도 사실이잖아. 조금만 더 따뜻한 눈으로 지켜보려고 해. 나도."

가족이 함께 바다라.

다이키가 등교 거부를 시작하면서 버젓한 '가족이 함께 멀리 떠나는 이벤트'도 자기 인생에서 멀어진 느낌이 들었다. 사실은 데리고 가고 싶다. 평범한 아버지와 아들처럼 해변에서 놀고 싶다.

"참고로 동영상 내용은 당신과 아키라 부모님이 살펴보는 거지? 저작권이나 개인 정보 보호나."

히로키는 스스로 화제를 바꾸며 아키라의 어머니인 나나에를 떠올렸다. 솔직히 그 사람은 기대할 게 없을 듯하다.

"응. 무료 음원과 소재만 쓰고 있어서 저작권에 문제가 될 건 없어. 개인 정보도 집 주위는 찍지 못하게 하고 일단 둘 다 장난감 선글라스와 마스크를 써서 얼굴을 가리니까 괜찮아."

유미는 아주 빠르게 말하고 휴대전화를 내밀며 말했다.

"볼래?"

【"새로운 시대를 살아갈 여러분들, 안녕하세요! 연호가 바뀔 때까지 앞으로 311일 채널입니다!"】

휴대전화에서 독특한 리듬의 음악이 흘러나오나 싶더니 아들이 이야기를 시작했다. 익숙한 목소리인데 작은 기계를 통하자 전혀 모르는 사람의 목소리처럼 들렸다.

【요청 받은 기획! 풍선 빨리 터뜨리기 대결!】

"요즘 가장 많이 재생되는 게 이걸 거야……. 왜 이렇게 많이 보는지는 전혀 모르겠지만."

화면 속에서 선글라스를 쓴 다이키와 아키라가 파란 풍선을 팡팡 터뜨리고 있다. 확실히 왜 이 동영상이 가장 많이 재생되는지 도무지 모르겠다.

"얼굴이 잘 보이는 게 재밌다고 선글라스를 벗으라는 댓글이 달려서 그건 좀 걸리긴 해."

"벗었어?"

히로키는 휴대전화 화면에서 고개를 들었다.

"함부로 그런 짓은 안 해. 하지만."

유미는 조금 전까지 다이키가 만지고 있던 휴대전화를 내려다보며 계속 말했다.

"더 인기가 많아지고 싶다고 생각하면 애들, 마음대로 벗을지도."

【"자, 다이키 패배! 벌칙 게임은 요청대로 전기 안마 30초입니다!"】

터진 풍선, 아직 터지지 않은 풍선에 둘러싸인 상태에서 대결에 패배한 다이키가【"악! 너무해!"】라고 소리친다.

정말 왜 이런 동영상의 조회수가 느는 걸까. 사타구니에 자극이와 고통에 몸부림치는 소년의 모습을 보며 히로키는 생각했다.

풍선 빨리 터뜨리기 대결.

풍선.

그 말을, 최근 어디선가 들은 것 같은데.

'세상에는 소아성애만이 아니라 이상 성향을 지닌 사람이 많다

고 합니다. 이를테면 풍선이 터질 때 흥분하는 사람 같은, 그런 사람들이요.'

고시카와의 목소리가 되살아났다.

수도꼭지 절도 사건을 의논할 때였다. 고시카와가 수도꼭지를 훔친 목적은 금속 전매가 아니라 성적 욕구를 풀기 위한 게 아니냐는 이상한 의견을 냈다. 굳이 오래된 사건 기사까지 들고 와서.

아니야, 하지만. 히로키는 냉정하게 생각했다.

지금 신경에 걸린 건 그게 아니다. 문제는 그게 아니다.

"그러고 보니."

히로키는 찻잔을 내려놓았다.

"그 풍선, 누군가 불었네?"

몇 개월 전, 거실에서 유미로부터 파란 풍선을 받았다.

히로키의 폐활량으로도 불 수 없었던 풍선. 사용한 콘돔처럼 보였던 냄새 나는 고무.

"아, 그거?"

유미가 히로키의 손에서 휴대전화를 가져갔다.

"그냥 해결됐어."

소리가 멈췄다.

'그냥 해결됐어.'

내가 못 불었는데?

히로키가 입을 떼려 하는데 유미가 자리에서 일어났다. "목욕이나 할까?"라고 중얼거리는 유미의 표정이 히로키에게는 잘 보이지 않았다.

기류 나쓰키
2019년 5월 1일까지, 249일

니시야마 아이코의 표정은 잘 보이지 않았으나 대신 아이코가 배꼽 근처에 안고 있는 사진만은 이상하게도 선명하게 보였다.

"죄송합니다. 정말 즐거운 자리여야 하는데. 분위기가 좀 바뀔지도 모르겠지만."

조심스러워하면서도 마이크 앞에 선 아이코의 모습에서는 지금부터 자신이 발언한다는 명확한 의지가 드러났다.

"이 동창회는 원래 슈가 도맡아 진행하고 기획한 거라⋯⋯. 마지막으로 슈 대신 인사 한마디는 해야겠다고 생각했습니다. 신랑 호나미 씨, 제안해 줘서 고마워요. 그것만이 아니라 정말 오늘 여러모로 도와줘서 감사합니다."

아이코가 고개를 빼고 회장 어딘가에 있을 호나미 다쓰로의 모습을 찾았다. 그러자 몇 시간 전까지만 해도 턱시도를 차려입었던 다쓰로가 역시 몇 시간 전까지만 해도 웨딩드레스 차림이었던 마오와 함께 회장 뒤쪽에서 손을 크게 흔들었다.

"여러분 가운데는 슈를 동창회만 생각하는 녀석이라고 생각하셨던 분이 많을 겁니다. 실제로도 그랬고요."

회장 안의 몇 명이 고개를 저었다.

"하지만 슈는 기획할 때마다 다 모이는 것도 언젠가는 마지막이 될지 모른다고 말했습니다. 그럴 때마다 참 괜한 소리도 한다고 생각했죠."

아이코의 목소리에 눈물 몇 방울이 섞이기 시작했다.

"잠시 슈를 위해 묵념해 주시길 바라요."

어느새 회장에 있는 모두가 들고 있던 잔이나 접시를 테이블에 놓았다. 결혼식, 그 뒤로 이어진 동창회라는 즐거운 공간에 맡기고 있던 몸을 얼마나 짧은 시간에 정반대의 기압에 순응시킬 수 있는가. 저마다 필사적으로 자신을 조정하는 게 훤히 느껴진다. 나쓰키도 심호흡하면서 침통한 표정으로 옮긴다.

묵념을 마치고 아이코가 이야기를 계속했다.

"축하할 자리에 재수 없는 일이라 여겨질지도 모르겠으나 중지하지 않고 예정대로 동창회도 하자고 말해 준 신랑 신부. 슈와 함께 정말 많은 일을 해 준 가도와키. 호나미 선생님을 비롯해 참석해 주신 선생님들, 와 준 동창들. 정말 감사합니다. 그 사람도 이 모습을 보고 웃고 있을 겁니다."

"우리야말로 고마워!"

호나미 선생님이 어디선가 쉰 목소리로 외쳤다. 회장 안의 몇 명이 모임 초반부터 거나하게 취해 있던 호나미 선생님의 모습을 찾았다. 나쓰키도 자연스럽게 그 움직임에 따랐다.

그러자 조금 떨어진 테이블에 있는 한 동급생과 눈이 마주쳤다.

사사키 요시미치.

나쓰키는 시선을 아이코에게로 돌렸다. 오늘 벌써 몇 번째 이런 행동을 했을까.

"저도 여러분을 만나, 정말 오랜만에 밝은 기분을 되찾았습니다. 이렇게 여러분을 보게 되어 슈도 정말 기뻐하고 있을 겁니다. 신랑 신부, 오늘 정말 축하해요. 그리고 여러분, 앞으로도 슈를 꼭 기억해 주세요."

아이코는 그렇게 말하고 세상을 떠난 남편의 영정 사진을 안은 채 깊이 고개를 숙였다. 세상으로부터 잘려 나간 틀 안에서 슈는 건강하게 탄 피부와 하얀 이의 대비를 잘 보여 주고 있었다.

나쓰키는 슈의 부고를 들었을 때 동창회는 중지될 줄 알았다. 그런 모임은 열 수 없을 줄 알았다. 이런 때일수록 오히려 밝은 모임을 여는 걸 슈도 좋아할 거라는 의견이 많았다는 이야기를 듣고 인간은 생각이란 걸 놓아 버릴 때 종종 '이런 때일수록'이라고 말한다는 사실을 깨달았다.

나쓰키가 중지를 예상한 건 마음속으로 그러기를 바라는 마음이 있었기 때문이다. 사사키 요시미치를 만날 기회를 잃는다면 그것대로 신이 자신을 이끄는 거라고 스스로 이해할 생각이었다.

나쓰키는 회장 앞쪽의 시계를 봤다. 모임이 끝나는 오후 6시까지는 앞으로 삼십 분 정도 남았다.

그 말은 사사키 요시미치에게 말을 걸 기회도 이제 얼마 남지 않았다는 소리다.

2차 겸 총동창회는 피로연이 이뤄진 호텔의 다른 층에서 열렸다. 회장은 상상보다 넓어서 슈의 부고 이후 얼마나 많은 사람이 움직였는지 알 수 있었다. 원래 오늘 주인공이었을 호나미 부부는 결혼식과 피로연의 시작 시각을 당기는 등 다양한 조정에 응해 주었다고 한다. 그 덕분에 아이가 있는 동급생들도 대거 동창회에 참석할 수 있었다.

나쓰키는 자연스럽게 회장을 둘러봤다. 조금 전까지의 장소에 사사키 요시미치가 없다.

이대로 특별한 접촉 없이 끝난다면 그것대로도 좋을 것이다. 원래 자신이 한 생각 자체가 상당히 무리였다. 말을 걸어 봤자 큰 망신만 당할 가능성이 크다.

하지만.

'짧게 말해, 식욕은 인간을 배신하지 않으니까요.'

"정말, 인생은 무슨 일이 일어날지 모른다니까."

같은 테이블에 앉은 가도와키 가오루가 말하며 들고 있던 잔을 입으로 가져갔다. 가오루는 이번에 슈와 공동 간사 같은 역할을 맡았던 가도와키 류이치의 아내다.

"우리, 아이코와 슈의 맏이, 초등학교도 같아서 자주 맡아 줬거든. 서로 돕는다는 느낌으로 순서대로 말이야."

가오루가 잔을 내려놓으면서 아이코 쪽을 봤다. 인사를 끝낸 아이코는 사진을 안은 채 마이크 근처 테이블로 가 합류했다.

"아이들과 얘기해 봤는데 아빠가 죽었다는 사실을 애들은 잘 이해하지 못하는 듯해. 아빠는 아직 안 왔어? 오늘은 아빠가 안 데리러 왔네? 이런 말을 느닷없이 꺼낸다니까."

"그렇구나."

'참고로 큰 애는 지금 가오루 집에 맡겨 놓았어.'

직장에서 만났을 때 아이코는 앞으로 그녀의 인생에 장애물 같은 건 하나도 없으리라는 표정을 짓고 있었다. 그 옆에 선 슈는 미래를 의심하는 마음 자체를 뺑 차 버릴 정도로 여전히 강력하고 높은 건강 상태를 유지하고 있었다.

"우리도 어떻게 해야 할지 모르겠어. 아이코가 아이들에게 어떻게 설명했는지 묻기도 힘들고."

가오루가 힐끔 휴대전화로 눈길을 떨어뜨렸다. 오후 5시 40분을 넘기고 있다. 아이코가 인사했다는 사실은 이제 곧 끝날 시간이라는 소리다.

"지금까지의 일상이 영원히 변하지 않으리라고 의심치 않는 아이의, 마음이랄까. 그런 마음에 닿으면 아무래도 마음이 힘들어. 벌써 두 달 전 일이고 쓰야도 장례식도 사십구재도 다 끝났고 아이들도 다 그 자리에 있었을 텐데."

슈의 장례식에는 그가 죽은 순간에 입회한 사람들노 참석했다. 나쓰키는 분향하면서 지금이야말로 가장 죽은 사람을 생각하지 않는 순간이라고 생각했다. 내 행동에 잘못이 없는지 신경 쓰다

보면 몇 초의 시간이 순식간에 흘러갔다.

슈의 죽음을 목격한 사람들은 심정적으로 이 이야기를 하기 힘들 줄 알았다. 그런데 다들 이야기의 등장인물이라도 된 양 흥분을 감추지 못했고 그 사람들 주위에 수십 분만 머물러도 슈가 어떻게 죽었는지 금방 파악할 수 있었다.

하지를 맞고 돌아온 첫 번째 토요일. 일 년 중에 가장 낮이 긴 시기라고 해도 강가 전체가 붉은색에 삼켜지던 순간이었다고 한다.

그날은 슈와 아이코를 비롯한 가족 몇이 모여 강변에서 바비큐를 했다고 한다. 아이들은 저절로 친구가 되어 놀았고 마음이 통하는 친구들과 먹은 밥이 맛있어 다들 기분이 아주 좋았다. 슈도 돌아갈 때는 운전을 아이코에게 맡기기로 하고 낮부터 기분 좋게 술을 마셨다고 한다.

정말 더운 날이었던 듯하다. 특히 한여름처럼 뜨거운 낮에 아이들은 가져온 수영복을 입고 물놀이를 했다. 아버지들 가운데도 웃통을 벗어 버린 사람이 있었는데 슈가 그 선두였다.

해가 저물기 시작해 슬슬 도구를 챙겨 돌아가려던 참이었다. 아직 물놀이하는 아이들에게 보여 주려는 듯 슈는 그 강에서 가장 큰 바위에 올라갔다. "물에서 안 나간 애는 내가 다 잡을 거야!" 그는 이렇게 외치며 풍덩 강으로 뛰어들었다고 한다. 그곳은 마침 수심이 좀 깊고 다이빙대처럼 적당히 바위가 튀어나와 있어 현지에서도 다이빙 자리로 유명했다고 한다.

친구들은 바위에 오른 슈를 보며 "야, 어서 뛰어들어!"라고 소리를 질렀고 아이코도 "얘들아, 괴물이 쳐들어온다! 얼른 돌아와!"라며 아이들을 향해 손짓했다. 뛰어들기 직전까지 "잠깐! 사진부터 찍자.", "포즈를 취하고 뛰어!"라는 등 모두가 호응했다고 한다.

슈는 그대로 물에 들어갔다가 수면 위로 올라오지 않았다. 인양된 시신은 알코올 도수 9도라고 표기된 화려한 알루미늄 캔을 여전히 쥐고 있었다.

"잠깐 나, 화장실 좀 다녀올게."

나쓰키는 서둘러 가오루 곁을 떠났다.

"아, 미안해!"

가오루는 밝지 않은 이야기를 한 게 미안한 듯했으나 그 배려는 완벽한 착각이었다.

나쓰키는 고개를 숙인 채 가오루에게서 멀어졌다.

슈가 죽은 원인을 생각할수록 웃음이 터질 것만 같았다.

한낮부터 마시기 시작한 도수가 높은 탄산주 캔, 알코올이 돌기 시작한 몸, 높은 바위에서 강으로 뛰어드는 모습.

'정말, 인생은 무슨 일이 일어날지 모른다니까.'

아니, 알아야지. 익사하게 된다는 것쯤은.

아니면 정말로 세포 하나에도 배신당하지 않고 살아온 사람은 모를까.

"그러면 마지막 순서입니다. 스크린을 주목해 주세요."

화장실에 가겠다고 말하고 파티 회장의 출입구까지 이동했을 때였다. 드디어 이 자리를 마감하는 순서가 왔는지 마이크를 통해 낮은 목소리가 울렸다.

"이번에는 신랑 신부를 포함해 이 자리에 있는 거의 전원이 미나미 중학교 출신이거나 관계자라는 점에서 학교 관계자분들이 협력해 주셔서 우리 중학교 때 사진과 동영상을 몰래 모아 영상을 만들었습니다."

오호! 회장에 수런거리는 소리가 퍼졌다. 나쓰키는 파티 회장 출입구에서 마이크 앞에 선 가도와키 류이치를 바라보며 멀거니 그런 일까지 했나 하고 생각했다.

그때였다.

정장 차림의 남자 몇 명이 회장 밖에서 출입구로 다가왔다.

"호나미 부부에게 보내는 메시지와 별도로 당시 사진과 영상을 제게 보내 준 사람들, 감사합니다. 정말 폐를 많이 끼쳤습니다."

"어! 뭔가 시작하나 보다!"

정장 차림의 남자들은 재킷 안주머니에 담배를 넣으며 빠르게 발걸음 했다.

단 한 사람을 제외하고.

"외람된 일이나 영상 담당으로 이 데이터를 이어 하나의 동영상을 만들었기에 총동창회의 마지막에 틀자고 생각했습니다."

회장의 불이 꺼졌다. 나쓰키는 고개를 떨구었다.

하지만 그러고 있어도 알 수 있었다.

그 자리에 혼자 남은 사사키 요시미치가 자신을 바라보고 있음을.

"아, 잠시 기계가 제대로 작동하지 않는 듯합니다. 죄송합니다."

류이치의 한심한 실수가 남의 일처럼 들렸다.

나쓰키는 고개를 숙인 채 그 자리에서 움직일 수 없었다.

부드럽게 진행하지 못하는 류이치를 놀리는 소리가 들려온다. 회장으로 돌아갈까, 아니면 이대로 나갈까. 어떻게 행동해도 이상하지 않을 텐데 어떤 행동도 할 수 없다.

오늘 내내 이 사람과는 모든 장면에서 여러 번 눈이 마주쳤다.

그날의 방과 후처럼.

"바로 세팅할 테니까 잠시만 기다려 주세요."

"가도와키, 제대로 좀 해라."

회장에서 학생 때 같은 이야기가 오가는 게 들렸다. 그 가까운 거리감을 통해 모두 평소에도 연락하며 지낸다는 것이 느껴졌다.

올바른 생명의 순환 속에 있는 사람들.

오늘 굳이 그 틀 안에 발을 들이민 것은 지금 눈앞에 있는 사람과 만나기 위해서였다.

그런데 막상 대화를 나눌 절호의 기회가 찾아온 지금, 몸은 이토록 움직이지 않는다.

"아, 재생될 것 같습니다. 시작하겠습니다."

지금 고개를 들면 그날의 방과 후처럼 또 눈이 마주칠까.

'사사키가 전학 가기 직전에'

나쓰키의 뇌리에 슈의 목소리가 되살아났다.

'너희들 둘, 학교 건물 뒤 급수장에 있는 걸 본 것 같은데.'

사사키 요시미치가 전학 가기 직전, 학교 건물 뒤에서 마주쳤을 때와 마찬가지로.

오카야마현경 ○×서는 22일, 경찰 시설에 침입해 물을 그대로 틀어 놓은 채 수도꼭지를 훔친 같은 현 ○×시의 서부 니혼신문 배달원 후지와라 사토루 용의자(45)를 절도 및 건조물 침입 혐의로 체포했다.

그런 뉴스가 보도된 다음 날의 방과 후와 마찬가지로.

"그럼 보시겠습니다."

가도와키 류이치의 목소리와 함께 음악이 흐르기 시작했다.

상영이 시작되었다.

그렇게 생각한 바로 그 순간이었다.

그럴 리 없는데 독특한 리듬에 맞춰 익숙한 인사가 들린 듯했다.

【"새로운 시대를 살아갈 여러분들, 안녕하세요! 연호가 바뀔 때까지 앞으로 ○일 채널입니다!"】

조금 전까지 움직이지 않던 몸이 거대한 손바닥에 맞은 듯 움직였다. 나쓰키는 회장 앞에 걸린 스크린을 응시했다.

당연하게도 스크린에는 선글라스를 쓴 두 소년이 등장해 있지 않았다. 스크린에는 지금보다 더 젊은 호나미 선생님이 등장했고 곧 밝은 웃음소리가 회장을 감쌌다.

나쓰키는 한숨을 내쉬었다. 혼란한 머리가 조금씩 정리되어 갔다.

조금만 생각하면 알 수 있는 일이다. 이 영상을 제작한 가도와키 류이치가 우연히 그 두 초등학생과 같은 음원을 사용한 것일 뿐이다. 저작권 무료 음원이므로 이런 일이 벌어질 수도 있으리라. 맞다. 그런 거라고 온몸이 상황을 천천히 파악해 간다.

나쓰키는 흠칫, 옆을 봤다.

그곳에 있다. 사사키 요시미치의 옆얼굴.

이 음원을 듣고 놀란 얼굴, 그저 우연의 일치라는 것을 깨닫고 얻은 안도감. 그 옆얼굴에서 읽히는 모든 정보를 나쓰키는 바로 알아챘다.

나쓰키는 확신했다. 역시 맞았어. 이 사람에게도 이 음악은 파블로프의 개인 것이다.

회장의 소란스러운 분위기가 점점 다른 사람의 일처럼 변했다. 지난 몇 달, 나쓰키의 마음속을 오간 모든 게 하나로 이어졌다.

이 음원을 사용하는, 어떤 요청에도 응할 태세인 두 명의 소년.

그 댓글 창에 반드시 나타나는 SATORU FUJIWARA라는 이름.

그로부터 연상되는 '후지와라 사토루 용의자'가 일으킨 사건.

그 기사에 있던 "물이 철철 나오는 게 너무 기뻤다."라는 진술.

그 사건이 보도된 다음 날, 아무도 없는 학교 건물 뒤 급수장에서 마주친 사사키 요시미치.

그가 직장 홈페이지에서 말한 그곳에 취직한 이유.

그리고 자신이 지금의 침구 전문점으로 이직한 이유.

A. 짧게 말해, 식욕은 인간을 배신하지 않으니까요.

'수면욕은 나를 배신하지 않으니까.'

우리는, 동지다.

"사사키."

다시 담배 냄새가 났다.

"계속 여기 있었어? 3차 갈 거지?"

문득 정신을 차리니 정장 차림의 남자들이 사사키 요시미치에게 말을 걸고 있었다. 자세히 보니 그 남자들만이 아니라 많은 사람이 출입구를 통과하고 있었다.

동창회가 끝난 것이다. 나쓰키는 휴대전화로 시간을 확인했다. 사전에 들은 대로 오후 6시를 조금 넘긴 시간이었다.

나쓰키는 자연스럽게 그 자리를 떴다. 사사키 요시미치와 대화를 나누고 싶다는 마음은 있다. 묻고 싶은 게 산더미다. 품은 예감은 거의 확신으로 변해 있었다. 하지만 그래서 더 사람들이 있는 곳에서는 절대 말할 수 없었다.

"아니, 나는 3차에는 못 가."

나쓰키는 사사키 요시미치의 목소리를 귓불 끝으로 들으면서 사람의 흐름을 따라 물품 보관소로 향했다. 모두가 보는 장소에서 말을 걸 수는 없다. 그 생각이 나쓰키의 발을 움직이게 했다.

"맞다. 오늘 안으로 돌아가야 한다고 했지?"

오랜만에 만났는데 아쉽다며 누군가가 사사키 요시미치와의 이별을 안타까워한다. 그렇구나. 그는 현재 간토에 살고 있구나. 오늘은 당일치기로 온 걸까. 나쓰키가 그런 생각에 잠겨 있을 때였다.

"아니, 그런 게 아니라."

사사키 요시미치의 목소리가 점점 다가왔다.

"나, 이제부터 기류와 약속이 있어."

뭐? 모두가 목소리를 높였다. 나쓰키는 휴대전화에 표시된 시간을 응시한 채 그 자리에 멈춰 섰다.

지금은 오후 6시를 조금 넘긴 시각.

조금만 더 지나면, 하지 근처의 일몰 시각.

슈가 죽은 시각.

그 바위는 정말 다이빙대처럼 보였다.

"최근에도 누가 왔다 갔나 봐."

요시미치는 그렇게 중얼거리고 바위 끝에 놓인 꽃다발 옆에 책상다리로 앉았다. 말라 버려선지 그 꽃들은 먹이를 기다리는 어린 새처럼 꽃잎을 크게 벌리고 있었다.

나쓰키는 요시미치의 조금 뒤쪽에 앉았다. 순간 손수건을 깔고 앉을까 말까 망설였으나 그런 것까지 신경 쓰지 않아도 되겠다는 마음이 들었다. 오늘을 위해 오랜만에 준비한 깔끔한 정장 한 벌. 온종일 무너지지 않은 헤어스타일, 화장, 표정, 의식. 그 모든 걸 붙잡고 있던 손을 휙 놓아 버려 사방팔방으로 휘리릭 도망가 버린 듯했다.

이미 해가 졌음에도 한여름의 세계에 계속 드러나 있던 바위 표면은 긴치마 너머로도 여전히 뜨겁게 느껴졌다. 나쓰키는 어쩐지 부감하듯 자신들의 모습을 바라보며 둘 다 이 경치 안에 전혀 녹아들지 못하고 있다고 생각했다. 그것은 자연으로 둘러싸인 풍경이 결혼식 복장과 어울리지 않았다는 수준의 이야기가 아니었다.

봄부터 가을까지의 주말, 늘 붐비는 야외 나들이 장소. 가족 나들이, 친구끼리, 직장 동료……. 사람들이 이런 곳을 찾을 때 그곳에는 늘 올바른 생명의 순환이 낳은 인간관계가 있다.

"이런 데 온 거, 정말 오랜만이야."

나쓰키의 중얼거림을 요시미치는 침묵으로 받아넘겼다. 대화가 이루어지지 않아도 대화할 수 있다는 사실을 피부로 느낀다. 부모와 대화할 때와는 정반대의 느낌이다.

나쓰키는 요시미치의 등을 바라봤다.

'나, 이제부터 기류와 약속이 있어.' 동창회장 출입구에서 요시미치가 그렇게 선언한 뒤 얼떨떨해하는 주위 사람들을 놓고 둘은 택시를 탔다. 어디로 갈 셈이지? 나쓰키는 그렇게 생각하면서도 그건 자기가 제일 잘 알고 있는 듯했다.

우리는 언제나 사람들이 없는 곳이 아니면 이야기할 수 없다. 첫 번째는 중학교 3학년 때의, 학교 건물 뒤 급수장. 두 번째가 지금.

나쓰키는 머리를 묶었던 클립을 뺐다. 한껏 당겨진 상태로 긴장을 유지해 온 두피가 갑작스러운 이완에 놀랐는지 묵직한 통증이 찾아왔다.

슈가 죽은 강가는 결혼식과 동창회가 열린 호텔에서 생각보다 가까웠다. 그래서 택시에서 내려 바위 위에 도착할 때까지 조금 시간이 걸렸는데도 주위가 캄캄해질 정도는 아니었다.

나쓰키는 가방 안에서 휴대전화를 꺼내 봤다. 시각은 오후 6시 38분.

요시미치의 등 너머로 물의 흐름이 보인다. 같은 강이라도 수심이 더 깊은 곳은 붉은 노을이 가득 녹아들어 더 깊게 느껴졌다.

슈가 알루미늄 캔을 든 채 뛰어든 장소, 시간. 바로 이곳, 몇 분 뒤.

"슈, 대하기 힘들었어."

물의 흐름과 요시미치의 목소리가 겹쳤다.

"내가 전학 가기 전, 중3 5월이었나? 수학여행이 있었지?"

"응."

나쓰키는 요시미치의 시야 밖에서 고개를 끄덕였다.

"나, 슈와 같은 반이었는데 정말 굉장했어."

먼 하늘 저 멀리에서 조금씩 밤이 찾아오고 있다.

"아무것도 의심하지 않아. 반장으로 언제나 앞장서고. 차멀미도 안 하고 전혀 피곤해하지도 않고 밥도 꼭 두 그릇씩 먹고……. 정신적으로나 육체적으로나 적응력이 장난 아니더라. 그래서 주위 사람도 자신과 같다고 생각하지."

나쓰키는 하늘에서부터 스며드는, 떨어지는 밤을 받아들인다.

"모두 좋아하는 '사람'이 있다고 생각하지."

슈가 죽은 시간이다.

"밤이 되면 모두 야한 이야기로 흥을 올린다고 생각해. 물론 나 외의 친구들은 그랬지만. 어떤 여학생 방에 가고 싶다는 둥 누구의 목욕을 훔쳐보고 싶다는 둥 보통 어떤 야동을 보느냐는 둥 밤이 되자마자 기다렸다는 듯 그런 이야기만 했어."

나쓰키는 쿵, 하고 둔탁하고 무거운 소리가 난 느낌이 들었다.

"나, 지금도 잊지 못하는 게 있어."

그것은, 여기서 떨어진 인간이 강바닥에 가라앉는 소리처럼 느껴졌다.

"수학여행 중에 슈가 갑자기 빵을 보여 줬어."

요시미치의 고백도 슈의 사체와 함께 강바닥에 가라앉는다.

"아마도 어느 편의점에서 산 빵이었을 거야. 겹겹이 층이 쌓여 있고 가운데 딸기잼이 있는 평범한 과자 빵. 딸기 페이스트가 섞여 있었는지 전체적으로 빵은 분홍색이었어."

"그래서."

요시미치가 말을 이었다.

"그걸 내밀기에 한 입 먹게 해 주나 싶었어. 그래서 손을 뻗는데 슈가 이렇게 말했어."

'흥분 안 돼?'

"나, 무슨 소린지 몰라서 무슨 소린가 하고 생각하는데 뒤에서 '무삭제판이네.'라는 말이 들려왔어. 모두 리얼하다는 둥 야하다는 둥 가운데 잼을 핥고 싶다는 둥 이상한 이야기를 꺼내서 그제 야 겨우 알았어. 아마도 그 빵 생긴 게 여자 성기를 닮았던 거지."

'여자 성기'라는 소리도 함께 가라앉는다.

"이후로 수학여행 내내 그런 분위기였어. 저녁에 나온 과일의 단면이나, 그런 거 보면 흥분되지 않아? 흥분 안 돼? 슈가 물어 대고 모두 낄낄대고 웃었어. 견학 간 절에도 비슷한 문양이 있었 는지 그곳에 허리를 갖다 대질 않나."

풋, 요시미치가 웃음을 터뜨렸다.

"슈와 있으면 나 이외의 사람들이 어떤 세상을 사는지 듣기 싫 어도 알게 돼."

싫어도, 알고 싶지 않아도 알게 되는 게 이 세상에는 얼마든지 있다.

마치 저녁 노을빛을 받듯 제멋대로 그 일부에 자신이 포함되어 버리는 일이 얼마든지 있다.

　가지 않으면 안 되는 수학여행, 반드시 찾아오는 밤. 왠지 모르지만 완성되고 마는, 특별한 비밀을 서로 털어 놓기 위해 정비된 공간. 너 말고는 이야기할 사람이 없다며 마치 특별한 선물을 건네는 듯한 눈빛으로 바라보는 순간. 멋대로 생겨나는 인간관계. 자신을 휘감아 오는 온갖 인연들.

　"나도 싫었어."

　그 모든 게 너무 거추장스러웠다.

　"지금도 싫어."

　어떤 비밀과 고민을 내밀어도 자신이 품은 것과 비교하면 한 손으로 집어 올릴 수 있는 꽃처럼 느껴졌다.

　오히려 그런 걸 비밀이네, 고민이네, 하며 소중히 품고 세상을 사는 사람을, 너무나 미워하고 증오했다.

　"여기 생각보다 높네."

　요시미치가 책상다리한 채 고개만 내밀어 바위 아래를 들여다봤다.

　"낮부터 술을 마시고 이런 데서 강으로 뛰어들어도 당연히 살고 앞으로도 계속 산다고 생각하는 사람이지. 슈는."

　아이코의 배꼽 앞에 잘린 채 내밀어진 슈의 얼굴. 햇볕에 잘 그을린 피부. 하얀 치아. 올라간 입가. 삶의 에너지로 가득한 육체.

　"좋겠다."

　나쓰키가 넋을 놓고 한숨을 내쉬었다.

　"나도 그렇게 살고 싶어."

물소리, 저무는 해, 다가오는 밤.

학교에서도 직장에서도 들어야 하는 여자끼리의 음담패설, TV를 켜면 나오는 새로운 가치관이 어쩌고 하는 특집.

누구에게나 쏟아지는 그것들을 당연하게 받아들이며 살고 싶다.

"그렇지."

요시미치가 여전히 앞을 바라본 채 중얼거렸다.

"응."

나쓰키도 한 마디로 응했다.

어른이 된 지금도, 수학여행의 밤이 이어지고 있는 것만 같다.

'기류는 좋아하는 사람 없어?'

'기류는 어때?'

'네 안에 뭐가 있어?'

옛날부터 내내 이랬다. 나는 이런 비밀을 알려 줬어, 그러니 너도 말해. 그렇지 않으면 공평하지 않잖아. 그런 식으로 원하지도 않은 정보를 느닷없이 들이밀고는 대가를 요구하는 사람들뿐이다. 상대의 속내를 들여다보려는 사람들뿐이다.

딱 한 가지만을 숨기고 있을 뿐인데 그게 모든 인생과 이어져 있어서 누구와도 대화할 수 없게 된다. 이야기는 나눠도 대화할 수는 없다.

"의미 없는 말일지도 모르겠는데."

두 사람의 발밑 저 밑에 물이 흐르고 있다.

"내가 좋아하는 타입 같은 거 물어봤을 때 솔직히 대답했으면 슈는 여기서 뛰어내리기 전에 망설였을까 하는 생각을 했어."

억눌린 웃음소리가 오히려 요시미치의 진지한 마음을 대변했다.

"이런 형태의 수도꼭지가 제일 좋다거나 이런 식으로 물이 분출할 때 가장 흥분한다거나, 그렇게 대답했다면."

"응."

나쓰키는 낮게 읊조렸다.

"슈도 좀 여기서 뛰어내리기 전에 자기 생각 같은 거 전혀 닿지 않는 세상이 있다는 사실을 인식했어야 하지 않았을까, 하고 생각했어."

'물이 철철 나오는 게 너무 기뻤다.'

그런 진술이 보도된 다음 날, 반은 조금 소란스러웠다.

다만 그것은 그 뉴스가 크게 보도되었기 때문이 아니었다. 당시 나쓰키와 요시미치의 반에서는 사회 수업이 있는 날이면 수업 처음에 학생 한 명이 그날 조간에서 가장 관심이 갔던 기사를 발표하는 과제를 했다. 누가 지명될지 모르므로 사회 수업이 있는 날은 모두 조간을 읽고 와야 했다. 다만 나쓰키와 요시미치를 비롯해 모두 적당히 펼친 신문에서 그냥 보이는 기사를 고르는 정도였다.

그날, 교사는 아이코를 지명했다. 하지만 아이코는 좀처럼 일어서지 못했다. 쑥스러운 표정을 지으면서. 나쓰키는 아마도 준비하는 걸 잊은 모양이라고 생각했다. "선생님, 죄송해요." 아이코가 조그맣게 입을 열고 사죄하려고 할 때 슈가 손을 들었다.

'선생님, 오늘은 제가 발표해도 될까요?'

슈가 아이코를 좋아한다는 사실은 반 아이들 모두 알고 있었던 바라 모두 슈가 아이코를 도와주려 한다는 사실을 알았다. 아무것도 모르는 교사가 손을 높이 든 슈를 성가신 듯 지명했을 때 반 아이들 모두 슈가 제대로 된 기사를 준비해 왔을 리 없다고 생각했다.

그런데 그런 예상을 뒤엎고 슈는 기사를 읽기 시작했다.

"경찰 시설에 침입해 물을 그대로 틀어 놓은 채 수도꼭지를 훔친……."

모두 그가 준비해 왔다는 사실에 놀랐고 다음은 어째서 이런 별것도 아닌 사건을 골랐는지를 궁금해하는 분위기가 되었다. 들으면 들을수록 평범한 내용이라 역시 아이코를 도와주려는 목적뿐인가 하고 그냥 넘기는 분위기가 교실에 천천히 퍼져 나갔다.

마지막 한 문장을 읽을 때까지는.

마치 콩트의 마무리를 알리는 정해진 대사처럼 그 한 문장이 읽혔을 때 교실은 웃음소리에 휩싸였다. 물이 철철 나오는 게 너무 기뻤다고? 그게 뭐야? 의미를 모르겠네. 정말 웃기다. 하지만 미친 사람은 문제야.

"야! 이런 동기는 〈코난〉에도 안 나오겠지?"

슈는 웃고 있는 친구들에게 더 웃음을 일으켰다. 의기양양한 표정으로 힐끔힐끔 아이코를 살피면서.

그렇게 웃음소리로 가득한 교실에서, 나쓰키는 깨달았다.

나는 진짜 이상한 사람이구나.

물을 틀어 놓는 걸 좋아한다는 건 알고 있었다. 그런데 그게 이런 식으로 비웃음을 당할 일이구나. 생각 끝에 실행에 옮기면 체포되는구나. 나쓰키는 그렇게 재확인하며 본가의 침대 위에서 두 다리로 담요를 꼭 안았을 때처럼 몸의 중심이 따뜻하게 물들어 가는 걸 느꼈다.

나쓰키는 철이 들고 나서부터 분출하는 물을 보면 흥분했다.

원인 같은 건 모른다. 주위 아이들이 저 애 멋지다며 뺨을 붉히듯 나쓰키는 '분출하는 물'에 신체 일부가 뜨거워졌다. 모두가 자연스레 인간의, 주로 이성에게 호의를 품듯, 나쓰키도 명확한 계기나 이유도 없이 물에 호의를 품었다.

나쓰키는 욕조와 수영장, 강과 댐, 바다 등에 대량으로 존재하는 물보다 분수나 뭔가가 떨어질 때 생기는 흩날리는 물방울 같은, 저항할 수 없는 힘에 물의 형태가 억지로 변하는 상태를 좋아했다. 아무 일 없으면 조용히 빛을 흡수할 뿐이지만 어떤 힘이 가해지면 자유자재로 그 형태를 바꾼다. 나쓰키에게는 그 변형 속의 폭발력 같은 게 너무나 선정적이었다. 예를 들어 TV에서 다이빙 대회가 방영되면 왜 물이 조금 튈수록 높은 점수를 받는지 분했다. 그리고 그런 장면을 만날 때마다 주위 사람들은 성적 충동을 전혀 일으키지 않는데 혼자만 응시하고 싶어 하는 자신의 이질성을 통감했다.

그게 뭐야?

거침없이 물방울이 튀는 장면. 나쓰키는 그런 장면을 보고 있으면 감정을 표현할 때 사용하는 모든 언어와 언어 사이의 틈이 무언가에 의해 착 달라붙어 단숨에 메워지는 느낌이 들었다.

그게 뭐야? 의미를 모르겠네.

처음에는 집 수도꼭지나 목욕탕 샤워기로 만족했다. 그곳에서 분수나 물방울을 연출해 허벅지에 뿌렸다. 하지만 주위 친구가 "좋아하는 사람과 사귀고 싶어.", "손을 잡고 싶어.", "키스하고 싶어."라고 그 상상을 부풀려 가듯 나쓰키도 좀 더 과감하게 자기 손으로 실컷 물을 분출시키고 싶은 욕구에 시달렸다.

그게 뭐? 의미를 모르겠네. 정말 웃기다.

나쓰키는 자신에 대해 일 초도 그냥 흘려보내지 않고 그렇게 생각했다. 정말 이상하고 스스로 생각해도 기분 나쁘다. 하지만 원인 없는 일을 당연히 고칠 수는 없었다.

그게 뭐야? 의미를 모르겠네. 정말 웃기다. 하지만 미친 사람은 문제야.

"의미가 없지도 않아."

나쓰키는 요시미치의 등에 대고 말을 걸었다.

"우리는 절대 취한 상태에서 여기서 뛰어들지는 않을 거야."

우리가 우리에 대해 솔직히 말했다면 슈는 여기서 뛰어내리지 않았을지 모른다. 그런 이야기, 다른 사람이 들으면 지리멸렬하게 생각할 것이다. 하지만 나쓰키는 요시미치의 이야기를 너무나 잘 이해했다.

"자각하고 있어. 우리가 올바른 생물이 아니라는 걸."

어느샌가 밤이 바로 눈앞까지 다가와 있다.

"언젠가 어떤 계기로 이제까지 쌓아 온 모든 게 망가질 거야. 우리."

나쓰키는 눈앞의 등을 바라봤다.

이 사람은 틀림없이, 이곳으로 나를 데려와 확인하고 싶었구나.

피로연이나 동창회에서 섭취한 알코올이 아직 남아 있는 몸으로 확인하고 싶었구나.

둘 다 술을 마신 상태에서 여기서 뛰어내리는 짓 따위 절대 생각할 수 없는 사람이라는 사실을.

인간이 전혀 예상할 수 없는 현상이 귓가 바로 옆에 숨죽이고 있는 걸 단 일 초도 놓치지 않고 언제나 자각하는 동지라는 것을.

슈가 자기 생명과 미래를 전혀 의심하지 않고 강으로 뛰어드는 그 순간에, 바로 그 자리에서 확인하고 싶었던 것이었다.

눈앞 요시미치의 등이 완만한 커브를 그리고 있었다.

이 사람은 언제나 자기 조금 앞에 있다. 나쓰키는 떨어지는 기온 속에서 무릎을 안으며 생각했다.

슈가 후지와라 사토루의 체포 기사를 읽은 그날도 그랬다.

학생들의 웃음소리가 한 차례 가라앉은 다음 사회 교사는 흐뭇한 표정으로 말했다. 그런 이상한 기사, 정말 있었냐? 슈는 씩씩대며 대답했다. 아주 구석에 조그맣게 실려 있었어요! 저 구석구석 다 읽었다고요.

나쓰키는 그동안 작년까지 이 책상을 쓴 누군가가 새겨 놓은 흔적을 보고 있었다. 있는 힘껏 몸을 웅크리고 몸 안에 담긴 열을 아무도 알아차리지 못하도록 식히고 있었다. 그래서 이후 교사가 한 말은 청각만으로 수집했다. 그래서 더 강하게 기억에 남았을지도 모른다.

'그러고 보니 학교 건물 뒤에 더는 사용하지 않는 급수장이 있는데 거기 오늘부터 출입 금지야. 공사로 그 주변은 다 철거할 거니

까. 물이 철철 흘러나오는 걸 보면 기쁘더라도 건드리면 안 된다.'

교사는 농담처럼 후지와라 사토루의 진술을 인용했다. 다들, '웃겨!'라며 즐겁게 웃었다. 슈는 여전히 만족스러운 표정이었고 아이코는 그런 슈에게 입만 움직여 "고마워."라고 전했다. 인간 이성에 성적 욕구를 품는 사람끼리의 의사소통이었다.

그날 방과 후, 나쓰키는 남몰래 학교 건물 뒤로 향했다.

당시 중학교 건물 뒤는 과거에 사용한 소각장과 닭장이 있을 뿐, 해가 거의 들지 않아 학생들은 으스스한 분위기가 나는 곳으로 인식하고 있었다. 예전에는 불량한 선배들이 숨어 담배를 피우던 장소였다는 소문도 있어서 그 중학교 안에서 유일하게 죽은 장소라 해도 과언이 아니었다.

나쓰키는 그곳에 녹슨 급수장이 존재한다는 사실을 훨씬 전부터 알고 있었다. 창으로 그 급수장을 내려다볼 때마다 그 수도꼭지를 힘껏 비틀어 실컷 물을 분출시키는 망상을 했기 때문이다.

그 급수장이 곧 철거된다. 사회 수업 중 나쓰키는 내내 그 생각만 했다.

"나, 지구로 유학을 온 기분이었어."

나쓰키는 그렇게 중얼거려 보았다. 지금도 그날의 방과 후도, 자신보다 조금 앞에 있는 그 등에 대고.

그날 방과 후, 나쓰키는 동아리 활동을 하는 학생들이 하교할 시간까지 화장실 개인 칸에 숨어 있었다. 이제 아무도 학교에 남아 있지 않으리라 여겨질 즈음 남몰래 학교 건물 뒤로 향했다. 어차피 철거될 낡은 급수장이다. 그 수도꼭지를 망가뜨려 힘껏 물을 분출시켜 보고 싶었다.

발소리가 나지 않도록 숨죽이며 걸었다. 그 걸음걸이는 자신이 평범한 인간이 아님을 아무도 의심하지 않게 철저히 숨겨 온 지금까지의 인생과 닮아 있었다.

급수장에는, 요시미치가 있었다.

요시미치는 그곳에 나타난 나쓰키의 모습을 지그시 응시했다. 나쓰키는 요시미치가 거기 있음을 인정하면서도 얼굴은 아는데 이름은 모른다고 생각했다. 그러므로 요시미치가 자기 이름을 아는지도 알 수 없었다.

하지만 녹슨 급수장 앞에서 이름 따위는 필요치 않았다.

나쓰키는 하얀 하복 셔츠를 입은 요시미치 앞에서 교과서의 지정된 페이지를 읽듯 생각했다.

이 사람도, 나와 똑같을지 몰라.

"어디 있더라도, 그 장소에 있어야 하는 동안을 무사히 넘길 생각만 했어. 누구에게도 의심받지 않고 지나가야 한다고, 언제 어디서나 생각했어."

그때 요시미치는 나쓰키의 모습을 인정하고 딱 한 번 고개를 끄덕였다. 나쓰키도 마찬가지로 딱 한 번 고개를 끄덕여 주었다.

그걸로 충분했다.

요시미치는 두 사람 사이에 있던 녹슨 급수장 수도꼭지를 힘껏 발로 찼다.

"그렇게 살면 누구와도 사이좋게 지낼 수 없기 마련이지."

얼마나 관리를 안 했는지 녹슨 수도꼭지는 아주 쉽게 멀리 날아갔다. 그 대신 오랜 봉인에서 풀린 전설의 거대한 뱀처럼 갈색으로 변한 물이 난폭하게 출렁이며 뿜어져 나왔다.

"인생에서 딱 하나만 감추고 있는데 주말에 이런 장소에 오는 생활이나 인간관계까지 모든 게 멀어지지."

시야를 덮는 물방울 너머로 요시미치가 웃고 있었다.

둘은 서로 물이 뿜어져 나오는 입구를 발로 찼다. 내내 그러고 있고 싶었다. 집안에서는 한계가 있다. 아무것도 신경 쓰지 않고 자신이 좋아하는 분출 방식을 탐구하며 물의 형태를 바꿔 보고 싶었다. 옷과 몸, 모든 게 차갑게 젖었으나 몸 안에는 달콤하게 흔들리는 열이 느껴졌다.

물이 철철 나오는 게 너무 기뻤다. 물이 철철 나오는 게 너무 기뻤다. 나쓰키는 마음속으로 수없이 그렇게 외쳤다. 물이 철철 나오는 게 너무 기뻤다. 물이 철철 나오는 게 너무 기뻤다. 나도, 나도, 나도, 나도.

"나도 같아."

수도꼭지가 있었던 부분에 손을 대 물의 형태를 바꿨다. 자신의 이상에 맞도록 수없이 시도했다. 당시 나쓰키의 취향은 호스 끝을 손가락으로 누를 때 같은, 일직선으로 뻗어 나가는 분출 방식이었다. 물이 무슨 빔처럼 강력하게 뻗어 나가는 궤적이 당시의 나쓰키에게는 탐미 그 자체로 느껴졌다.

그런 꿈같은 시간은 건물 창문으로 나온 교사의 목소리에 마침표를 찍었다.

나쓰키는 정신없이 도망쳤다. 더는 아무도 쫓아오지 않는 것을 확인할 때까지 완전히 젖은 온몸을 계속 앞으로 내몰았다.

그것이, 요시미치와 교류한 마지막 기억이었다.

그다음에도 학교 안에서 요시미치와 이야기를 나눈 적은 한 번도 없었다. 전에도 그랬던 터라 특별한 위화감은 없었다. 그대로 요시미치는 3학년 1학기가 끝나자마자 간토 지방으로 전학 갔다.

엉덩이 밑의 바위가 점점 차가워지고 있다.

그 방과 후부터 줄곧, 그저 살아있기만 했다.

누군가의 신체에 접촉하는 일도, 접촉되는 일도 없이, 물이 분출하는 현상에 성욕을 품는 인생을, 그저 혼자 살아 냈다.

앱에서 만난 사람과 원나잇을 해 버렸다고 하듯, 남자 친구와 온천 여행을 가 여러 번 하고 말았다고 말하듯, 나쓰키에게도 맹렬하게 욕망을 발산하고 싶은 날이 있다. 그 방과 후처럼, 아무것도 신경 쓰지 않고 물을 분출시키고 싶은 날이 있다. 우연히 지나가는 공원에 마침 아무도 없고, 그곳에 급수장의 은색 덩어리만이 덩그러니 빛나고 있으면 정신을 놓고 빨려들 뻔한 적도 있다. 하지만 그때마다 교실에 가득했던 웃음소리를 떠올리며 자신을 억눌렀다.

그게 뭐야? 의미를 모르겠네. 정말 웃기다. 하지만 미친 사람은 문제야.

연인이 생겼다. 키스했다. 섹스했다. 다른 이에게 말할 수 없는 장소에서 다른 이에게 말할 수 없는 짓을 했다. 주위 사람들은 언제나 자기 욕망을 신나게 떠들며 선전했다. 나쓰키는 그런 말을 들으면서 남자 성기를 체내에 삽입하는 행위가 왜 이상하거나 문제가 안 되는지 생각했다. 남자 성기를 입에 머금는 일은 무슨 의미가 있나. 본인들이 연애와 관련된 일들로 아무리 고민하고 상처입더라도 인간에 흥분할 수 있다는 점이, 다른 이와 그 고민을 공유할 수 있다는 자체가 너무나 부럽고 분했다.

싫어하고 싶지 않은 사람도 싫어졌다. 멀어지고 싶지 않은 것과도 스스로 멀어지지 않으면 몸과 마음을 제대로 유지할 수 없었다.

나쓰키가 어렸을 때는 TV에 나오는 댐 방류나 분수를 이용한 쇼 등의 영상이 귀중한 성인물이었다. 그러므로 동영상 플랫폼 사이트의 등장은 충격적이었다. 그곳에는 주목받으려고 온갖 요청에 다 응하는 사람들이 존재했다.

그들에게는 전혀 성적이지 않은 행위가 요청한 사람에게는 목구멍으로 손이 나올 만큼 원하는 희소한 영상이 되는 세계.

벌칙 게임으로 전기 안마는 어떤가요? 수중 숨 참기 대결은 어떤가요? 풍선 빨리 터뜨리기는? 랩으로 둘둘 감았다가 탈출하기까지의 시간을 측정하는 대결은?

더워지고 있으니까 여름답게 물을 이용한 기획은 어떨까요? 물풍선을 터뜨리지 않고 몇 번이나 주고받을 수 있는지 대결, 호스에서 나오는 물을 얼마나 멀리 뿌릴 수 있는지 대결 등을 보고 싶네요.

"역시 기류였구나."

정신을 차리니 이미 해가 완전히 저물어 있었다. 요시미치는 책상다리한 채 이쪽을 돌아보고 말했다.

"아마자와 세이지 같다고 생각했어. 댓글 창을 볼 때마다."

자신이 하려던 말이 자신에게 던져졌다. 요시미치가 계속 말했다.

"동창회 마지막, 그 음원이 흘러나왔을 때 기류 표정 굉장했어. 그래서 확신했지. 역시 SATORU FUJIWARA는 기류였다고. 후지와라 사토루 본인이 썼나 하고 생각한 적도 있었는데 체포 경력이 있는 사람이 본명으로 댓글을 달지 않을 테니까."

"잠깐만!"

나쓰키야말로 그 음원이 흐르는 순간 확신했다.

댓글 창에 있는 SATORU FUJIWARA는 사사키 요시미치라고.

"나도 너랑 똑같이 생각했어."

"응?"

이번에는 요시미치가 귀를 가까이 댈 차례였다.

"댓글 창의 SATORU FUJIWARA는 사사키라고."

밤이 한층 깊어졌다.

"나 아니야."

그렇게 대답하는 요시미치의 존재가 점점 밤의 어둠에 삼켜졌다.

"너도 아니야?"

나쓰키는 요시미치의 눈동자에 비치는 자신을 바라보면서 아직 밤이 되지 않기를 간절히 바랐다. 지금 옆에 있는 사람의, 간신히 붙잡은 그 윤곽을 놓치고 싶지 않았다. 누군가를 이런 식으로 생각하는 일, 인생에서 처음이었다.

간베 야에코
2019년 5월 1일까지, 172일

인생에서, 처음 느낀 감각이었다.

"다이버시티 페스티벌, 이것으로 폐막하겠습니다! 정말 감사했습니다!"

마지막이라는 말이 다른 누구도 아닌 자기 입에서 나온 순간. 야에코는 무대 위에서 깊이 고개를 숙이고 있었다. 그러고 있으면서 수많은 사람의 박수란 골전도처럼 뇌에 직접 울린다는 걸 깨달았다. 그리고 이대로 고개를 들지 않으면 이 소리가 영원히 이어지지 않을까 하는 어린애 같은 생각을 반쯤 진심으로 했다.

다이버시티 페스티벌은 예상보다 큰 성공을 거뒀다. 기획이 발표된 초기에는 실행 위원 안팎에서 미스·미스터 선발 대회 폐지를 놓고 그냥 넘기기 힘들 정도의 반대 의견이 나왔다. 그러나 곧 "실은 나도 위화감이 있었다.", "바꾸려고 한 사람이 같은 세대에 있다니 자랑스럽다."라는 찬성 의견이 점점 늘어났다. 특히 여대생들의 찬성 여론이 큰 힘이 되었다. 핫케이사이가 코앞으로 다가왔을 때쯤에는 야에코가 수강한 수업의 교수도 "실행 위원이지? 응원할게."라는 말을 건넸을 정도였다.

하지만 사야를 비롯한 실행 위원은 미스나 미스터 선발 대회의 폐지만이 아니라 다이비시티 페스터벌의 성공을 더 중요한 목표로 생각했다. **'누구나 자신에게 솔직해지고 연대감을 느낄 수 있는 축제'**의 실현을 목표로 움직인 지난 몇 개월은 야에코의 인생에서 가장 머리를 많이 쓰고 가장 피곤하고 늘 시간이 부족하다고 느낀 기간이었다. 그래서 핫케이사이가 끝나고 일주일이 지난 지금, 실행 위원과 관계자가 모이는 뒤풀이 파티에 당당하게 참석할 수 있었다. 야에코는 지금 자신이 품은 후련한 마음이 너무나 자랑스러웠다.

"수고했어. 마실래?"

사야가 음료수 잔을 내밀었다. 뒤풀이 파티는 작은 카페를 빌린 입식 파티 형식이라 누구와 어디서 이야기하든 자유로웠다. 야에코는 처음 한 시간 정도는 신세를 진 사람들을 찾아다니며 일일이 인사하고 다녔는데 지금은 조금 구석 테이블에서 쉬고 있었다.

"죄송해요. 신경 써 주서서 감사해요."

"이런 입식 파티는 어디에 있어야 할지 모르겠어."

사야는 야에코에게 잔을 건네고 웃으며 말했다. 실은 엄청난 사회성을 소유한 사야가 구석에 덜렁 혼자 있는 야에코를 배려한 행동일 게 분명했다.

사야는 줄곧 이상적인 선배이자 듬직한 상사였고 이 사람이 내 편이라 다행이라고 생각하는 사람이었다. 준비 기간부터 본무대까지 수없는 문제가 발생했지만, 항상 전체를 살피며 악영향의 범위를 최소한으로 줄이는 방향의 판단을 내리는 사야를 보며 야에코는 매일매일 더 깊이 존경하게 되었다.

야에코는 존경하는 마음이 커질 때마다 사야의 가정환경을 떠올렸다. 마키의 존재를 부러워하다 보면 사야를 존경하는 마음의 저변이 녹아내리는 사탕처럼 보글보글 거품이 일었다.

"이번 다이버시티 페스티벌이 잘 끝난 건 야에코가 제안해 준 주제 덕분이야. 그것 말고도 정말 여러모로 고생했어. 정말 고마워."

"무슨 말을. 전혀 그렇지 않아요. 제가 뭘 했다고요."

'제가 잘한 건 없죠.'라는 목소리가 익숙지 않은 음악과 섞였다. 민족음악 연구회 사람들이 뒤풀이 파티의 DJ를 맡아 주고 있다. 다이버시티 페스티벌 당일, 막간 시간 등을 다양한 문화 배경의 음악으로 이어준 게 민족음악 연구회였다. 야에코는 사야가 제안할 때까지 그런 단체가 이 대학에 존재하는지조차 몰랐다. 연구회 사람들은 하나 같이 대학에 진학하고 비로소 진짜 좋아하는 음악에 관해 이야기를 나눌 수 있었다고 말했다. 나밖에 없을지 모른다. 하지만 연대한다……. 그것은 다이버시티 페스티벌이라는 공간이 제공하고자 하는 가치 그 자체였다.

"무엇보다 사야 선배가 기획을 모집하겠다고 말하지 않았으면 다이버시티 페스티벌도 존재하지 않았죠……. 정말 존경합니다. 그리고 수고하셨어요."

히라노 지에 프로듀서는 너무 바빠 오늘 뒤풀이 파티에는 참석하지 못했다. 그러나 연대를 주제로 전개한 당일 강연은 이제까지 미디어에서 얘기한 내용과는 그 분위기가 달라, 아주 흥미로웠다. 히라노 프로듀서 역시 남성들의 연애 드라마를 제작하고 싶어 하는 사람은 자기밖에 없을지 모른다고 고민했던 것을 제대로 전한 강연이었다.

나밖에 없을지 모른다, 하지만 연대한다.

그 말은 지금의 야에코에게 너무나 잘 공명했다.

"이런 장소, 그리 좋아하지 않지?"

사야는 그렇게 말하고 회장 안을 자연스럽게 돌아다니는 요시카에게 시선을 던졌다. 핫케이사이가 끝난 후 실행 위원들끼리만 연 뒤풀이에서 사야는 요시카를 다음 기 대표로 지명했다. 요시카는 일찌감치 올해부터 인맥을 만들어 둬야 한다고 생각했는지 다양한 단체 대표에게 인사하며 돌아다니고 있다.

"요시카 정도면 좋아할지도 모르겠네요."

야에코는 요시카가 '스페이드' 회원들과 사이좋게 대화하는 모습을 곁눈질로 확인했다. 뒤풀이 파티에는 '스페이드' 대표였던 유메와 섭외 담당 다이야 외에도 당일 무대에 오른 댄서 모두가 초대되었다.

그 순간 남자 무리가 큰 웃음소리를 냈다. 복장이나 음악에 맞춰 흔드는 움직임으로 보건대 아마도 '스페이드' 사람일 것이다.

야에코는 그 안에 다이야가 없는 것을 확인하고 자연스럽게 그들에게서 등을 돌렸다.

가령 나를 화제로 웃는 게 아니더라도 왕성한 에너지를 가진 사람들의 시야에 들어가는 자체가 무섭다.

"그보다 혹시 남자들이 힘들어?"

사야가 목소리 볼륨을 확 내렸다.

쿵 하고 커다란 드럼 소리와 함께 곡이 바뀌었다.

하지만 야에코는 그 드럼 소리가 자기 심장 소리인 줄 알았다.

사야의 지적은 조각칼처럼 야에코의 마음에서 위장하고 있던 뭔가를 도려냈다.

"아니, 깊은 뜻은 없어. 하지만 실행 위원들과 얘기할 때도 남학생과는 나나 요시카를 통해 하는 듯해서. '스페이드'와의 연락 담당은 열심히 해 주었지만."

남자.

그들의 시선이 이 공간에서 잔뜩 오가고 있다.

그 무언가에 걸려들기만 해도 야에코의 뇌리에는 과거 몇 센티미터 거리에서 대면했던 거대한 글자들이 떠오른다.

'아마추어 JK 여동생★극비 도촬 영상 유출.'

"힘들다기보다는 뭐랄까."

오빠의 시선.

"그다지 남자 친구 같은 게 있는 타입이 아니라 익숙하지 않달까?"

거짓말이다.

사실은 남자라는 생물이 역겹다.

이제까지 줄곧 통통한 체형이었던 탓도 있을까, 남자로부터는 시선과 말로 많은 상처를 받아 왔다. 누군가의 연애 대상이 될 수 없다는 사실을 살면서 뼈저리게 느껴 왔다. 그것뿐이라면 다행인데 오빠 방에 들어간 그날부터 세상 남자가 전부 집에서 혼자 그런 동영상을 즐길 것만 같았다. 그런 욕망을 상상하기만 해도 몸과 마음이 제대로 조절되지 않을 만큼 마음이 흐트러졌다.

"저, 남자 친구가 있어 본 적이 없어서."

요시카에게 남자 친구가 생겼다.

학교 축제가 끝난 뒤 실행 위원회 광고국의 남학생이 고백했다. 근육 단련이 취미라는 그는 원숭이를 닮은 새카만 얼굴에 털도 많고 시끄러워, 요시카의 대기 화면을 몇 년간 독점한 주원과는 전혀 닮지 않았다. 그래서 야에코는 요시카가 그 고백을 거절하리라 믿어 의심치 않았다. 그런데 야에코 빼고 모든 사람이 준비 기간 때부터 둘이 서로 좋아했다는 걸 알아차리고 있었다고 한다.

또래 친구에게는 모두 연인이 있고 만화나 드라마 음악 속의 '모든' 여대생은 연애 중이다. 옛날에도 지금도 언제나 여성에게 상처를 주는 대상은 남자일 때가 많은데 다들 좋아하는 상대로 남성을 고른다. 다른 누구도 아닌 자기 역시 마찬가지지만 야에코는 그 이유를 알 수 없었다.

요시카의 대기 화면은 남자 친구와 찍은 사진으로 바뀌었다.

이 나이가 되도록 상대가 말을 걸어오지 않는데도 혼자 이성에게 불쾌한 감정을 느끼고 있다니. 그런 사람은 자기밖에 없을지 모른다. 야에코는 다이버시티 페스티벌에서 히라노 프로듀서의 강연을 들으면서 오히려 LGBTQ로 태어났으면 좋았겠다고 생각하는 자신에 놀랐다.

지금 일본에서는 좋아하는 사람과 결혼조차 할 수 없는 소수자들의 적은 인생 선택지, 거기서 파생된 괴로움은 이야기되고 있다. 야에코는 그 적은 선택지에 오히려 안주하고 싶었다.

야에코의 눈에는 여전히 연애 감정으로 이어진 이성 커플이 세상을 구성하는 최소 단위인 것처럼 보였다. 그 단위를 바탕으로 가족을 비롯한 다양한 제도가 구축되고 일단은 그 단위를 이루기 위해 달리라고 다양한 방향에서 압력을 가하는 게 느껴졌다. 그리고 이런 일에 이토록 고민한다는 자체가 자신이 이성애자이기 때문이라고 생각했다. 그러므로 자신에게는 다양한 선택지가 있다. 하지만 나는 다 필요 없다고.

이런 생각을 해선 안 된다. 야에코는 무대 옆에서 강연을 들으면서 자신을 필사적으로 다스렸다. 이 페스티벌을 운영하면서 이렇게 생각하는 사람은 틀림없이 나뿐일 것이다.

나밖에 없을지 모른다. 틀림없이 나뿐이다. 그런 생각은 언제나 사람의 입을 다물게 만든다.

문득 옆을 보니 사야의 표정에 후회가 번져 있는 게 보였다. 자기도 모르는 사이에 예상보다 훨씬 깊고 어두운 동굴 입구에 서 있다는 것을 깨달았을 것이다. 애써 즐거운 자리를 마련했는데 성 가신 이야기는 하고 싶지 않다는 생각이 허공을 헤매는 시선에서 전해졌다.

"실행 위원은 졸업하지만, 또 얘기 많이 하자. 언제든 연락해."

"아, 야에코! 여기 있었구나!"

자리를 뜨는 사야와 교대하듯 달려오는 사람이 있었다. '스페이드'의 전 대표 유메였다.

"입안자가 이런 구석에 있었어? 찾았잖아."

이미 여러 잔 마셨는지 뺨이 붉고 목소리도 크다.

"취하셨네요."

야에코는 테이블에 놓인 주인 없는 잔을 치우면서 그 어깨 너머로 다이야의 모습을 찾았다.

늘 이렇게 자연스럽게, 찾고 만다.

처음이었으니까.

오빠 방에 들어간 이후 남자의 시선을 불쾌하다고 느끼지 않은 게.

이 사람이 좋다, 이 사람을 만지고 싶다, 이 사람이 만져 줬으면 좋겠다고 생각한 게.

"혹시 다이야 찾아? 미안. 얼굴만 쏙 내밀고 가 버린 것 같아. 언제나 사람과 잘 어울리질 않는다니까."

유메는 평소보다 말이 많았다.

"이렇게 다들 모여 시끌벅적한 게 정말 싫은가 봐. 합숙도 올해 여름에 참가한 게 다야. 그다음은 아무리 설득해도 안 오더라고. 오히려 합숙과 관련된 사무 작업 같은 걸 담담하게 하는 게 더 좋은가 봐. 보통은 그걸 더 싫어하지 않나?"

"그래요? 왠지 의외네요."

야에코는 실행 위원으로 만난 다이야 외에는 아무것도 모른다는 설정을 잊지 않도록 조심한다. '스페이드' 계정을 매일 점검하면 단체 사진에도 도무지 등장하지 않는 다이야가 내성적인 성격이라는 점은 쉽게 짐작할 수 있었다.

"아, 진짜야. 아마도 다이야는 다른 사람과는 다른 듯해. 그래서라고 하기에는 그렇지만, 앞으로도 우리 다이야와 사이좋게 지내 줘."

"네?"

야에코는 절로 유메의 표정을 살폈다. 취기에서 비롯된 수다라고 생각했는데 조금 전까지 빨갰던 유메의 뺨은 오히려 맑았다.

"다양성이나 연대감이나 〈아저씨 사랑〉 같은 이야기, 실은 이번에 다이야에게 아주 좋은 기회였다고 생각해."

"무슨 뜻인가요?"

야에코는 유메와의 거리를 확 좁혔다.

"아니야. 어쩌면 가장 연대가 필요한 사람은 다이야일지도 몰라서."

유메의 뺨에 슬쩍 그림자가 드리워졌다.

이 사람, 다이야를 좋아하는구나.

야에코는 그냥 직감했다.

"이런 말을 내가 맘대로 하면 안 되는 건지 모르겠는데……, 야에코는 이상하게 받아들이지 않을 테니까 할게."

내가 멋대로 상대를 상상한 거니까. 그렇게 덧붙이는 어색함이 유메답지 않았다.

"야에코는 작년 여름 공연, 보러 와 줬다고 했지?"

"네."

야에코는 고개를 끄덕였다.

"그때 처음과 마지막 막간에 영상이 흘렀잖아."

야에코는 친구에게 끌려가 본 공연을 떠올렸다. 확실히 시작되기 전에는 반드시 그 콘셉트를 전달하는 수십 초 분량의 이미지 영상이 나왔다. 거리 벽에 그려진 그래피티 앞에서 춤추는 사람들의 영상 다음에는 힙합 쇼, 추상적인 영상 뒤에는 현대무용 쇼라는 식으로.

"그중에 수영장 장면이 나왔던 영상 기억해? 남자들끼리만 추는 쇼 직전에 흘렀는데."

"아, 기억해요."

확실히 수영복을 입은 남자들이 수영장에서 신나게 놀던 영상이었다. 그 뒤에 이어진 쇼도 코믹하다고 해야 하나 이전 춤과는 다른 분위기였다.

"뭔지 나도 잘 모르겠는데……, 그게 그러니까 성인물에 자주 등장하는 수영장이래."

성인물.

그 단어가 야에코의 고막을 뚫고 뇌까지 도달했다.

"나, 그 영상 촬영에 카메라맨 역할로 동행했는데 다들 아침부터 내내 지금부터 우리가 어디에 가는지 아느냐며 이상하게 서로 묻고 또 묻더라. 그런 종류의 드라마에서 자주 사용하는 장소라는데 건전한 남자들의 꿈의 장소라며 다들 난리를 피우더라고."

또렷이 상상하고 만다. 왕성한 남자들이 모여 성인물 이야기를 하며 웃는 모습. 야에코는 불쾌한 감정이 얼굴에 드러나지 않도록 조심했다.

"그런데 다이야만 그 수영장에 대해 모르더라."

유메가 목소리 톤을 더 낮췄다.

음악과 대화 소리가 모두 고막에서 멀어졌다.

"그게, 남자들이 보기에는 있을 수 없는 일인가 봐. 그 수영장을 모르고 어른이 되는 남자는 없다며 다들 엄청나게 웃었어."

조금 있다가 야에코의 세계에 소리가 돌아왔다. "그래요?" 야에코는 맞장구치면서 드럼 소리가 격렬한 이 음악은 뭘까 생각했다. 하지만 곧 그것은 자기 심장 소리임을 깨달았다.

"이후로 다이야, 원래 다른 사람과 모여 노닥거리는 타입은 아니었지만, 더 차가워졌다고 해야 할까, 거리를 두는 느낌이야. 여자 친구가 있는지 없는지도 모르고 애당초 그런 이야기를 할 만큼 친한 사람이 없다고 해야 할까."

불가사의하게 생각했던 몇 가지가 마치 별자리를 이루는 별처럼 이어졌다.

"나는 딱히, 다이야가 어떤 사람이든 상관없어. 고등학교 때까지 여학교였고 소수자 친구도 꽤 있고."

어째서 다이야의 시선은 무섭지 않았나. 오빠로 대표되는 남성에 대한 불쾌감을 왜 다이야에게는 느끼지 않았나.

"그래서 다이버시티 페스티벌 일을 한 게 다이야에게는 아주 좋은 일이었다고 생각해. 괜한 참견일지도 모르겠어. 하지만 나는 아무래도 다이야가 마음을 더 열 사람과 연대했으면 해."

다이야가 다른 이성과 다른 이유는 성인물을 통한 시선으로 자신을 포함한 여성을 보고 있지 않기 때문이다.

"나는 곧 동아리에서 은퇴하고 구직 활동을 해야 하니 다이야를 신경 쓸 틈이 없어질 거야. 야에코, 다이야와 같은 학부지? 어쩌면 강의를 같이 들을지도 모르잖아. 만약 그러면 학교 축제와 상관없이 이야기 좀 걸어 줘."

"네."

야에코는 대답하며 왠지 냉정하게 생각했다. 가만히 생각하면, 지금, 나는 실연한 것일지 모른다. 하지만 이상하게도 실연의 충격보다 다이야에게 한층 친근감을 느꼈다.

다이야야말로 나밖에 없을지 모른다는 생각의 한가운데 있을지 모른다. 아무와도 이어져 있지 않아, 그래서 오히려 누군가와 연대하기를 몰래, 그리고 간절히 바라고 있을지 모른다.

"다이버시티 페스티벌을 함께하면서 야에코가 아주 다정한 사람이라는 걸 알았어. 진짜로 괜한 오지랖일지 모르지만, 야에코라면 다이야에게 이모저모 이야기를 걸어 줄 수 있지 않을까 해서."

사실은 내가, 그 역할을 했으면 좋겠는데.

소란한 와중에 고개를 숙인 유메의 입술에서 그런 말이 흘러나올 것만 같았다. 야에코는 이 사람으로부터 바통을 이어받았다고 생각했다. 나밖에 없을지 모른다는 고독에서 구출해 내는 바통. 그리고 바통은 왠지 야에코가 품고 있는 것도 함께 끌어낼 수 있을 듯한, 미지에 대한 희망의 예감을 담고 있었다.

데라이 히로키
2019년 5월 1일까지, 154일

"바통을 이어받았을 때는 어떻게 하나 싶었는데 잘됐네요."

검사장 집무실을 나오는데 뒤를 따르던 고시카와가 그렇게 중얼거렸다. 지금 담당한 사건 중 하나인 은행 부정 대출 사건은 육아 휴직에 들어간 검사로부터 갑자기 인계받은 것이다. 처음에는 관계자 전체가 부인해 진상이 모호했는데 대출이 끊겨 도산한 부동산 회사 관계자를 포함해 철저하게 계속 조사한 결과, 관련 사건의 전체상이 드디어 보이기 시작했다. 결국은 계속 부인하던 피의자가 나서서 자백해 무사히 검사장의 결재를 받을 수 있었다.

"하지만 정말 깰 줄은 몰랐습니다."

깬다는 표현은 부인하던 피의자의 자백을 얻어 낸다는 표현이다. 고시카와는 감탄한 표정으로 말을 이었다.

"이제부터 깨겠다고 할 때의 검사님 박력은 언제 봐도 제가 다 겁먹게 돼요."

히로키는 집무실로 돌아오자 빵빵하게 부푼 풍선에서 공기를 빼듯 심호흡을 되풀이했다. 자백 조서를 받은 다음에는 언제나 이렇게 심호흡 횟수가 늘어난다.

자백이란 즉 죄가 저질러질 때까지의 과정이 밝혀진다는 뜻이다. 이번 사건은 결과적으로 말하자면 자산 가치를 날조한 부동산 회사가 있고, 그 날조를 파악했으면서도 부정 대출한 은행이 있다는 구조다. 확실히 죄가 존재하니 검사로서 그 죄를 정확하게 벌해야 한다. 다만 자산 가치 날조에 관여한 부동산 회사의 사원, 고객의 이익에 반한다는 사실을 알면서도 상품을 팔 수밖에 없는 행원, 각각의 사람들이 범죄로 나아가는 마지막 순간까지의 과정을 알고 나면 쉽게 판단하지 못하는 자신의 얼굴이 드러난다. 조서를 작성하는 동안 죄를 저지른 자가 죄를 저지를 때까지의 시간이 자기 몸 안으로도 흘러드는 것만 같다.

그래서 얼마나 감정에 좌우되지 않을 것인가. 어떻게 법률이 정한 선을 넘은 부분을 올바르게 알아낼 것인가. 선을 넘을 때까지의 사정에 마음을 빼앗기지 않고 선을 넘은 부분이 형법에 정해진 어떤 죄명에 해당하는지 제대로 판단할 것인가. 그게 사회정의 실현을 뒷받침하는 검사에게 중요한 부분이다.

"담배, 피우실래요?"

자신이 하고 싶은 말을 고시카와가 먼저 해 줘서 히로키는 절로 풋 웃고 말았다.

검사장 결재를 받은 다음에는 늘 안도하는 마음에 담배가 피우고 싶어진다. 지검 전체가 금연 시설이 된 지 꽤 되었는데도 집무실에서 담배를 피우던 때가 얼마 전인 듯하다.

이를테면 니가타 지검의 산조 지부에 있을 때는 담배를 피울 장소를 찾아 헤맬 필요조차 없었다. A청* 딱지를 막 뗀 검사로 간신히 현지 경찰과 삼석, 차석 검사 등의 상사들에게 어엿한 검사로 인정받기 시작할 무렵이었다.

유미와 만났을 때.

"그러고 보니."

고시카와의 음색이 변했다. 피차 고된 업무가 일단락되어 마음이 놓였을지도 모른다. 안고 있는 사건은 여전히 산처럼 쌓여 있으나 마음이 좀처럼 다잡아지지 않았다.

"아드님 채널, 검색해 봤어요."

"아아."

히로키는 순간 눈을 내리깔았다. 얼마 전, 쉬면서 다이키의 채널을 보다가 고시카와에게 들키고 말았다.

"꽤 자주 올리던데요? 아이들은 이런 거, 성과가 나지 않으면 금방 포기하던데 대단합니다."

그 말은, 학교는 아직 안 다니는 거냐고 묻는 듯해 히로키는 "아, 뭐."라고 애매한 답변으로 마무리했다.

● 도쿄 지검이나 오사카 지검 같은 대규모 검찰청을 가리키는 말로, 검사 임관 후 4년~5년째에는 반드시 A청에 배속되어 일한다. 이를 끝내야 시니어 검사가 된다.

"기획도 애써 생각하고 아주 기특해요. 뭐랄까, 정말 초등학생의 쉬는 시간 같은 느낌이라 좋았습니다. 전기 안마, 옛날 친구끼리 하던 거고."

그 단어가 나왔다는 것은, 고시카와가 풍선 터뜨리기 대결을 봤다는 얘기다. 히로키가 휴식 시간에 본 동영상이다.

이유도 없이 조회수가 가장 많은 영상. 히로키도 불지 못한 풍선이 화면 가득 굴러다니는 영상.

나중에 다이키의 장난감 등을 보관한 장소를 뒤져 봤으나 공기 주입기는 발견하지 못했다.

"누군가, 동영상 편집을 잘하는 사람이 도와주고 있나요?"

"응?"

히로키의 목소리가 예상보다 멀리 날아갔다.

"아니, 효과음이나 자막까지 의외로 사소한 것까지 다 있어서요."

그런 것까지 제대로 보지 못했음을 지적받은 듯해 히로키의 마음이 조금 불편해졌다. 하지만 확실히 의문이기는 했다. 다이키는 물론 유미도 컴퓨터를 자유자재로 다룰 줄 모르는데 어떻게 이렇게 쉽게 동영상을 올리기 시작했을까.

"촬영도 아드님이 전부 스스로 하나요?"

"아마 그럴 거야."

모른다. 하지만 히로키는 거짓말로 대답했다.

"편집도요? 소프트웨어를 혼자 써 보며 배웠다면 그거 굉장하네요!"

"아이니까 흡수가 빠르지."

모른다. 하지만 히로키는 또 거짓말했다.

"그런가요?"

고시카와가 중얼거린다.

모른다. 아니, 사실은 계속 모른 척해 오고 있다.

히로키의 머릿속에 되살아나는 목소리가 있다.

몇 개월 전, 다이키에게 바다에 데려가 달라고 부탁받은 밤. 동영상 올리기를 응원하는지 아닌지의 여부를 떠나서 올여름은 휴가를 내기 힘들었다. 그래서 차를 몰고 어딘가 가기 어렵다고 전했더니 다이키는 히로키를 힐끔 보고 들릴락말락한 목소리로 말했다.

"그러면 우콘 형에게 부탁하지."

귀에 닿은 소리가 어떤 글자로 표현되는지 히로키는 바로 파악하지 못했다.

"이제 늦었으니까 그만 자."

유미가 화제를 돌리는 중에야 겨우 그게 우콘이라는 사람에게 부탁하겠다는 뜻의 문장임을 깨달았다.

우콘 형. 히로키는 아들이 그렇게 부르는 사람을 모른다. 하지만 히로키의 폐활량으로도 불지 못할, 파랗게 빛나는 매끄러운 풍선 표면을 동영상 너머로 볼 때마다 왠지 고막에 들러붙어 떨어지지 않는 말이 있었다.

겨울 공원에서 유미와 함께 들었던, 젊은 남자의 발랄한 목소리.

'아드님이 동영상 서비스를 하고 싶다고 말하면 집에 틀어박혀 있기보다 해 보게 하는 게 어떨까요? 저도 대충 아니까 시작하는 방법 정도는 도와줄 수 있습니다.'

"사실은."

고시카와의 낮은 목소리는 좁은 집무실 안에서 잘 울렸다.

"누군가 가르쳐 주는 사람이 있지 않을까요?"

검사는 임관 후 오 년 동안 호칭이 자주 바뀐다.

임관 일 년째는 초임 검사. 이 년에서 삼 년째는 초임 졸업 검사. 사 년에서 오 년째는 A청 검사, 그다음은 A청 졸업 검사. 임관 후 오 년째는 지도·육성 기간이라 크고 작은 다양한 검찰청을 단기간에 이동하며 모든 사건의 수사와 공판을 담당하면서 경험을 쌓는다. 그 뒤로도 승진하면 삼석, 차석, 수석 검사로 호칭이 계속 바뀐다. 그것은 어떤 조직에나 해당하는 일이라고 생각할지 모르나 상상보다 많은 전근에 히로키는 처음에 당황했다.

다만 그 덕분에 니가타에 살던 유미와 만날 수 있었다.

히로키가 A청 졸업 검사로 니가타 지검의 산조 지부에 배속되었을 때였다. 임관 육 년째, 33세, 즉 검사로서 이제 막 제 몫을 한다고 여겨질 무렵이었다. 그전까지는 오사카에서 공판을 담당했고 A청 검사 시절에는 듣던 대로 눈코 뜰 새 없이 바빴던 이 년이었다. 담당하는 사건의 수가 특별히 많지 않아도 범죄 규모와 내용이 크거나 복잡한 게 많아, 휴일에도 어디 나갈 엄두를 내지 못했다.

그래서 니가타에 부임한 이 년간은 물론 담당 사건 전부에 모든 신경을 쏟으며 대응했으나 히로키로서는 평온한 날들이었다. 니가타에는 대학교 때 친하게 지낸 동창이 살고 있었고, 그가 만든 커뮤니티에 받아들여지기도 해서 휴일에는 에치고유자와 온천까지 나가거나 겨울 스포츠를 즐겼다. 그런 인연 속에서 만난 게 유미였다.

유미는 당시 산조시의 종합병원에서 간호사로 일하고 있었다. 히로키보다 네 살 연하로 아직 이십 대였다. 날마다 생명과 관련해 예상치 못한 사건이 일어나는 곳에 몸을 둔 탓인지 다른 또래보다 사소한 일에 크게 흔들리지 않는 당당한 분위기가 있었고 히로키는 그게 마음에 들었다.

구체적으로 말하자면 니가타뿐만 아니라 도쿄나 오사카 등 A청이라 불리는 대규모 검찰청이 있는 곳 이외에서 만난 사람들은 검사라고 하면 일단 희귀한 존재를 대하는 듯한 분위기가 있다. 그 마음을 모르는 바 아니나 경계심이나 호기심을 대놓고 드러내면 그리 좋은 기분이 될 수 없었다. 유행한 드라마의 영향도 있을지 모르겠으나 질문 공세를 당하는 일도 많아 히로키는 전근을 경험할 때마다 처음 대면하는 사람 앞에서는 굳이 먼저 직업을 밝히지 않았다.

하지만 여러 번 모이게 되면 자연스럽게 직업을 알게 된다. 히로키가 검사라는 사실이 니가타에서 어쩌다 만나게 된 사람들에게 알려졌을 때도 술자리라 그랬는지 더 화제가 되었다. "검사? 드라마에 자주 나오는?", "아, 어쩐지 똑똑해 보이더라!" 등 제멋대로 내뱉는 발언이 오가는 가운데 유미는 딱히 이렇다 할 반응을 보이지 않았다.

히로키는 그것만으로, 좋은 의미에서 유미가 신경 쓰였다. 당시 자주 모이던 사람 가운데 드물게 여성 흡연자라 원래 유미와는 단둘이 이야기할 기회가 많았다.

어느 날, 흡연실에서 검사라는 사실을 알고도 과잉 반응을 보이지 않은 이유를 물어본 적 있다. 유미는 조금 고개를 기울인 뒤 말했다.

"음. 매일 의사를 접해서 그런가? 어릴 때부터 의사는 일단 대단한 사람이라는 이미지가 있잖아요? 감동적인 의학 드라마도 많고."

당시의 유미는 필라멘트를 피우고 있었다.

"병원에서 근무하기 시작하고 그런 직업에 대한 환상은 완전히 깨졌어요. 의사도 그렇고 환자도 그렇고. 다양한 직업을 가진 사람이 오는데 다들 다리가 부러지면 입원하고, 어떤 사람이나 똑같은 장기를 가지고 있고 피를 많이 흘리면 죽어요."

유미는 담뱃재를 털며 계속했다.

"아마도 어디나 마찬가지라고 생각해요. 병원이란 곳, 상상보다 훨씬 인간의 단점이 모인 조직이에요. 생명을 맡는 곳인데도 인간관계나 정치적인 요소들로 복잡하게 얽혀 모든 일이 결정되죠. 그런 일을 너무 많이 봤더니 어려워 보이는 일을 해서 대단하다거나 굉장하다는 생각은 전혀 들지 않게 되었어요."

들어 보니 유미는 몇 년마다 직장을 바꾼다고 했다. 지금은 종합병원에서 근무하는데 전에는 미용 클리닉이나 기업 진료소 등에서도 일했다고 한다. 기본적으로 어딜 가나 인력이 부족한 직종이라 이직은 쉬운데 몇 년 근무하면 조직의 곪은 부분에 혐오가 생긴다고 했다.

"저마다는 우수한데 시스템이 엉망이에요. 그런 게 지긋지긋해져서. 그냥 제가 금방 질리는 타입일지도 몰라요."

히로키는 유미의 말을 들으며 사실은 어디나 마찬가지라고 느꼈다. 일본에서 피의자를 기소할 권리를 지닌 사람은, 즉 한 인간을 무죄인지 유죄인지 단죄하는 무대로 끌고 갈 수 있는 사람은 검사밖에 없다. 그렇게 피의자에게 인생이 걸린 순간을 결정하는 직업인데 현지 경찰과 인간관계를 잘 쌓느냐로 수사의 깊이가 달라지기도 하고, 확고한 증거를 잡지 못했으면서도 공적을 쌓으려고 뭐든 기소하고 유죄 증거를 잡으려고 요란을 떠는 검사도 있다. 그 가운데는 검사로서 유리한 판단을 얻기 위해 평소 판사와 친하게 지내려 노력하는 놈까지 있다. 히로키는 검사는 좀 더 다양한 관계와 문맥으로부터 독립해 사회정의를 추구해야 한다고 생각했다. 적어도 자신은 그러고 싶었다.

"확실히 세상 사람들이 신기하게 생각하는 직업일수록 한심한 관계로 얽혀 있네."

히로키도 유미처럼 재를 털면서 말했다.

히로키는 돌아가겠느냐고 유미에게 말을 걸었다. 둘이서만 흡연실에서 대화하는 게 아직 드문 때여서 조금 긴장한 면도 있었다.

"하지만."

그때 유미의 목소리에는 그 자리를 떠나려는 사람의 손을 살짝 잡는 듯한 온도가 있었다.

"그래서 더 그런 복잡한 관계 속에서 제대로 일하려는 사람을 알아볼 수 있어요."

히로키는 자신을 가만히 응시하는 유미의 눈을 보며 이 사람과는 앞으로 이보다 더 깊은 관계가 되리라고 예감했다. 그것은 계속 조사하다 보면 문득 사건의 전체상이 그려질 때와 비슷한 감각이었다.

히로키는 유미와 처음 섹스했을 때 순간 겁을 먹었다. 삽입하자마자 유미의 눈에서 눈물이 흘러나왔기 때문이다. "신경 쓰지 마. 그냥 눈물이 나오는 것뿐이야." 유미는 그렇게 말하며 눈물을 닦았다.

"돌아가신 환자들이 이유도 없이 떠올라. 죽음과 정반대의 일을 하고 있어서 그런가?"

히로키는 그런 심경의 토로를 들으면서 성기가 삽입된 만큼 우뭇가사리처럼 배어 나오는 눈물을 바라봤다. 그런 행위를 되풀이하다 보니 어느새 유미의 눈물을 보기만 해도 흥분하게 되었다.

이 년 있다가 니가타를 떠나게 되었다. 히로키는 35세, 유미는 31세였다. 유미와 사귀기 시작한 지 일 년이 조금 넘어갈 때였다.

유미와는 앞으로도 함께 있고 싶었다. 하지만 결혼하고 싶다고 말하면 자신의 전근 생활을 같이 해야 한다. 그렇게 생각하니 너무 뻔뻔한 말 같아 꺼내기 어려웠다.

마음을 정하지 못한 채 전근 명령이 나왔음을 전했다.

"그러면 결혼하면 어때?"

유미는 흐린 날에 접이 우산을 챙기라고 말하듯 자연스럽게 물었다. 그리고 이렇게 정정했다. "아니, 결혼은 솔직히 관심 없고, 나, 아이를 낳고 싶어."

"나, 엄청나게 금방 질리는 사람이야. 직장도 금세 바꾸고 이사도 자주 다니고. 같은 상태로 있는 걸 못 견디는 걸지도 몰라. 늘앗 하고 직감이 오면 몸이 맘대로 움직여."

유미는 히로키를 뚫어지게 바라보며 "당신을 처음 만났을 때."라며 숨을 꼴깍 삼켰다.

"이유는 모르겠는데 이 사람의 아이를 낳을 것 같다고 생각했어."

히로키는 이때 유미의 표정을 지금도 생생하게 기억했다.

잘 질리는 성격. 같은 상태로 있는 걸 못 견디는 타입. 히로키는 그런 말들과 함께 지금이야말로 그런 상태가 아닐지 집요하게 생각했다.

기류 나쓰키
2019년 5월 1일까지, 121일

오른쪽 옆 의자에 사오리가 앉은 순간, 확 뜨거운 체온 같은 게 느껴졌다.

'연말연시는 이온몰에서 쇼핑하고 〈아저씨 사랑〉 굿즈를 받자!'

몰 안에 흐르는 캠페인 음원이 휴게실에도 공허하게 울리고 있다. 성적 소수자를 적당히 묘사한 드라마 시리즈의 출연자들이 **'소중한 사람에게 선물을!'** 또는 **'가족과 친구들과 단란하게!'** 같은, 시류에 맞춰 광고사가 준비한 대사를 의기양양하게 떠들며 거금을 벌어들이고 있다.

나쓰키는 사오리와 이야기하고 싶지 않았다. 하지만 바로 옆에 앉았는데 완전히 무시하는 것도 이상해 말을 걸었다. "수고하셨어요."평소에는 나쓰키의 인사를 기다리지도 않고 일방적으로 자기 얘기를 시작했는데 오늘 사오리는 마스크를 쓴 채 시선을 움직이지 않았다.

여전히 불임 치료가 잘되지 않아 기분 나쁜가. 나쓰키는 그렇게 생각하면서 자연스럽게 대화할 분위기를 닫았다. 일반 가게들은 한 해의 마지막 날인 오늘이 일을 마감하는 날이지만, 쇼핑몰은 새해 첫날도 영업하므로 공동 휴게실에는 마감이라는 분위기가 전혀 없다. 도대체 누가 붙였는지 모르겠는데 휴게실 벽에 꼼꼼하게 연말연시 캠페인 포스터가 붙어 있다. 그래서 거대한 하트에 둘러싸여 새해 음식과 하코이타*를 선물하는 두 남자 배우의 모습을 보기 싫어도 봐야 했다.

성별을 한정하지 않고 '소중한 사람'이라고 표현한 게 멋지다, 가족만이 아니라 친구라는 한마디가 있어서 다양성을 느낀다, 이제까지 한 걸음 내딛지 못했던 사람에게 용기를 주는 카피다. 이 캠페인의 광고 비주얼이 풀렸을 때 그런 평판이 들끓었던 게 기억에 새롭다. 나쓰키는 그때마다 그렇게 쉽게 고마워들 해라, 하며 침을 뱉고 싶었다.

부모님은 연말연시도 쉬지 않고 일한다고 알리자 안 됐다는 듯 얼굴을 찌푸렸다. 하지만 나쓰키는 오히려 좋았다. 이직하기 전 회사에서는 모든 일을 마감하는 날에는 거래처 사람이 낮부터 술을 들고 인사하러 와서 오늘은 실컷 마시자는 분위기를 조성하고

● 일본 명절에 즐기는 제기 같은 놀이에 쓰이는 그림이 그려진 나무 채

결국은 준비와 뒤처리를 모두 여직원에게 맡겼다. 불콰한 얼굴의 낯선 남자들이 "언제 쉬나?", "혼자 집에서 놀아?" 같은 사생활을 들쑤시는 상황이 너무도 고통스러워 나쓰키는 다양한 거래처가 들고 온 안주에는 손도 대지 않고 다들 싫어하는 술자리 마련과 뒷정리에 솔선수범했다. 그게 훨씬 편했다.

그 시즌만의 행사나 분위기가 생활공간에 흘러 들어올 때, 나쓰키는 자기 인생에는 계절이 없음을 실감한다. 무더위나 추위는 당연히 느끼지만, 여름이니까 바비큐를 하자거나 연말연시니까 가족이나 친구들과 특별한 일을 하자는 의미에서의 계절은 아주 오랫동안 자기 인생에 유입되지 않았다.

'소중한 사람과 지내는 특별한 계절! 이온몰에서 쇼핑하고 〈아저씨 사랑〉 굿즈를 받자!'

옆에 앉고도 말이 없는 사오리가 이상했으나 그렇다면 어쩔 수 없다는 마음으로 나쓰키가 자리에서 일어나려 할 때였다.

"있잖아. 임신했다던데 진짜야?"

여전히 시선조차 움직이지 않은 채 사오리가 말했다.

나쓰키는 무슨 말을 들었는지 알 수 없어 지갑에서 동전을 떨어뜨렸을 때처럼 "어?"라는 소리를 흘렸다.

"그러니까 아이가 생겼다는 게 진짜냐고?"

겨울에는 점포에서도 휴게실에서도 마스크를 쓴 사람이 가득했다. 얼굴의 아랫부분 반을 가리면 시선의 움직임이 두드러져 보인다.

"생겼지? 그럴 계획이 없었는데 뜻밖이라 놀랐다는 거지?"

사오리의 목소리가 커지는데 영문 모를 질문에 당황할 수밖에 없었다.

"뭐지, 그 얼굴은? 클리에에서 그런 얘길 했다고 들었는데."

클리에……. 나쓰키는 이 몰에 있는 카페 이름을 듣고 사오리가 한 말의 윤곽을 단숨에 파악하기 시작했다.

그 동창회 이후 이유 없이 가도와키 가오루가 자주 연락해 왔다. 처음에는 동창 소문이나 일상에 대한 불만 같은 평범한 내용이었는데 그러다가 아이코의 아이를 맡아 주는 횟수가 늘어난 데 대한 불평이 흘러나오고 말았다. 그때 나쓰키는 그동안 아이코가 이야기를 들어주던 시간이 자신에게 돌아왔다는 것을 깨달았다. 덧붙이자면 상대가 아이코에서 다른 사람으로 바뀐 덕분에 아이코에게 하고 싶었으나 하지 못한 얘기까지 덩달아 나오고 있음도 알았다. 그리고 이 지역을 돌고 있는 다양한 순환으로부터 일정 거리를 유지하는 듯 보이는 자신이 모든 불만을 토해 낼 장소로 가장 적당하다는 사실도 잘 알았다.

지난달, 가오루가 드디어 직접 만나서 얘기하자고 연락해 왔다. 두 달에 한 번, 남편 류이치가 아이들을 봐 주기로 약속해 자유롭게 미용실 같은 곳을 다니는 날이 정해져 있다고 한다. "자기는 매일 회식하러 다니면서 나는 두 달에 한 번뿐이라니까?" 적당히 공감해 주며 모든 얘기를 흘려듣는 나쓰키의 태도가 편안했는지 몰 안 카페에서 가오루의 불평은 끊이지 않았다. 나쓰키의 퇴근 후 달랑 한 시간 정도의 만남이었다.

그러다가 다른 동창 이야기가 나왔다. 동창회에서도 독신이라는 것을 자학하던 그 여성이 갑자기 임신해 결혼하게 되었다고 한다. 나쓰키는 그 말을 듣고 말했다.

"그럴 계획이 아니었으면 뜻밖이라 놀랐겠다."

그 대화를 곁에서 훔쳐 들은 사람이 있었다니, 당연히 전혀 예상치 못했다. 그리고 그 사람이 키워드만 뽑아 나쓰키가 임신했다는 소문을 내리라고는 전혀.

"내가 임신하려고 난리 친 얘기, 어떤 마음으로 들었어?"

이쪽을 노려보는 사오리의 눈 속에 불꽃이 일렁였다.

가오루와의 대화를 사오리가 듣고 내 이야기라고 착각했다? 나쓰키는 머릿속을 정리한다. 아니다, 조금 전 사오리는 누군가에게 들은 듯 말했다. 그렇다면 누군가 오해하고 사오리에게 전했다? 하지만 마주 보고 있는 점포에서 일하는 사이일 뿐 공통된 지인이라고는…….

"계속 짜증 났겠다?"

휴게실 안에 흐르는 캠페인 음원이 드디어 사오리의 목소리에 지고 말았다.

"언제나 자기는 관계없다는 얼굴을 하고서는."

휴게실 안 사람들의 시선이 자연스럽게 모였다.

"내가 무슨 얘길 해도 그러네요, 힘들겠어요,라며 적당히 공감하며 흘려들을 뿐이었지. 다른 사람의 고민이 뭐라고 생각해? 자기 얘기를 전혀 안 하길래 좀 특이한 사람이라고 생각했는데 그런 사람이었구나. 내내 나를 깔보고 있었어."

어째 나만 떠들었네.

가오루도 그날, 헤어질 때 그렇게 말했다. "하지만 이런 이야기할 수 있는 사람, 너밖에 없어." 가오루가 마지막에 덧붙인 그 말은 사오리가 처음 말을 걸었을 때와 똑같았다.

'가게에서 제일 나이가 많아지니까 아무도 말을 안 걸어.'

"그 방관자 같은 태도, 사실은 내내 불쾌했어. 그런데 그게 아니었어. 방관자도 아니었던 거지. 나를 줄곧 비웃고 있었어."

나쓰키는 제멋대로 열을 뿜기 시작한 사오리 앞에서 자기 몸이 가장 뜨거우면서도 차가워지고 있는 것을 느꼈다.

이런 일이, 지금까지 인생에서, 여러 번 있었다.

나는 원하지 않았는데 알아서 비밀을 밝힌다. 상대가 원하는 대로 철저히 듣는 역할을 해내면 어느 날 갑자기 왜 너는 아무 말도 안 하느냐며 화를 낸다.

자기만 관계없다는 듯한 얼굴. 방관자인 척하는 태도.

정말 그게 사실이라고!

나쓰키는 목소리를 내지 못하고 사오리의 눈 속 불꽃을 바라본다.

특수한 성적 지향을 지니고 태어난 사람은 정말로, 이 세상을 방관할 수밖에 없다고. 여기서 벗어나고 싶다고, 정말 벗어나고 싶다고 말하는 당신을, 완전히 벗어나 버린 곳에서 바라볼 수밖에 없다.

그게 얼마나 힘든지도 모르면서.

"내가 얼마나 힘든지도 모르면서."

사오리의 분노에 찬 목소리가 청중의 주목을 끌어들인다.

하지만 나쓰키는 이제 부정할 마음도 생기지 않았다.

"내가 얼마나 고통스러운지 모르면서!"

정적을 되찾은 휴게실에 **'소중한 사람과 보내는 특별한 계절!'** 이라는 공허한 음성이 떨어진다. 인생에 계절이 있는 사람을 향한, 내일도 살아가고 싶다는 전제에 있는 사람만을 향한 말이 유성들처럼 나쓰키의 머리 위로 흘러간다.

나쓰키는 생각한다. 이미 말로 표현된, 누군가에게 명명된 고통이 이 세상의 전부라고 생각하는 그 대단한 사고방식이 부럽다고. 당신이 품은 고통이, 다른 사람에게 밝히고 공유하고 동정받을 수 있는 고통이라는 사실이 진심으로 부럽다고.

나쓰키의 온몸에는 가장 뜨거운 부분과 가장 차가운 부분이 공존한다. 부글부글 끓는 뇌 속에서는 말들이 점점 흘러넘쳤으나 그 말들을 급속 냉동시킬 만큼 가까이에 말해 봤자 소용없다는 거대한 포기가 자리 잡고 있다.

애당초 누군가 이해해 주리라고 생각하는 자체가 무리야. 내 인생은.

"진짜 웃기지 말라고! 죽어 버려!"

사오리는 침묵을 지키는 나쓰키를 더는 견딜 수 없었는지 멀쩡한 사회인이라면 할 수 없는 말을 남기고 그 자리를 떠났다.

'이온몰에서 쇼핑하고 〈아저씨 사랑〉 굿즈를 받자!'

넓은 휴게실에 있는 거의 모든 사람의 시선이 나쓰키를 향하고 있다는 것은 확인하지 않아도 알 수 있었으나 나쓰키는 그마저도 진혀 상관없었다.

사람과 관계를 맺으면 꼭 이렇게 되기 마련이다.

달랑 한 가지만을 숨기고 있는데 딱 한 가지를 숨기기 위한 말과 행동을 계속했을 뿐인데 어디선가 뭔가가 철저히 어긋난다.

그 반복이다. 언제나 인간관계 끝에 놓인 사계에 도달하기 전 모든 게 끝난다.

'소중한 사람에게 선물을!'

'가족과 친구들과 단란하게!'

사오리가 자리를 뜨자 그 하나 건너편 자리에 사오리와 같은 디자인의 이름표를 단 여성이 앉아 있는 걸 발견했다.

와키모토라는 네 글자.

와키모토도 이 휴게실에 있는 사람들처럼 마스크를 쓰고 있다. 하지만 이유도 없이 나쓰키는 그 마스크 속의 입가가 웃고 있다는 걸 알았다.

"나스 씨에게 당신이 말했어?"

자신과 사오리의 공통 지인이라면 이 사람밖에 없다.

"아, 네."

와키모토는 스마트폰을 만지는 손가락을 계속 움직이면서 대답했다.

"그날 나도 클리에 있었어요. 아이나 뜻밖이라는 말을 들어서."

휴게실에 있는 사람들은 이미 몇 분 전의 상태로 돌아가 있었다. 아무도 나쓰키와 와키모토의 대화에 관심을 두지 않았다.

"'잘못 들었을지도 모르지만, 아무래도 아이가 생긴 것 같아요!' 라고 사오리 씨에게 말했더니 본인에게 확인하겠다고."

건너편 사람이 일어난다. 빈자리에 누가 앉는다. 평소와 다름없는 풍경 속에서 아이라인을 그린 와키모토의 눈만은 나쓰키에게 향해 있었다.

"혹시 진짜 잘못 들은 거였어요? 그렇다면 미안."

그렇게 말하며 일어서는 와키모토의 향수 냄새를 맡으면서 나쓰키는 이런 사람도 있는 법이라고 냉정하게 생각한다. 갑자기 화를 내는 사람 옆에는 대체로 이런 사람이, 있다. 그곳에 있는 씨앗에 농약을 잔뜩 탄 비료를 열심히 줘서 굳이 신종 꽃을 피우는 인간이.

나쓰키는 어깨뼈가 도드라진 와키모토의 가녀린 등을 눈으로 배웅했다.

젊음이란 저런 거구나 하고 생각한다. 괜한 지방이 붙지 않은 등. 자신의 무료함을 달래기 위해서는 누군가의 감정을 휘저어도 된다는 생각. 사회의 다수파에서 떨어져 나왔다는 자멸적인 사고와 고통에 둔감해지는 것. 둔감함은 무거움이다. 둔감함에서 오는 천진난만함은 무거운 천진난만함이다.

눈을 감고도 그대로 옮겨 그릴 수 있을 만큼 똑같은 풍경 속을 하품이 나올 법한 속도로 통과한다.

나쓰키는 부정적인 감정에 통째로 삼켜져 버릴 것 같을 때마다 느긋하게 속도를 즐길 수 있는 시골 운전 환경의 몇 안 되는 장점을 실감한다. 아무리 정신을 놓고 감정이 폭주하더라도 자기 몸보다 훨씬 크고 힘이 넘치는 강철 덩어리를 조종하고 있으면 차분해질 수밖에 없다.

하지만 오늘은 뭔가 차원이 달랐다. 나쓰키는 평소보다 막히는 귀갓길에 깊이 심호흡했다.

이후 업무로 돌아온 뒤에도, 퇴근할 때도 사오리나 와키모토와는 끝내 만나지 못했다. 평소에도 어차피 휴식 시간이 겹칠 때만 이야기를 나눌 정도의 관계였다. 그래서 더 내가 왜 그런 말을 들어야 하는지 모르겠다는 정당한 불만이 발바닥에서부터 머리 가마까지 잔뜩 쌓여 있다.

정당한 불만은 생각을 낳고 말을 자아낸다. 출처가 정당하므로 그 논리는 어디에 내놔도 부끄럽지 않을 정도로 논리정연하다. 그래서 더 짜증이 증폭된다.

소중한 사람에게 선물을!

가족이나 친구들과 단란하게!

수없이 들리는 문구가 차 안에서도 날아다닌다.

아주 작은 계기만 있어도 이제까지 머릿속에서만 자아내고 있던 말이 범람할 듯하다. 이 세상의 순환 속에 있으면서 불만만 늘어놓는 인간들에 대해 온 인생에 걸쳐 배양해 온 생각을 힘껏 내던지고 싶다. 하지만 그런 짓을 한다고 해서 변할 건 하나도 없다. 세상에 복수가 될 리 없다는 것을 알고 있다.

그런데도 소리치고 싶다. 이렇게 고통스럽다고.

성적 대상은, 그저 그것만의 문제가 아니다. 뿌리다. 사고의 뿌리, 철학의 뿌리, 인간관계의 뿌리, 세계를 바라보는 방식의 뿌리. 거슬러 올라가면 모든 생애의 원천이다. 다수파의 인간은 이 점을 깨닫지 못한다. 깨닫지 못하고 갖고 있는 행복도 알지 못한다.

타자가 등장하지 않는 인생은, 내가 살기 위해서만 살아가는 시간은, 정말 공허하다. 그 암흑의 공허함을 누군가 알아주리라고 생각하지 못한다. 하지만 눈에 보이는 사람을 다 붙잡고 설득해 보고 싶다. 나는 당신이 상상하지 못한 인생을 걸어왔다고 소리치고 다니며 먼저 손을 내미는 사람부터 순서대로 죽여 버리고 싶다.

차가 흘러가기 시작했다. 나쓰키는 속도를 높였다.

12월 31일의 거리는 이단아를 가장 멀리한다.

배척의 기운은 훨씬 전부터 시작된다. 11월 말부터 쇼핑몰에도 얼굴을 드러내기 시작한다. 크리스마스 분위기. 뿌리가 다른 사람에 대한 배제가 시작된다. 몰에 흐르는 음악이 바뀌고 시작되는 캠페인 이름이 바뀌고 매상 목표도 바뀐다. 가족과 연인 같은 '인간'과의 관계를 구축한 사람들이 세상의 단위가 된다. 나쓰키는 올해도 예년과 마찬가지로 이런 일에 이미 익숙해졌다고 평정을 가장했다. 그랬어야 했다.

나쓰키는 앞차와의 거리가 줄어들자 속도를 늦췄다.

하지만 이제 다, 지긋지긋하다.

끝내 아무에게도 말하지 못한 채, 밝히지 못했다는 이유만으로 내가 얼마나 힘든지 괴로운지 아무도 상상하지 못한 채, 별처럼 동떨어져 있어야 하는 이 기간을 앞으로 수십 번, 그것도 오직 혼자 통과해야 할까. 여자 친구나 남자 친구라고 말하지 않고 소중한 사람이라고 부르는 임기응변식 단어 선택만으로 다양성의 존중이라고 예찬하는 시대에, 범람하지 못한 절규를 곱씹으며 어떻게든 견딜 수밖에 없을까.

앞차가 서서히 속도를 줄였다. 차간거리를 유지하려면 이제 거의 멈춰야 한다.

이 인생은 이제, 어떻게 할 도리가 없다.

무엇보다 노력하려 해도 할 게 없다. 그 드라마 캐릭터처럼 용기를 짜낸다고 해도, 그 드라마 프로듀서가 말했듯 자신에게 솔직해진다고 해도 그 댓글 창에 모이는 인간들은 세상 사람들의 눈살을 찌푸리게 할 뿐이다. 물에 흥분합니다. 질식에, 풍선에, 미라 같은 구속에, 작은 아이가 전기 안마로 괴로워하는 모습에 흥분합니다. 그 댓글 창에는 이 밖에도 다양한 성향의 사람이 모인다. 특수한 성적 취향을 지닌 나쓰키조차 상상할 수 없는 사람이 그곳에는 가득하다.

나쓰키는 생각한다.

다양성이란 적당히 사용할 수 있는 아름다운 단어가 아니다. 자기 상상력의 한계를 시험하는 단어일 것이다. 때로 구역질을 일으키고 때로 눈을 감고 싶을 정도로 자신은 도저히 받아들일 수 없는 게 바로 곁에서 호흡하고 있다는 걸 깨닫게 하는 단어여야 한다.

머릿속이 시끄럽다.

소중한 사람에게 선물을!

입 닥쳐.

가족이나 친구들과 단란하게!

닥쳐, 닥쳐, 닥치라고!

늘 자기만 관계없다는 얼굴을 하고.

그 방관자인 척하는 태도, 사실은 줄곧 불쾌했어.

어쩔 수 없잖아? 그야, 실제로 그러니까.

아무것도 모르는 주제에.

진짜 웃기지 말라고.

죽어 버려.

죽어 버리라고.

나.

나, 이제 좀 적당히, 죽어라.

기분 나쁘다고.

왜 이 모양이야.

물에 흥분하다니, 너무 역겨워.

왜 세상이 말하는 소수자조차 되지 못한 거야?

이런 인간, 이제 됐어.

이제, 정말 됐어.

나쓰키의 몸이 가벼워진다.

틀린 형태의 생명이 마침내, 이 몸에서 둥둥 떨어져 나가는 듯한 느낌이 들었다.

나쓰키에게는 너무나 현실적인 감각이었다.

피부에 와 닿았다.

늘 죽고 싶었다.

지금이야.

늘 죽고 싶었잖아.

지금이야.

보라고, 머리를 스치는 게 없어.

지금이야.

자신을 사회로 끌어당기는 게, 하나도 없어.

자.

이 별과의 마찰이 없는 지금.

액셀을.

밟아. 그냥 미끄러져 버려.

가라고.

그렇게 생각했을 때 차가 멈췄다.

신호가 빨갛게 빛나고 있다.

아무래도 무의식적으로 교통신호를 따른 모양이다. 끝내 이 세상의 규칙에서 튀어 나가지 못하도록 붙잡힌 듯 가슴과 목이 조여왔다.

앞 유리창 너머로, 사람들이, 12월 31일을 걸어간다.

나는 밖에서 바라볼 수밖에 없는 세상 속을, 걸어간다.

이제, 이중 누군가 끌고 들어가도 될까.

사람이든 물건이든 무엇이든 좋으니까 맘껏 망가뜨리고, 이 별에서 탈출할까.

그렇게 생각한 순간이었다.

건널목을 건너는 사람 가운데, 딱 한 사람의 그림자에, 초점이 맞춰졌다.

그럴 리 없어.

제일 먼저 그렇게 생각했다.

하지만 혹시, 라는 생각이 시작되자 멈출 수 없었다.

하지만 간토 지역에 살 텐데.

이런 데 있을 리가.

"저기!"

나쓰키는 차 안에서 큰 목소리를 냈다.

"사사키!"

무거운 발걸음으로 건널목을 건너는 사사키 요시미치는 눈에 비치는 사람 가운데 유일하게 12월 31일로부터 제외된 듯 보였다.

나쓰키는 창문을 열고 입이 찢어지도록 소리쳤다.

"잠깐만!"

간베 야에코
2019년 5월 1일까지, 121일

"잠깐만!"

야에코가 저도 모르게 소리를 높이자 조금 앞에서 걷던 요시카와 사야가 돌아봤다.

"미안, 미안. 구두끈 고쳐 매는지 몰랐어."

그리고 둘이 웃으며 말했다.

"야에코도 한마디 해 줬으면 좋았잖아."

"미안, 미안. 장갑을 벗느라 정신없어서."

야에코는 그렇게 말하고 땅에 놓아둔 장갑을 들고 일어섰다.

"첫 번째 장소부터 일행과 떨어지면 큰일이야."

폭신폭신한 다운재킷에서 얼굴과 손만 내놓고 있는 사야의 입에서 하얀 입김이 오른다.

'올해 마지막 날 밤, 여러 신사와 절을 도는 투어를 하지 않을래요?' 지난주, 요시카가 연락해 왔다. 예전에 사야가 말한 "다음에는 유명한 신사를 안내해 줘."라는 내용의 말을 내내 기억해 둔 모양이다. 요시카는【제가 차를 가져갈 테니까 추천 장소나 내가 가고 싶었던 곳을 각각 둘러보고 싶어요. 역시 연말연시는 특별한 행사를 하는 곳도 많아요. 그러니까 철야를 각오하시길 바랍니다!】라며 의욕 충만한 모습이었다. 특별히 연말연시를 어떻게 지낼지 계획하고 있지 않았던 야에코는 마침 잘됐다 싶어 그 제안에 응했다.

"오늘은 상당히 혼잡한 곳에도 갈 예정이므로 물건을 잃어버리거나 하는 일도 엄금이에요."

요시카는 학교 선생님처럼 "차분하게 행동!"이라고 주의를 주었는데 정작 본인이 가장 들떠 보였다. 아직 세 시간이나 지나야 새해가 될 텐데 기운이 남아돈다.

"여기, 굉장하다! 이런 곳이 있는 줄 전혀 몰랐어."

야에코는 눈 아래로 펼쳐진 광경을 바라봤다. 구묘지역 출구에서 시작된 내리막길을 따라 걷고 있는데 수많은 사람으로 북적이는 상점가가 나타났다. 필요 최소한의 상점밖에 없는 야에코가 사는 마을에서 가장 가까운 역과의 격차에 눈이 핑핑 돌 지경이다.

"그렇죠? 이 상점가에서 배를 채우고 구묘지 첫 참배 코스, 제 꿈이었어요!"

요시카가 신사·사원 투어의 첫 번째 장소로 선택한 구묘지는 요코하마에서 가장 오래된 사원으로 유명하며 천 년 이상의 역사를 지니고 있다고 하는데 야에코는 그런 설명을 들어도 도통 관심이 가지 않았다. 요시카가 보내 준 일정에 첨부된 URL에 따르면, 불꽃 속에 백당나무를 태우면서 경을 올리는 '액막이'가 유명한데 이번에도 그것 때문에 가는 듯했다.

투어의 시작이라 요코하마시 시영 지하철의 구묘지역 개찰구에서 만났다. 요시카는 미리 근처 주차장에 차를 세워 뒀다고 한다.

"아, 여기, 여기!"

요시카의 거침없는 안내로 향한 곳은 다다미방이 펼쳐진 고즈넉한 이자카야였다. 가게 처마에는 곱창 졸임이나 꼬치 튀김 같은, 애주가라면 구미가 당길 메뉴를 적어 놓은 포렴이 손짓하듯 살랑살랑 흔들리고 있었다.

"여기, 분위기 좋네."

사야가 신발을 벗은 다리를 움푹 팬 고타쓰에 넣으면서 머플러를 풀었다.

"분위기도 좋고 음식도 맛있어 보이고. 그리고 무엇보다."

사야는 직접 쓴 메뉴와 낡은 포스터로 넘쳐 나는 가게 안을 둘러보고 이렇게 말을 이었다. "인생이 순환되는 느낌이고."

"인생이 순환된다고요?"

"응."

사야는 이해할 수 없는 말을 따라 읊은 야에코에게 미소를 지었다.

"요즘 구직 활동하며 생각이 많아져서."

사야의 뺨이 난방이 잘 된 공기 속에서 붉게 부푼다.

"어떤 일을 할까, 어디서 일할까를 하나로 종합해 말하면 '어떻게 살까'라는 말이잖아? 나는 그냥, 언니처럼 도쿄의 벤처기업에서 열심히 일하고 싶다고 생각했었는데 그게 정말 그냥, 이었더라고."

사야는 그렇게 말하고 힐끔 가게 입구 쪽으로 시선을 던졌다. 가게 앞에서는 이 가게를 운영하는 부부의 아들인 듯, 중학생쯤 되어 보이는 남학생이 포장용 반찬을 판매하고 있었다. 절대 싹싹하다고 할 수 없는 모습이 너무나 사춘기다웠는데 그래도 동급생이 자주 다닐 곳에서 한 해의 마지막 날까지 부모님을 돕다니 대견해 절로 미소가 지어졌다.

"이렇게 고향에서 좋아하는 사람과 하나가 되어 아이와 함께 장사하는 인생, 생각해 본 적 없었는데……. 뭐랄까, 태어난 곳에서 다시 아이를 낳는다는 생명의 순환에 지금은 완전히 감명받았어. 왠지 연말연시나 그런 특별한 시즌에는 이상하게 망상 회로가 돌지 않아?"

사야는 갑자기 부끄러워졌는지 "주문할게요!"라며 그 가는 팔을 들었다.

"무슨 말인지 알겠어요."

요시카는 남자 친구라도 떠올렸는지 고개를 끄덕인다. 둘 다 연애와 결혼, 그리고 출산을 자연스럽게 자기 일로 받아들이고 있다.

두꺼운 옷을 입고 있는데 발가락이 차갑다.

대학이 겨울방학에 들어간 후로 '스페이드'의 각 SNS 계정은 업데이트 빈도가 떨어졌다. 이따금 새로운 사진이 올라와도 그곳에 다이야의 모습은 없었다. 연말연시 시즌에 활동이 줄어드는 건 당연할지 모른다. 야에코에게는 다이야의 모습을 확인할 다른 방도가 없어 지금의 상황이 너무나 울적했다.

게다가.

'다이버시티 페스티벌 일을 한 게 다이야에게는 아주 좋은 일이었다고 생각해. 괜한 참견일지도 모르겠어. 하지만 나는 아무래도 다이야가 마음을 더 열 사람과 연대했으면 해.'

그 뒤로 야에코가 다이야에게 품은 감정의 색깔은 조금씩 변해갔다. 야에코는 어느새 다이야를 좋아하는 것 이상으로 다이야의 마음을 지지해 주는 사람이 되고 싶어졌다.

친구들과 떠들썩하게 지내는 걸 싫어하는 다이야는 연말연시를 어떻게 보내고 있을까.

어쩌면 혼자, 누군가와 이어지기를 바라고 있지는 않을까.

"저도, 새로운 꿈 생겼어요."

요시카가 어느새 나란히 놓인 음료수로 건배하고 말을 꺼냈다. 꼬치 튀김 모둠과 곱창 졸임도 바로 나와 좁은 가게의 조그만 구석이 세상의 모든 행복을 담은 공간이 되었다.

"꿈? 그게 뭔데?"

"그게 좀, 너무 무모해 보여서 부끄러운데."

요시카는 잠시 침묵했다가 비밀 이야기를 하듯 목소리를 낮춰 말했다.

"지, 핫세이사이에서 히라노 프로듀서를 만나고 드라마 프로듀서를 동경하게 되었어요."

"뭐?"

사야의 무릎이 테이블을 쳤는지 쿵 소리가 났다.

"아이, 참. 너무 놀라시는 거 아니에요?"

요시카가 쓴웃음을 짓고 계속한다.

"알아요. TV 방송국이라는 데가 경쟁률이 엄청나다는 것도, 대단한 학교 사람들뿐이라는 것도……. 제 자만일지도 모르겠어요. 하지만 〈아저씨 사랑〉처럼 지금까지 나는 소수자라는 사실에 고민하던 사람을 돕는 드라마로 사회현상을 일으키다니 대단하잖아요? 나도 굳이 한다면 그런 일을 하고 싶다고 할까요."

요시카는 다시 부끄러워졌는지 점점 말이 빨라졌다. 야에코도 친구의 뜻밖의 고백에 "자만은 아니지.", "대단해."라고 생각나는 대로 맞장구를 쳤다.

"그랬구나. 그런 일이 있다니. 나 지금, 괜히 굉장히 기뻐."

"기뻐요? 사야 선배가? 왜?"

요시카가 물었다.

"아니, 그냥. 올해 핫케이사이 말이야, 아무래도 그냥 미스 선발 대회를 하는 게 좋겠다거나 〈아저씨 사랑〉 같은 거 관심 없다는 의견도 있었는데 그냥 관철한 거잖아. 다양한 사람을 무대에 올려 물론 기획 자체는 호평받았지만, 다이버시티 페스티벌 덕분에 새로운 누군가와 인연을 맺게 되었다거나 하는 구체적인 반향이 참가자로부터 오진 않아서."

"그야 그랬죠."

요시카도 수긍한다.

"하지만 이렇게 요시카의 꿈과 이어졌다는 사실을 알게 되어 자기 자랑 같지만, 누군가에게 도움이 된 듯해 나 지금, 무척 기뻐."

붉어진 얼굴의 사야는 "건배!"라고 외치고 맥주가 조금 남은 잔을 들었다. 그에 응하는 요시카의 뺨도 붉었으나 그것은 쑥스러워서일 것이다.

'지금까지 나는 소수자라는 사실에 고민하던 사람을 돕는.'

'야에코라면 다이야에게 이모저모 이야기를 걸어 줄 수 있지 않을까 해서.'

"저도."

정신을 차려 보니 말하고 있었다.

"지금 연대가 필요한 사람의 힘이 되고 싶다고 생각해요."

신발 끈을 단단히 고쳐 매듯 말하는 야에코를 요시카와 사야가 저마다 뺨을 붉히고 바라봤다.

밤은 기니까 과음하지 않도록 하자. 그렇게 결심했는데도 생각보다 술이 잘 들어갔다.

"잠깐 화장실에 다녀올게요."

야에코가 휴대전화만 들고 고타쓰에서 슬그머니 몸을 뺐다. 하지만 화장실처럼 보이는 작은 문에는 【사용할 수 없음】이라는 주의서가 붙어 있었다.

"죄송해요. 때가 때인지라 수리할 수 없어서요. 밖으로 나가셔서 역과 반대 방향으로 조금 더 가면 상점가 공용 화장실이 있어요. 그러니 그곳을 사용해 주시겠어요?"

아무래도 고장인 듯하다. 야에코는 미안해하며 사과하는 여성

직원에게 괜찮다고 하고 그대로 가게 출입구로 향했다.

도중에 가게 앞 포장 판매 공간에 있는 남자 손님을 봤다. 하지만 그 사람이 모로하시 다이야라는 사실을 깨달은 것은, 가게를 나와 다이야와 스친 순간이었다.

말도 안 돼.

휴대전화를 쥔 손에 꽉 힘이 들어갔다.

야에코는 그대로 다이야의 뒤로 돌았다. 술이 확 깨며 심장이 빨리 뛰기 시작했다. "잔돈 2백 엔이요. 감사합니다." 여전히 무뚝뚝한 남자 중학생에게 잔돈을 받은 다이야는 그대로 역과 반대 방향으로 갔다.

다이야다. 분명히 다이야야. 멀어지는 뒷모습을 바라보면서 생각했다. 확실히 분명 다이야였고 나를 발견하지 못했다.

야에코는 발소리가 나지 않게 조심하며 다이야와 같은 방향으로 걸었다. 뒤를 밟으려는 게 아니다. 공용 화장실도 그쪽이라 어쩔 수 없다고 자신을 다독이면서.

하지만 휴대전화를 쥔 손이 이성과는 반대로 살그머니 자기 얼굴 앞으로 움직였다.

잠깐만이야. 아주 잠깐만. 그도 그럴 것이 인스타그램에도 전혀 안 나오지, 이런 편안한 사복 차림도 처음 보는 거니까.

다이야는 검은색 다운재킷에 청바지를 입고 양손에 하얀 비닐봉지를 들고 있다. 야에코는 카메라 너머로 보이는 전신을 천천히 음미하며 해독할 정보를 정리했다.

한 해의 마지막 날. 밤 10시가 넘은 시각. 가볍게 물건을 사러

나온 듯한 분위기. 친구들과 모여 떠들썩하게 노는 걸 즐기지 않는 성격.

이대로, 집에 갈지 모른다.

그렇게 생각한 순간, 야에코의 시야 오른편으로 공용 화장실이 지나갔다. 아! 하고 생각했으나 야에코의 발길은 멈추지 않았다.

데라이 히로키
2019년 5월 1일까지, 121일

"거기 잠깐만, 스톱, 스톱!"

그때까지 히로키의 주의를 무시하던 아이들이 우콘 가즈마사의 지시에는 바로 따랐다.

"마음대로 만지면 더 안 좋아지니까. 한 번만 만지는 거다."

우콘이 말하자 다이키도 아키라도 "네!"라며 마치 학교 학생들처럼 손까지 들었다. 카메라와 컴퓨터를 만지는 우콘의 손은 겨울인데도 햇빛에 건강하게 타 있어 듬직해 보였다.

한 해의 마지막 날로 예정된 라이브에 필요한 기자재를 갖추고 싶다. 크리스마스 다음 날, 다이키가 상의했을 때 히로키는 그 말의 의미를 제대로 이해하지 못했다.

동영상 서비스 세계에서는 라이브라는 문화가 있다는 것. 시기적으로 주말이나 긴 휴가 등 사람들이 집에서 동영상을 보는 기간이 중요하다는 것. 시청자와의 거리를 좁힌다는 의미에서, 인기를 얻을 효과적인 수단이라는 것. 아키라와 운영하는 채널의 구독자 수를 늘리기 위해서라도 시청자들과 함께 새해를 맞이하고 싶다는 것. 아키라의 아버지는 엄격하시니까 만약 할 수 있다면 우리 집에서 하고 싶다는 것.

"그러니까 라이브용 새로운 기자재가 필요하다는 말이냐?"

히로키가 말하자 "그보다는."이라며 다이키가 말을 이었다. 이 사람, 아무것도 모르네. 아들의 그런 표정이 히로키의 짜증을 부추겼다.

"컴퓨터에서 하는 서비스를 얼른 익혀 두고 싶어서."

"지금은 라이브도 스마트폰으로 쉽게 할 수 있지 않니?"

히로키가 입을 열 때마다 다이키의 얼굴근육이 중력에 무너지는 게 보였다.

"간단한 라이브라면 되는데 앞으로는 게임 실황 같은 것도 하고 싶으니까. 그러려면 빨리 다양한 방식을 알아 두고 싶어."

히로키는 슬쩍 부엌에 있는 유미에게 시선을 던졌으나 그다지 도움을 줄 듯하지 않았다. 동영상 서비스를 시작한 뒤로 점점 다이키와는 대화가 잘되지 않았다.

"컴퓨터에 내장된 카메라와 마이크로도 할 수는 있어. 하지만 그래도 전문적인 장비가 있으면 좋겠어. 그보다 지금은 소프트

웨어 설정이."

"그래서 너는 내게 원하는 게 뭐니?"

히로키는 그렇게 말하며 방금 자신이 아들의 말을 하나도 이해하지 못하는 짜증을 그대로 내뱉었다는 사실을 자각했다. 대화에 필요한 말을 한 게 아니라, 말을 꺼낸 타이밍과 말투와 표정에 아들의 입을 다물게 하려는 목적이 담긴 감정을 섞었다는 것을 자각했다.

그리고 그 감정이 아들에게 정확히 전달되었다는 사실도 분명히 알았다.

"엄마."

다이키는 부엌으로 고개를 돌리고 별일 아니라는 듯 말했다.

"그냥 우콘 형에게 부탁하자."

그 순간 히로키는 다이키의 표정을 보지 못했다. 하지만 그 빗장뼈가 조금 올라온 듯 보였다.

"우콘 형이라면 카메라도 마이크도 다 빌려줄지 몰라."

선동당하고 있다. 히로키는 아들의 올라온 빗장뼈를 바라보며 생각했다. 이 녀석은 이 이름이 나오면 아버지가 불쾌해진다는 사실을 알고 일부러 말하고 있다. 그런 느낌이 들었다.

우콘 형, 그러니까 우콘 가즈마사에 대해서는 몇 주 전, 히로키가 질문하는 형태로 유미에게 설명을 들었다. 다이키와 아키라가 만난 활동의 운영 단체 '라이언 키즈'의 직원으로, 그날 돌아오는 길에 배드민턴 채를 정리하면서 동영상 서비스에 관해 조언한 사람이었다. 히로키도 그 청년을 기억하고 있었는데 다이키가 아키라와 동영상 서비스를 시작하며 진짜로 도움을 받은 줄은 몰랐다.

"기자재 같은 것은, 나도 도미요시 씨도 잘 모르니까 아무래도 자세히 아는 사람에게 도움을 받지 않으면 걱정되어서."

유미는 켕기는 일은 전혀 없다는 표정과 음색으로 담담하게 설명했다. 히로키도 켕길 만한 일 따위 없을 것이라는 표정과 맞장구로 그 설명을 들었다.

"전화만으로는 모르는 게 많았으니까 우리 집에 오게 한 적도 있어. 일일이 허락을 구하느라 당신을 방해하고 싶지 않았어. 지금은 두 애의 좋은 형 같은 분위기라 내게도 든든해."

히로키는 그때, 조용히 깨달았다. 자신의 폐활량으로 불지 못했던 풍선을 분 사람이 우콘이라는 사실을.

"아, 될 것 같다."

우콘이 중얼거렸을 때 빵빵하게 부푼 풍선이 터지듯 긴박했던 거실의 공기가 부드러워졌다.

"어, 진짜?"

"아, 진짜다! 와! 새로운 시대를 사는 여러분 안녕하세요~. 다이키입니다!"

다이키가 컴퓨터 화면을 향해 손을 흔들었다. 이 둘의 동영상 서비스를 좋다고 시청하는 인간이 정말 있을까.

"우콘 형, 정말 고마워요!"

아키라가 학교 친구라도 대하듯 우콘에게 미소를 지었다.

끝내, 한 해의 마지막 날에 우콘은 집까지 오고 말았다.

"이런 날에 정말 고맙습니다. 어째 늘 신세만 지게 되네요."

히로키는 그 공원에서 만난 이후 처음 만난 우콘에게 고개를 숙였다. 막상 실물을 접하니 이상하게도 여유가 생겼다. 자신이 지은 집을 배경으로 선 젊은이의 피부는 팽팽하기만 할 뿐 아직 어떤 역사도 새겨져 있지 않은 듯했다.

"아니, 아닙니다. 시간이 걸려서 죄송해요. 하지만 조금 전까지 제대로 안 된 데는 무슨 원인이 있을 텐데."

가까이서 말하면 목소리가 라이브에 들어갈 듯하다고 해서 어른들은 아이들과 거리를 뒀다.

"아이고, 그래도 어쨌든 다행입니다. 라이브 본방송은 이대로 가면 될 테니까요."

이 집안에서 젊은 남자 특유의 아주 낮지만은 않은 탄력 넘치는 목소리가 들리는 게 히로키에게는 정말 신선했다.

"아, 늘 요청해 주셔서 고맙습니다!"

"여러분의 요청으로 진행되고 있습니다. 고맙습니다!"

솔직히 히로키는 쏟아지는 아이들의 목소리를 들으면서 혹시 앞으로 어떤 문제가 생기더라도 자신은 대응할 수 없겠다고 생각했다. 애당초 유튜브의 라이브 방송이 뭔지 하나도 모른다. 다이키가 유미의 휴대전화를 보면서 "댓글이 달렸어!"라고 좋아하는 모습을 보니 시청자와 직접 대화할 수 있다는 말인가.

"'**또 벌칙 게임을 희망합니다**' 라고 하네요. 고맙습니다!"

"아, 하지만 여러분, 이건 시험 방송입니다."

"아, 맞다. 본방송은 카운트다운 때라서요! 그때도 꼭 와 주세요! 요청도 기다리겠습니다!"

둘의 발언을 듣고 있으니 시청자 가운데 단골도 있는 모양이다. 풍선 빨리 터뜨리기 대결 같은 동영상을 좋다고 보는 걸로 봐선 아마도 또래 아이들일 것이다.

다이키와 아키라의 채널은 구독자 수가 그리 늘어나지 않고 있는데 동영상 몇 개는 수천 회나 재생되었다고 한다. 그 동영상이라는 게 마지막에 과격한 벌칙 게임을 되풀이하는 것뿐이라 그 이야기를 듣고 히로키는 결국은 TV에서 개그맨들이 몸을 던져 하던 일들이 다른 매체로 옮겨진 것뿐이구나 하고 이해했다. 둘 다 여전히 연호만 바뀌면 새로운 시대가 온다, 지금의 상식이 더는 상식이 아니게 된다고 떠드는데 시간이 흐른다고 근본적인 쇄신이 일어나다니 애당초 이 세상은 그렇게 생겨 먹지 않았다.

"이제 괜찮을 것 같은데요."

우콘이 소파에 놓아둔 배낭을 살며시 들어 올렸다.

"마지막 날까지 일부러 와 주고 미안했네. 자네는 이 근처에서 사는 것도 아닐 텐데."

어른 셋이 현관까지 이동했다. 그동안에도 거실에서는 즐거운 아이들의 목소리가 날아왔다.

"오늘은 이대로 친구 집에 모였다가 구묘지에 새해 첫 참배를 할 계획이라 괜찮습니다."

우콘은 웃으며 말했다.

히로키는 천상 훌륭한 청년이라고 생각한다. 그래서 더 불안이 커진다.

'나, 엄청나게 금방 질리는 사람이야.'

우콘이 남자로서 매력적일수록 과거 자신에게 좋은 의미로 향해졌던 유미의 목소리가 다른 의미를 지니기 시작했다.

'늘 앗 하고 직감이 오면 몸이 맘대로 움직여.'

"저기요."

현관문을 열기 직전, 우콘이 갑자기 이쪽을 돌아봤다.

"어렵게 다이키의 아버님을 뵙게 되었으니 잠시 드리고 싶은 말이 있는데요."

히로키는 조금 전과 다른 말투에 저도 모르게 경계했다. 우콘의 표정이 아이와 아이 아버지에게 향하는 게 아니라 어른끼리 대화하려는 얼굴로 바뀌어 있었다.

"전에 둘이 올린 동영상 몇 개의 댓글 창을 돌아봤습니다."

"댓글 창?"

히로키는 그게 뭔지 짐작이 가지 않았으나 아마도 동영상의 감상을 적는 곳이리라고 상상했다.

"네. 대체로 재미있었다는 감상이 여럿 적혀 있었습니다만."

"아아."

히로키가 응한다.

"두 시청자가 자주 요청을 보내더라고요."

요청해 주셔서 감사합니다. 당장이라도 거실에서 그런 소리가 들려올 듯하다.

"무엇보다 봐 주는 사람이 있어서 놀랐어."

히로키가 말하는데 그 말을 가로막듯 우콘이 입을 열었다.

"그중에 마음에 걸리는 게 좀 있습니다."

"저기, 우콘 형."

갑자기 히로키의 허리 높이에서 다이키의 목소리가 들렸다. 어느새 현관까지 온 모양이다.

"있잖아. 댓글에서 아이들끼리 한밤에 서비스하는 건 안 된다고 하는데, 진짜야?"

"응?"

우콘은 순간 생각에 잠긴 표정이 되었다가 곧바로 아이들을 대할 때의 표정과 음색으로 돌아왔다.

"앗! 정말 금지일 수도 있겠다! 새까맣게 까먹었다!"

"에이. 안 되는 거야? 새해인데?"

다이키는 이제 동영상 서비스에 관한 질문은 히로키에게 하지 않는다.

"근로기준법, 같은 것 때문에?"

유미가 다시 거실로 가려고 신발을 벗는 우콘에게 몸을 기울이며 질문했다. 히로키는 줄줄이 거실로 향하는 세 사람의 등을 보고만 있었다.

'있잖아, 있잖아?'라며 적극적으로 질문하는 다이키. 걱정스러운 표정의 유미. 다이키의 의문에 온 힘을 다해 응하는 우콘.

가족처럼 보이는 실루엣.

히로키가 그렇게 생각했을 때 다이키가 순간 뒤를 돌아봤다.

그리고 히로키의 눈을 본 채 우콘의 손을 꼭 잡았다.

히로키만 남겨진 현관에 "카운트다운 연습하죠! 10, 9, 8, 7."이라는 아키라의 해맑은 목소리가 들려왔다.

기류 나쓰키
2019년 5월 1일까지, 121일

5, 4, 3, 2, 1.

"아!"

나쓰키의 입이 살짝 벌어졌다.

"투표, 끝났다."

올해 가장 세간의 이목을 끈 얼굴들이 작은 TV 화면 속에 가득차 있다. 오카야마역 바로 옆에 있는 비즈니스호텔은 1인실이라그런지 TV뿐만 아니라 모든 게 다 작다. 서로 다른 방향을 보고있는데도 성인 둘이 있다는 사실만으로 호흡의 꼬리가 무거운 듯하다.

"홍백전 승부, 이제 의미 없지 않나?"

나쓰키는 방 대부분을 차지한 싱글베드에 걸터앉아 있다. 방에 들어왔을 때 요시미치가 TV 바로 옆에 있는 작은 책상 쪽에 자리를 잡는 바람에 나쓰키는 자연스레 침대 쪽으로 흘러 정착했다.

　"자, 드디어 결과를 발표하겠습니다!"

　사회를 맡은 남자 아이돌이 말하자 심사위원 투표, 방청객 투표, 시청자 투표 결과가 각각 표시되었다. 이후 각 투표수가 읽히더니 **"올해 우승은 백팀입니다!"** 라는 발표와 함께 꽃가루와 은색 테이프 등의 장식이 요란하게 허공을 갈랐다. 이미 다양한 색으로 시끄러웠던 화면이 더 잡다해졌다.

　"백팀, 축하드립니다!"

　이 방에 들어온 뒤로 나쓰키만 떠들고 있다. 방의 주인인 요시미치는 나쓰키에게 왼쪽 얼굴만 보이고 책상에 오른 팔꿈치를 대고 앉아 있다.

　아니, 앉아 있다기보다 인형이 놓여 있다는 표현이 더 어울리겠다. 의자 위에 놓인 요시미치는 사지에 힘을 주고 있는 듯 보이지 않는다. 바닥만 주시하고 있어서 책상 위에 있는 욕실용 세제와 입욕제가 너무 두드러져 보였다.

　몇 시간 전, 자동차 창문을 열고, 건널목을 걷는 요시미치에게 말을 걸었다. 그때 이쪽으로 고개를 돌린 요시미치의 표정을 보고 나쓰키는 저도 모르게 숨을 삼켰다. 그곳에는 요시미치의 얼굴이 아니라 거울이 박혀 있는 듯 보였다.

　액셀을 힘껏 밟으려 했던 자신과, 쏙 빼닮아 있었다.

　"와! 다들 나왔어. 굉장해, 굉장하다! 백댄서 같은 사람들도 다

나왔네."

　말을 걸었더니 요시미치는 아무 말 없이 자동차 조수석 문을 열었다. 나쓰키는 마치 원래 이러기로 약속되어 있던 듯 자리를 잡는 그의 몸을 보며 저번과는 반대라고 생각했다. 지난번은 아무 설명도 없이 나쓰키가 택시에 태워져 동창회장에서 니시야마 슈가 죽은 강가로 실려 왔다. "미안. 반대 방향이야. 역 앞 요코인." 그렇게 설명하는 요시미치의 설명을 들으면서 필요 이상으로 설명하지 않아도 여전히 피차 이해하는구나 싶었다.

　"겐타마* 한 사람들, 출연이 끝난 뒤에서 줄곧 기다렸나 봐."

　나쓰키는 힘들었겠다고 웃으면서 홍백가합전이라는 프로그램이 얼마나 대단한지 뼈저리게 느꼈다. 이 방에 들어오고 특별한 대화도 없이 두 시간 넘게 지났는데 이렇게 화면에 몰두해 있으면 혼자라도 그럭저럭 시간을 보낼 수 있게 한다. 벌써 십 년쯤 제대로 본 적 없는데 새삼스레 왜 오랫동안 연말마다 방송되는 프로그램인지를 느꼈다.

　TV 화면이 뒤로 빠진다. **"새해 복 많이 받으세요!"**라는 사회자들의 목소리에 맞춰 카메라가 점점 멀어진다.

　"복을 많이 받으라니."

　광고도 없이 화면이 바뀐다. 연말연시의 화려한 요소만을 응축한 듯한 세계가 순간 제야의 종소리와 그 쓸쓸함을 드러내는 듯한 영상으로 바뀐다.

● 일본 전통 놀이. 실에 달린 공을 기구 위에 올리거나 돌리는 놀이

"복을 받은 해가 있긴 했나."

풋 가볍게 웃고 만다. 요시미치는 여전히 의자에 몸을 올려놓고 있다.

"다들 이렇게 추운데 새해 첫 참배를 다 하러 가고. 대단해."

나쓰키는 생중계되는 어떤 신사의 영상을 보며 혼잣말했다. 요시미치는 전혀 반응하지 않았는데 그다지 신경 쓰지 않았다. 전에도 강가에 앉은 후 이야기를 시작할 때까지 꽤 긴 시간이 필요했다.

나쓰키는 알고 있다. 이 두 사람이 둘만의 공간에서 하는 이야기는 자연스레 인생 최초로 입 밖에 꺼내는 내용이 될 가능성이 크다는 사실을. 충분한 마음의 준비가 필요하다는 것을.

"바보 같은 일이라고 놀리는 게 아니라, 종 한번 치려고 저리 오래 줄 서는 일, 나 정말 존경해."

나쓰키는 계속 기다린다. 가령 답이 돌아오지 않더라도, 설사 자신이 앉은 침대에 비닐봉지와 비닐 테이프가 놓여 있더라도.

"가는 해 오는 해, 올해는 기후현 세키시에 있는 니치류부지 영상으로 시작합니다."

영상도 소리도 화려함의 절정이었던 홍백가합전 다음 프로그램은 황급히 연말연시를 향해 발걸음을 맞추듯 조용하다. 나쓰키는 가만히 TV 화면을 바라보며 생각했다.

인터뷰에 응하는 사람들도, 그 배경이 된 사람들도, 모두 혼자가 아니다. 모두, 친구나 연인, 가족, 친척 등 이제까지의 인생에서 인연을 맺은 사람들과 해가 바뀌는 순간이라는 특별한 계절을 맛보려 한다.

"연말연시, 힘들어."

제야의 종소리는 뇌리 바닥을 훑듯 울린다.

"내가 누군가의 가장 중요한 사람이 아니라는 것을 확인한다고 해야 할까."

화면 속에서는 쌍둥이일까, 어린 남매가 똑같은 다운재킷을 입고 즐거운 듯 뛰고 있다.

"섣달그믐날이나 설날은 인생의 성적표를 받는 날 같아."

두 개의 조그만 입에서 흘러나오는 하얀 입김이 부모의 골반 언저리에서 모두 사라진다. 이 부모는 우리와 또래 아닐까. 연하로도 보인다.

또 뇌리 바닥을 훑고 지나간다.

손주의 얼굴을 조부모에게 보여 주려고 귀성한 걸까. 그다지 길지 않은 휴가 동안 양쪽 집안에 다 들르려면 힘들겠구나. 하지만 그 고생을 짊어졌기에 오늘 같은 특별한 계절을 맛볼 권리가 있겠지. 그런 일가 너머에 보이는 젊은이들은 고향 친구들일까. 고향을 떠나도 연말연시는 꼭 모이자고 약속했을지 모른다.

"아무도 내 안에 들어오지 못하게 살아 놓고 이런 때는 정말 외로움을 많이 타지. 정말 성가셔."

TV 화면에 비치는 춥다는 말을 주고받으며 즐거워하는 사람들.

"누군가의 연말연시에 내가 뽑히는 미래, 도무지 상상이 안 돼."

이렇게 대량 생산된 것들 가운데 하나에 불과한, 아무것도 아닌 듯한 장소에서, 성적 취향 외에는 아무것도 모르는 정도의 관계인 사람과 함께 있는 나.

"부모님은?"

요시미치가 입만 움직였다.

"부모님이 있잖아."

요시미치가 바닥에 시선을 떨군 채 말했다.

"그냥."

나쓰키는 갑자기 말을 꺼낸 요시미치에게 제대로 반응하지 못하고 이야기를 계속했다.

"우리 부모는. 필사적으로 아는 척하려고 해."

부모의 백발이 뇌리를 스쳤다.

"얼마 전까지는 결혼해라, 아이도 낳아야지, 같은 말을 열심히 하더니 '행복의 형태는 저마다'라는 분위기가 되자마자 그쪽 생각에 맞추기 시작했어."

"연말연시는 본가로 돌아와요."

참배자 인터뷰가 이어진다.

"하지만 훤히 보여. 딸이 독신으로 집에 얹혀살며 이제까지 연인이라고 한 명도 데려오지 않은 사실을 무척 신경 쓰고 있지. 그런 느낌이 좀 피곤하달까."

"아이도 할머니, 할아버지 만나기를 기다리고 있어서요. 네. 맞아요. 며칠 푹 쉬고 시댁으로 갑니다."

아이, 할머니, 할아버지, 시댁. 모든 게 다른 별 언어 같다.

"너는?"

나쓰키는 요시미치에게 화제를 돌렸다.

"부모님은 이제 여기 안 사시잖아?"

"죽었어."

다 읽은 책을 덮듯, 요시미치가 말했다.

"10월에. 교통사고로."

"신에게 뭘 빌었냐니, 그야, 리포터 오빠!"

"그랬구나."

"할아버지, 할머니가 오래 사시라고 빌었어요!"

"그랬어? 그랬구나."

**"나는 이제 가족의 건강뿐이죠. 아이가 태어난 후로는 정말 그
게 전부입니다."**

"잠깐 나 좀 누울게."

나쓰키는 만세 자세로 상체를 눕혔다. 더럽지도 깨끗하지도 않
은 천장이 시야를 가득 채움과 동시에 오른손에 비닐봉지가, 왼손
에 비닐 테이프가 만져졌다.

"이 비닐 테이프. 가스가 잘 새어 나가지 않을까?"

이 방에 들어온 순간, 알았다. 죽으려고 하는 인간의 방이라는
것을.

우선 책상에 놓인 욕실용 세제와 입욕제. 섞으면 유독한 유화수
소가 발생하는 것으로 잘 알려진 조합이다. 그리고 유화수소 자살
을 실행할 때 주의해야 할 점은 가스 누출에 따른 2차 피해이므로
문틈 등을 막을 비닐 테이프, 유독가스가 발생했다는 사실을 알리
는 고지문도 필수라고 들었다. 또 가스를 효율적으로 흡입하려면
머리부터 비닐봉지를 뒤집어쓰는 게 좋다고 했다.

"맞아요. 매년 새해 첫 참배는 이곳에서 해요. 아, 맞다. 여기 사

람입니다."

TV에서 들려오는 젊은 남자 목소리만이 방 안에 울렸다.

요시미치는 아무 말도 하지 않는다. 하지만 나쓰키는 그냥 기다린다.

전에도 그랬다. 둘이 한참 니시야마 슈가 가라앉은 강 아래를 바라보고 있었다.

나쓰키는 알고 있다. 사사키 요시미치라는 인간 속에는, 그 육체의 구석구석에는, 생각과 말이 가득 차 있다는 것을.

이제까지 자신이 구축해 온 것과 같은 종류의 철학이 저 얇은 피부 너머에서 잘 숙성되어 있다는 것을.

"그것만으로 용케 알았네."

표정은 보이지 않았으나 요시미치는 틀림없이 표정을 풀고 있을 것이다.

"자살 방법을 수없이 알아봤지. 피차 그렇지 않나?"

"새해 첫 참배로 이곳에 오면 동창과도 곧잘 만나서 좋아요. 역시 오랜 친구를 만나면 안심되죠."

똑바로 침대에 누워 있자 호흡할 때마다 배가 크게 오르내린다. 틀림없이 살아 있다는 게 바로 이 신체를 통해 드러난다.

자살 방법을 한 번도 찾아보지 않은 사람의 인생은 어떤 계절로 가득 차 있을까.

가지고 태어난 요소에 어떤 의문도 품지 않은 사람의 눈에 이 세상은 어떻게 비칠까.

"올해는 여러모로 많은 일이 있었으나 가족을 위해 내년에도 최

선을 다할 겁니다."

TV 음성만 흐른다.

"연말연시는 고향에서, 소중한 사람과 지내는 시간이라 정말 감사하죠."

대량 생산된 것들 가운데 하나에 불과한, 아무것도 아닌 장소. 성적 취향 외에는 아무것도 모르는 관계의 사람.

언어로 표현하면 모든 게 틀려 버린 듯한 한 해 마지막 날. 그러나 나쓰키에게는 맑은 물이 경사를 타고 흘러내리듯 너무나 자연스럽게 이 공간에 도달한 듯한 느낌이 생생했다.

그날 동창회에서 재회한 것도, 몇 시간 전 건널목에서 재회한 것도, 모두 우연이 아니라 오늘이라는 날을 살아남기 위해 훌쩍 뛰면 간신히 도달할 수 있는 자리에 놓인 받침돌이었다. 어울리지도 않게 그렇게 생각하는 자신을 지금이라면 저항 없이 받아들일 수 있었다.

"부모가 죽었을 때, 일단."

요시미치의 목소리가 들렸다.

"다행이라고, 생각했어."

"우선은 니치류부지의 영상을 보시겠습니다."

"내가 특수한 성적 취향을 가졌는지 모르고 죽어 줘서, 이로써 잘 끝맺었다고."

"섣달 사람들로 북적이네요."

공감하는 마음이 똑바로 누운 나쓰키의 배를 크게 오르내리게 한다.

부모가 싫은 게 아니다. 가능하다면 평범한 부모 자식처럼 많은 대화를 나누고 싶다.

"여러분, 방한 대책을 단단히 하세요."

하지만 아무것도 모르고 죽었으면 좋겠다고 생각하는 내가 있다.

"그렇게 생각하려는 게 아닌데 말이야."

그렇게 생각하려는 게 아니다.

사실은 부모와도, 다른 사람과도 인생이나 미래, 온갖 얘기를 하고 싶다. 철학을 드러내며 대화하고 싶다.

친구라는 존재를 경험하고 싶다. 신뢰할 사람에게 고민을 상담하고 싶다. 사랑도 하고 싶다. 만져 줬으면 하는 상대가 나를 만져 줬으면 좋겠다.

좋아하는 사람을 모두에게 보여 주고 박수로 축복받고 싶다. 평생은 무리일지 모른다고 얼버무리면서도 평생의 서약을 해 보고 싶다. 스스로 만든 가정이라는 게 어떤 건지, 힘든 부분도 포함해 맛보고 싶다. 고독사 이외의 미래를 그리며 살고 싶다.

이제까지 만난 모든 사람, 슈도 사오리도, 사실은 싫기만 했던 게 아니다.

이렇게 호흡하며 살아 있는 나라는 존재 역시, 사실은 사랑하고 싶다.

"아마도 내가 죽을 때도 그렇게 생각할 거야."

"그러면 다음은 시부야의 현재 모습을 보죠."

화면이 바뀌었는지 왁자지껄한 소음이 들려온다.

"다행이다. 아무에게도 들키지 않았다. 이걸로 잘 끝맺었다."

"와! 많은 분이 여러 곳에서 정말 즐거워 보이네요."

"그런 인생은, 도대체 뭘까?"

행복의 형태는 저마다. 다양성의 시대. 자신에게 정직하게 살자.

그렇게 말할 수 있는 사람은 진짜 자신을 밝혀도 배제되지 않는 사람들뿐이다.

"우리, 무사히 죽기 위해 사는 느낌이야."

유아를 비롯해 장갑, 고무 소재, 자동차, 풍선, 최면 상태, 자연재해, 상태 이상·형상 변화, 꿀꺽 삼키기, 심장, 머미피케이션⋯⋯. 특수 성적 취향에는 다양한 종류가 있다는 것을 나쓰키는 인터넷 보급과 함께 알아 갔다. 하나씩 알 때마다 나쓰키의 고막 위에서 예전에 들은 소년과 소녀의 목소리가 뛰놀았다.

그게 뭐야? 의미를 모르겠네. 정말 웃기다. 하지만 미친 사람은 문제야.

마침내 목소리는 뒤섞인다.

그게 뭐야? 행복의 형태는 저마다. 의미를 모르겠네. 다양성의 시대. 정말 웃기다. 자신에게 정직하게 살자.

하지만 미친 사람은 문제야.

"머리를 스치는 게 없어졌어."

요시미치가 입을 열었다.

"부모님이 죽고난 후, 내가 죽지 않고 있어야 한 마지막 보루가 사라졌어."

"다음은 홋카이도의 아쓰마 신사 영상입니다."

마지막 보루. 머리를 스치는 것. 이 별과의 마찰.

"여기도 가족 나들이객이 많네요."

이제 됐다. 그렇게 생각하고 액셀을 밟으려 한 자신을 이 별에 머물게 해 준 것.

"신사에서 받을 감주를 손꼽아 기다리고 있나요? 아이들도 얌전히 줄을 잘 서고 있네요."

자신들은 언제나, 이런 부분을 긁어모으고 있다.

찢어질 만큼 팔을 뻗어 피투성이가 되어도 몸을 질질 끌며.

자신을 이 세상에 머물게 해 줄 무언가를, 찾고 있다.

"앞으로 삼 분쯤 지나면 새해를 맞게 됩니다."

마찬가지다. 나쓰키는 생각한다. 나도 오늘 그런 기분이었다.

"오늘, 본가가 있던 곳을 보러 왔어."

나도 오늘 직장에서 기분 나쁜 일이 있어서, 평소라면 그냥 삼킬 일인데 도무지 안 돼서, 될 대로 돼라는 심정으로 차를 운전했어.

"친척이 여러모로 손을 써 줘서…… 전부 다 처리되었다는 연락이 왔어."

운전하다가 이제 됐다고 생각한 순간이 있었어. 이 세상에 간신히 머물고 있어 봤자, 이런 생각에 힘을 뺀 순간이 있었어.

"본가 자리가 원래부터 아무것도 없었던 곳처럼 되었더라. 그걸 보니까 이제 정말, 뭐랄까, 다음은 이제 나만 빠져나오면 된다는 생각이 들더라. 그랬더니."

그랬는데.

"누가 불렀어."

자신과 똑같은 얼굴을 한 사람을 발견했다.

"눈이 마주쳤을 때 움직일 수 없었어."

나쓰키의 눈에, 천장이 비쳤다.

나쓰키의 손에, 비닐봉지와 비닐 테이프가 만져졌다.

하지만 나쓰키는, 지금 자신은 요시미치와 대면하고 두 팔로 요시미치를 꼭 안고 있는 기분이었다.

우리는 이제까지 운명이라는 게 있더라도 나를 죽일 종류만 믿어 왔다.

태어날 때부터 탑재되어 버린 옵션에 본체마저 망가지는 미래만 상상해 왔다.

나를 살려 줄 우연도, 기적도, 나에 대한 증오로 다 짓밟아 왔다.

"나, 아까 지나온 이온에서 일해."

나쓰키는 침대 끝에 걸린 다리를 파닥파닥 움직였다. 복숭아뼈 근처의 근육이 침대 테두리에 닿아 튄다.

"정말! 분위기가 요란해서 질려. 특히 이런 기간에는."

소중한 사람에게 선물을!

"눈도 귀도 다, 즐거운 미래를 믿는 사람을 위한 것으로만 가득한 느낌. 이 세상에는 죽고 싶지 않은 내일만 있다고 온통 소리치는 느낌."

가족과 친구들과 단란하게!

"그런데 사람들은 죄다 내가 상처받을 때마다 즐거워하고 그게 그들이 이 세상에 머무는 이유라도 되는 게 아닐까, 하는 생각이 들어서."

나쓰키는 마구 움직이던 다리를 멈췄다.

"평소라면 길들여 익숙해진 감각도 갑자기 어떻게 할 수 없어져서."

'내가 얼마나 힘든 줄도 모르면서!'

"이제 다 끝이라고 생각했는데."

'웃기지 말라고! 죽어 버려!'

"지금, 왠지, 여기에 있네."

나쓰키는 오른손에 만져지는 비닐봉지를 말아 그대로 적당히 던져 본다. 무게가 없어선지 어차피 그리 멀리 날아가지 못한다.

하지만, 괜히, 그래 보고 싶었다.

그래 보고 싶다고 느끼는 감정을 오랜만에 가져 본다.

"연말연시의 이온이란 내일도 살 거라고 자연스럽게 생각하는 사람이라면 아주 즐거운 곳일 거야."

"2018년도 이제 일 분 뒤면 끝납니다."

"나도 그런 시선으로 몰 안을 걸어 보고 싶었어."

"고후쿠지 영상과 함께 2019년을 맞겠습니다."

"평생 단 한 번이라도 좋으니까."

TV에서 나오는 소리가 들려오지 않았다.

해가 바뀌는 수십 초 동안의, 그 정적.

나쓰키의 몸 왼쪽 반이 갑자기 침대에 잠긴다.

"지금."

목소리가 가까워졌다. 나쓰키는 상체를 일으켰다.

"내가 얘기하고 있는 줄 알았어."

바로 옆에, 요시미치가 걸터앉아 있다.

"내가 얘기하는 줄 알고 깜짝 놀랐어."

요시미치는 그렇게 말하고 나쓰키를 향해 뭔가를 내밀었다.

휴대전화.

"이제까지 줄곧, 적어 놓은 게 있어."

나쓰키는 요시미치가 내민 휴대전화를 받았다.

"지금 처음으로, 누군가에게 읽히고 싶다는 생각이 들었어."

"새해 복 많이 받으세요! 2019년이 되었습니다."

나쓰키가 받아 든 휴대전화로 시선을 떨궜을 때 화면 상부에 표시된 숫자가 일단 모두 0이 되었다.

이를테면 길을 걷는다고 치죠.

그러면 다양한 정보가 눈에 들어올 겁니다.

그런 두 줄로 시작된 문장이, 나쓰키의 눈동자 속을, 마치 혈액처럼 돌아다닌다. 모든 게 영이 된 마음에 한 글자씩 단어가 쌓여간다.

사사키 요시미치
2019년 5월 1일까지, 89일

"네 제안, 지금은 상당히 무리라니까."

요시미치가 책상에서 일어나자 다요시는 그 눈동자를 날카롭게 움직였다.

아마도 앞으로 요시미치가 참석할 미팅에 관해 말하려는 것이리라. 다요시는 영업과에 속해 있으면서도 상품 개발과가 안고 있는 안건의 진척까지 파악하고 있다. 아무리 몇 년 전까지 상품 개발과 과장이었다고 해도 그의 집요한 집념에 감탄하고 만다.

"그것도 회의에서 포함해 다루겠습니다. 그러면 회의하고 오겠습니다."

요시미치가 그렇게 대답하자 다요시의 입술 양 끝이 씩 올라갔다. 너는 아무것도 몰라. 그런 뜻을 말없이 전할 때 다요시는 늘 저 표정을 짓는다.

요시미치는 현재, 다카라 식품 영업부 상품 개발과 직원으로, 신상품 개발에 관여하고 있다. 오늘은 이제부터 가와사키시의 스즈키초역에 있는 공장까지 가서 현장 담당자들과 미팅을 할 계획이다. 상품화가 결정된 치즈 케이크 포장 재료 선정을 놓고 난항 중이었다.

개발 중인 치즈 케이크는 최근 확대되고 있는 '성인용', '프리미엄' 시장을 노린 것이다. 오랫동안 싸고 친근한 상품이 매출을 올린 디저트 업계인데 최근에는 상황이 바뀌고 있다. 조금 비싸더라도 그 디저트가 하루를 마감하는 데 어울릴 만한 칭찬이 될, 고급스러운 상품이 인기를 얻기 시작한 것이다. 요시미치가 근무하는 다카라 식품에는 그 소비 행동에 이울리는 상품이 적어 신규 개발이 필요했다.

다양한 난관을 헤치고 크렘 브륄레* 스타일로 표면 처리한 치즈 케이크가 무사히 상품화되었는데 굽는 공정에 대응할 수 있는 포장재를 찾아내는 게 어려웠다. 기존 거래처뿐만 아니라 신규 업자도 찾아봤으나 적당한 포장재를 찾아내 대량 생산할 수 없다면 의미가 없다. 캐러멜 처리되어 구운 부분의 아름다움, 시간이 지나도 여전히 바삭한 식감의 안정적인 공급, 이 두 가지 요소를 만족했을 때는 고비를 거의 넘겼다고 생각했는데 포장재에서 발목이

● 차가운 크림 커스터드 위에 유리처럼 얇고 바삭한 캐러멜 토핑을 얹은 프랑스 디저트

잡히다니 뜻밖이었다. 문제없이 자동화하려면 여전히 넘어야 할 산이 많을 듯하다.

"공장에 근무할 때 너 같은 담당자에게 온갖 소리를 들어야 하는 게 제일 스트레스였어."

다요시는 공장에서 근무하는 제조부, 생산기술부, 본사 근무인 품질관리부, 그리고 영업부 상품 개발과를 거쳐 현재는 영업부 영업과장 자리에 앉아 있다. 하나의 상품이 탄생해 소비자에게 도착하기까지 그 모든 공정에 종사했다는 경험 덕분에 거시적으로는 도움을 많이 받았으나 그만큼 제조 현장의 어려움을 아는 사람이라는 기질이 강해 특히 상품 개발에 관여하는 젊은이에게 엄격했다.

"물론 현장 스태프의 의견을 최대한 받아들이며 추진하겠습니다."

요시미치가 힐끔 직속 상사인 상품 개발과 가가에게 시선을 보낸다. 가가는 다요시와 마찬가지로 과장이라는 직함을 달고 있으나 과거 다요시의 부하였던 점도 있어서인지 부 안에서 다요시에게 공격받는 젊은 직원을 특별히 감싸 주지 않았다.

"그리고, 다음은 바로 퇴근인가?"

다요시가 모니터를 들여다보며 또 양쪽 입가를 올린다. 회사 밖으로 나갈 때의 일정은 같은 부 사람이라면 누구나 열람할 수 있도록 사내 웹에 입력하는 시스템이다.

"내가 공장에 있을 때는 미팅 뒤에 본사 사람이 종종 회식도 해 줬는데. 그런 자리에서만 얘기할 수 있는 의견이라는 게 당연히 있고."

요시미치는 최대한 낯빛을 바꾸지 않으려고 노력했다. 듣는 사람이 질려할수록 다요시는 의기양양해진다는 사실을 회사 사람은 다 안다.

"아, 하지만."

다요시가 대놓고 대응하지 않는 요시미치에게 이를 드러내며 웃는다.

"사랑하는 아내가 기다리는 신혼이니까 어쩔 수 없나?"

그러자 다요시 주위 사원의 시선이 저마다 움직이는 게 느껴졌다. 다요시를 보는 사람도 있고 요시미치를 보는 사람도 있다. 그들의 머릿속에서 어떤 생각이 움직이고 있는지, 요시미치는 상상하지 않기로 한다.

"미팅에서 현장 분들의 목소리를 잘 듣도록 노력하겠습니다."

책상을 등지고 걷기 시작하기 직전, 다요시가 옆 책상 사원에게 뭐라고 속삭였다. 내용은 모르지만, 요시미치 몰래 이야기하고 싶은 게 있다는 것은 알 수 있었다.

다요시와 어울리다 보면 주류라는 건 어떤 신념을 지닌 집단이 아닌가 하는 생각이 든다. 주류로 태어난 탓에 자신과 직면할 기회가 적어 그저 자신이 주류라는 게 유일한 정체성이 된다. 그렇게 생각하면 특별히 신념이 없는 사람일수록 '자신이 옳다고 생각하는 형태로 타인을 고치려는 행위'로 흐르는 일은 오히려 자연의 섭리일지도 모른다.

사무실이 있는 빌딩을 나오자마자 긴장했던 몸에서 쓸데없는 힘이 빠진다. 아오모노요코초에 있는 본사에서 미팅 장소인 공장까지는 전차를 갈아타고 사십 분 남짓. 그동안은 혼자 있을 수 있다. 그렇게 생각하자 요시미치의 몸과 마음이 훨씬 가벼워졌다.

미팅을 마치고 스즈키초역에서 전차 도착을 기다리고 있을 때였다.

"너무 힘드네."

현장에서 합류한 품질관리부의 도요하시가 드디어 입을 열었다.

"그렇죠?"

요시미치도 동조했다.

상황이 호전되지 않는 데 대한 초조함은 미팅 후반부터 내내 안고 있었다. 하지만 말해 봤자 사기만 떨어질 듯해 신규 상품 개발팀의 일원으로 입을 다물고 있었다. 하지만 공장에서 충분히 멀어졌고 회사로 돌아갈 일 없이 퇴근할 수 있는 지금, 어쩔 수 없이 마음이 풀어진다.

"유제품 포장재, 의외로 조건이 까다롭네."

"맞아요. 제한이 많네요."

도요하시는 품질관리부로 온 지 얼마 안 되어 연차로는 선배인데 업무 내용의 지식은 그리 많지 않다. 그런 상태에서 공정이 복잡한 상품을 담당했으니 꽤 힘들 텐데 솔직하고 열린 마음으로 날마다 주위의 지식을 흡수하고 있는 듯하다.

공장에서의 미팅에는 도요하시 말고도 마케팅 전략부와 생산기술부도 동행했다. 다요시의 말처럼 그 둘은 현장 담당자와 회식하러 갈 것 같았는데 요시미치와 도요하시는 퇴근을 선택했다.

"이제 슬슬 해결책이 나오지 않으면 정말 위험하겠어."

도요하시는 운 좋게 빈자리에 나란히 앉자 더 마음이 놓였는지 해 봤자 소용없는 불평을 늘어놓았다.

지금은 2월. 냉장 디저트 신상품을 여름까지 소비자에게 침투시키려면 적어도 여름이 되기 두 달 전, 즉 5월부터는 점포에 진열해야 한다는 소리다. 손님에게 선보일 기간을 둬서 막상 차가운 디저트가 필요할 때 선택지로서 제일 먼저 떠오르게 하기 위해서다.

"그러게요. 익숙하지 않은 고급 노선이라 포장부터 여러모로 갈등을 빚네요."

요시미치는 그렇게 대답하고 해야 할 일을 머릿속으로 정리했다. 브륄레 치즈 케이크 외에도 기존 인기 상품 리뉴얼 등 안고 있는 안건이 여럿 있었다.

요시미치의 불안이 구체적으로 변해 가는 옆에서 도요하시가 꼬고 있던 다리를 풀었다.

"아, 하지만, 어떻게 되겠지? 그래야 하는데."

젊은 시절에는 근육으로 둘러싸여 있었을 도요하시의 허벅지는 접시에 놓인 젤리처럼 전차 좌석 위에 푹 퍼져 있었다. 어떻게든 될 거라는 말이 나오기에 딱 적당한 강도의 신체는 전차 좌석 한 사람 공간으로는 무척 비좁았다.

"사사키는 어디쯤이야?"

어디 사느냐고 물어 오는 도요하시의 왼손 약지에서 반지가 반짝이고 있다. 원래 그 자리에 있어야 한다고 주장하듯 반지가 뿜어내는 빛에는 뻔뻔함마저 깃들어 있다.

도요하시는 학창 시절 야구만 했다고 한다. 지금도 회사 아마추어 야구팀에서 투수와 간사를 맡고 있다. 십 년쯤 전, 비서실에서 근무하던 여직원과 사내 결혼했을 때는 비밀 연애였던 점도 있어서 미녀와 야수의 결혼이라며 한바탕 소란이 일었다고 한다. 회사 사람이 잔뜩 참가한 결혼식과 피로연은 모두 시끌벅적했는데 특히 야구팀 일원이 선보인 여흥이 폭소를 자아냈다고 한다.

난방이 지나친 전차 안에서, 요시미치는 코트를 벗으려 했다. 하지만 도요하시의 어깨가 너무 넓어 좀처럼 자유롭게 움직일 수 없었다.

"저는 요코하마 쪽이에요."

"아, 그래? 그쪽에 사는 사람 꽤 많네."

"도요하시 씨는 어디신데요?"

바로 화제를 상대에게 돌렸다.

"나는 싯테라서 게이큐가와사키에서 난부선을 타. 그보다 했지?"

도요하시가 요시미치의 왼손으로 순간 시선을 던졌다.

"결혼했지?"

누구에게 들었을까. 요시미치는 일단 그것부터 생각했다. 인사부일까 아니면 다요시나 그 언저리 사람일까.

전자였으면 좋겠다. 요시미치의 머릿속에서 회사를 나올 때 들은 웃음소리가 되살아났다.

"축하주라도 한잔하고 싶은데 우리는 둘째가 아직 어려서 빨리 가야 해."

도요하시는 얼굴을 찡그렸으나 표정과는 달리 행복한 목소리로 말했다.

"신경 써 주셔서 감사합니다."

"아니야. 그런데 아이는 진짜 젊어서 낳는 게 좋아."

도대체 어디서 "그런데 아이는 진짜."로 이어지는지 도통 모르겠으나 요시미치는 "그렇죠."라고 맞장구쳤다.

"육아는 정말 힘들어. 상상보다 훨씬 더. 목욕만 시켜도 정말 지친다고. 정말로 육아는 젊었을 때 끝내는 게 좋아."

"그렇죠."

요시미치가 말을 거들자 도요하시는 그것을 발판 삼아 "정말 그렇다니까!"라며 목소리를 높였다.

"나도 곧 마흔인데 둘째가 첫째처럼 뛰어다닐 생각만 해도 피곤해. 우리는 둘 다 사내 녀석이라 캐치볼 정도는 언제든 해 줄 수 있는 아빠가 되고 싶은데."

도요하시는 '그보다는 그게'라며 말을 계속하다가 힐끔 문 위 표시를 봤다. 반지의 보석처럼 작은 빛이 이어지며 다음은 게이큐가 와사키라는 문자를 그려 냈다.

"집도 가까우니까 다음에는 부인이랑 놀러 와. 상품 개발 관련해 듣고 싶은 말도 많고."

"고맙습니다."

요시미치가 고개를 숙이자, 도요하시가 영차 소리를 내며 자리에서 일어났다. 그 커다란 골격에 억눌려 있던 요시미치의 신체가 숨을 들이켤 때의 폐처럼 확 부풀어 올랐다.

"그럼, 또 봐."

요시미치는 개찰구로 향하는 도요하시에게 고개를 숙여 인사했다. 지금 자신이 손에 넣은 것, 앞으로 자신에게 찾아올 건강한 아들들, 캐치볼 하는 미래, 그 모든 걸 당연한 듯 짊어진 넓은 등을 배웅했다.

요시미치는 환승 플랫폼으로 향했다.

도요하시는 몸과 마음 모두 세상을 향해 열어 놓고 있다. 후배가 더 전문인 분야라면 그 후배에게 도움을 받는 일에도 저항이 전혀 없다. 이상한 자존심을 부리지 않는, 사회인으로서는 정말 이상적인 사람이다. 그 천진난만한 인품에 많은 사람이 매료되어 도요하시의 집에 야구팀 일원이나 가까운 사원들이 자주 드나든다는 이야기는 사내에서도 유명하다.

전차를 갈아타고 빈자리를 잡았다. 모르는 사람과 어깨가 부딪쳤다.

요시미치는 자신에게 다정한 사람이 무섭다.

마음을 열고 자신을 받아 주려는 사람이, 훨씬 무섭다.

그런 사람을 만나면 먼저 사과하고 싶어진다.

내 몸에는 당신이 상상하지 못하는 게 담겨 있다고 먼저 선언하고 싶어진다.

전차가 움직이기 시작했다. 회사에서 물리적으로 멀어질수록, 정상적인 인간인 척할 필요가 줄어들수록 호흡은 깊고 안정된다.

도요하시는 정말 좋은 사람이다. 사심 없이 자신과 거리를 좁히고 아내까지 함께 오라고 권해 준다. 하지만 장시간 단둘이 지내야 한다면, 어쩌면 다요시와 지내는 게 더 편할지 모르겠다.

드디어 코트를 벗었다. 겨드랑이가 땀으로 젖어 있다. 도요하시와의 시간에 긴장했다는 증거다.

다정한 사람은 늘, 어떤 당신이라도 받아들이겠다는 얼굴을 하고 있다. 친근한 관계가 되려고 가족이나 사는 곳 등의 정보를 공유하려 한다. 아무런 악의 없이, 완전한 선의로.

그 푸근함에 마음이 불편해진다. 도요하시의 집에 갈 바에는 다요시의 의혹 어린 시선을 계속 받는 편이 요시미치에게는 훨씬 자연스럽다.

어느새 행복보다 불행이 더 편해졌다. 처음부터 아무것도 주어지지 않아, 뭔가를 손에 넣을 수 있을지나 뭔가를 잃을지 고민하지 않아도 되는 상태에 완전히 익숙해졌다.

코트를 개고 다리에 올려놓았다. 시선을 드니까 전차 안에 가득한 광고들이 눈에 들어왔다.

정장을 입은 젊은 배우 옆의 영어 학원을 권하는 광고 문구. SNS에서 인기가 많은 모델의 피부를 가로지르는 탈모 경고 문구. 어학을 비롯해 어떤 능력을 기른다거나 외모 가꾸기를 권장하는 말들이 저마다 손을 잡고 이 세상의 욕망을 드러내고 있다.

세상에 흘러넘치는 정보는 기본적으로는 '내일 죽지 않는다.'라는 의미로 집약된다. 영어 회화도 탈모도 결국은 관점을 바꾸면 자신이라는 생명체를 더 좋은 상태로 만들려는 것이다.

그 정보가, 전에 비해 자신을 상처 입히지 않는다.

요시미치는 광고를 뚫어지게 바라봤다.

언제나 행복보다 불행이 더 가슴에 와닿는다. 그것에는 변함이 없다. 올바른 순환에 들어가지 못해 뭔가가 주어지는 일도 없다.

그것에도 변함은 없다.

다만 어떤 형태여도 좋으니까 '내일 죽지 않는 것'을 짊어진 자신이 되고 싶었다.

다리에서 스르륵 떨어지려는 코트를 잡았다. 왼손 약지가 조용히 반짝였다.

다요시가 성가시게 "결혼반지가 없으면 우리는 어엿한 사람이라고 인정할 수 없어.", "어엿한 사람이 아니면 곤란하지. 너도 알지?"라고 얘기한 그 빛이다. 사회라는 조직 속에서 여전히 인간으로서의 신뢰도를 측정하는 데 효력을 가진 도장. '내일 죽지 않는 것'을 대전제로 하는 사회에 이런 자신을 끼워 넣었다는 증거.

전차에 몸이 실려 간다. 같은 반지를 낀 사람에게로.

"나, '평범한 아내' 역할 잘할 것 같은데."

나쓰키는 그렇게 말하면서 요시미치가 사 온 반찬으로 젓가락을 뻗었다. 이미 밤 10시가 넘었는데 나쓰키도 아직 저녁을 안 먹었다고 한다. 요시미치는 양파가 들어간 달짝지근한 된장국을 들이켜며 어제 잠들기 전 이걸 만들어 두길 잘했다고 진심으로 생각했다. 흰쌀밥과 된장국만 준비되어 있다면 반찬만 사 와서 일단 한 끼를 해결할 수 있다.

"하지만 힘들 거야. 아이는 젊어 낳으라는 말이나 하고."

"이제까지 줄~곧 거짓말쟁이로 살아와서 새삼 힘들 것도 없네요."

나쓰키는 대답하고 갑자기 생각난 듯 자기 냉장고로 이동해 "이거 오늘까지였지."라며 낫토를 들고 왔다. 나쓰키는 소스로 매실

맛이 나는 낫토를 선택한다. 요시미치와는 취향이 다르다.

우정 결혼. 계약 결혼. 오늘날, 연애 관계가 아닌 이성끼리의 결혼에는 다양한 호칭이 있다. 하지만 피차 이 별과의 마찰에 필요한 방패막이로 한 결혼은 뭐라고 부르면 좋을까.

아니다. 요시미치는 생각을 바꿨다. 오히려 말로 표현할 수 있는 것은, 이 세상의 아주 일부에 불과하다.

마이타역에서 걸어서 칠 분 정도. 인테리어를 새로 한 물건으로, 방 두 개에 부엌과 식당이 있고 3층. 원래는 아주 오래전 유행한 셰어 하우스를 고려해 고친 물건답게 부엌과 식당을 사이에 끼고 두 개의 방을 두었고 방의 방음도 그럭저럭 잘되어 있었다. 월세는 관리비 포함 8만 엔이다. 서둘러 찾은 것치고는 나쁘지 않은 조건의 물건을 발견했다고 생각했다. 아마도 물건에 요구하는 우선 사항이 정확하게 명시되어 있었던 게 컸을 것이다. 지은 연수 같은 조건보다 거주자 두 명 모두가 저마다의 생활공간을 확보할 수 있는 평수여서 사생활을 지킬 수 있도록 하는 게 무엇보다 중요했다. 그 한 가지 점을 향해 돌진한 결과 물건 찾기는 의외로 순조롭게 진행되었다.

약속 사항은 미리 문서로 정리했다. 각자 생활에 필요한 부분은 식사든 가사든 모두 각자 한다. 부엌이나 욕실 주변, 화장실 등 공용 공간 청소는 일주일마다 분담한다. 냉장고는 1인용 두 개를 준비한다. 사실은 이 밖에도 다 두 개씩 준비하고 싶었으나 아무리 여유 있는 물건이라 해도 거기까지는 어려웠다.

이 밖에도 당연한 일이지만, 신체적 접촉은 없고, 월세나 전기 료는 절반씩 등 정해진 약속은 다양했는데 다음 세 가지가 약속 사항이라기보다 규칙 같은 존재감을 드러내고 있다.

첫째는 이 결혼 방식을 절대 다른 사람에게 말하지 말 것. 즉 서로의 특수한 성적 취향을 함부로 공개하는 일과 이어질 행동은 절대 하지 않을 것.

다음은 혹시 함께 살고 싶은 사람이 따로 생기면 제일 먼저 서로에게 보고할 것.

마지막은 자살 금지.

아삭. 요시미치의 시선에 기분 좋은 소리가 걸렸다. 나쓰키가 건너편에서 요시미치가 사 온 다진 돼지고기와 검은깨로 만든 멘치가스를 먹고 있다.

이 지구에 사는 사람은 모두, 종교가 다르다. 요시미치는 그렇게 생각한다.

이슬람교나 기독교처럼 이미 이름이 붙어 있는 데만 한정되지 않는다. 무교라고 하는 일본인도 저마다 종교를 가지고 있다. 종교는 돼지고기 멘치가스를 먹는 모습을 보고 맛있어 보인다고 생각하는지, 아니면 먹어서는 안 될 신성한 동물이라고 생각하는지와 마찬가지로, 예를 들자면 어떤 노래를 듣고 공감하는지 반발하는지, 아이의 우는 소리를 듣고 시끄럽다고 짜증을 내는지 기운도 좋다며 흐뭇해하는지, 그런 일상의 사소한 장면에서 생긴다.

사람은 그렇게 체내에 구축된 종교가 겹치는 누군가를 만났을 때 그 누군가의 생존을 기원한다. 심신의 건강을 바란다. 그것은 살아 있길 바라는 마음을 뛰어넘는 곳에 있다. 그 사람이 자살을 선택하려는 세상은 곤란하다고 멋대로 생각한다.

체내의 종교가 같은 사람의 죽음은 본인의 죽음으로만 수습되지 않는다. 그 죽음은 같은 종교를 지닌 자를 죽인 것이기도 하다. 뒤집어 생각하면 같은 종교의 사람이 심신 모두 건강하게 살고 있다면 놓아 버리고 싶은 내일을 끌어당기고 싶을 때가 온다. 그 사람이 살아 있는 세상이라면 자신도 살 수 있을지 모른다. 그렇게 믿는 순간이 틀림없이 있다.

그러므로 자살은 금지. 그 밤에 재회해 둘은 그렇게 약속했다.

"된장국, 줄까?"

요시미치가 물었다.

"아! 괜찮아."

나쓰키가 대답했다.

'이 세상에서 살아가기 위해 손을 잡지 않을래?'

2019년을 맞고 몇 분이 지났을 때 요시미치는 이름과 성적 취향 외에는 아무것도 모르는 상대에게 그렇게 말했다.

"어, 그거 좋겠네."

나쓰키는 요시미치의 휴대전화를 쥐고 마치 '오늘 저녁밥은 시켜 먹을까.'라는 제안이라도 받은 듯 대답했다.

이후의 행동은 빨랐다.

나쓰키는 애당초 본가에서 나오려고 저금을 계속했고 또 마침 이직할 타이밍이었다고 했다. "일 자체는 정말 좋고, 문제도 없지만, 직장이라기보다 직장이 있는 환경이 그래." 물론 지금도 요코하마역과 직접 이어진 쇼핑몰의 침구 전문점에서 일한다. 어느

날, 침구 전문점이라는 직종을 왜 고집하느냐고 물었더니 나쓰키는 웃으며 말했다. "본인이 왜 식품 업계에 있는지 생각해 봐."

　부모님은 너무나 갑작스러운 얘기에 놀라기는 했으나 아주 안심했다는 표정을 지었다고 한다. 일단 인사를 드리러 간 요시미치도 "우리 딸을 받아 줘서 고맙네."라는 이야기를 들었을 때 나쓰키가 어떤 분위기에서 살았는지 자연스럽게 알게 되었다.

　원래는 중학교 동창. 작년 동창회에서 재회해 그대로 교제를 시작하게 되었다. 둘이 대화하며 만든 설정을 그대로 믿으며 외동딸이 결혼한다는 사실에 진심으로 안도하는 노부부를 보고 있으면 그들을 속인다는 사실에 죄책감이 끓어올랐다. 하지만 나쓰키의 이야기대로 이제까지 삼십 년간 거짓말하며 살아온 경력은 그런 일에 흔들리지 않았다.

　어떤 상황에서도 태연하게 거짓말하는 자신에게 실망한 적은 있다. 하지만 그게 자기 잘못이 아니라고 생각하므로 오히려 마음이 복잡한 것이다.

　"다른 이야기인데 사사키는 정말 SATORU FUJIWARA가 아니야?"

　나쓰키는 말하며 차를 한 모금 마셨다.

　"응. 아니야."

　나쓰키의 입에서 나온 소리가 로마자 표기라는 걸 바로 알았다. 유튜브 댓글 창에서 모든 계정주에게 뭄을 사용하는 기획을 요청하는 사람이다. 자신과 나쓰키가 서로 상대방이라고 착각했던 사람.

　"혹시 본인인가?"

　"그건 아닐걸."

요시미치가 부정했다.

"아무리 그래도 체포 이력이 있는 사람이 본명으로 그러진 않겠지."

"그렇지?"

나쓰키가 중얼거리다가 손을 멈췄다.

"그렇다면 어딘가에 있을 우리 같은 사람인가?"

우리 같은 사람이라는 말이 테이블 한가운데 떨어진다.

"후지와라 사토루라는 이름을 외우는 거, 같은 종류의 사람이 아니라면 있을 수 없겠지."

같은 종류의 사람이라는 말도 테이블 가운데 쌓인다.

"그 사람, 혼자가 아니면 좋겠다."

"응. 모두 다 혼자가 아니면 좋겠어."

요시미치가 고개를 끄덕였다.

"응."

나쓰키도 고개를 끄덕였다.

자신이 죽지 않고 있는 게 좋은 것인지는 솔직히 모르겠다. 자살 금지라고 약속까지 하면서 살아남는 게 무슨 의미가 있는지도 모르겠다. 하지만 자살 후 처리로 다른 이에게 폐를 끼치지 않게 된다면 그것만으로도 지금은 사는 쪽을 택하는 게 의미 있는 일처럼 느껴진다.

어떻게 태어나든 살아갈 수 있다, 살면 좋다고 생각한다. 그런 사회라면 가장 좋겠으나 그렇지 않으므로 그런 공간을 스스로 만들 수밖에 없다고 느꼈다.

"이 집의 이거 맛있네."

나쓰키가 이제 반도 남지 않은 멘치가스를 젓가락으로 가리켰다. 역을 나오자마자 있는 마이타 상점가는 상당히 규모가 크다.

"아아. 한정 할인이라 많이 사 왔어."

요시미치는 반찬 살 때를 떠올리고 말했다.

자연스럽게 그렇게 말했다.

그 자연스러운 여운의 가운데를, 나쓰키가 읽었던 문장 한 구절이 가로지른다.

'내일 죽지 않는 것'

'눈에 들어오는 정보 대부분은 결국은 그 목표에 도달하기 위한 발판'

'예를 들어 상점가라면 오늘 추천 상품이나 기간 한정 할인 판매 같은.'

지출을 줄이는 일도, 같은 가격으로 많이 사들이는 일도 다 결국은 【모두가 '내일 죽고 싶지 않다'라고 느끼고 있음】을 대전제로 한 기쁨이다. 그것은 과거 자신을 궁지에 몰아넣었던 정보 중 하나이기도 했다.

된장국을 들이켠다. 된장과 양파의 달콤함이 코를 통괴헤 씹이 넘긴 멘치가스와 함께 식도를 통과한다.

이제까지는 뭘 할인한다는 소리를 들으면 이 인생에서 뭘 더 빼야 하나 생각했다. 지출을 줄인다고 많이 사들인다고 미래로 이어질 뭔가가 자기 인생에 있을 리 없다. 그렇게 생각했다. 하지만 지금은 지출을 줄이면 언젠가는 각자 집을 빌릴 수 있을지 모른다는 몽상을 하고, 많이 사들이면 내일 아침에 혹은 나쓰키의 몫이 될지도 모른다고 상상한다.

그런 상상력이 손가락으로 꾹꾹 누르면 점토가 단단해지고 늘어나듯이 살아갈 시간을 연장해 준다.

"게 크림 크로켓을 노렸는데 이미 다 팔렸더라."

나쓰키가 말했다.

"알아. 게 크림을 좋아하지."

요시미치가 답했다.

앞으로도 이성이 성적 대상이 될 일은 일어나지 않는다.

하지만 상점가에 붙은 조그만 전단에 상처받지 않는다면 매일 밟고 있는 대지가 죽음이 아니라 삶의 방향으로 조금이나마 기울어질지 모른다.

"잘 먹었습니다. 맛있었어. 멘치가스 고마웠어."

나쓰키는 자리에서 일어나 자기 식기를 바로 치웠다. 자기 일은 스스로. 이 규칙을 철저히 지키지 않으면 연애 감정으로 묶이지 않은 사람끼리의 동거는 금세 금이 갈 것이다.

알아. 요시미치는 생각한다. 언젠가 어떤 문제가 일어나고 이 살얼음이 깨지리라는 예감은 이미 갖고 있다. 일단 이 생활은 서로에게 금전적 여유가 있었기에 이루어진 데 불과하다. 자립하려고 서로 도운 것일 뿐이다. 예를 들어 둘 중 하나가 실직해 생활비를 내지 못하거나 난치병에 걸리면 얼마나 헌신할 수 있을지는 지금 시점에서는 거의 상상할 수 없다. 하지만 지금 순간, 이제까지 무너져 버릴 것 같았던 무언가를 유지할 수만 있다면 그 팽팽한 긴장 위의 안정에라도 매달리고 싶다.

"아까 선배 집에 놀러 가는 얘기 말이야."

"응."

나쓰키가 수건으로 손을 닦으며 대답했다.

"그런 일은 없을 테니까 안심해."

요시미치는 최대한 슬프게 들리지 않도록 조심했다.

"알았어. 하지만 무슨 일 생기면 말해."

나쓰키는 그렇게 대답하고 자기 방으로 돌아갔고 요시미치는 그런 나쓰키를 지켜봤다.

요시미치는 나쓰키의 등을 볼 때마다 자신이 애초 누군가와 함께 사는 인생을 아주 이른 시기에 포기했다는 것을 실감했다. 그리고 그런 자신과 집 안에서 만나거나 헤어져 주는 사람이 존재하는 데 거대한 놀라움과 감사를 느꼈다.

부모님이 사고로 돌아가셨을 때 특이한 성적 취향을 들키지 않고 끝났다는 안도감 외에 느낀 감정이 있었다. 이제 서른이 다 된 성인이면서도 이 우주에 혼자 버려지지 않을까 하는 불안에 가까운 초조한 감정이었다. 나이가 들면서 부모와의 관계가 소원해졌다고 해도, 태어나기 전부터 자신을 인식해 준 유일한 사람이 사라셨다는 사실은 이 세상과 자신을 연결해 준 탯줄이 드디어 잘렸다고 해야 할까, 동서남북이나 상하좌우를 알려 주는 좌표 자체가 사라진 듯한 감각이었다. 고아라는 표현은 나이를 불문하는 표현이라는 것을 그때 요시미치는 깨달았다.

장례 절차나 묘 관련, 본가의 처분 등은 친척이 많이 도와줬다. 요시미치는 그 작업이 이뤄지는 동안 자신이 부모에 관해 아무것도 몰랐다는 것을 깨달았다. 분명 가장 오래 함께한 사람인데도 친족 말고 누구에게 부고를 전해야 하는지, 친한 친구가 있었는지조차 그는 알지 못했다.

닫힌 문을 바라보며 멘치가스를 씹었다.

자신과 나쓰키는 남남이다. 연애 관계에 있지도 않고 게다가 친구도 아니다. 그 사람을 구축하는 무수한 정보 가운데 파악하고 있는 부분도 정말 적다.

하지만 지금이니까 생각할 수 있는 게 있다. 가족조차 아무것도 몰랐다는 것을.

나쓰키에 관해서는 거의 아무것도 모른다. 나쓰키도 자신에 관해 아는 게 없다. 다만 서로 절대 다른 사람에게 알려서는 안 되는 사실만을, 하지만 분명히 내 사고와 철학의 근거에 있는 사실만을, 서로 움켜쥐고 있다. 심장을 서로 움켜쥔 지구상의 유일한 상대.

이 관계를 도대체 뭐라고 불러야 할까. 남남도 친구도 연인도 동거인도 딱 맞아떨어지지 않는다. 공범자? 제일 비슷하나 어쩐지 너무 잘난 체하는 느낌이다.

된장국을 다 들이켜고 식사를 마쳤다.

따로 호칭 같은 건 없어도 되지 않을까. 요시미치는 그렇게 생각하면서 자기 식기를 닦았다.

모로하시 다이야
2019년 5월 1일까지, 23일

　Z세대라는 호칭으로 불릴 때마다 그 안에 자신이 포함되었다는 게 이상했다. 그렇게 멋대로 분류하다니 말도 안 된다는 반항심이 들끓었으나 그렇게 해서라도 연구해야 하는 세대라고 여겨지는 듯해 나쁘지도 않았다.

　다이야는 소비 행동론 세미나 일정을 적은 프린트를 배낭에 넣었다. 그룹 과제가 너무 많아 진저리를 치며 자리에서 일어나는데 "저기, 제안할 게 있는데."라며 늘 그런 소리를 할 법한 남학생이 손을 들었다.

　"지금부터 갈 수 있는 사람은 한잔하러 안 갈래? 우연이지만 세미나 동기가 되었으니까 친목회라도 해야 할 듯해서."

교실을 가득 채우고 있던 첫 수업 특유의 긴장감과 경계심이 갑자기 풍선에 구멍이 뚫려 바람이 새듯 사라졌다. "좋아.", "누가 그런 말 안 해 주나 생각하고 있었는데." 발안자에 동조하는 사람들 역시 '늘 그런 소리를 할 법한' 사람들이다. 다이야는 그런 인종이 발하는 에너지로부터 얼른 몸을 피했다.

"거기 전화해 볼까? 역 앞, 최근에 문 연 데."

"아! 오키나와 요리점? 전에 한 번 가 봤는데 넓고 사람도 없었어."

다이야는 화장실에 가려는 사람처럼 자연스럽게 교실에서 나왔다. 뒤쪽 구석, 출입구와 꽤 가까운 자리에 앉길 잘했다.

"진짜? 그러면 거기로 하자. 자, 갈 사람, 손 들어."

"그러면 내가 전화번호 찾아볼게."

다이야는 교실에서 들려오는 목소리를 등으로 튕겨 내며 생각했다. 자신이 이 세미나에서 잘못 생각한 부분은 두 가지다. 하나는 다른 세미나에 비해 그룹 단위로 움직여야 하는 행동이 많다는 것. 소비 행동론인 이상 대학 홍보과나 지역 가게와 협력해 신상품을 개발한다는 실천적 프로그램이 있을 줄은 알았는데 합숙까지 있다고 해서 뜻밖이었다.

또 다른 하나는······.

"저기."

뒤에서 부르는 소리가 났다.

내내 그 시선을 느끼고 있었다.

"모로하시지?"

돌아보니 검은 머리를 가지런히 어깨까지 기른 여학생이 서 있다. 최대한 자연스러운 표정을 조심스레 짓고 있어서인지 오히려 표정이 경직되어 보였다.

"기억해? 작년 학교 축제 때 신세를 진 간베 야에코인데."

야에코가 휘감고 있는 공기는 말을 걸기까지 들인 시간과 쥐어 짠 용기를 고스란히 전했다.

"기억해. 오랜만이야."

다이야는 그 압력에서 얼른 도망치고 싶어 가벼운 인사로 대화를 끝내려 했으나 그리 간단히 피할 수 없을 듯했다.

"저, 회식 안 가?"

야에코의 질문 너머에서 "열한 명, 예약했습니다!"라는 목소리가 날아왔다. 그들이 움직이기 전에 얼른 자리를 옮기고 싶었다.

"일이 좀 있어서 난 갈 수 없어."

다이야는 걸음을 내딛기 시작했다.

"나도 안 가."

야에코의 목소리가 다가왔다.

어느새 야에코는 다이야의 옆에서 걷고 있다.

두 번째 오산은 간베 야에코의 존재였다.

그녀가 교실에 들어선 순간부터 느낌이 왔다. 작년 학교 축제 때 동석한 자리마다 항상이라고 할 정도로 자주 느꼈던 끈끈한 시선이 다시 쏟아지기 시작했다는 것을.

"나는 이제부터 아르바이트에 가. 모로하시는?"

"나도 뭐 비슷해."

이 시점에서 역까지 함께 걸어야 하는 게 확정되었다. 다이야는 진저리 치는 표정이 드러나지 않도록 조심한다.

"대학은 방학이 길어 컨디션이 좀처럼 돌아오질 않아."

야에코는 옆에서 걸어 눈이 마주칠 일이 없어선지 전보다 훨씬 수다스러웠는데 다이야는 그 모습이 께름칙했다. 사무적인 관계였던 작년, 계속 시선을 내게 던지는 것도 너무 불편했는데.

"모로하시는 방학 때도 동아리 일로 바빴어? 우리는 준비를 시작할 때까지는 좀 시간이 있는데."

다이야는 그렇게 계속 떠드는 야에코 옆에서 동아리라는 단어에 마음이 어두워졌다.

일본에서, 남자로, 사지 멀쩡한 이성애자로 태어난다. 그렇다면 사회의 만연한 부조리로부터 구십 퍼센트는 벗어날 수 있다. '스페이드'의 남학생들과 어울리고 있으면 단 한 번도 압력이란 걸 받는 쪽에 서 보지 않은, 갖고 태어난 어떤 요소 하나로 부당한 제한을 받아 본 적 없는, 자기가 그런 상황에 빠질 수 있다고 상상조차 해 보지 않은 사람들의 무지각한 특권 의식에 압도된다.

다이야는 여름 공연에 사용할 영상을 찍으며 제일 처음 그들의 위화감을 샀다.

그 수영장을 모른다는 사실을 들켰을 때 의혹의 싹이 트는 게 느껴졌다. 그 싹은 모든 순간 빛을 받고 수분을 빨아들여 다이야가 의식하지 못한 사이 쑥쑥 자라났다.

남자는 집단 속에 있을수록 더 '남자'가 된다. 남자니까 절대 여기서 빠지면 안 된다는 시선이 서로를 견제하며 교묘하게 교차한다.

"틀림없이 신입생 환영회에서 춤추겠지?"

야에코는 이야깃거리를 찾았다는 기쁨을 숨기지 않고 계속 말했다.

"혹시 오늘도, 앞으로 연습?"

드디어 학교 건물을 나왔다. 이제부터 문까지, 역까지, 전차가 올 때까지 둘만의 시간이 이어진다.

"곧 레이와가 되겠다."

야에코가 조용히 중얼거렸다. 얼마 전에 발표된 새로운 연호는 사람들을 잠시 놀라게 하고 바로 사회에 녹아들었다.

"작년, 다이버시티 페스티벌을 준비하며 연호가 바뀌니 더 큰 발전이 있을 거라고 내내 얘기했어."

느닷없이 무슨 소리인가 싶었는데 야에코가 말했다.

"유메 씨, 잘 있나? 연락해?"

유메 선배.

거대한 애벌레가 발바닥을 가로지르는 듯 온몸에 소름이 돋았다.

"유메 선배가 말이야, 작년 축제 뒤풀이 때 얘기해 줬어."

야에코의 흥분이 옆에 있는 자신에게까지 고스란히 전해졌다. 적당한 화제를 제대로 꺼내는 바람에 입이 멈추지 못하게 되었나.

"같은 수업을 듣게 되면 모로하시를 잘 부탁한다고. 그래서 오늘 교실에 들어왔을 때 깜짝 놀랐어. 정말 네가 있어서."

모로하시를 잘 부탁해.

너무나도 그 의사가 했을 법한 말이다.

"그랬구나."

다이야는 적당히 대답하면서 자연스럽게 보폭을 넓혔다. 하지만 야에코는 옆에 딱 붙어 좀처럼 멀어지지 않았다.

다카미 유메. 야에코보다 훨씬 오래, 더 농후하고 *끈끈한* 시선을 던진 여자. 그리고 '스페이드'의 남학생들이 품은 의문의 싹에 대량의 비료를 뿌린 장본인.

다이야는 예전부터 이성의 호의를 받을 때가 많았다. 주위 반응을 통해 자기 외모가 꽤 준수하다는 건 저절로 자각했다. 키가 크고 근육이 잘 붙는 체질이라는 점 때문에 자기 육체에 남녀 불문하고 사람들의 시선이 쉽게 모인다는 사실도 자각했다. 여자가 있는 자리에서 옷을 갈아입어야 할 때 "체육 시간에 남학생들이 우리 가슴 보는 짓거리 징그러워. 너무 대놓고 보지 않냐?"라고 말하는 여학생들의 기분을 이해했다. 그러면서도 많은 여학생이 "나는 안 봐." 또는 "남학생은 알몸을 봐도 신경 쓰지 않는 동물이야."라는 표정으로 다이야의 벗은 몸을 대놓고 훑었다.

선배들이 억지로 미스터 선발 대회에 출전시켰을 때도 그랬다. 온몸에 쏟아지는 무수한 시선 속에 빨갛게 빛나는 몇 개의 불빛이 있었다. 객석에서 허락도 없이 스마트폰을 들고 찍고 있었다. 다이야는 누군가의 대기 화면에 자신이 자리 잡을지 모르는 미래에 진저리 쳤다.

드디어 교문을 통과했다. 다이야는 역이 가까워 그나마 다행이라고 생각했다.

동아리에 들어오자마자 유메가 대놓고 자기와 대화하려 접근한다는 걸 깨달았다. 더 성가신 점은 그 유메가 바로 동아리 남자들의 *끈끈한* 시선을 받는 자리에 있었다는 것이다. 유메가 다이야에게 관심이 있다는 사실은 어느새 동아리의 암묵적인 동의를 얻었고 유메에게 남자 친구가 생기지 않는 이유는 다이야가 있기 때문이라는 엉뚱한 계산이 조용히 속삭여지기 시작했다. 다이야는 유메와 둘이 되지 않으려고 노력했으나 동아리 대표가 된 유메는 다이야를 축제 섭외 담당으로 임명하는 등 공사 혼동이 심각했다. 남학생들은 다이야가 선택하지 않아서 유메라는 최우량 후보가 그냥 놀고 있는 상황을 불평했다. 그래도 다이야는 유메에게 결정적인 순간을 주지 않으려 계속 조심했다.

지금까지 살아오면서, 자신에게 넘어오지 않은 남자는 없었겠지. 유메는 다이야가 없는 술자리에서 동정을 살 만한 행동을 잔뜩 한 뒤 이렇게 중얼거렸다고 한다.

'혹시 여자에게 관심이 없나?'

유메의 그 한탄은 남학생 사이에 있던 의혹의 싹을 무럭무럭 성장시켰다. 맞아요, 유메 선배랑 안 사귀고 싶은 남자는 없으니까요, 우리도 전부터 이상하다고 생각했어요, 그 녀석은 야한 얘기에는 절대 말을 섞지 않거나 부루퉁하고 전에 그 수영장도 모른다고 하지를 않나…….

영화나 드라마에서는 젊은 여성들이 서로의 관계를 뒤에서 수군거리는 장면이 많은데 스무 살이 넘어서도 이질적인 존재를 배제하려는 힘은 남성 쪽이 압도적으로 강하다. 남자는 남자라는 이유로 거기서 벗어나려는 남자를 용서하지 않는다. 싫어하거나 따돌리는 게 아니다. 용서하지 않는다.

결과적으로 작년 학교 축제 이후로 동아리와는 자연스레 멀어졌다. 이런 일이 다이야의 인생에서는 여러 번 있었다. 대학생이 되면 주위 사람도 어느 정도는 개인주의가 되리라 기대했는데 특히 남자는 상상보다 훨씬 무리를 짓고 싶어 한다. 어쩌면 사회인이 되어도 마찬가지일지 모른다. 다이야는 우울해질 뿐이었다.

"있잖아, 모로하시."

삐! 심전도 기계 소리 같은 소리가 울렸다. 어느새 역 개찰구에 도착해 있었다.

"같이 세미나 듣게 되었잖아. 앞으로도 잘 부탁해."

옆 개찰구에서 들려오는 그 소리에서, 다이야는 어떤 냄새를 맡았다.

지나친 다정함. 내가 이해해 주는 사람이 되어 줘야지. 그렇게 말하는 듯한 보호자 같은 시선.

그 여자가 또, 괜한 소리를 했나 보군.

온몸에서 힘이 빠졌다. 주위와 거리를 두려고 하는 사람이야, 그건 아마도 이런 이유 때문일지 모르겠어, 어쩌면 그런 식으로 말했을지 모른다. 단지 자기가 얼마나 모로하시 다이야라는 인간과 가까운 존재였는지를 어필하기 위해서.

"응. 나도 잘 부탁해."

플랫폼 전광게시판에 따르면 타야 할 전차가 오려면 앞으로 육 분쯤 남았다. 이 자리를 더 이어 가는 건 성가시니까 화장실에 가겠다고 하고 떠날까. 다이야가 몸을 돌리기 직전이었다.

"모로하시는 왜 소비자 행동론 세미나를 선택했어?"

진짜 궁금해 묻는 게 아니라 침묵을 오래 끌지 않기 위한 재료로 던진 질문인 것을 바로 알았다.

"아." 다이야가 고개를 들었다.

밤에 물들어 가는 경치를 등지고, 이쪽을 보고 있는 한 여성.

미안해.

다이야는 속으로 그렇게 생각한다.

당신 눈앞에 있는 사람은 당신이 상상하는 사람과는 전혀 달라.

"물욕은 배신하지 않으니까."

Z세대란 1990년대 후반부터 2000년대에 걸쳐 태어난 세대입니다(나라에 따라 정의가 달라지기도 합니다). 철들 무렵부터 스마트폰이 가장 친근한 존재였던 까닭에 '소셜 네이티브'라는 특징이 있습니다. 컴퓨터는 잘 못 다뤄도 스마트폰은 잘 다루고 SNS의 영향을 아주 많이 받는, 그런 세대입니다.

세미나에서 사용하는 교재를 휙휙 넘겼다. 본가의 방은 책상까지 포함해 너무나 아이 방 같은 상태라 키가 180센티미터나 되는 자신과는 어울리지 않는 듯했다.

다이야는 교재를 책장에 넣으면서 Z세대로 태어난 행운을 생각했다. 십 년이나 이십 년 일찍 태어났다면 지금보다 몇 배는 더 힘들었을 것이다. 세상에는 자신과 같은 성적 취향을 지닌 인간이 '존재한다.'라는 사실조차 알 수 없다니, 생각만 해도 머리가 깨질 것만 같았다.

다이야는 중학교 3학년 때 스마트폰을 처음 갖게 되었다. 학원에 다니기 시작했으니 어쩔 수 없다는 이유였기 때문에 동급생 가운데서도 늦은 편이었다고 기억한다.

스마트폰이 생길 때까지, 특히 SNS를 시작하기 전까지, 다이야는 줄곧 자기 같은 사람은 세상에 혼자뿐이라고 생각했다. 나만이 압도적으로 틀렸고 그 잘못은 반드시 감춰야만 하고 세상에 나가서는 이성 인간에 성욕을 느끼는 것처럼 행동해야 한다고 생각했다.

보통이나 평범에서 벗어나 버린 자신이 너무 역겨워 견딜 수 없었다.

자기 외에도 자기와 같은 사람이 있다는 것을 알게 된 계기는 중학교 동창 중 하나가 자신은 여자의 발, 특히 맨발이 좋다고, 그럴 때는 SNS가 관련 정보를 모으는 데 최적이라는 말을 꺼냈기 때문이다. "샌들이나 페디큐어 같은 단어로 검색하면 맨발을 직접 찍은 게 잔뜩 나와. 그쪽이 야동보다 훨씬 짜릿해. 나는." 그는 동창들의 비웃음을 들으면서도 열변을 토했다. 그는 반론도 조소도 다 비료로 삼으며 목소리를 높였다.

"SNS에는 다리 페티시즘인 사람이 정말 많아. 복사뼈나 발바닥 페티시즘까지 더 세분되어 있다고. 나는 내가 꽤 마니아적이라고 생각했는데 전혀 아니더라. 뭐든 다 있어. 진짜라고!"

그날 밤, 다이야는 계정을 만들었다. 그리고 샌들이나 페디큐어라는 키워드로 검색한 동급생과 마찬가지로 내가 가장 원하는 정보를 찾는 여행을 시작했다.

다이야는 철이 들면서부터 물을 좋아했다.

자위행위를 할 때도 인간의 모습이 아니라 물과 관련된 영상을 떠올렸다.

다양한 형태로 변하는 물, 힘껏 분사되어 흩어지는 물, 고체에서 액체로 변하는 물, 끓어 넘치는 물, 빛을 흡수해 어둠에 삼켜지고, 때로는 온갖 음악을 만드는 그것. 아무에게도 진실을 드러내지 않겠다는 듯 자유자재로 형태를 바꾸는 그 모습은 다이야에게, 다른 무엇으로도 대체할 수 없는 선정적인 존재였다.

다이야는 다양한 키워드로 검색했다. 그랬더니 동급생의 말처럼 SNS에는 이성의 다리, 맨발 페티시즘 정도는 민들레나 제비꽃과 같은 존재라는 것을 깨달았다. 거기에는 그날까지의 다이야가 그랬듯 자기의 성적 취향을 파악했을 때 느낀 거대한 불안과 고독감에 단숨에 집어삼켜진 사람들이 잔뜩 모여 있었다. 다이야는 이름도 모르는 꽃들로 가득한 세계를 시간 가는 줄 모르고 돌아다녔다.

사람이 머라이언●처럼 구토하는 모습에 흥분하는 구토 페티시즘, 대상이 뭔가를 통째로 삼키는 모습에 흥분하는 삼키기 페티시즘, 시간 정지나 석화, 동결 등으로 인체가 변화하는 모습에 흥분하는 상태 이상·형상 변화 페티시즘, 풍선 자체나 풍선을 부풀리는 사람 등에 흥분하는 풍선 페티시즘, 미라처럼 꽁꽁 묶거나 묶이는 걸 좋아하는 머미피케이션 페티시즘, 질식 페티시즘, 복부 구타 페티시즘, 유혈 페티시즘, 진공 팩 페티시즘······.

다이야는 그때까지 줄곧, 주위 동급생들은 자신이 물을 좋아한다는 사실을 전혀 상상하지 못하리라고 생각했다. 그런 사실을 알면 생리적이며 결정적인 혐오감을 품으리라고 확신했다. 그러므

● 머리는 사자이고 몸은 물고기인 싱가포르의 상징. 물을 뿜는 조각상으로 잘 알려져 있다.

로 그런 자신조차 이제까지 생각하지 못한 성적 취향이 이 세상에 존재한다는 데 스스로 놀랄 만큼 안심했다. 역겨워 견딜 수 없었던 나라는 존재가 오히려 생리적 혐오감을 느껴 절로 눈을 돌리고 싶어지는 성적 취향이 존재한다는 사실에 깊고 풍부한 호흡을 쉴 수 있을 것 같았다.

그 호흡이란 즉, 자신이 상상해 마지않았던 세상이 부정되지도 간섭받지도 않은 채 이웃과 함께 존재한다는 사실이다. 자신에게 정직하게 살려고 목소리를 높이지 않더라도, 있는 대로의 자신을 누군가 알아줄 필요도 없이, 살아갈 수 있다는 사실이었다. 이것이 나중에 '다양성'이라는 이름을 부여받은 개념과 다이야가 만난 첫 경험이었다.

SNS에서는 모든 페티시즘 당사자가 왕성하게 교류하고 있었다. 예를 들면 통째로 삼키는 페티시즘처럼 현실 세계에서 자신의 성향에 맞는 소재가 생기지 않는 것을 깊이 통감한 당사자들은 같은 취향의 사람들을 향해 자기가 만든 일러스트와 글을 선보이며 소재의 자급자족에 애썼다. 혹은 머미피케이션처럼 현실 세계에서 실천할 수 있는 페티시즘 당사자 가운데는 당사자끼리 오프 모임을 열어 그곳에서 벌인 플레이 모습을 업로드하는 사람도 있었다. 당시 중학생이었던 다이야는 절대 아무에게도 알리지 말아야겠다고 생각한 내용을 다른 사람과 공유하는 사람이 있다는 자체에 큰 충격을 받았다. 하지만 그와 동시에 자기도 여기를 통해 물에 흥분하는 사람과 교류할 수 있을지도 모른다는 기대의 싹을 틔우기도 했다.

다이야가 자신의 계정 이름을 【SATORU FUJIWARA】로 한 이유는 물 페티시즘에 관해 온갖 검색을 하다가 도달한, 한 신문 기사를 잊을 수 없었기 때문이다. 더불어 이 이름에 바로 반응해 줄 사람이 있을지도 모른다는 목적도 있었다.

　오늘도 다이야는 【SATORU FUJIWARA】 명의의 계정을 열었다. 그곳을 통해 세계를 볼 때만 다이야는 이 사회에서 얼굴을 내밀고 숨 쉴 수 있었다.

　그러자 다이렉트 메시지를 나타내는 봉투 아이콘에 1이라는 숫자가 달린 게 보였다. 【고바세】의 답장일지도 모른다.

　물 페티시즘 당사자의 계정은 다른 것에 비해 수가 적었다. 다이야는 물론 모조리 팔로했는데 그 가운데 같은 페티시즘이라도 조금 종류가 다른 것, 자신의 취향과 완전히 합치하는 사람과 만나는 일이 얼마나 어려운 것인지를 배웠다. 다이야가 가장 흥분하는 것은, 간헐천처럼 대규모이면서 물 자신도 자기가 어떻게 될지 알지 못하고 모습과 형태를 바꿔 가는 영상이었다. 물 페티시즘 가운데는 물에 젖은 옷이나 물에 젖은 인간을 보고 흥분하는 사람도 많았는데 다이야에게 물의 세계에서 인간은 훼방꾼에 불과하다. 결국은 먼저 연락해 교류하고 싶은 사람과는 좀처럼 만나지 못했다.

　꼬박 한 달쯤 전, 그런 상황에 변화가 생겼다. 이렇다 할 만한 발언 없이 마음에 드는 내용에 '좋아요'를 누르기만 하는 다이야의 계정에 다이렉트 메시지가 도착했다.

　【처음 뵙겠습니다. '좋아요' 창을 보고 대화를 나누고 싶어서 메

시지를 보냅니다. 최근 물에 관심이 생긴 이십 대 남자입니다. 이 장르는 사람이 너무 적어 완전히 취향이 일치하지 않을지도 모르지만, 혹시 괜찮으시면 이야기하고 싶습니다.】

이 사람의 계정 이름은 【고바세】라는 세 글자였다. 다이야는 뭔가에 이끌리듯 자기 계정 이름의 유래가 된 신문 기사를 다시 검색했다.

조사에 따르면 후지와라 용의자는 4월 11일~18일 사이에 같은 현 ○✕시 ○✕시경 기동 경찰대 고바세 분견소의 사무소 창문을 깨고 침입해……

다이야는 【고바세】와 대화하며 '야한 얘기로 흥이 오른다.'라는 경험을 처음 했다. 대화해 보니 【고바세】 역시 물 자체보다 물에 젖은 옷이나 사람에 강한 흥미를 느끼는 듯했다. 그런 차이가 있기에 오히려 동급생들이 가슴이냐 엉덩이냐를 놓고 취향을 다투거나 맨발에 제일 흥분된다고 말할 때처럼 신이 났다. 누군가와 성적인 화제로 함께 웃을 수 있을 때까지 이십 년이 걸렸다.

【고바세】와는 연락을 시작한 지 아직 한 달밖에 지나지 않았다. 이십 대 남성이라는 사실 외에 얼굴도 이름도 전혀 모른다. 하지만 다이야는 【고바세】를 이제까지 친구라고 불러 온 어느 누구보다 친근하게 느꼈다. 지금까지 누구와도 말하지 못한 내용을 담은 수십 글자는 마치 오랜 준비 끝에 우주로 쏘아진 로켓처럼, 순식간에 수만 시간을 초월한 느낌이었다.

【SATORU 씨의 요청, 또 채택되었네요. 정말 채택률이 높네요. youTube/ptfASnq0fuY……】

도착한 다이렉트 메시지에는 유튜브 동영상의 URL이 링크되어 있다. 다이야는 답변을 쓰면서 어떤 채널일지 생각했다.

채택률. 그 말은 유튜브 댓글 창에 쓴 요청 사항이 채택된 확률을 가리킨다.

자기가 속한 페티시즘이 마이너할수록 성적 흥분과 이어질 소재는 빨리 바닥난다. 노력을 전혀 기울이지 않아도 계속해서 '요깃거리'가 생기는 동급생과 달리 혈안이 되어 소재를 자급자족할 수밖에 없다.

유튜브 댓글 창에 요청을 쓰는 방법은 도대체 누가 시작했을까. 인간의 인정 욕구와 특수한 성적 취향을 지닌 자들의 성적 욕구, 그 교차점이 이제 막 서비스를 시작한 계정의 댓글 창이 되리라고 과연 누가 예견할 수 있었을까.

더워지고 있으니까 여름답게 물을 이용한 기획은 어떨까요? 물풍선을 터뜨리지 않고 몇 번이나 주고받을 수 있는지 대결, 호스에서 나오는 물을 얼마나 멀리 뿌릴 수 있는지 대결 등을 보고 싶네요.

지금 다시 읽어 보니, 과거에 다이야가 쓴 글은 보고 싶은 영상을 끌어내기 위한 요청으로는 너무 치졸했다. 좀 더 자연스러운 분위기를 내야 했다. 이 문장 너머에 정상적인 인간이 있다고 상상하기는 아무래도 어려웠다. 하지만 이 댓글을 읽은 초등학생 유튜버는 바로 요청에 응했다. 동영상 속에서 "이 기획, 정말 재미

있을까?"라며 의아해하면서도 여러모로 물을 이용해 주었다.

본인도 모르게 마이너한 페티시즘 소유자들의 수요에 부응하는 동영상을 올리는 사람이, 많다.

숨 참기 대결을 원하는 글 너머에는 대체로 질식 페티시즘이 있다. 풍선 빨리 터뜨리기나 빨리 불기 대결, 비닐 테이프 대결 등 풍선을 이용한 게임 기획을 요구하는 글 너머에는 대체로 풍선 페티시즘이 있다. 벌칙 게임을 전기 안마로 지정하는 요청은 그야말로 너무 빤해 내가 다 부끄러울 정도다. 동영상 서비스를 막 시작한 사람들의 조급함은 자급자족으로는 금방 한계를 맞는 마이너 페티시즘 인간에게 딱 좋은 상대였다.

그리고 그런 요청의 대상은 대체로 십 대 아이들이다.

그중에는 멀쩡한 이십 대, 삼십 대 성인이 대상일 때도 있는데 그럴 때는 자신들에게 어떤 시선이 쏟아지고 있는지 자각하고, 실은 불가분의 관계를 서로 인식하고 있는 탓에 불편한 긴장감이 이어진다. 한편 아이들은 자기들 행동이 그 행동 이상의 의미를 지닐 가능성을 전혀 깨닫지 못하는데 그 천진난만함은 이쪽의 께름칙하고 어두운 감정을 어느 정도 상쇄했다.

이 천진난만함이야말로 마지막 보루라고 다이야는 생각했다. 만약 이런 장소마저 사라진다면……. 그런 생각이 들기만 해도 발밑이 푹 꺼지는 느낌이 들었다.

【정말이요? 행운이네요(웃음). 지금부터 볼게요. 어떤 채널일까?】

다이야는 그렇게 대답했으나 나름대로 짐작 가는 데가 있었다. 요청에 응해 준 채널은 등교 거부 초등학생 두 명이 운영하는 채널일 것이다. 그들은 시대가 새로워지면 학교에 다니는 게 상식이라는 풍조도 바뀔 거라고 주장하며 그 뜻을 반영한 채널 이름을 내세우고 있다. 그 카운트다운도 곧 끝난다고 생각하니 감개무량하다.

'곧 레이와가 되겠다.'

문득 몇 시간 전에 들은 야에코의 목소리가 되살아났다.

'작년, 다이버시티 페스티벌을 준비하며 연호가 바뀌니 더 큰 발전이 있을 거라고 내내 얘기했어.'

youTube/ptfASnq0fuY……

다이야는 【고바세】에게 받은 링크를 가만히 내려다봤다. 손끝으로 톡 치기만 하면 시공을 넘어 세계를 들여다볼 수 있는, 마법의 창.

매일 온 세상으로부터 대량의 동영상이 올라오는 거대한 플랫폼은 그들 나름대로 건전한 운영을 약속하며 매일 새로운 규칙을 업데이트하고 있다. 한때는 TV보다 과격한 내용을 올릴 수 있는 블루 오션이라고 칭송받던 유튜브도 지금은 AI가 화면 속의 피부색 비율을 판별해 노출 과다로 판단될 때는 그 동영상을 자동으로 삭제하는 곳이 되었다. 자신에게 불쾌한 요소를 배제하는 게 세상의 건전함과 이어진다고 믿는 사람들은 그때마다 '사회가 나아졌다.'라고 좋아했다.

다이야의 입에서 한숨이 흘러나왔다.

세상이 판단하는 '성적인 것'이 얼마나 한정적이고 획일적인가. 그것만 배척하면 세상에 떠도는 '성적 감정'이나 '성적 규모'도 함께 배척된다는 안일한 착각은 단순하고 직선적이기에 강한 힘을 지닌다. 사상이나 감정도 논리로 설명할 수 있다고 생각하는 사람들이 세우는 규칙은 살아 있는 진짜 인간의 내면에는 아무리 시간이 흘러도 와닿지 못한다.

【정말이요? 행운이네요(웃음). 지금부터 볼게요. 어떤 채널일까? 그렇게 말했지만 '연호가 바뀔 때까지~'겠지요. 지금부터 답변을 달겠습니다.】

그 이름으로 2019년 5월 1일까지의 날수를 카운트다운하고 있는 채널은 지금 다이야가 인지하고 있는 유튜버 가운데서도 상당히 시청자의 반응에 애달아 있다. 그건 아마도 둘 다 학교에 다녔다면 당연히 느꼈을 정신적 충족감을 유튜브에 의탁하고 있기 때문일 것이다. 아직 초등학생인 두 사람에게 학교를 제외하면 바깥세상과 이어질 방법은 동영상 업로드 정도밖에 없을지 모른다.

모두 다 틀림없이 이게 없으면 안 된다는 것에 힘껏 매달려 있다. 그 가운데 이 두 어린 학생과 자기처럼 실은 서로 다른 부분에 매달려 있을 수도 있다.

다이야는 작년, 이 둘에게 물풍선 캐치볼 대결을 해 달라는 요청을 보냈다. 빵빵하게 부푼 물풍선을 서로 던져 주고받다가 터뜨리는 쪽이 진다는 내용의 기획이다. 다이야는 갑자기 물이 터져 나오는 장면을 좋아한다. 두 사람이 주고받는 물풍선이 갑자기 폭발하는 동영상은 다이야가 보고 싶은 조건을 상당히 충족시킨다.

당시에는 요청이 채택되지 않았는데 아무래도 그 영상을 포기하지 못해 최근 다시 요청을 계속했다.

좋았어.

【고바세】에게 받은 URL을 검지로 터치한다. 노크할 때의 백만 분의 일 정도의 힘이면 이 창은 너무나 쉽게 열린다.

다이야의 귀는 모든 준비를 마쳤다. 익숙한 BGM과 늘 하는 인사는 마치 파블로프의 개처럼 하복부를 자극했다.

하지만 다이야의 눈에 나타난 것은, 이런 한 문장이었다.

【이 동영상을 올린 유튜브 계정이 정지되어 이 동영상은 재생할 수 없습니다.】

다이야는 뒤에서 누가 목을 탁 내리친 듯 얼굴을 화면에 바싹 가져다 댔다.

아무리 읽어도 그곳에 나온 글은 변함이 없었다.

정지돼? 계정이 몽땅?

겨드랑이 밑이 순간 축축해지고 체온이 뚝 떨어졌다.

왜?

이러면 곤란해.

이제는 이거밖에 없는데.

요청에 응해 주는 곳은.

마지막 보루였는데.

왜?

【이 동영상을 올린 유튜브 계정이 정지되어 이 동영상은 재생할 수 없습니다.】

왜?

데라이 히로키
2019년 5월 1일까지, 앞으로 1일

"사정은 이런 것 같아."

히로키는 유미에게 종이 몇 장을 내밀었다.

"해외에서는 전부터 이런 움직임이 있었다고 해. 거기에 운 나쁘게 휘말렸을 뿐이겠지."

유미는 히로키에게 종이를 받아 들고 어려운 진료 기록이라도 해독하는 눈빛으로 글을 읽기 시작했다. 최근까지 편집이니 뭐니 해서 밤늦게까지 깨어 있는 일이 많았던 다이키는 동영상 서비스 전으로 돌아간 듯 2층 자기 방에 틀어박혀 있다.

다이키는 올 4월 초등학교 6학년이 되었다. 만약 평범하게 학교에 다녔다면 밤 11시의 거실은 어떤 느낌이었을까. 아들은 벌써 잠들어 지금처럼 조용했을까. 아니면 늘 TV를 보고 있다가 내일도 일찍 일어나야 하니까 빨리 자라고 엄마에게 혼나고 있을까. 히로키는 이제 판단할 수 없었다.

다이키와 아키라의 채널이 규약 위반이라는 이유로 갑자기 일방적으로 정지되고 꼬박 삼 주가 지났다. 유미에게 얘기를 들었으나 히로키는 그리 심각하게 받아들이지 않았다. SNS 계정이 일시적으로 닫힌다는 말은 종종 들었기 때문이다.

그리고 그 예상은 고시카와 덕분에 확신으로 바뀌었다.

검찰청에서 다이키가 동영상 서비스를 시작했다는 사실을 아는 사람은 고시카와뿐이다. 그러므로 히로키는 자연스레 고시카와에게 집안 사정을 불평했다.

어느 날, 히로키는 고시카와에게 이렇게 투덜댔다.

"아들 채널, 이유도 없이 갑자기 정지되었다더군. 딱히 이상한 동영상을 올린 것도 아닌데. 그래서 아들 녀석은 완전히 토라져 자기 방에 틀어박혀 있어."

그저 가볍게 하는 얘기였는데 며칠 뒤, 고시카와는 몇 장의 자료와 함께 말을 걸어왔다.

"데라이 검사님. 이것 좀 보세요. 얼마 전에 아드님 유튜브 채널이 갑자기 정지되었다고 하셨잖아요? 최근에 관련 저작권 문제가 많다고 들어서 그쪽 분야를 마침 이리저리 공부하던 중이었어요."

변함없이 성실한 남자구나. 히로키는 감탄했다.

"그래서 말인데요, 그게."

그런데 고시카와의 말투가 왠지 어색해졌다.

"뭔데? 얼른 말해."

"아니 뭐라고 해야 할까요. 말씀드리기 힘든데 아드님 채널, 최근 이상한 댓글이 늘어나지 않았나요?"

"이상한? 예를 들어서?"

히로키가 질문을 던지니 고시카와는 말을 더 흐렸다.

"아니, 그러니까, 예를 들면 그러니까, 성적인 행동을 아드님에게 권한다거나."

"뭐라고?"

괴상한 목소리가 나오고 말았다. 성적이라는 단어와 아들이 제대로 이어지지 않았다.

"그런 일이 있겠어? 남자 초등학생 두 명이 운영하는 채널이라고 말했잖아."

"아, 그렇긴 한데요."

일단 그때까지 봤던 동영상 몇 개를 떠올렸다. 이유는 모르겠으나 풍선을 최대한 빨리 터뜨리거나 물을 멀리 보내거나, 어른이 보기에는 도대체 뭐가 재미있는지 잘 모르겠는 것들뿐이었다. 솔직히 말해 자기가 초등학생 때조차 그런 걸 좋아했었나 의문스러웠다. 그리고 무엇보다 전혀 성적인 요소는 없다.

"그렇다면 역시 채널이 닫힌 원인은 여기 ㉠에 해당했기 때문일 겁니다. 시간 별로 모아 놨으니까 시간 나실 때 살펴보세요."

그런 말과 함께 고시카와가 건넨 종이가 지금, 유미의 손에 있다. 문장을 좇는 유미의 미간에 잡힌 주름을 보면서 히로키는 그 문장의 내용을 떠올렸다.

① 2019년 2월 17일.

동영상 블로거 맷 왓슨 씨가 유튜브 알고리즘과 댓글 창을 비판하는 동영상을 올림. 내용은 '소프트코어한 소아성애자 네트워크'가 유튜브 댓글 창을 이용해 정보를 교환하고 유튜브가 사용하는 알고리즘이 소아성애자의 교류를 촉진하고 있다는 경고였다. 왓슨 씨는 유튜브에 신고했으나 무시당했다고 주장했다.

ex) bikini haul*이라는 키워드로 검색하면 검색 결과에 아동이 수영복을 입은 동영상이 나온다. 이 동영상 자체는 음란물이 아니나 이 댓글 창에 그 동영상에서 소아성애적으로 받아들일 만한 장면에 대한 링크가 첨부되어 있다. 이런 댓글이 대량으로 존재하고 유튜브 추천 알고리즘을 통해 이러한 댓글을 쉽게 이용할 수 있다.

② 왓슨 씨의 문제의식에 공감한 유명 기업(네슬레, 맥도날드, 디즈니, 에픽 등)이 유튜브에 광고 게재를 중단.

③ 2019년 2월 19일.

이 문제를 유튜버 필립 데프랑코 씨가 동영상으로 다루어 큰 반향을 일으킴.

● 수영복 선택을 조언하는 동영상의 서브 장르

④ 유튜브 홍보 담당자가 필립 데프랑코 씨에게 트위터로 의견을 발표. 내용은 다음과 같다. "댓글을 포함해 미성년자를 위험에 노출하게 하는 어떤 콘텐츠도 허용할 수 없다. 유튜브는 이를 금지하는 명확한 정책을 세우고 있다. 우리는 바로 조치해 계정이나 채널을 삭제하고 위법 행위를 당국에 신고했으며 미성년자를 포함한 수천만 건의 동영상에 대한 댓글을 무효로 했다. 앞으로도 더 나은 대책을 세울 필요가 있고 개선과 함께 신속한 악용 검출에 노력할 것이다."

⑤ 2019년 2월 20일.
유튜브는 급히 미성년자를 보호하기 위한 규제 실행. 주요 내용은 다음과 같다.
· 수천 개의 부적절한 댓글을 강제 삭제. 수백 개의 계정을 강제 정지
· 수천만 개의 동영상에서 댓글을 강제로 무효화
· 미성년자를 포함한 동영상에서 위험한 댓글을 발견하면 수익을 강제적으로 제한

⑥ 2019년 2월 28일.
댓글의 무효화, 수익 제한 등에 대한 가이드라인을 유튜브 도움말에 등록.

⑦ 2019년 3월 이후 손쉽고 기계적인 규제를 실행함으로써 아무

런 잘못도 없는 내용을 올리는 미성년자 출연 채널에서도 갑자기 계정이 정지되거나 광고가 사라지는 사태가 빈발. 자기 아이를 출연시켜 인기를 누린 일본 유튜버들도 속속 "댓글 창이 제멋대로 닫혔다.", "갑자기 광고가 다 사라졌다."라고 밝혀 화제가 됨.

⑧ 그 후.
· 미성년이 출연하는 채널의 댓글 창 방식이 바뀜.
· 동영상 댓글을 '모두 표시' 혹은 '승인제'로 설정할 수 있게 되었는데 후자일 때는 이미 올린 과거 동영상도 포함해 모든 댓글에 수동으로 승인인지 아닌지를 결정해야 함. 그래서 미성년이 출연하는 동영상은 현시점에서 댓글 창을 스스로 닫는 게 가장 위험 부담이 적은 선택이 됨(성적이라고 판단되는 댓글이 달리면 마음대로 계정이 정지되거나 광고가 사라질 가능성이 크기 때문).
· 앞으로 미성년이 출연하는 동영상에는 댓글 기능을 완전히 없앨 가능성도 있음.

"그러니까."
히로키는 유미가 다 읽기를 기다리며 입을 열었다.
"다른 나라의 어떤 변태 덕분에 미성년이 나오는 동영상이 사라지거나 채널이 통째로 정지되었다는 얘기야. 완전히 날벼락이지."
히로키는 변태라는 단어의 울림에 괜히 불쾌해졌다. 유미는 깊은 한숨을 내쉬고 2층 다이키의 방으로 시선을 한 번 던졌다.

이 소동에 휘말리기 직전, 다이키와 아키라의 채널 구독자 수는 천 명 가까이 되었다. 둘이 학교에 가지 않는 이유를 말한 동영상이 시간이 흐르며 많은 사람이 본 듯 단숨에 구독자 수가 늘었다고 한다. "이제 광고가 붙겠어!", "정말 유튜버로 살 수 있을지 몰라!" 다이키는 한창 기뻐했는데 그 모습은 학교로 돌아가기를 바라는 히로키에 대한 승리 선언처럼 보였다.

"설마 일부 변태 때문에 채널이 정지될 줄이야."

히로키는 자기 목소리에 기쁨이 배어 나오지 않도록 세심하게 주의했다. 천 명을 돌파해 그토록 좋아했던 아들의 현재 상황을 측은하게 여김과 동시에 드디어 학교로 돌아가야겠다고 생각하게 될지 모른다는 기대가 들끓었다.

"앞으로 채널을 복구하더라도 댓글 창은 닫는 게 좋을지 모르겠어. 미성년 채널이라 댓글 창을 열기만 해도 또 계정이 갑자기 정지될 수도 있으니까."

"하지만."

고개를 든 유미가 불안한 듯 눈썹을 늘어뜨렸다.

"그 댓글 창이라는 게 상당한 동기부여가 되는 것 같았는데."

유미가 후, 깊은숨을 내쉰다.

"재미있었다거나 다음에는 이런 걸 해달라거나, 다이키는 그런 반응에 늘 정말 기뻐했는데. 그게 없어지다니 너무 불쌍해. 당신은 잘 이해하지 못할 수도 있지만."

유미는 조그만 목소리로 말하고 마치 자신을 설득하듯 이어 말했다.

"동영상을 찍기 시작했을 때는 동급생을 만날까 봐 외출도 거의 안 했어. 하지만 지금은 시청자의 기대에 부응하고 싶다며 다양한 곳을 가고 싶어 하고 도전하기도 해. 방에 틀어박혀 있을 때보다 표정도 많이 바뀌었어. 작년 여름에는 바다에 가고 싶다고 했잖아, 기억하지? 그것도 요청에 응하기 위해서였어."

"그랬어?"

히로키는 바다 얘기를 영 제대로 기억해 내지 못했다.

"하지만 그렇다고 댓글 창을 그대로 열어 두면 또 오작동으로 정지될지 몰라. 그때마다 지금처럼 방에 틀어박히면."

성가시다고.

히로키는 그렇게 이어질 뻔한 말을 뱉기 직전에 삼켰다.

"일단 댓글 창은 닫아 두는 게 무난할 거야. 내일로 채널 이름의 카운트다운도 끝나잖아. 방침을 바꾸기에 딱 좋은 시기 아닐까? 그리고."

히로키는 숨을 들이쉬었다.

"이번 일을 계기로 유튜브를 그만둬도 좋을 듯하고."

히로키는 그렇게 말하고 아들 곁을 줄곧 지켜 온 아내의 표정을 살폈다. 삼 년 전, 이유도 없이 다이키가 학교에 가지 않고 자기 방에 틀어박히게 되었다. 이후로 어떻게 접근해도 바깥세상과 관계를 맺으려 하지 않는 아들을 방에서 끌어낸 계기는 유튜브가 틀림없다. 틀림없이 아키라의 가정도 마찬가지일 것이다.

그러므로 더욱 지금이, 다이키의 마음을 학교로 돌릴 좋은 기회일지 모른다.

"다이키도 아키라도 마음에 맞는 친구와 함께 노는 즐거움을 기억할 거야. 지금이라면 또래 친구와 보내는 시간이 그리워 학교에 갈지도 몰라. 그러니 일단 유튜브는 그만두는 게 나을지도."

광고가 붙는다, 유튜버로 살아갈 수 있을지도 모른다고 좋아하는 다이키를 보며 히로키는 내내 이렇게 생각했다. 부모로서 제대로 현실을 가르쳐 줘야 한다고.

아무리 광고가 붙더라도, 동영상 서비스로 충분히 생활할 수 있는 사람은 한 줌일 뿐이다. 다이키의 인생 전체를 생각하면 쓸데없는 꿈을 꾸기보다 지금 해야 할 일에 직면하는 게 좋다. 유미는 친구가 생겨 활발해진 지금의 다이키가 좋겠으나 히로키가 보기에는 그건 역시 일시적인 도피에 불과했다.

입을 다문 유미를 타이르듯 히로키가 입을 열었다.

"채널이 정지되거나 댓글 창을 닫아야만 하거나, 왜 우리가 다 포기해야만 할까."

히로키는 최대한 동정적인 음색을 내려고 애쓴다.

"소아성애자 같은 이 세상의 벌레 같은 녀석들 때문에 왜 우리가 온갖 제한을 받아야 할까."

히로키는 아내의 가녀린 어깨를 감싸고 의식적으로 어조를 부드럽게 한다.

"당신이 이제까지 다이키를 돌봐 온 거 감사해. 당신은 내가 집을 비운 동안 다이키와 내내 함께 있었지. 힘들었을 거야. 그러다가 드디어 유튜브를 발견했어. 다이키가 활기차게 사는 공간이란 건 나도 알아."

인간이란 단순한 생물이다. 말하다 보니 히로키의 마음에 유미를 향한 감사가 진짜로 차올랐다. 그와 동시에 유미와 다이키의 노력을 수포로 돌린 놈들에 대한 분노도 함께 느꼈다.

"그런 노력을 성범죄자 예비군 때문에 허사로 돌려야 하는 게 힘들지."

아래로 향해 있던 유미의 머리가 살짝 움직였다.

"나도 몇 건 담당한 적 있는데 성범죄자는 재범률이 아주 높아. 그거 완전히 병이야."

말을 뱉을 때마다 자기가 던진 장작에 자기가 뜨거워지는 것을 느낀다.

"당사자들도 자기가 이상하다는 사실을 자각하고 있어서 세상과 격리해 달라고 하는 놈들도 있어. 그렇게 평범한 길에서 벗어난 인간은 형기를 마쳐도 어차피 마찬가지야. 일본도 해외처럼 GPS를 붙이면 좋을 텐데 그러지도 못하고."

"어쨌든."

히로키가 다시 화제를 돌리려고 했을 때였다.

"평범한 길에서 벗어난 사람이라고 했었지? 다이키 보고."

유미는 고개를 떨군 채 중얼거렸다.

"당신이 보기에는 다이키가 학교에 안 가는 것도 이 세상의 벌레 같은 거겠네."

그럴 리 없는데도 히로키는 왠지 담배 냄새를 맡은 느낌이 들었다.

"나, 지난 일 년 다이키를 보며, 자주 웃고 잘 떠들게 되어서 정말 유튜브를 시작하길 잘했다고 생각했어. 아키라라는 친구도 생기고 시청자와 의사소통하면서 다양한 기획을 생각하고 우콘 씨처럼 다른 사람과의 관계도 늘었어…… 확실히 평범한 길은 아닐지 모르지만, 이렇게 자라는 방법도 있을 수 있겠다고 생각했어."

유미가 고개를 들었다.

"그래서 나는 이상한 사람이니까 격리해야 한다고 생각하지 않아."

히로키는 왠지 유미의 표정 배경이 흡연실로 변한 느낌이 들었다. 아직 사귀기 전, 니가타 지점에 있을 때. 흡연실에서 처음으로 둘이 긴 대화를 나눴을 때의 기억이 플래시백 되었다.

"그보다 어떻게 태어나든 어떤 길을 선택하든 새로운 친구나 사회와 이어지면서 살아갈 수 있는 세계가 더 좋다고 생각해."

유미의 배경이 자택 벽으로 돌아왔다. 그와 동시에 히로키는 자기 체온이 뚝 떨어진 느낌이 들었다.

이런 번지르르한 이야기는 업무 시간에 듣는 것만으로도 충분하다.

유미는 아무것도 모른다. 사회의 벌레는 정말 존재한다는 사실을. 평범한 사람이 보기에 전혀 상상할 수 없는 곳에 몸을 던지는 악마가 존재하고 바로 지금 그 피해에 고통받는 사람이 있음을. 그런 현실을 피부로 느끼지 못하는 사람일수록 번지르르하고 현실감 없는 말을 당당하게 떠든다.

"지금은 다이키 얘기를 하고 있어."

히로키는 추궁하는 말투가 되지 않도록 자신을 다스렸다.

"나는 채널을 부활시키더라도 댓글 창은 닫아야 한다고 생각해.

또 사고에 휘말려 채널이 중지되면 성가시잖아."

드디어 성가시다는 말을 해 버린 히로키 앞에서 유미는 다시 고시카와가 정리해 준 문장으로 시선을 떨어뜨렸다.

"또 뭐가 있어?"

히로키가 진저리를 내며 묻자 "아니."라고 순간 망설이는 표정을 짓더니 입을 열었다.

"정말 사고에 휘말린 건가 싶어서."

"뭐?"

"아까부터 당신은, 다이키가 사고에 휩쓸린 것처럼 말하는데 그게 아닐 가능성도 있어서."

아무래도 유미는 정서가 불안정한 듯하다.

"그럴 리 없잖아?"

히로키는 다정하게 말을 걸었다.

"이번에는 여아의 수영복 같은 게 문제가 되었어. 다이키와 아키라는 알몸이 된 적도 없고 무엇보다 녀석들의 동영상은 그런 눈으로 볼 만한 내용이 아니잖아."

"그럴지도 모르지만."

유미는 일단 입을 다물었다가 조그만 목소리로 말을 이었다.

"당신의 그, 대단한 대답을 들을 때마다 불안해져."

"뭐?"

저도 모르게 말투가 강해졌다.

"뭐라고?"

짜증이 기어이 음색에 드러났다.

"나, 다이키와 지낸 일 년 동안 그 대단한 대답을 외면하는 게 편해졌어."

히로키는 대단한 대답이라는 말을 도무지 이해할 수가 없었다. 유미가 무슨 말을 하는지 도통 알 수 없었다.

유미는 뭔가를 내려놓듯 일단 눈을 감고 말했다.

"우콘 씨가 했던 말 기억 안 나?"

우콘 씨.

아까 애써 무시한 이름이 아내의 목소리를 타고 날아왔다.

"작년 마지막 날, 라이브 방송을 도와주러 왔잖아. 그때 돌아가려다가 우콘 씨가 했던 말, 기억 못 해?"

"기억 안 나."

히로키는 바로 대답했다.

"분명히 다이키의 채널 댓글 창을 보고 마음에 걸리는 게 있다고 했어. 그 이야기를 하려는데 다이키가 부르러 와서 끝내 얘기를 다 하지 못했고."

유미가 설명하는 장면을 떠올려 보려 하는데 어째선지 현관 앞에 나란히 선 다이키, 유미, 우콘의 뒷모습이 너무나 가족처럼 보인 기억만 되살아났다.

"그런 일이 있었나?"

이야기를 그냥 흘려버리려는 히로키를 무시하듯 유미가 계속했다.

"잠깐 전화해 물어봐."

"뭐?"

나보다 그 녀석의 의견을 믿는다는 말인가. 그 말이 머릿속에서

울리기만 했는지 아니면 소리를 내어 말했는지 히로키는 바로 판단할 수 없었다.

"그렇게 여러 달이 지난 얘기를 기억할 리 없겠지. 이번에는 해외에서 일어난 해프닝의 영향에 휘말린 사고야. 고시카와가 이렇게 조사해 줬잖아. 무엇보다 다이키와 아키라의 풍선 불기나 물을 멀리 보내는 동영상 어디가 성적으로 보이겠어?"

"하지만."

"그러면 최근에 올린 동영상 내용을 몇 개 말해 봐."

유미는 일단 눈을 감았다가 침을 삼키고 말했다.

"눈물. 연기력 대결이라는 명목으로 먼저 눈물을 흘리는 쪽이 승리한다는 내용이었어. TV에 아역 배우가 종종 하는 그런 거."

먼저 눈물을 흘리는 쪽이 승리.

"보라고. 그 동영상 어디가 성적으로."

이야기하다가 유미와 눈이 마주쳤다.

눈물.

전희 때마다 유미의 눈동자에는 눈물이 가득 차오른다.

히로키가 유미의 알몸을 만질 때 그 손가락이 유미의 중심 부분에 다가갈수록 유미의 눈은 점점 젖는다.

히로키는 유미의 위에 올라가 허리를 움직이면서 유미의 눈동자에 눈물이 차오르는 모습을 보는 게 좋았다.

터널 저 멀리에 있는 빛에 다가가듯 히로키의 움직임에 맞춰 서서히 마지막 순간을 향해 다가가는 물의 막.

상상만으로 아랫도리가 반응할 것만 같다.

"왜 그래?"

유미는 시선을 돌리지 않았다.

"눈물을 흘리는 사람을 보며 성적으로 흥분하다니, 이상하지?"

유미가 두 눈을 들여다봤다.

"그런 사람은 평범한 길에서 크게 벗어난 벌레겠지?"

눈앞의 유미가 실제로 그렇게 말했는지, 머릿속에서 그 말이 제멋대로 울렸을 뿐인지, 히로키는 이제 알 도리가 없었다.

사사키 요시미치
2019년 5월 1일로부터, 19일

한 걸음 내디딜 때마다 익숙지 않은 감정이 심장 한가운데서 온몸으로 배어 나온다. 나란히 걷는 나쓰키를 보며 새삼스레 느끼는 부끄러움, 아침부터 돌아다닌 데서 오는 피로, 간단히 정의하자면 이 정도인데 그런 것만이 아닌 뭔가가 온몸을 완전히 점령하고 있다.

"오늘 집에 뭐 좀 사 가거나 배달시키지 않을래?"

"좋아."

평일의 시미즈가오카 공원은 예상대로 사람은 적었으나 이날의 햇빛은 5월 중순이라고 할 수 없을 만큼 강했다. 그늘을 만들 만한 게 없어서 중간쯤 선크림을 더 꼼꼼하게 발랐어야 했다고 후회했으나 그런 딴생각을 한 것도 잠시뿐이었다.

배낭에서 오랜만에 사용한 디지털카메라가 흔들리고 있다.

저녁노을에 추월당하지 않도록 점점 길어진 일조시간의 끄트머리를 걷는다. 일단 준비한 물은 다 사용한 터라 아침보다 지금은 훨씬 짐이 가볍다. 공원에도 급수대는 있는데 공공시설보다는 집에서 가져간 물을 사용하는 게 아무래도 끈끈하게 달라붙는 찜찜함이 적었다.

"돌아가면 내가 먼저 샤워해도 돼?"

나쓰키가 물었다.

"좋아."

"고마워."

길게 늘어난 그림자를 끌며 둘이 집까지 이어진 길을 걷는다. 주위에서 보면 데이트를 마치고 오는 젊은 부부처럼 보일까. 그런 생각을 하니 이런 평화로운 착각에 웃음이 터질 것만 같았다.

2월 후반부터일까. 미성년자가 서비스하는 동영상 재생이 갑자기 중지되는 현상이 일어나기 시작했다. 요시미치가 점찍어 둔 채널에도 같은 현상이 발생했는데 특히 등교 거부 초등학생 두 명이 운영하는 동영상이 사라졌을 때는 상당히 초조했다. 이 아이들이 제일, 어떤 요청에도 의심 없이 달려드는 유튜버였기 때문이다.

【"늘 응원해 주신 여러분에게 드릴 보고가 있습니다."】

오랜만에 동영상을 올렸나 했는데 영상 속의 두 사람은 마치 유명 유튜버가 사고를 일으키고 사과 방송이라도 하듯 공손했다. 그들이 읽어 내려가는 문장은 확연히 어른의 손이 더해진 것이었던 터라, 무슨 소속사라도 있는 인기인처럼 행동하는 자체를 흐뭇하게 바라봤다.

【"유튜브 정책이 여러모로 바뀌어……. 우리가 댓글 창을 열어놓으면 언제 또 채널이 정지될지 모른다고 합니다. 그래서 둘이 상의해 한동안 댓글 창을 닫기로 했습니다."】

【"댓글 창으로 여러분과 소통하는 과정이 너무나 즐거웠던 터라 정말 유감입니다. 앞으로는 여러분의 요청에 의존하지 않고 저희 나름대로 재미있는 동영상을 만들겠습니다!"】

【"마침 오늘부터 연호가 바뀌어서 채널 이름도 '다이키&아키라의 신시대 채널'로 변경합니다. 이전과 달라지는 점도 있겠으나 계속 응원해 주시길 바랍니다!"】

이 채널의 댓글 창이 닫힌다. 즉 요청을 보낼 수 없게 된다. 이는 곧 보고 싶은 것을 다시 자급자족해야 하는 세상으로 돌아왔다는 얘기다.

"해외에서 대놓고 성적인 글을 쓴 사람들이 문제가 된 것 같아."

나쓰키도 지난 몇 개월 사이의 유튜브 변화에 주목한 듯하다. 어느 날 저녁 자리에서 자연스럽게 그 이야기가 나왔다.

"그래서 아이들을 소아성애자로부터 보호하기 위해 미성년자가 출연하는 채널에는 일제히 제한을 걸었다고."

"그래서 이렇게 급히 일이 벌어졌구나."

"유튜브는 정말 갑자기 규정을 바꾸고 적용한단 말이야."

"역시 외국 기업이야."

"어린이 쪽 유튜버들은 상당히 힘든가 봐. 광고도 다 삭제되어서."

"정말?"

요시미치는 서로를 쳐다보지도 않고 대화하면서 자신의, 그리고 나쓰키의 말투에서 나오는 부자연스러움을 알아채지 않도록 조심했다.

부자연스러움이 발생하는 원인은 자연스럽게 대화를 이어 나가면서 교묘하게 자기들을 이번 일의 당사자에서 제외하려는 교활한 마음 때문이었다. 자기들이 해 온 일은 무엇이었나. 이 불편한 질문으로부터 도망치려는 고육책이었다.

이번 문제를 일으킨 사람들이 보고자 한 영상은 아동의 알몸이나 그에 준하는 모습이다. 그들과 그녀들이 요구한 것은, 사회가 정의하는 '성적인 것'의 범위 안에 있고, 요구받은 쪽도 성인이 됨에 따라 자기들이 '성적인 것'을 요구받고 있었다고 느낄 수 있는 부류들이다.

요시미치는 쌀밥을 입으로 가져갔다.

우리가 요구하는 것은 그에 해당하지 않는다. 우리가 요청을 보낸 미성년자들은 즐겁게 논 기억만을 가질 테고, 나아가 자신들도 '성적인 것'에 임할 나이를 맞이하고 그대로 인생을 살아갈 가능성이 극히 크다.

게다가. 요시미치는 머릿속으로 자신을 설득한다.

우리의 경우, 상대가 미성년자여야 한다는 게 중요하지 않다. 물을 사용하는 기획이라는 게 대체로 어른들이 받아들이기에는 너무 유치한 내용이라 요청에 응해 주는 대상이 아동일 경우가 많을 뿐이다. 물을 사용해 준다면 상대가 누구든 좋고 오히려 그 동영상에 사람이 나오지 않는 게 더 좋다.

그러니까.

그러니까 괜찮다고? 정말?

"결국은 말이야."

나쓰키가 씹던 음식을 삼켰다.

"규제하는 쪽이 생각하는 '성적인 것'만 규제되는 거네."

옆집 문 열리는 소리가 났다. 집주인이 돌아온 모양이다.

"세상에는 사람들이 상상할 수 없는 것도 정말 많은데."

이름도 모르는 이웃의 생활 소음이 어렴풋이 들려온다.

인간은 결국, 자기밖에 모른다. 사회란 궁극적으로 좁은 시야를 지닌 개인들의 집합이다. 그런 주제에 늘 한 줌의 인간들이 모든 인간에게 다른 형태로 주어진 욕구의 형태를 정한다.

"그 덕분에 우리 같은 사람은 도망 다닐 수 있잖아."

요시미치가 차를 마셨다.

옆집 사는 사람이 찰칵 소리를 내며 문을 잠갔다.

세상에서 문제시되는 성적 착취란 결국 세상이 정의하는 '성적인 것'에 해당하는지를 우선 묻는다. 그것은 곧 세상이 말하는 '성적인 것'에서 벗어나면 아무도 거기에 담긴 성적 감정이 내재된 말과 행동을 발견하지 못한다는 것이다.

요시미치는 움직임을 멈춘 나쓰키의 손을 봤다. 그런 요시미치의 손도 그 움직임을 멈추고 있었다.

이 세상에는 틀림없이, 두 가지 진로가 있다.

하나는 세상에 존재하는 성적 감정을 최대한 다 발견해 내려는 방향. 규제하는 인간 쪽은 최대한 시야를 넓혀 '성적인 것'에 해당하는 사상을 끝까지 발굴해 하나씩 규제를 걸어 누군가가 나쁜 감정을 느낄 가능성을 최대한 제거하려 할 것이다.

다른 하나는 자기 시야가 궁극적으로 매우 좁음을 저마다 인정하고 자신이 상상하지 못하는 것투성이의, 애초부터 아무도 판단할 수 없는 세상을 어떻게 살아갈지 탐구하는 방향. 언제나 누구든 누군가의 '성적인 것' 속에서 살아간다는 전제 아래 나아가는 방향.

"있잖아?"

나쓰키는 조용한 지금 상태를 사수하려는 듯 조그맣게 중얼거렸다.

"우리가 동영상, 찍어 보자."

요시미치는 고개를 들었다.

"우리는 분명 가이드라인에 걸릴 만한 내용을 적지는 않았지만."

나쓰키와 눈이 마주쳤다.

"아무래도 역시 그런 목적이라는 사실을 서로 아는 사람끼리가 아니면 불안하잖아. 대등하지 않다고 해야 하나."

"맞아."

"그러니까 내가 즐기고 싶은 걸 계속 즐기고 싶으면 규제에서 벗어나서 행운이라고 좋아하기보다 당당하게 계속 즐길 수 있는 방법을 찾아야 할지도."

순수하게 물을 가지고 노는 유튜버를 보며 속옷을 내릴 때 자기를 소외시킨 사회에 대한 복수심이 주는 쾌감과는 다른 욱신거리는 마음이 있다. 그것은 죄책감이다. 요시미치의 몸 안에서 계속 일렁이는 것.

"그 첫걸음으로 우리가 동영상을 찍어 보자."

나쓰키가 이어 말했다.

"내가 말이야, 보고 싶은 동영상을 다른 사람에게 요청한 이유는 혼자 찍을 수 없어서였어. 물이 분출하거나 폭발하는 모습을 혼자 찍는 건 정말 어려우니까. 하지만."

나쓰키가 요시미치의 손으로 시선을 떨궜다.

"지금은 이렇게 손잡은 사람이 있으니까."

손잡은 두 사람.

결코 좋은 일을 함께하는 동료를 지칭하는 말이 아니라는 점이 둘에게는 더 와닿았다.

"그러자."

요시미치가 고개를 끄덕였다.

"서로 보고 싶은 영상을 둘이 찍어 보자."

요시미치가 샤워를 마치고 나오니 식탁에는 배달시킨 음식들이 가지런히 놓여 있었다. 네 종류의 맛이 두 조각씩 있는 피자, 감자튀김에 너겟, 그리고 냉장고에 보관해 차갑게 해 둔 맥주.

"저녁으로 이런 정크 푸드 먹는 거 오랜만이야."

먼저 샤워한 나쓰키는 머리에 수건을 두르고 있다. 고스란히 드러난 이마와 편안한 일상복이라는 조합은 여름방학 때 수영을 마치고 나온 아이 같다. 아직 저녁 6시를 조금 넘긴 시간인데 먹고 자기만 하면 된다는 해방감이 너무나 좋았다.

물이 요란하게 흩어져도 문제없고 게다가 카메라를 들이대도 부자연스럽지 않은 장소, 우리를 위한 동영상을 찍은 무대로 두 사람이 선택한 곳은 집에서 가장 가까운 마이타역에서 걸어서 이십 분쯤 되는 거리에 있는 시미즈가오카 공원이었다. 체육관과 실내 수영장, 놀이터가 있는 공원 외에 넓은 잔디 공원이 있어서 상당히 자유롭게 움직일 수 있으리라고 생각했다. 사람이 적은 평일 오전을 노리고 나쓰키가 쉬는 날에 맞춰 요시미치가 유급휴가를 냈다. 브륄레 치즈 케이크 프로젝트가 일단락되어 휴가를 신청하기 쉬운 분위기였는데, 다요시의 쓸데없는 잔소리는 영업부 안에 묘한 긴장감을 던졌다.

'유급휴가? 데이트야? 정말 있는지도 확실하지 않은 아내와?'

"수고했어."

"건배."

적당히 차가운 쓴맛이 저릿저릿 목구멍을 열어젖히며 내려간다. 탄산이 방울방울 터질 때마다 씻어 내지 못한 부끄러움과 피로도 함께 파열하며 사라지는 것만 같다.

"잠깐 봐도 돼?"

나쓰키가 피자를 한 입 베어 물며 "동영상."이라고 덧붙였다. 요시미치는 기름으로 번들거리는 손가락을 스웨트 셔츠에 닦고 식탁 의자 등받이에 걸어 놓은 가방에서 디지털카메라를 꺼냈다.

"고마워."

나쓰키는 오늘 하루 만에 조작에 완전히 익숙해졌는지 받아 들자마자 몇 개의 동영상을 오가며 살펴봤다. 피자와 감자튀김, 맥주로 바쁘게 움직이던 손이 지금은 딱 멈춰 있다.

 예상대로 평일 오후 잔디 광장은 한산했다. 광장 급수대 근처에 준비한 비닐을 깔고 그곳에 배낭 등을 놓아 마치 소풍이라도 나온 커플을 가장했다. 둘 다 특히, 나쓰키는 물에 젖어도 속옷이 드러나지 않는 차림을 했다. 초여름 맑은 날의 햇빛은 맨발에 샌들이라는 차림을 자연스럽게 만들었다.

 물풍선, 물대포, 양동이, 편의점에서 산 플라스틱 컵 등을 잔뜩 준비했다. 마음대로 쓸 수 있는 급수대가 없을 때를 대비해 일단 집에서 물을 넣은 페트병도 여러 개 준비했다.

 마침내, 기다리던 순간이 찾아왔다. 잔디 광장에 둘 이외의 사람이 없어진 것이다.

 대등함과 폐쇄성. 나쓰키와 상의한 결과, 이 세상에서 자신들이 바라는 걸 계속 즐기려면 필요한 요소는 이 두 가지라는 결론을 내렸다. 대상을 '성적인 것'으로 서로 인식하는 사람과 즐길 것. 주위에 사람들이 있을 때 모두 그 대상을 '성적인 것'으로 인식하지 않더라도, 그 상황에서 자신의 '성적인 것'을 해방하지 않을 것.

 사람들의 눈이 사라져 폐쇄성이 보장된 상태가 되자마자 나쓰키가 먼저 움직였다. 아직 각오를 다 다지지 못한 요시미치는 샌들을 끌고 촐랑촐랑 움직이기 시작한 나쓰키를 좀처럼 똑바로 볼 수 없었다. 다른 누구에게도 말할 수 없는 비밀을 밝힌 상대라 해도 자신이 가장 흥분하는 동영상을 협력하며 찍어 주는 상황에 예상보다 더 수치심이 발동한 것이다.

나쓰키는 그대로 급수대 건너편에 섰다. 그리고 요시미치를 향해 이렇게 말했다.

"이러고 있으니까 왠지."

두 사람 사이에서 은색 수도꼭지가 빛을 발했다.

"그날로 돌아간 것 같네."

그날.

니시야마 슈가 후지와라 사토루 사건을 발표해 교실을 웃음바다로 만든 그날. 그날 방과 후에 둘이서 둘러쌌던 급수장의 갈변한 수도꼭지.

그때 먼저 수도꼭지를 힘껏 차 버린 사람은 요시미치였다.

"우리, 용케 여기까지 왔네."

은색 너머에서 나쓰키가 웃었다.

요시미치는 떠올렸다. 물이 뿜어져 나오는 입구를 찾을 때의 통증, 차가움. 난폭하게 솟구치는 물을 더 성나게 하고 싶어 둘이 물의 근원을 차고 또 찼다. 이런 인생을 통째로 차 버리고 싶어서, 후지와라 사토루의 기사를 읽고 웃던 반 친구들 모두 죽여 버리고 싶어서, 자기를 아무 데로도 데려가 주지 않는 두 다리를 비틀어 뜯어내고 싶어서, 그리고 찰 때마다 절망이 쌓였던 것을.

내 인생 따위, 이제, 어떻게 되든 상관없다고 생각했다.

머릿속을 공유할 누군가와 지내는 날이 내 인생에 있으리라는 생각 따위, 전혀 하지 않았다.

"정말, 용케 살아남았네."

수치심이 사라지니 모든 게 순조로웠다. 서로 지금 자신이 가장 흥분할 만한 종류의 물 동영상을 찾아 양손을 바쁘게 움직였다.

"이런 움직임에 특화된 영상, 줄곧 갖고 싶었어."

나쓰키의 취향이라고 밝힌 플라스틱 컵과 물을 계속 옮기는 후반부 영상은 지금 돌이켜 봐도 아주 탐미적이었다. 물을 가득 채운 컵을 높은 곳에서 확 뒤집으면 아래에 대기하고 있는 컵으로 떨어진다. 물은 아무리 격렬하게 아래 컵으로 떨어지더라도 조금 거칠게 움직인 다음에는 곧 수평선을 유지한다. 그것은 물이 지닌 유동성을 실컷 맛볼 수 있는 새로운 감각의 동영상이었다. 물대포 분사나 물풍선 터뜨리기, 양동이의 물을 힘껏 뒤집는 영상 등 일반적인 것도 잔뜩 찍었는데 컵의 물을 옮기는 영상은 좀 더 큰 용기로, 더 대량의 물로 재도전하고 싶었다. 어떻게든 가능한 범위에서 촬영을 이어 가면서 이런 생각을 마음껏 시도할 수 있는 환경이 좋다고 느낄 때마다 요시미치는 특수한 성적 취향을 지닌 다양한 사람들을 생각했다. 그리고 이렇게 실천할 수 있는 페티시즘을 가지고 태어난 우리는 그나마 나을지도 모르겠다며 얼마 안 되는 행복을 꼭 움켜잡았다.

"오늘 우리."

요시미치가 고개를 드니 나쓰키는 이미 디지털카메라를 내려놓고 있었다.

"물을 사용한 작품을 찍는 아티스트처럼 보였을지도 모르겠다. 주위에 사람이 있었으면."

나쓰키는 웃으면서 감자튀김을 집어 케첩에 푹 찍었다. 무엇을 배달시킬지 고민할 때까지는 칼로리를 고민하는 듯하더니 지금은 아무래도 상관없는 모양이다.

배고플 때의 계획만큼 허무한 것도 없다. 확실히 다 먹지 못할 만큼의 당분과 지방을 앞에 두고 나쓰키는 백기라도 들 듯 기지개를 켰다.

"있잖아, 집 근처의 큰 공원 같은 데 일부러 찾아간 거, 나, 처음이야."

수건을 벗어 자유로워진 나쓰키의 머리카락이 등 뒤로 흘러내렸다.

"오래전부터 일정을 맞추고, 전날까지 온갖 물건을 사고, 준비하고, 외출에 어울리는 옷도 준비하고, 선크림을 서로 빌려주고, 실제로 나가서 성욕을 채울 만한 것들을 둘이 하고, 이렇게 돌아오고."

나쓰키의 말투에 이미 부끄러움은 없었다.

"세상에서 말하는 데이트란 게 이런 걸까?"

나쓰키는 바로 덧붙였다.

"아니다. 함께 나가는 상대에게 연애 감정이 없다는 부분부터 이미 다르겠구나. 뭐랄까, 오늘은 정말 계절과 사회 속에 있는 느낌이었고, 게다가 성욕까지 있었어."

나쓰키의 목에 걸린 수건이 세상에서 말하는 '성욕을 채울 만한 것'과 관련된 가슴 부위를 자연스레 가렸다.

나쓰키가 말한 '외출에 어울리는 옷'은 상대에게 좋은 인상을 주기 위해서가 아니라 물에 젖어도 괜찮다는 의미이고, '성욕을 채울 만한 것'이란 키스나 섹스가 아니라 본인이 보고 싶은 물 영상을 서로 찍은 것이다. 세상에 익숙한 의미와는 도저히 겹치지 않았으나 그래도 나쓰키가 무슨 말을 하는지는 요시미치도 잘 알았다.

내가 안고 있는 욕망이 일상이나 사회의 흐름 속에 존재한다. 그 사실이 드러내는 삶에 대한 거대한 긍정. 태어나면서부터 이미 주어진 사람은 절대 알지 못한다.

"우리, 물 동영상 찍으려고 가능한 장소와 그곳에 사람이 없는 시간대를 열심히 찾았잖아."

"응."

요시미치가 대답했다.

"폐쇄성을 유지하려고 무척 신경 썼지."

"그러고 보니 말이야."라며 나쓰키가 맥주에 입을 댔다.

"거리에 온통 러브호텔이더라. 뭐랄까, 정말 이게 뭔가 싶어."

캔 맥주 바닥이 테이블에 부딪히는 소리가 맞장구처럼 울렸다.

"아니, 물 동영상을 찍을 만한 곳이 거리 곳곳에 있다는 건 말이 안 되잖아. 그게 장사가 된다고 아무도 생각하지 않고 실제로 절대 돈은 못 벌 거야."

"확실히 그렇겠지."

요시미치가 웃었다.

"하지만 콘돔은 어느 편의점에서나 팔고 러브호텔도 저렇게 많아. 다들 그런 욕구가 있다는 것을 온 세상으로부터 인정받고 있지."

"물풍선을 사 모으기가 얼마나 힘든지와는 비교가 안 되지."

농담을 던지는 요시미치에게 "바로 그거야!"라며 동의하는 순간 나쓰키의 눈동자에 불꽃이 일렁였다.

"왠지 말이야."

그 목소리는 잘못 친 피아노 소리처럼 울렸다.

"외출을 준비하면서 내 성욕이, 사회나 경제 같은 확실히 눈에 보이는 흐름에 들어가 있다면 이런 느낌이겠구나 하고 생각했어."

요시미치는 물티슈로 손에 묻은 기름을 닦았다. 이탈리아산이라고 적힌 지즈 냄새가 코를 찔렀다.

"그런 인생, 부럽구나, 하고 생각했어."

우리 곁에는 동서고금을 망라하고 식욕을 채울 것이 다양하게 갖추어져 있다. 수면욕도 채울 마음만 먹으면 언제 어디서든 채울 수 있다.

"정말 그렇지."

살아가는 데 필요한 욕구는 세상의 긍정을 받는다. 온 세상이 성욕을 품은 대상과의 연애를 장려하고 성욕을 품은 대상과의 결혼, 그리고 생식은 우주의 축복을 받는다. 그런 풍경 속에서 살았다면 나는 어떤 인격으로 어떤 인생을 살았을까.

"지금은 이미 상상조차 할 수 없지만 말이야."

성욕은 누구에게나 기본적으로 양심의 가책을 주는 것일지 모른다. 하지만 양심의 가책을 느끼면서도 자신이 품은 욕망은 '거기에 당연히 있는 것'으로 생각되길 바란다.

뭘 가지고 태어났더라도 이 별에 살아도 된다고 생각하고 싶다. 모든 걸 가지지 못하고 살더라도 이 별이라면 살 수 있다고 기대하고 싶다. 이 세상이 그런 곳이 되면, 예를 들어 인생 도중에 어떤 변화가 찾아오더라도, 살아간다는 자체에 절망할 일은 없을 것이다.

그런데.

'어엿한 사람이 아니면 곤란하지. 너도 잘 알지?'

어엿한. 평범한. 일반적. 상식적. 자신이 그쪽에 있다고 생각하는 사람은 어째서 반대편에 있다고 여겨지는 사람이 사는 길을 좁히려고 할까. 다수의 인간 쪽에 있다는 자체가 그 사람에게 최대의, 그리고 유일한 정체성이기 때문일까. 하지만 누구나 어제 본 건너편에서 눈뜰 가능성이 있다. 어엿한 쪽에 있던 어제의 자신이 금지한 항목에 오늘의 내가 고통받을 가능성이 있다.

나와 다른 사람이 살기 쉬운 세상이란 곧, 내일의 내가 살기 쉬운 세상이기도 한데.

"후."

나쓰키는 크게 숨을 내쉬고 의자에서 두 다리를 내리고 양손을 올려 힘껏 몸을 젖혔다.

"하지만 이렇게 비굴하게 사는 것도 이제 지겹다."

그리고 휴지를 한 장 빼서 힘껏 코를 풀었다.

이렇게 비굴하게 사는 것도 이제 지겨워졌나.

그 말이 지닌 울림은 제야의 종 108번이 한꺼번에 울린 듯 거대했다.

"사사키, 그때 내게 살아남기 위해 손을 잡자고 했지?"

그때라는 두 글자가 오카야마의 비즈니스호텔에 대한 기억과 겹친다.

"그게 이런 의미였다는 것을 실감하는 일, 평소에도 종종 있어. 요즘 세상에도 결혼했다는 사실만으로 사회와 자연스럽게 어우러질 때가 무척 많고. 직장에서 성가신 이야기를 들을 필요도 없고 이상한 피해망상에 빠진 시선을 받는 일도 줄었어. 뭔가 맛있는 걸 발견했을 때 2인분 사서 돌아가자고 생각하는 것만으로, 뭐랄까, 아! 죽지 않는다는 전제로 살고 있다는 느낌이 들고 미래를 생각하면 전후좌우 분간이 안 될 정도로 불안할 때가 있지만, 그 불안을 공유하는 사람이 있다는 생각만으로 조금 편안해져…….

정말 곳곳에서 이런 거였다는 느낌이 들어."

나쓰키는 멍하니 하늘을 올려다보며 말을 이었다.

"하지만 그런 느낌을 제일 많이 느낀 게 오늘인 것 같아."

나쓰키의 시선 끝에는 아무것도 없었다.

"요즘 나란 존재는 사회 대부분이 규제해야 한다고 하는 요소로 살아가고 있다는 기분이 들어 조금 우울했어."

아무것도 없는 곳을 바라보는 나쓰키의 표정에는 모든 게 있는 듯 보였다.

"앞으로도 규제가 더 늘어나 거리를 샅샅이 뒤져도 나만의 콘돔도 러브호텔도 전혀 없는 세상을 하염없이 걸어야 한다면."

'이를테면 길을 걷는다고 치죠.'

"나, 위험했을 것 같아."

그때 나쓰키에게 읽게 한 문장이 요시미치의 머릿속에서 재생되었다.

"이렇게 누군가와 이어지지 않았더라면 어떻게 됐을까 싶어."

이를테면 길을 걷는다고 치죠.

그러면 다양한 정보가 눈에 들어올 겁니다.

하늘의 푸름, 사람들의 발소리, 낯선 지역의 자동차 번호, 색깔, 소리, 글자, 뭐든 좋습니다. 그저 걷기만 할 뿐인데도 시야는 온통 다양한 정보로 가득해집니다.

우리는 어느새, 이 거리에는 내일 죽고 싶지 않은 사람들에게 필요한 정보가 세세하게 쪼개져 흩어져 있음을 깨닫습니다.

그런 상황에서 내내 아무와도 이어지지 않은 채로 있었다면.

'내일, 죽고 싶지 않아.'라고 생각하게 해 주는 것이 내 육체 외에는 아무것도 없다면.

마지막 보루라고 생각한 사회로부터 '성적인 것'으로 판단되어 제거되고 그다음은 오직 혼자 살아가야 한다면.

"어딘가의 수도꼭지를 부수거나, 더 말도 안 되는 짓을 했겠지."

낮게 읊조린 요시미치의 말을 듣고 나쓰키가 고개를 끄덕였다.

우리 같은 인간의 마지막 보루는 그렇지 않은 대다수의 정의로 언제나 쉽게 제거된다.

제거하는 쪽은 제거하는 순간 목적을 달성한다. 제거한 다음에는 다음 제거할 대상을 찾거나, 그날 저녁에 뭘 먹을지를 생각한다.

제거된 쪽은 그다음에도 이 세상을 계속 걸어가야 한다.

영원히. 대부분은 홀로.

"무적의 인간이라는 말을 요즘 종종 듣는데 다들 그렇지 않나?"

나쓰키가 중얼거렸다.

"다들 원래는 다 혼자야. 가족이나 친구와 있는 시간을 거쳐 다시 혼자가 되지."

정적이 울렸다.

"그렇게 특별한 호칭을 가져다 붙이니까 사람들은 다 TV 뉴스를 보면서 나는 다르다고 생각해."

요시미치는 숨을 들이켰다.

"오늘 같은 시간이 그 사람에게도 있었으면 좋겠어."

나쓰키가 바라보는 곳에 닿도록 조금 목소리를 멀리 날려 봤다.

"그 사람에게도."

그렇게 말하자

"그 사람에게도 말이야."

나쓰키가 대답했다.

머릿속에 떠오른 그 사람들. 다요시가 보기에 반대편에 사는 사람들. '다양성의 시대'에서조차 지나치는 거리의 모든 것에 등을 돌린 모든 사람들.

더는 용의자가 아닐 후지와라 사토루. 여전히 누군지 모르는 【SATORU FUJIWARA】. 물속에서 숨 참기 대결이나 풍선 빨리 터뜨리기 대결, 벌칙 게임에 전기 안마를 제안하는 사람들. 학교에 다니지 않는 두 초등학생도 마찬가지일지 모른다.

그들 모두에게, 오늘 같은 날이 찾아오길 바란다. 계절 속에 내가 있다는 것을, 사회나 경제의 흐름 속에 내가 존재한다는 것을 느끼는 시간이.

"제안인데. 손잡는 사람을 늘려 보면 어떨까?"

요시미치가 입을 열었다.

"그거?"

나쓰키가 요시미치를 바라봤다.

"다음은 비슷한 사람들을 불러 모아 촬영해 보자는 말이야."

요시미치의 발언에 나쓰키의 눈동자가 흔들리는 게 보였다.

"물론 비밀 엄수는 철저히 할게. 이 관계를 아무에게도 알리지 않겠다는 약속은 지킬게."

이 결혼의 방식을 절대 아무에게도 말하지 않을 것. 즉 서로의 특수한 성적 취향을 마음대로 공개하는 일과 이어질 행동은 절대 하지 않을 것. 혼인 관계를 맺을 때 정한 약속이 정전기처럼 둘 사이를 찌릿찌릿 흘렀다.

"우리는 이렇게 우연히 맺어졌지만."

나쓰키의 눈동자는 더는 흔들리지 않았다.

"그렇지 않은 한계에 있는 사람, 많을 거야."

그들이 올 수 있다면 좋을 텐데. 요시미치는 생각했다.

체포되기 전의 후지와라 사토루가 시간 여행을 해서 오면 좋을 텐데. 요청을 보낼 곳이 사라진 【SATORU FUJIWARA】가 우리의 제안을 발견하고 오면 좋을 텐데. 폭발되지 못한 욕망을 간신히 다스리고 있을 누군가가, 자기가 행동할 곳을 잃고 어쩔 줄 모르고 있는 누군가가, 손잡고 오면 좋을 텐데.

"깜짝 놀랐어."

나쓰키는 천천히 한 번 눈을 깜빡이고 입가를 풀었다.

"반년 전 죽으려고 한 사람이라고 생각할 수 없는 발언이니까."

요시미치 본인이 나쓰키보다 더 놀라고 있었다. 자기가 이런 말을 꺼내다니, 몇 분 전까지만 해도 생각하지 못했다.

하지만.

"이제 비굴하게 사는 것도 지겨우니까."

지겹다.

이제는 비굴함에 완전히 질렸다.

살고 싶다.

이 세상을 사는 수밖에 없으니까.

즐기고 싶은 것을 죄책감 없이 계속 즐기는 방법을 직접 찾아내고 싶다.

틀림없이 이 세상은, 나는 제대로 된 쪽에 있다. 앞으로 내내 이곳에 있으리라고 믿는 사람들에 의해 규제가 강해지는 방향으로 나아갈 테니까.

그렇다면 지금부터라도 살아남기 위해 손을 잡을 동료를 하나라도 늘려 두고 싶다.

나를 위해.

맞다. 이것은 이제, 지금 고독 속에 고통받는 누군가를 위한다는 봉사의 마음에서 나온 맹세가 아니다. 내일 다시 외톨이가 될지 모를 나를, 지금부터 구하고 싶은 것이다.

무엇보다 살아가는 방법을 생각하는 일은 지금까지 진물이 다 빠지도록 곱씹은 절망을 이기는 방법이라고 생각하고 싶다.

"좋은 생각이야."

나쓰키가 영차 하며 의자에서 일어났다.

"찬성!"

나쓰키가 양손을 들고 트림했다. 그 모습을 보고 "더러워!"라고 미간을 찌푸릴 수 있는 이 시간에 요시미치는 틀림없이 살아 있었다.

모로하시 다이야
2019년 5월 1일로부터, 50일

"더러워! 트림 좀 하지 마. 지금 진지한 얘기 중인데!"

그렇게 불평하면서도 즐거운 표정의 여자와 "미안, 미안! 최대한 참았는데." 라고 사과하면서도 그다지 미안해하지 않는 남자. 다이야는 그런 둘의 대화를 바라보며 세미나 합숙 실행 위원으로 자신이 이 자리에 있는 게 너무나 불편했다.

"어디까지 얘기했는지 다 까먹었네. 아, 그러니까."

여자, 오카노야가 미간을 찌푸렸다.

"집합 장소 변경에 필요한 확인 사항들과 세미나 하우스 프로젝트 문제였어."

야에코가 정확하게 덧붙였다.

"역시 축제 실행 위원!"

조금 전의 남자, 우스이가 훼방을 놓았다.

아까부터 대화가 계속 이런 식으로 흘러가고 있다.

6월 22일과 23일 주말, 소비 행동론 세미나는 학기가 바뀌고 첫 합숙이 이루어진다. 1학기 과제는 학년과 관계없이 묶인 팀마다 대학 브랜드 향상에 도움이 될 상품을 제작하는 것이다. 대학 생협과 홍보과와 손을 잡고 때로는 지역 가게나 기업의 협력을 받는 형태로 개발이 진행되었다. 주말 합숙은 대학 세미나 하우스에 하룻밤 묵으면서 방향성을 정하고 최종적으로는 전체 계획을 프레젠테이션 한다. 세미나의 시작 일정이라 중요한 자리인데 다이야는 원하지도 않았는데 그 실행 위원으로 뽑혔다.

"예정한 집합 장소에 버스가 들어가지 않는다는 이야기는 지도를 보면서 버스 회사 사람과 직접 얘기하는 게 좋을 것 같아. 갑작스러운 얘기인 데다 모두와 공유해야 하는 얘기이고. 그리고 세미나 하우스의 프로젝터가 고장이니까 대학에서 다른 프로젝터를 빌려야 하는데 그러려면 신청서를 미리 제출해야 한다고 해."

익숙하게 이야기를 진행하는 야에코의 콧방울이 조금 부풀어 있다. 대학 축제 실행 위원이 보기에는 합숙 확인 사항 정도는 일도 아닐 것이다.

제일 먼저 합숙 실행 위원으로 정해진 사람은 첫 강의 후 모두를 불러 모아 회식 자리를 연 우스이와 그 옆에서 오키나와 요리점을 예약한 오카노야였다. 둘은 어느새 같은 학년의 리더 같은 존재가 되었으므로 이해가 되는 인선이었다. 나머지 둘은 제비뽑기로 정하자는 분위기가 흘렀는데 그때 야에코가 손을 들었다.

"제가 할게요. 그리고 다른 한 사람은 작년 학교 축제에서 함께 운영을 맡았던 모로하시가 하면 여러모로 순조롭게 진행될 것 같아요."

저 녀석으로 괜찮을까? 수강생 사이에 그런 긴장감이 차오르는 게 느껴졌으나 나서서 실행 위원을 하겠다는 녀석이 있을 리 없었다. "간베가 그렇게 말한다면?"이라는 느낌으로 자연스럽게 다이야도 실행 위원이 되고 말았다.

유메도 이랬었지. 그때 다이야는 그렇게 생각했다. 원하지도 않는데 섭외 담당에 임명하고 같이 일하게 했다. 이렇게 함으로써 내성적인 성향인 네게 다양한 사람과 관계를 맺게 해 주는 은혜를 베푼다는 태도가 내내 가증스러웠다.

그런데 상황은 이번이 더 최악이었다. 무엇보다 다이야는 합숙을 빠질 계획이었으니까.

"그러면 버스 회사와의 최종 협의는 나와 우스이에게 맡겨. 프로젝터는 간베와 모로하시에게 부탁해도 될까?"

오카노야가 제안했다.

"그렇게 할게."

야에코가 바로 응했다.

"그 말은 버스 회사와의 협의는 너 혼자 한다는 거지?"

우스이가 속삭였다.

"왜 그런 얘기가 되냐고!"

오카노야가 우스이를 때렸다.

이 두 사람은 이미 사귀고 있을 수도 있겠다.

"그러면 모로하시?"

야에코는 다이야를 봤다.

"사용 방법을 일단 확인해 두는 게 좋겠어. 내일 오전에 시간 있어? 그때 같이 확인하면 어떨까?"

"알았어."

다이야는 야에코의 눈을 보지 않고 스마트폰에 일정을 입력했다.

6월 21일(금) 오전, 합숙에 필요한 준비.

그 옆에는 물론 6월 22일이라는 글자가 있다. 하지만 세미나 합숙이라는 글자는 없다. 다이야는 자연스럽게 합숙 대신 적혀 있는 '파티'라는 다른 글자를 아무도 읽지 못하도록 손가락으로 가렸다.

【이 사람이 올린 내용, 혹시 관심 있으면 함께 참여해 보지 않으실래요? SATORU 씨도 한번 보고 싶고.】

그 계정은 고바세가 알려 주었다.

【같은 취향을 지닌 사람끼리 연대하려고 계정을 열었습니다. 나아가 실제로 만나 이야기를 나누는 것은 물론 서로의 취향에 맞는 동영상을 찍어 줄 수도 있을 겁니다. 마이너 페티시즘 당사자의 정신적 상호 원조 같은 커뮤니티를 목표로 합니다. 관심 있는 분은 댓글이나 DM으로 연락해 주세요.】

프로필에는 계정주의 페티시즘이 꼼꼼하게 기록되어 있었다.

【간토에 사는 삼십 대 남자, 물 페티시즘입니다. 그중에서도 물에 젖은 사람이나 옷보다 물 자체를 좋아합니다. 물풍선이 터지거나 수도꼭지에서 물이 분출하는, 자연스러운 형태에서 왜곡되는

물의 모습에 매력을 느낍니다. 현실에서 이런 얘기를 나눌 수 있는 사람과 이어지려고 나섰습니다.】

다이야는 그 글을 읽었을 때 두 종류의 감정을 느꼈다. 하나는 들뜨는 기분. 그저 가슴이 마구 뛰었다. 가 보고 싶다. 물 이야기를 할 누군가와 이어지고 싶다는 마음이 자기 안에 이토록 크게 자리 잡고 있다는 사실에 놀랐다.

하지만 곧 망설임이 솟구쳤다. 어떤 행동을 시작하려면 내 특수성을 알려야 한다는 사실에 주저하게 된다. 고바세와의 대화를 DM으로만 한정한 이유도 여기에 있다. 아무리 동지라 해도 이제까지 바깥에 꺼내 놓지 않은 정보를 밖으로 끄집어내는 일에는 큰 저항감이 있었다.

다만 들뜨는 기분과 망설임이 치열하게 공방전을 치르는 와중에도 다이야의 시선은 한 부분에 꽂혀 있었다.

'정신적 상호 원조 같은 커뮤니티를 목표로 합니다.'

【나는 참가해 보려고 합니다.】

고바세의 메시지가 이어서 도착했다.

【앞으로 온갖 규제가 점점 엄격해질 테고 그러다 보면 지금처럼 보고 싶은 동영상을 얻지 못하게 되지 않을까요? 그러니까 지금부터 동료를 만들어 두는 게 좋다고 생각해요.】

몇 개월 전, 아동의 성적 착취로 이어질 내용이 늘어나고 있다며 미성년이 출연하는 동영상에 대한 규제가 강해졌다. 지금은 댓글 창을 다시 연 채널도 많은데 앞으로 동영상 플랫폼 사이트에서의 자유가 늘어날 일은 기대할 수 없을 것이다.

정신적인 상호 원조. 지금부터 동료를 만들어 둔다……. 다이야는 강한 경계심을 풀려는 듯 바쁘게 손가락을 놀려 고바세에게 보내는 답을 쳤다.

【저도, 참가하고 싶어요.】

끝내 이 내용에 반응한 사람은 다이야와 고바세뿐이었던 듯하다. 바로 계정주와 셋이 대화를 나누게 되었다. 고바세는 물 페티시즘 외에도 해당하는 페티시즘이 몇 개 더 있고 한때는 활발하게 오프 모임에도 참가한 듯 높은 익명성을 유지하며 여러 사람이 대화를 나눌 수 있는 앱에 정통했다. 이 밖에도 그가 지바에 살고 자기보다 세 살 연상인 스물네 살이라는 사실까지, 셋이 대화하면서 처음 알게 된 정보가 많았다.

계정주는 가나가와현에 사는 서른 살인데 댓글 창에서 발견한 【SATORU FUJIWARA】라는 존재를 같은 물 페티시즘으로서 줄곧 궁금해했다고 한다. 그런 상황에서 유튜브의 규제 강화 영향으로 최근 페티시즘 동료와 협력해 서로가 좋아하는 동영상을 직접 찍어 봤다고 한다. 그게 예상보다 좋은 결과를 낳아 이럴 바에는 더 많은 사람과 협력해 보자고 생각하게 되었다는 것이다. 따라서 모임을 열면 그때 함께 촬영한 동료까지 포함해 총 네 명이 될 듯하다.

다이야는 대답하려고 바쁘게 손가락을 움직일 때마다 들뜬 기분이 망설임을 앞지르고 있다는 것을 깨달았다. 고통과 고민을 함께 극복하는 오랜 친구가 느닷없이 눈앞에 나타난 느낌에 자기 발이 공중에 붕 떠 있는 듯했다. 그러므로 사회인들이 움직일 수 있는 일정은 아무래도 주말이라는 점과 6월 22일을 놓치면 다음 일정은 좀처럼 잡기 힘들어진다는 사실을 알았을 때 다이야는 망설이지 않고【그날 모이죠.】라고 말했다.

합숙과 일정이 겹친다는 사실은 알고 있었다. 하지만 자기 욕구에 대해 전혀 의문 없이 사는 사람들과 지내는 수십 시간과 동지를 만나는 불과 몇 시간을 저울에 달면 후자 쪽으로 크게 기울었다. 다이야는 합숙이 싫었다. 자기들이 특권계급이라는 것을 자각하지도 못하고 사는 사람들과 보내는 밤은 상상만으로 피곤했다. 동아리에서도 유메가 하도 끈질기게 부탁해 딱 한 번 참가했는데 좋은 추억은 하나도 없었다.

세미나 합숙 정도는 전날 몸이 안 좋다고 연락하면 쉽게 빠질 수 있을 것이다. 다이야는 그렇게 생각했다. 그다음 주, 반쯤 억지로 자신이 실행 위원으로 선출되리라고는 전혀 상상하지 못했다.

모임 일정이 정해지자, 계정주 남성은 이렇게 말했다.

【솔직히 물 동영상을 찍는 일보다 이렇게 같은 상황의 사람과 연대하는 게 목적이었습니다.】

연대한다. 그 말이 다이야의 기억 어딘가에서 걸렸다.

【솔직히 우리 같은 사람은 세상의 원망 대상 아니겠습니까?】

【그 마음 잘 압니다.】

다이야는 곧 답을 보냈다. 그리고 별도의 설명 없이 이 감정을 이해하는 사람과 대화하는 상황이 너무나 편했다.

【하지만 저는 사회를 원망하는 데에도 질렸습니다.】

이어서 메시지가 도착했다.

【어차피 이 세상에서 살 수밖에 없다면 조금이라도 살기 쉬운

세상이 되도록 같은 상황의 사람들과 더 연대하고 싶습니다.】

그 단어가 단서가 되어 기억이 끄집어 나왔다.

'다이버시티 페스티벌의 주제는 연대입니다.'

야에코는 학교 축제 준비 기간 중, 그리고 진행되는 중에도 수없이 같은 말을 반복했다. 다양성이라는 타이틀을 단 이벤트에서 '연대'의 중요성을 주장함으로써 참여자에게 혼자만 고민하는 게 아니라는 것을 전하고 싶다고 끈질기게 주장했다.

다이야는 생각했다.

정말 연대하고 싶은 상대는 저런 장소에서 당당하게 손을 들고 서로 존재를 확인하려는 사람이 아니다. 아무도 보지 않는 곳에서 몰래 만날 수밖에 없는 누군가이다.

【빨리 만나 얘기를 많이 나누고 싶습니다.】

그렇게 답변하는 다이야의 머릿속에 합숙이라는 두 글자는 전혀 존재하지 않았다.

"아, 여기와 여기 버튼을 같은 번호로 맞추는구나."

야에코가 버튼을 누르자 내려진 스크린에 화면이 나왔다. 아무도 없는 실내에 파란빛이 두둥실 떠올랐다.

"여기서 초점을 맞춰 볼 수 있을까? 세미나 하우스에서도 잘할 수 있을까?"

야에코는 중얼거리며 불안한 듯 복사한 사용 설명서를 읽었다. 그 정도로 복잡한 조작은 아닌데 야에코에게는 공정 하나씩 정답과 맞춰 보지 않으면 안 되는 내용인 모양이다.

"신청서는 다 낸 거지? 아, 거기 가서 다시 배선을 꽂는 게 불안하니까 이대로 사진을 찍어 둬도 될까?"

배선 같은 거야 그쪽 기계에 꽂아 보면 바로 알 텐데. 다이야는 살짝 진저리를 치며 휴대전화를 꺼냈다. 그러고 보니 유메도 전자기기에는 상당히 약했다.

유메와 야에코는 비슷하다. 다이야는 카메라 앱을 실행하며 생각했다. 다이야에게 역할을 주고 소속 단체와의 관계를 쌓아 주려 하는 점. 다이야를 '동성애자라 고민하고 있고 그래서 인간관계를 만드는 게 힘든 사람'으로 규정하고 이해하는 사람이라 자처하고 행동한다는 점.

호의를 품은 사람을 바라보는 끈끈한 눈빛. 그리고 그 끈끈함을 전혀 자각하지 못하는 상태.

다이야가 셔터 버튼을 누르려 할 때였다.

"아, 하지만."

다이야는 여기까지 말하다가 입을 다물었다.

"왜? 뭐라고 했어?"

야에코가 물었다.

"아냐, 아무것도 아냐."

다이야는 진지한 표정으로 배선 사진을 찍었다. 프로젝터가 내는 푸른빛 속을 먼지가 훨훨 날아다니다가 떨어진다.

다이야는 마음을 다잡았다. 위험했어. 생각 없이 말할 뻔했다.

'네 휴대전화로 찍는 게 좋겠어. 나는 합숙 안 갈 거니까.'

"모로하시."

돌아보니 야에코가 다이야를 보고 있다.

"합숙, 올 거지?"

찰칵, 상당히 큰 셔터 소리는 이제까지의 공기를 자르는 가위 같았다.

"무슨 소리야?"

다이야는 되물었다.

"아니, 그냥."

야에코는 대답했다.

다이야는 그녀에게 동요를 드러내지 않도록 표정 근육에 힘을 주었다.

프로젝터 조작을 확인하려고 빌린 교실에는 둘밖에 없다. 팽팽한 침묵이 고막에 닿아 따갑다.

"그냥, 유메 선배가 한 말이 생각나서."

또 그 녀석이야? 다이야는 야에코 몰래 한숨을 쉬었다. 간신히 멀어졌다고 생각했는데 이런 식으로 쫓아다니다니.

"모로하시, 합숙 같은 데 전혀 안 왔다고 했어. 딱 한 번 억지로 오게 했는데 아무래도 그런 데 싫어하는 것 같았다고."

"그 사람이 나에 관해 한 말, 다 잊어."

그렇게 차가운 말을 내뱉을 생각은 아니었다. 하지만 얼음덩어리가 손바닥에서 스르륵 빠지듯 말이 흘러나왔다.

그 여름 합숙에서는 홍보 담당이 카메라를 정말 많이 들이댔다. '스페이드' 인스타그램 계정에 입회를 원하는 고교생이 상당히 많은 DM을 보냈다고 한다. 합숙 과정을 자세히 알고 싶으니, 사진과 동영상을 많이 올려 달라는 내용이었다는데 그 DM을 보내려고 만든 임시 계정인 게 너무나 확연해서, 동아리 안에서는 누군가의 팬이 한 짓 아니겠느냐며 화제가 되었다.

"전부터 SNS에서 유독 튀는 행동을 하는 다이야의 팬이 한 짓일 거야. 이거."

유메가 이렇게 요란을 떤 세 최악이었다.

"확실히 모로하시가 찍힌 사진을 올리면 일시적으로 요청이 줄어."

그 영향으로 홍보 담당자까지 똑같이 떠들며 바다에서 상반신을 노출한 사진을 마음대로 올리기까지 했다. 그런 게 다이야는 싫었다. 올린 사진 너머에 자신을 성적으로 보는 시선이 있다는 사실이, 자신이라는 존재가 이성애를 토대로 한 문맥 속에 억지로 맞춰지는 게 너무나 불편하고 싫었다. 하지만 대놓고 싫다고 거절할 수도 없었다.

웃통을 벗은 동아리 남자들의 사진은 일상적으로 업로드되기 때문이다. 근육 운동을 좋아하는 사람은 먼저 벗고 찍히기를 기다렸다. 남자들은 모두 이성의 끈끈한 시선을 받는 데 별다른 생각이 없을 뿐만 아니라 나서서 그 시선 속으로 뛰어들어 얻는 자극을 동기로 삼기도 했다. 요청 같은 거 하지 않아도 스스로 공급하고 싶어 했다.

요청.

그게 나는 싫다고.

"나는 말이야."

야에코가 입을 열었다.

그때 스크린에 비친 컴퓨터 화면이 마구 일그러지기 시작했다.

"남자가 힘들어."

스크린 세이버가 기동한 모양이다. 파도처럼 일렁이는 화면이 영 기분 나쁘다.

"트라우마가 좀 있어. 남자가 여자를 성적으로 보는 자체가 견디기 힘들어. 그래서 나도 합숙 같은 거 좋아하지 않아. 잠옷을 입고 누군가의 방에서 술을 마시는, 자주 일어나는 그런 상황이 너무 싫어. 밤이 깊어지고 다들 친밀한 분위기가 짙어질수록 오가는 시선이 너무 신경 쓰여."

야에코의 목소리가 커졌다.

"나는 말이야, 주위 모두와 마찬가지로 연애하거나 남자 친구와 사귀거나 하는 일을 할 수 있을 것 같지 않아. 애당초 하고 싶은지도 잘 모르겠어."

순간 커진 목소리가 다시 바로 작아졌다. 다이야는 야에코의 표정을 살폈다.

"이런 말, 다른 사람에게 하기 힘들고 그럴 바에는 아예 모두와 멀어졌으면 좋겠다고 생각할 때도 있어. 하지만 도망치기만 해서는 안 될 것 같아."

야에코는 마치 클라이맥스를 맞은 연극배우처럼 얼굴에 힘을 줬다.

"나, 참 이상하지?"

혼신의 고백이라도 한 듯한 분위기의 표정을 짓는 야에코를 보며 다이야는 웃음을 터뜨릴 것 같아 조심했다.

"모로하시와 대화할 때는 남자가 힘들다는 기분이 안 들어."

아, 아.

확실히 유메에게 이야기를 들었구나. 다이야는 숨을 내쉬었다.

"그러니까 모로하시도 혹시 상대가 나라도 괜찮고 고민 같은 게
있으면 말해."

모로하시는 동성애자이고 내향적인 성격이라 사람과 완전히 거
리를 둔다. 하지만 그래선 너무 불쌍하니까 말을 걸어 준다는 이
야기를 들었고 또 그 이야기를 믿고 있다. 유메가 자신을 봐 주지
않는 남자의 존재를 정당화하려고 지어낸 거짓말을 통째로 믿고
있다.

"말하면 편해질 일도 있을 테고……. 혼자가 아니고 둘이라면,
트라우마나 고민도 극복할 수 있을지 모르고."

말할 수 있는 고민이라면 했겠지, 훨씬 전에.

황급히 닫은 입 속에서 목소리가 되어 나오지 못할 말들이 난동
을 부린다.

나는 그렇게, 함께 극복할 수 있다는 태평한 태도로 어떻게 넘
어갈 수 있는 세상에 있지 않아. 소수자를 이용할 뿐인 드라마 하
나로 이게 다양성이네 레이와네 하며 흥분할 만큼 축복받은 인생
이 아니라고. 네가 멋대로 다가오려는 존재는 네가 상상두 못 할
윤곽이라고. 본인의 상상력이 닿지 못하는 것도 있다는 걸 깨닫지
도 못하는 좁은 시야가 떠드는 공식에 따라 누군가의 고통을 분석
하려고 하지 좀 마.

'저는 사회를 원망하는 데에도 질렸습니다.'

나는 여전히 원망한다고 다이야는 생각했다. 아무래도 자신은, 여전히 사회에 대한 복수심이 불타오르고 있는 듯하다.

함께 트라우마를 극복하지 않을래? 웃기지 좀 말아 줘. 내 고민은 트라우마 따위가 아니야. 이유고 계기고 뭐고 없어. 그런 운명으로 태어났다고. 그저 그게 다야. 이렇게 된 내게는 어떤 원인이 있고, 그걸 토로할 자리가 있으면 위로받고 변화할 수 있는 차원의 이야기가 아니라고.

애당초 너 같은 인간이 이해해 주리라는 생각은 조금도 없어. 너는 너밖에 몰라. 부탁이니까 제발 그런 사실부터 좀 알아라. 다른 사람을 이해하려고 하지 말고. 나는 이대로 살아가게 해 주면 되니까.

내게 다가오지 마.

"모로하시."

교실은 어둡다. 스크린 상태를 잘 파악하려고 실내조명을 다 껐는데 정신을 차리니 그 스크린마저 빛을 잃고 있었다.

"이 케이블, 오늘 가지고 가."

눈앞에 있던 야에코가 어느새 프로젝터와 컴퓨터를 연결했던 케이블을 이쪽으로 내밀고 있다.

"그리고 내일 가져와."

"뭐?"

야에코는 억지로 다이야에게 케이블을 쥐여 주며 웃었다.

"그 케이블이 없으면 합숙 마지막에 프레젠테이션, 못 하니까."

교실의 어둠과 침묵. 케이블의 차갑고 딱딱한 감촉.

이 여자, 죽여 버리고 싶다.

다이야는 마음 저 깊은 곳에서 그렇게 생각했다.

데라이 히로키
2019년 5월 1일로부터, 51일

　마음 저 깊은 곳에서 끓어오른 의문이 전차의 흔들림에 흩어졌다. 원래는 집행유예가 아니라 실형이 될 사건인데……. 히로키는 그런 당황스러운 감정을 간신히 몸 안에 가둬 두기 위해 아랫배 위에서 팔짱을 꼈다.

　사 일 전, 상습 누범 절도죄 전과가 있는 사십 대 여성이 검찰 송치되었다. 슈퍼마켓에서 대량의 식료품을 훔치다가 현행범으로 체포되었는데 과거 이 년간 똑같은 일로 체포된 바 있어 이번에는 꼼짝없이 실형을 받는 흐름이었다. 피해를 당한 슈퍼마켓은 최근 몇 년 동안 절도 피해로 고민해 왔던 까닭에 당연히 이번 사건에 강한 분노를 드러냈다.

"들킨 게 이번뿐이었을 뿐 이제까지 여러 번 했을 겁니다!"

특히 점장은 분노를 폭발했다.

히로키도 동감이었다. 이번 사건의 피해 총액은 1만 4천 엔. 슈퍼마켓 절도로는 규모가 크고 그 대담성은 상습범임을 증명한다고 생각할 수밖에 없었다.

게다가 피의자는 도벽에 섭식 장애도 갖고 있었다. 이런 조합이면 재범률이 확연히 증가한다. 여기서 제대로 처벌하지 않으면 피해를 당할 점포가 더 늘어날 뿐이다.

그런데.

시골이라 그런지 한 역의 구간이 길다. 히로키는 익숙지 않은, 하지만 결국은 어디나 마찬가지인 풍경을 바라보다가 천천히 눈을 감았다. 지바시 미도리구에 있는 시모후사 정신 의료 센터에서 요코하마 지검까지는 편도 두 시간 정도 걸린다.

피의자의 신병이 검찰 송치된 다음 날, 굳이 멀리서 온 변호사가 접견을 희망했을 때부터 히로키는 불온한 기운을 감지했다. 변호사는 피의자 가족이 불렀다고 한다. 이름을 검색해 보니, 간사이에 있는 병적도벽의 회복을 지원하는 단체가 나왔다.

"오늘 같은 일이 자주 있나요?"

옆에 앉은 고시카와가 입을 열었다.

"검찰이 피의자의 치료를 견학하는 일이."

히로키는 눈을 감은 채 전차의 흔들림에 몸을 맡겼다. 끄덕이든 무시하든 상관없었다.

그 변호사는 접견을 끝내고 피의자에게는 치료적 사법이 필요하다고 주장했다. 실형을 내린다고 해서 도벽이나 섭식 장애가 낫지 않는다. 그저 일정 기간, 그녀를 세상으로부터 격리하는 데 성공할 뿐이다. 그래서는 그녀가 지닌 근본적인 문제가 해결되지 않는다. 히로키와 비슷한 세대일까, 이른 아침부터 간사이에서 신칸센을 타고 온 여성 변호사는 조금도 피로한 기색 없이 주장했다.

그녀는 변호사 선임계를 제출하자마자 바로 치료를 시작하고 싶으니 재택 수사로 바꿔 달라며 구류 방침의 전환을 요구해 왔다. 재범 가능성을 고려해도 쉽게 받아들일 수 없는 안건이었으나 피의자를 감시할 가족의 존재가 결정타가 되어 히로키는 끝내 피의자를 석방하기로 했다. 피의자는 그 후 변호사의 선언대로 치료를 위해 바로 입원했다.

"저, 오늘까지 병적도벽이라는 말을 좀 착각하고 있었네요."

전차의 속도가 줄어드니 고시카와의 목소리가 잘 들렸다.

"의존증이라기보다 그냥 절도 상습범이라고 생각했어요."

그렇게 중얼거린 고시카와도 특별히 히로키의 반응을 바라는 건 아닌 듯했다.

이번 사건에서 놀랐던 부분은 변호인이 불과 며칠 사이에 피해 가게의 점장을 설득해 합의서와 신고 취하를 받아 낸 것이다. 게다가 검찰 측에 지바에 있는 정신 의료 센터를 방문해 달라고 요청했다.

'그녀가 무엇과 싸우고 있는지, 검사님도 보셨으면 합니다. 지금 충분히 치료하지 않으면 그녀는 출소 후 곧바로 재범을 저지를 겁니다. 그러면 또 다른 피해자가 나올 뿐입니다. 치료 과정을 보

시고 기소가 정말 피의자를 위한 일인지, 함께 생각해 봤으면 좋겠습니다.'

히로키는 변호사가 자기 눈을 똑바로 보며 얘기했을 때 생각했다.

죄를 저지른 인간을 기소하는 일은 피해자를 위해서이자 사회를 위해서이다. 피의자를 위한 것인지 이야기를 나누는 일은 기준이 될 수 없다.

전차가 멈추고 몇 명이 내렸다.

조건반사 제어법. 피의자가 받는 치료는 그런 이름의 프로그램이었다. 오늘은 네 가지 단계 가운데 첫 번째인 '키워드 액션 설정'에 임하고 있었다. 도벽이란 쉽게 말하면 '절도하면 행복해진다.'라고 뇌가 착각하는 상태라고 한다. 그러므로 치료를 통해 뇌에 새로운 개념을 새겨 넣는 게 목적이라고 한다. 치료는 일단, 예를 들어 "이제부터 절도하지 않는 인생이 시작된다. 그래도 괜찮다."라는 키워드를 정하는 일부터 시작된다. 나아가 그 키워드에 맞는 독자적인 동작도 함께 정해 키워드를 외우면서 일련의 행동을 되풀이한다. 그 반복을 통해 뇌에 새로운 개념을 새겨 넣는다.

변호인은 치료 과정을 지켜보는 두 사람에게 피의자의 배경을 계속 설명했다.

'사토 씨는, 참 지금은 피의자가 아니라 사토 씨라고 부릅니다. 사토 씨는 마흔 살이 넘을 때까지는 절도나 섭식 장애와 무관한 삶을 살았습니다. 결혼해 아이까지 낳고 행복하게 지냈죠. 그런데 건강검진에서 중성지방 수치가 높다는 이야기를 듣고 몸무게를 줄여야 한다, 더 말라야 한다는 강박관념을 지니게 되었죠. 음식을 억제한 생활의 반동이 과식 구토라는 섭식 장애를 일으키고, 섭식 장애가 음식을 훔치는 일을 되풀이하는 도벽을 일으켰습니다. 지금 사토 씨는 무의식적으로 절도를 하려는 상황입니다. 뇌보다 먼저 몸이 움직이는 거죠.'

"오늘은 어쩐지 정말 많은 생각을 했어요. 검사의 역할 같은 부분도 포함해서요."

고시카와가 말을 꺼냈다. 전차가 움직이기 시작했나. 이어진 변호인의 이야기가 떠올랐다.

'세상의 검사님들이 사회정의 실현을 목표로 일하신다는 건 잘 압니다. 하지만 저는 사회정의에서 벗어나 버린 사람이 이후 어떻게 사는지, 그쪽에 더 관심을 줘도 괜찮지 않을까 하고 생각합니다. 순풍에 돛을 단 듯한 인생에서도 갑자기 의존증이라는 어둠에 떨어지기도 합니다. 그런 사람을 벌하는 일만이 사법의 역할이라고 저는 생각하지 않습니다.'

"절도가 쾌감으로 이어진다거나, 무의식적으로 절도한다거나, 그런 사람이 있다는 사실, 잘 몰랐어요."

고시카와는 성실하고 정직하다. 그가 얼마나 영향받기 쉬운 사람인지 히로키는 알고 있다.

"그럴 때는 확실히 복역 외에도 생각해야 할 점이 있겠죠?"

"무엇보다 우리가 잊지 말아야 할 점은 피해자의 구제야."

히로키가 입을 열었다. 전차가 속도를 높였다.

"이번에는 점포 측이 피해 신고 취하서를 제출했으니 다행이지만, 사건 대부분은 그렇지 않아. 우선 생각해야 할 건 가해자가 아니라 피해자의 구제야. 우리 검찰이 해야 할 일은 죄가 어디 있는지 확실히 알아내 적절한 처벌을 가하는 거야. 가해자를 지원하는 게 아니라."

"저, 오늘 치료를 견학하며 생각한 사건이 있습니다."

히로키는 고시카와를 바라봤다. 고시카와가 히로키의 말을 막으며 말을 꺼낸 것은 이번이 처음이었다.

"수도꼭지를 훔쳤을 때 물이 철철 나와서 기뻤다고 진술한 남자의 사건입니다."

그런 사건, 담당한 적 있었나? 히로키는 생각해 내려 했으나 그런 기분 나쁜 진술에 입회한 기억은 없었다.

"오늘 견학하면서 생각했습니다. 그 진술, 어쩌면 진짜가 아니었을까 하고."

고시카와는 성실하고 정직하며 선한 사람이다. 그 변호인에게 강한 영향을 받은 상태의 고시카와 옆에서 히로키는 거꾸로 냉정해졌다.

"절도가 쾌감으로 이어지는 사람이 있다면 뭐든 가능하지 않을까 하고 생각했습니다. 그렇다면 물을 틀어 놓는 게 쾌감으로 이어지는 사람이 절도와 건조물 침입 혐의로 체포되었다면? 이 사건을 갱생이라는 관점에서 보면 어떻게 될까요?"

고시카와가 말하는 사건에 대한 기억은 없으나 수도꼭지 절도는 당연히 금속 전매가 목적이다. 그 이외의 진술은 배경에 있는 흑막을 감추기 위한 거짓말일 것이다.

"우리가 전혀 상상하지 못하는 욕구를 지닌 그런 사람들을 좀 더 고려해야 한다고 생각했습니다. 그러니까 쾌감에 굴복하고 마는 그 마음을 어떻게 해 주지 않으면, 그 변호사 말대로 근본적인 해결은 되지 않으니까요."

"고시카와."

슬슬 저 취기에서 깨워야겠다. 히로키는 팔짱을 다시 꼈다.

"오늘 치료를 견학하고 감정이 고양된 건 이해하겠어. 이제까지 자신의 시야가 얼마나 좁았는지를 만회하려고 지금까지 경시했던 요소들에 더 다가가고 싶은 기분도 알아."

고시카와의 귀가 금세 빨개졌다.

"우리가 상상하지 못하는 욕구에 시달리며 사는 사람은 많아. 그게 그 수도꼭지 범인에게도 해당하는지는 나도 모르겠어."

히로키는 일단 침을 삼켰다.

"특수한 욕구를 지녔다고 해서 뭐든 해도 된다는 건 아니야."

우웅, 차바퀴가 회전하는 소리가 순간, 멀어졌다.

"아무리 채우지 못한 욕구를 지녔다고 해도 그것을 사회에 화풀이해서는 안 돼."

히로키는 한 글자 한 글자를 고시카와의 피부에 새기듯 말했다.

"그건 누구나 마찬가지야. 어떤 종류의 욕구를 지닌 인간이라도 법률이 정한 선을 넘으면 벌을 받아야 해."

사회정의를 위해.

전차는 선로 형태에 맞춰 감속과 가속을 반복한다. 커브를 돌기도 하고 직진하기도 하며 레일에서 떨어지지 않으려고 다양하게 움직임을 바꾼다.

정해진 선을 넘지 않도록. 일반적인 길에서 벗어나지 않도록.

"그러고 보니."

덜컹 소리가 울렸다. 관성의 법칙에 따라 몸만 진행 방향 쪽으로 강하게 당겨졌다.

"아드님은 어떻게 됐나요?"

정지신호입니다. 정지신호입니다. 잠시만 기다려 주세요. 차량 방송 사이로 고시카와의 목소리를 들을 수 있었다.

"아들?"

왜 이 타이밍에서 그런 질문을 하지? 히로키는 영문을 알 수 없었으나 고시카와에게는 유튜브 계정이 갑자기 정지된 이유를 조사해 준 고마움이 있었다.

"그때는 정말 고마웠네. 다시 신청했더니 계정 정지는 풀렸는데 댓글 창은 여전히 닫힌 상태야."

"아, 아니, 그게 아니라."

정지신호입니다, 정지신호입니다.

"학교, 아직 안 가고 있나요?"

잠시 기다려 주세요.

"검사님이 말씀하셨잖아요."

정지신호입니다.

"이번 일을 계기로 다시 관심이 학교로 향하지 않겠느냐고."

잠시 기다려 주세요.

"그 후에 어떻게 되었나요?"

이 남자에게 왜 이런 질문을 받아야 할까.

확실히 그렇게 생각하면서도 분노 대신 조금 전 만난 변호사의 말이 수면 위로 떠올랐다.

'그래서는 본인이 안고 있는 문제의 근본적인 해결로 이어지지 않습니다.'

정지신호입니다. 잠시만 기다려 주세요.

사사키 요시미치
2019년 5월 1일로부터, 51일

잠시 기다린 덕분에 디지털카메라는 무사히 백 퍼센트 충전되었다. 요시미치는 내일을 위한 짐을 싸면서 긴장, 고양, 기대 등 다양한 감정을 다스리려고 노력했다.

SATORU FUJIWARA와 고바세. 요시미치는 SNS의 요청에 응한 두 사람과의 대화에 다시금 시선을 떨궜다. 【파티】라는 이름의 대화방은 【그러면 내일 또 연락하죠.】라는 메시지를 마지막으로 이야기가 중단되었다. 내일 두 사람을 후지와라 씨, 고바세 씨라고 부르면 될까. 요시미치도 당연히 가명을 댔으므로 그게 무난할 것이다.

내일, 오전 11시, 시미즈가오카 공원. 손잡을 동료가 둘, 늘어난다.

이를 위해서는 약속 사항이 필요하다는 요시미치의 의견에 SATORU FUJIWARA도 고바세도 찬성했다. 특히 SATORU FUJIWARA는 아직 젊어 익명이라고 해도 자기의 성적 취향을 누군가에게 밝힌 경험이 없어선지 개인 정보가 새어 나갈 위험성을 상당히 걱정하는 듯 보였다. SATORU FUJIWARA라는 이름을 쓴 걸로 보아, 그 사건을 동시대 사건으로 기억하는 또래나 연상이라고 예상했던 터라 나이를 들었을 때 요시미치는 상당히 놀랐다. 동시에 그 사건에 스스로 도달해 그 용의자의 이름을 닉네임으로 정할 때까지 젊은이가 느꼈을 고독이 가슴에 와닿았다.

한편 고바세는 전에도 성적 관심을 바탕으로 인터넷에서 지인과 직접 만난 경험을 쌓아 온 듯하다. 그 과정에서 쌓은 그의 지식이 큰 도움이 되어 최종적으로 세 가지 약속 사항을 정했다.

첫째, **원하는 동영상을 촬영할 때는 최대한 다른 사람이 보지 않는 환경에서 한다.**

둘째, **촬영한 사진이나 동영상을 관계없는 제삼자에게 건네지 않는다. 인터넷에도 올리지 않는다.**

셋째, **촬영한 동영상이나 사진을 공유할 때는 최대한 직접 만나서 한다. 그게 어려울 때는 메일 등으로 주고받아도 되나 그 이력은 바로 삭제한다.**

첫째와 둘째는 요시미치가 제안했다. 대등함과 폐쇄성 중 주로 폐쇄성에 무게를 두고 끌어낸 규칙이다. 앞으로 만에 하나 물에 성적으로 흥분하는 게 규제되더라도 이 규칙만 지키면 틀림없이 당당히 살 수 있을 것이다.

세상은 틀림없이 점점 더, 나는 어엿한 사람이라고 믿는 사람이 부적절하다고 정한 것을 배제하는 방향으로 나아갈 것이다. '아이에게 악영향을 미칠 가능성', '불쾌한 감정을 일으킬 가능성', '사회에 좋지 않은 사상을 조장할 가능성'이라는 아무리 긁어내도 완전히 없앨 수 없는 '가능성'을 방패로 규제 범위를 넓힐 것이다.

물 같다. 요시미치는 영향, 조장, 가능성이라는 단어를 방패로 기능하는 상황을 만날 때마다 그렇게 생각했다. 제대로 된 측의 주민은 물과 비슷하다. 온도도 형상도 죄다 바깥으로부터의 자극에 그대로 따라 반응하는 존재. 그쪽에 태어난 사람들은 어떤 자극 속에서도 자신을 유지하는 능력을 단련하기보다 제대로 된 자신에게 어떤 영향을 줄 요소를 죄다 멀리하자고 생각할지 모른다.

그 어엿하다는 정의에는 윤곽조차 없는데.

요시미치는 생각한다. 다수파라는 사실에 안주해 자신이라는 개체에 대해 생각할 기회를 얻지 못한 것은 어쩌면 하나의 불행일지 모른다고. 애초에 그쪽에 가까워질 생각이 없는 자신은 그만큼 내가 개인으로 어떻게 존재하는지에 대한 명확한 의지를 갖췄을지 모른다고.

세 번째 약속 사항은 고바세가 제안했다. 이는 곧 이 세 사람이 이어져 있다는 기록을 남기지 말자는 취지의 약속으로, 다른 페티시즘 동료들의 모임에서도 똑같이 적용되는 규칙이라고 한다. 다만 내일 촬영하는 동영상의 내용을 고려하면 그리 철저하게 지키지 않아도 된다는 식으로 정리했다.

【어쩐지 롤플레잉 게임을 시작하는 것 같네요.】

드디어 이제는 그날을 기다리는 일만 남았다는 분위기가 되었을 때 SATORU FUJIWARA가 이런 메시지를 보냈다.

【동료들이 모여 비밀의 규칙을 정하고. 이거 처음으로 파티(정당)를 결성할 때 같아요.】

【그러네요.】

요시미치는 답신하며 문득 이제까지 꿈틀대고 있던 움직임이 멈춘 것만 같았다. 그것은 뭔가를 힘껏 억누른다기보다 불안정한 가구의 바닥에 미끄러지지 말라고 붙이는 시트 같은 걸 꼈을 때와 비슷한 감각이었다.

파티. 혼자 중얼거려 본다.

이제까지 줄곧, 자신을 들여다보지 못하도록 다른 이를 등장시키지 않는 인생을 선택해 왔다. 그 결과 삶을 끌고 갈 추진력을 스스로 생성해야만 했다. 그 상태가 한계에 도달했던 작년 마지막 날, 처음으로 스스로 다른 이를 찾았다.

처음으로 다른 사람에게 뻗은 손은 선이 되었다. 지금 나는 두 번째, 세 번째 사람에게 손을 뻗으려고 한다. 선은 십자가 되어 다시 교차한다. 이 일을 계속하면 틀림없이 그물이 될 것이다. 손을 잡은 사람이 늘어나면 짜인 그물은 점점 커질 것이다.

지금 필요한 것은 아마도, 어떤 언덕에 서 있는 사람이라도 내려다보면 그 존재를 확인할 수 있는 아주 커다란 그물이다. 다른 언덕으로 뛰어서 넘어가고 싶은데 너무 멀어 망설일 때, 더는 참지 못하고 어디서든 뛰어내리고 싶어 무릎을 꿇을 때 그 발밑에 그물이 펼쳐져 있으면 얼마나 안심이 될까.

지금 사회에는 그게 없다. 그렇다면 아예 내가 직접 짤 수밖에 없다. 혼자서는 안 되니까 누군가와. 애써 하는 일이니 최대한 많은 사람과.

그게 바로 파티. 함께 그물을 짜는 파티.

요시미치는 그 순간 조용히, 세 명의 대화방 이름을【파티】라고 설정했다.

시각을 확인했다. 오후 10시를 넘어서고 있다. 이제 한나절만 지나면 그들을 만날 수 있다.

기적적인 우연이 이어지며 살아있다는 것을 새삼 실감한다.

요시미치는 한 번 숨을 내쉬었다. 그러자 그만큼 자기 몸이 붕 떠올라 지금 있는 장소를 부감하듯 내려다보게 된다.

지금의 자신은 내일을 손꼽아 기다리고 있다.

내일, 죽고 싶지 않다고 생각하고 있다.

그렇게 자각할 때 늘, 뉴스 속보처럼 몸 안을 흐르는 문장이 있다.

이를테면 길을 걷고 있다고 치죠.

'내일, 죽고 싶지 않아.'라고 생각하면서.

세상에 흘러넘치는 저마다의 정보가 수렴되는 커다란 목표를, 의심 없이 바라보면서.

몇 년에 걸쳐 단어를 더하기도 하고 빼기도 하면서 조립한 문장. 지난해 마지막 날 밤, 나쓰키에게 내밀었던 문장.

그때, 너무나 익숙한 이 세상이 어떻게 보일지, 저는 알고 싶습니다.

사실은, 그저 그게 전부일지 모르겠네요.

사실, 그저 그게 전부일지 모르겠다.

나는, 살아 있었고, 더 살아 보고 싶었다.

아무에게도 의심받지 않고 아무런 모순 없이 죽기 위해서만 사는 삶을, 사실은 아주 오래전부터 견딜 수 없었다. 친구를 원했다. 외롭다고 말할 사람이 필요했다. 인생에 계절이 있길 원했다.

내가 그 바람을 이루는 데 필요한 요소는 세상에 넘치는 모든 정보가 수렴되는 커다란 목표 같은 게 아니었다. 자신에게서 흘러나오는 모든 정보에 귀를 기울이고 가만히 대면할 수 있는 자신이었다.

디지털카메라의 충전 상태를 확인한다. 내일은 고바세도 SATORU FUJIWARA도 혼자는 실현하기 힘들었던 무언가를 시도해 보고자 각자 다양한 도구를 들고 오겠다고 했다. 특히 고바세는 고화질에서도 느리게 재생할 수 있는 카메라가 있다고 했는데 요시미치도 기대가 되었다.

나는 지금, 내일을 사는 게 즐겁다.

드디어, 여기까지 올 수 있었다.

"나, 왔어."

현관문이 열렸다.

나쓰키는 거실로 들어오자마자 "목욕했구나."라고 중얼거리고 요시미치 건너편 의자에 앉았다. 테이블에 올려놓은 가방이 똑바로 서 있다가 서서히 무너졌다.

술이라도 마셨나? "아까 해서 다시 물을 끓이는 게 나을지 몰라." 요시미치는 대답하면서 나쓰키의 얼굴을 바라봤다. 뺨이 조금 붉어져 있고 화장도 살짝 지워진 듯했다. 평소 몸에 담아 뒀던 온갖 게 흘러나올 분위기였다.

"맞다. 내일이었지?"

나쓰키가 디지털카메라와 물풍선 등이 준비된 테이블을 내려다봤다. 내일 모임에는 나쓰키도 참여할 예정이었는데 갑자기 출근하게 되었다. 그래서 이번에는 일단 나쓰키를 빼고 셋이 만나기로 했다.

"혹시 회식했어?"

요시미치가 물었다.

"그거 좀 마셔도 돼?"

나쓰키는 요시미치가 들고 있는 찻잔을 가리켰다.

"별로 안 취했어. 맥주 두 잔 마신 게 전부니까."

나쓰키는 내뱉은 말과 달리 지독하게 피곤해 보였다. 요시미치는 그 피로를 누구보다 잘 알았다.

우리 같은 인간에게 회식은 전쟁터다.

특히 직장 회식이란, 곧 누군가의 사생활을 탐색해야 간신히 넘길 수 있는 시간이다. 숨기는 게 있는 사람은 회식이 진행되는 동안 날카로운 관심의 칼날이 어떻게 하면 자신에게 향하지 않도록, 일단 관심이 쏠리면 그동안 해 온 거짓말과 모순 없는 말을 바로 지어낼 수 있도록, 아무도 나를 의심스럽게 보지 않도록, 신경 써야 할 일이 헤아릴 수 없을 만큼 많다. 조금이라도 정신을 놓으면 어디선가 틈이 생길지 모르므로 시간이 깊어질수록 머리는 맑아진다. 술로 기억을 잃는 일이 일상다반사인 듯 말하는 사람을 만나면 그 경계심 없는 생활과 경계심 없이도 살 수 있는 행운에 대한 무자각이 원망스러웠다.

"웬일이야? 회식에 다 가고?"

"이직하고 내내 신세 졌던 사람의 송별회였어."

나쓰키가 차를 한 모금 마셨다. 그리고 잔을 놓고 그대로 입을 닫았다.

침묵은 조각칼과 비슷하다. 냉장고 소리와 옆집의 생활 소음, 바깥 세계에서 사람이나 차가 지나가는 소리⋯⋯. 그때까지 줄곧 그곳에 있었을 소리를 공간에서 확실히 도려낸다. 그 자리에 있었음에도 감지할 수 없었던 무언가를 갑자기 겉으로 끄집어낸다.

"있잖아."

사각, 나쓰키의 입에서 뭔가가 깎여 나온다.

"아주 이상한 거 부탁해도 돼?"

"새삼 뭘? 이 생활보다 더 이상한 것도 없는데."

요시미치는 웃었다.

"그렇기는 하지."

뚫린 구멍 같은 나쓰키의 입에서 목소리가 새어 나왔다.

요시미치는 괜스레 이쯤에서 농담이라도 던져야 할 것 같았다.

"그러면 부탁해 볼까?"

나쓰키의 표정이 너무나 진지했기 때문에.

"한 번쯤 경험해 보고 싶어."

나쓰키가 잔을 내려놨다.

"섹스."

나쓰키의 방에는 처음 들어갔다.

"불을 끈 게 정답일까?"

근거도 없는 지식으로 불부터 껐는데 방이 너무 캄캄해 거실로 이어진 문을 조금 열어 두기로 했다.

"이게 맞나? 다들 이렇게 문을 조금 열어 놓을까? 이상하지 않아?"

"그럴지도 모르지. 그래서 간접조명 같은 게 필요한가 보다."

"으음."

요시미치의 말에 나쓰키가 신음했다. 다수파에 있으면 성욕조차 경제의 흐름에 있다는 것을 깨닫는 일이 하나 더 늘었다.

나쓰키는 섹스라는 말의 울림에 당황한 요시미치에게 서둘러 덧붙였다. "진짜 하고 싶다는 게 아니라 그 상황을 경험해 보고 싶을 뿐이야. 옷 같은 거 다 입고." 요시미치는 설명을 들어도 그녀의 진의를 알 수는 없었으나 나쓰키는 곧바로 자리에서 일어나며 말했다.

"내 방이 좋겠지?"

요시미치와 나쓰키에게 세상이 말하는 '섹스'는 '성적인 것'이 아니다. 그러므로 둘 사이에 부끄러움은 없다.

"어둡네."

요시미치는 문틈으로 새어 드는 빛에 의지해 침대에 앉았다.

"회식 같은 거 너무 오랜만이라 과식했어."

나쓰키는 둘이 나란히 침대에 앉자마자 등을 말고 이야기를 시작했다.

"우연히 그 자리에 남자가 없었어. 이상한 질문을 받지 않아도 되니 다행이라고 생각했는데 여자들만 있으니까 그 상황 역시 배려가 없어지더라. 내가 신세를 졌던 사람은 서른세 살에 신혼이고 결혼 상대는 회사원이야. 그런 얘기, 아르바이트 직원들 정말 좋아하거든. 그래서 바로 결혼, 연애 얘기가 이야기의 중심이 되었어."

상상이 간다. 이야기를 들었을 뿐인데 마치 자기가 그 자리에 있었던 듯 마음이 불편하다.

"그 아르바이트 직원, 대학생인데 술술 아무 말이나 다 하는 느낌이었어. 술도 빨리 마시고 바로 남자 친구와의 밤일 고민도 상담하기 시작했어. 술자리도 그 얘기로 달아올랐고."

이성이 없는 공간이라 할 수 있는 이야기. 그게 주제가 되었을 때 사람은 왠지 자기 속내를 보여 주고 싶어 한다. 서로 바닥을 봐야 시작이라는 규칙이라도 있는 듯 자신을 뒤집어 탈탈 털 기세로 속내를 몽땅 드러내는 사람이 이기는 전쟁이 시작된다.

"적당히 둘러댔는데 중간쯤 그 애가 나쓰키 씨는 자기 얘기를 정말 안 한다고 하더라. 아르바이트 직원들 사이에서 정말로 결혼했느냐는 소문도 돈다고. 내가 없을 때 그렇게 얘기하고 다들 돌고 있는 내 소문을 안다고."

"아아."

요시미치는 맞장구를 치면서 다요시를 떠올렸다. 소문을 좋아하고 아무 근거도 없이 자신에게는 다른 사람의 속내를 들여다볼 권리가 있다고 믿어 의심치 않는 남자.

'사랑하는 아내가 기다리는 신혼이니까 어쩔 수 없지.'

'유급휴가? 데이트? 정말 있는지도 모르는 아내와?'

'어엿한 사람이 아니면 곤란하지. 너도 잘 알지?'

도대체 왜 저럴까, 저러는 이유가 뭘까, 마침 그 자리에 있어서 당연히 밟히게 된 이물질을 절대로 놓치지 않겠다며 혀를 날름대는 존재.

사회란, 정말 잘 만들어져 있다.

누가 명령하지 않아도 어엿하다는 쪽에 있는 사람은 그쪽의 치안을 지키려 한다. 어엿하다는, 즉 다수파라는 사실에 집착하는 사람은 이물질을 찾아내 배제하는 활동을 누가 부탁하지 않아도 스스로 나서서 한다. 다요시처럼. 나쓰키의 직장 아르바이트 직원처럼.

"왠지 인간은 늘 섹스 이야기를 해."

"알아, 정말 그래."

요시미치가 덧붙였다.

"오늘도 다른 사람 이야기를 들으며 중학교나 고등학교 때 친구들 얘기와 거의 똑같다고 생각했어."

"와! 나도 그거 알아."

요시미치는 저도 모르게 웃고 말았다. 인간은 늘 섹스 이야기를 한다. 섹스라는 존재를 알게 된 뒤로는 몇 살이든 영원히.

그리고 무조건 다른 사람의 그 부분도 들여다보고 싶어 한다. 내면에 무엇이 있는지 확인하고 싶어 안달이 난 듯.

"몸이 굳어 늘 다리에 쥐가 나요, 피곤해서 통나무처럼 매달렸더니 저쪽이 더 흥분했다거나, 전 남자 친구는 너무 오래 해서 중간부터 등이 아팠다거나."

"남자들도 마찬가지야. 그런 얘기만 해 대."

요시미치가 고개를 끄덕였다.

"허리가 큰일 날 뻔했다거나 체력이 떨어졌다거나. 뭔가 늘 서로 확인하는 느낌이라고 해야 하나."

서로 확인하는 느낌.

요시미치는 방금 자기가 한 말에 스스로 완전히 납득한다.

생각하면 모두 내내, 뭔가를 확인하듯 물었다.

'흥분 안 해?'

수학여행 때 딸기 빵을 내민 니시야마 슈도.

'어엿한 사람이 아니면 곤란하지. 너도 잘 알지?'

늘 누군가와 소문을 떠드는 다요시도.

"오늘도 참, 여러 번도 이런 얘기를 듣는다고 생각하며 적당히 말을 맞췄어."

"응."

다들 뭔가 확인하려 묻는 것은, 자신은 옳다고 즉 다수파라고 확인해 줄 누군가와 함께 웃기 위해서다.

그 누군가에, 내가 뽑힌 적은 없었다.

"점점 허무해지더라."

그런 시간이 쌓이면 점점 허무해진다.

"새삼스러운 일도 아닌데."

새삼스러운 일도 아니지만, 새삼 자신이 이 세상의 모기장 밖에 있다고 느낄 때마다 본인도 깜짝 놀랄 만큼 허무해질 때가 있다.

옆에 있는 나쓰키의 등이 더 굽어진다.

이럴 때 친구라면, 연인이라면 어떻게 할까. 요시미치는 문틈으로 새어 들어오는 빛을 보며 생각한다.

이제까지 줄곧 외톨이였기에 거대한 허무에 휩싸여도 '아, 지금은 그런 시기야.'라며 그냥 넘기면 그만이었다. 하지만 바로 곁에 나와 똑같은 상태의 사람이 있을 때 어떻게 해야 하는지 모른다.

아니야. 요시미치는 부정한다. 모르는 게 아니다. 몰랐다. 지금까지는 누구의 친구도 연인도 가족도 아니었으니까.

"그렇구나."

요시미치는 입을 열었다.

"시험해 보고 싶다는 게 그런 의미야?"

여전히 이럴 때 친구나 연인, 가족이 어떻게 행동하는지는 모른다.

하지만 함께 그물을 짜는 파티를 어떻게 할지는 알 것도 같다.

"모두가 그토록 사로잡혀 있는 섹스가 어떤 건지 한번 시도해 보고 판단해 보자는 거지?"

요시미치는 일단 일어났다. "나도 잘 몰라. 하지만 아마 나쓰키가 똑바로 누워 있고 내가 그 위로 올라가야 할 거야." 그렇게 말하며 침대 끝에서 무릎을 꿇었다. 요시미치의 침대보다 부드러운 매트리스를 사용하는 듯 무릎이 깊이 가라앉았다.

나쓰키가 말없이 고개를 끄덕였다. 확실히 이런 상황에는 표정이 보이지 않을 정도로 방이 어두운 게 낫구나. 처음으로 실감했다.

"왠지 변태 같아."

나쓰키의 목소리에 경쾌한 느낌이 돌아왔다.

나쓰키는 그렇게 중얼거리고 무릎을 세운 상태에서 허리에 손을 대고 있는 요시미치를 가리켰다. 요시미치는 조금씩 침대 보드 쪽으로 향하는 나쓰키를 내려다봤다.

"타고난 변태지. 우리 둘 다."

요시미치가 그렇게 속삭였을 때 아직 이 방에 어렴풋이 남아 있던 망설임이 어딘가로 날아가 버린 듯했다.

"아, 그러니까 아마도, 나쓰키는 똑바로 누워 다리를 최대한 벌려야 할 거야."

"와! 이거 정말 몸이 유연하지 않으면 못 하겠다. 큰일이다. 다리를 활짝 벌리란 소리잖아? 와!"

그물을 짜는 일은 사회가 들여다보면 비웃을 일을 누군가와 공유한다는 것이다.

"그리고 나는 이렇게 손바닥으로 체중을 지탱하고 몸을 앞으로 기울이면 되겠지? 이거 맞아?"

내가 소수파라는 것을 확인하기 위해서만이 아니라 모르는 일을 모른다고 밝히고 물어볼 수 있다는 소리다.

"아, 통나무처럼 매달리고 싶다는 말, 무슨 말인지 알겠다. 그게 무조건 편하구나."

사회에 발각된다면 온 세상이 놀랄 내 안의 이물질을 이물질로 받아들이고 동료와 함께 나아가는 일이다.

　"나쓰키, 허리 좀 들어 볼래? 이대로는 절대 삽입할 수 없어. 각도상."

　"뭐? 아니, 순간적으로는 할 수 있을지 모르겠는데 계속 복근을 써서 허리를 드는 일은 무리야."

　"와! 이거 매트리스 위라 균형 잡기가 어려워."

　말로 표현할 수 없는 외로움, 불안, 의문, 무엇이든 좋다. 내 안에 있는 나도 모르는 것들을 모른다고 인정하고 드러내는 시간이 자유롭게 가로와 세로로 포개지면 마침내 어떤 다리도 빠지지 않을 부드럽고 튼튼한 그물이 완성된다.

　"이 상태가 정상 체위인가?"

　시간이 조금 지나자, 그럭저럭 정답으로 보이는 자세를 발견한 듯했다. 결국 나쓰키는 똑바로 누워 스스로 자기 다리를 잡았다. 요시미치는 침대에 댄 손바닥으로 자기 몸을 지탱하면서 옷 너머로 서로의 성기를 마찰했다.

　"이게 뭐야?"

　나쓰키가 천장을 올려다보며 중얼거렸다.

　"나 지금, 죽은 개구리 같지 않아?"

　요시미치는 저도 모르게 웃음을 터뜨릴 뻔했다.

　"다른 사람들은 이걸 다 하고 있다고?"

　나쓰키가 다리를 안은 채 말했다.

　"이성과 만나 연락을 교환하고 밀당하고 잘 차려입고 데이트하는 최종 목표가 이거라고?"

"게다가, 다들 이런 상태에서 성기를 넣고 빼기를 반복하는 것 같아."

요시미치는 웃지 않으려 노력하며 말했다.

"와, 정말 대단하다. 그 동작, 잠깐 해 봐."

요시미치는 침대에 댄 손을 나쓰키의 머리 쪽으로 옮겼다. 그대로 나쓰키를 덮치는 자세가 되었는데 자기 체중이 상대를 너무 내리누르지 않도록 조심하며 허리를 앞뒤로 움직여 봤다.

"이게 맞나?"

문틈으로 새어 드는 빛이 옷을 입은 채 섹스 자세를 잡은 둘의 가운데를 가르고 있다.

요시미치는 맞는지 아닌지도 모르고 허리를 계속 움직이면서 옳다고 확신하고 이 몸을 움직인 일이 지난 인생에서 단 한 번이라도 있었는지 생각했다.

똑바로 누워 흔들리는 나쓰키와 순간 눈이 마주쳤다.

'왠지 인간은 늘 섹스 이야기를 해.'

그건 틀림없이, 모두 정답을 모르기 때문이다.

요시미치는 느닷없이 그런 생각이 들었다.

인간이 늘 섹스 이야기만 하는 이유는 항상 누군가와 정답을 확인해 보지 않으면 불안해질 정도로 윤곽이 불분명하기 때문이다.

그 순간 도미노의 첫 번째 조각이 쓰러지듯 이제까지의 인생에서 품어 왔던 몇 가지 불가사의가 있어야 할 장소에 쏙 맞춰지는 듯한 느낌이 들었다.

다들, 불안한 것이다.

불안해서 딸기 빵에 흥분하는지를 확인한 것이다. 여자 성기에 흥분하게 된 자기가 불안해서. 이 정도 나이에 여자 성기에 관심을 지니는 게 다수파의 습성인지 아닌지 확인하고 싶어서.

불안해서 주위 사원을 끌어들여 험담하는 것이다. 저 녀석을 이물질이라고 생각하는 게 자기만이 아니라는 것을 확인하고 싶어서. 주위도 이물질이라고 느낀다는 사실을 통해 자기가 다수파, 즉 어엿한 인간이라는 점을 확인하고 싶어서.

어엿한 사람으로 있으려면 다수파로 존재해야 한다. 그렇지 않으면 너는 어엿한 인간이 아니라며 관찰되고 배제되니까.

어제까지 나와 같았던 누군가에게.

도미노가 쓰러진다.

사실은 다들 알고 있었던 게 아닐까.

내가 옳고 정답이라고 믿는 유일한 근거가 '다수파에 속해 있다.'라는 사실뿐이라는 모순을.

3분의 2를 두 번 연속 뽑을 확률은 9분의 4이듯 '다수파로 계속 있을 수 있는' 확률은 대단히 소수라는 것을.

도미노가 차례로 쓰러진다.

사실은 무서웠던 게 아닐까.

바위 위에 선 니시야마 슈도 이대로 뛰어들면 괜찮을까. 누군가에게 확인하고 싶지 않았을까.

요시미치는 떠올렸다. 나쓰키와 함께 찾아갔던 그 바위 위에서 본 경치를.

그곳에 선 니시야마 슈는 이대로 뛰어들어도 되는지 확인하고 싶어 틀림없이 아래를 봤을 것이다.

하지만 그곳에는 부드럽고 튼튼한 그물이 아니라 같은 쪽에 살아온 동료들이 내민 다수파의 결과만이 있었다.

'야, 어서 뛰어들어!'

'잠깐! 사진부터 찍자.'

'포즈를 취하고 뛰어!'

모두 불안하다. 요시미치는 생각한다. 정답 속에서 사는 삶도, 두렵다.

이 세상은 모르는 것투성이다. 하지만 계속 어엿한 사람으로 있으려면 모른다는 사실을 밝혀서는 안 된다.

나는 얼마나 행운인가. 요시미치는 태어나 처음으로 그렇게 생각했다.

철들 무렵부터 자신을 잘못 태어난 생물이라고 인식했다. 온 세상이 너는 이 별의 이물질이라고 알려 줬다. 그 덕분에 내 망설임을 누군가와 확인할 필요가 없었다. 누군가에게 이해받는 일도 누군가를 이해하는 일도 아예 포기했다.

사실 그것은 아주 행복한 일이었을지 모른다.

침대 스프링이 삐걱거리는 소리가 들렸다.

섹스 자세를 잡았다는 이유만으로 왠지 이제까지 깨닫지 못했던 생각이 피부를 통해 생생하게 전해졌다. 냉장고 소리, 창밖의 세계가 움직이는 소리, 나쓰키의 이마에 달라붙은 앞머리. 오감의 해상도가 너무 선명해 거꾸로 지금 우리가 이러고 있는 것을 온 세상의 모든 생명체가 들여다보고 있는 듯한 느낌이 들었다.

옳은가? 맞는 건가? 다수파인가? 난 어엿한 사람인가? 숨기고 싶은 밤의 일일수록 이 별에 감시당하고 있는 것만 같다.

다들, 이런 불안 속에서 살고 있구나.

도미노가 계속 쓰러진다. 그 하나하나가 반 친구들이나 선배와 후배, 상사와 동료, 거리에서 스친 사람들, 지금까지의 인생에서 만난 사람들과 겹친다. 누군가의 가슴 깊은 곳에 있는 이물질을 끌어냄으로써 결과적으로 정답 줄에 서려는 사람들.

내 안에 잠든 불안을 파악하기보다 경멸하기를 선택한 사람들.

흔들리는 리듬 속에서 도미노의 마지막 조각이 쓰러진다.

요시미치는 안개가 걷혔을 때의 상쾌함을 느끼면서도 그냥 울며 소리치고 싶어졌다.

"피곤해?"

나쓰키가 갑자기 물어왔다.

"피곤하다기보다 그게, 평소 사용하지 않는 근육을 사용한 느낌이야. 근육통이 올 것 같아. 매트도 불안정하고."

요시미치가 입을 열어 대답했다.

"있잖아. 내 위로 쿵 떨어져 줘."

나쓰키는 조금 망설인 뒤 중얼거리고는 목소리를 더 낮춰 계속했다.

"오늘 회식에서 말이야, 퇴직하는 사람이 말했어. 섹스 자체보다 다 끝난 다음에 피곤해진 상대가 자신을 덮치는 게 더 좋다고."

"뭐?"

요시미치는 정말 그 말이 맞는지 알 수 없었다. 실제 섹스는 땀을 흘린다고 들었는데 땀을 흘린 성인 남자가 덮치면 기분 나쁘지 않을까.

"아르바이트 직원은 너무 무겁고 땀이 싫다고 아우성쳤는데 찬성파들은 그 무게가 좋대. 뭐랄까, 완전히 지쳐 떨어지는 느낌이 사랑스럽다나."

나쓰키가 두 팔로 안고 있던 다리를 풀었다.

"그 얘기를 들었을 때 전에도 똑같은 말을 했던 애들 얼굴이 갑자기 떠올랐어."

나쓰키는 일단 눈을 감았다가 마치 플라네타륨이라도 보듯 천장을 올려다봤다.

"중학교 때 선배와 섹스했다고 교실에서 요란을 떨었던 아이코도, 오카야마에 있던 다른 가게 직원도 그랬어. 그리고 오늘도 들었고."

나쓰키는 별이 흐르기를 기다리듯 입을 닫았다. 그리고 요시미치를 보며 말했다.

"알고 싶어. 나는 계속 어떻게 느낄지 궁금했어. 모두 저마다 좋다, 나쁘다는 의견을 갖고 있는데 나도 거기 끼고 싶어."

"응."

요시미치는 고개를 끄덕이고 마음속으로 알았다고 대답했다.

모두가 고민하는 문제를 고민하지 않는 인생이었다. 모두가 긍정인지 부정인지 자기 의견을 갖는 현상을 애초에 모르는 인생이었다. 그래서 알고 싶다. 시험해 보고 싶다. 모두가 사는 세상을, 걸어온 시간을, 모의로라도 체험하고 싶다.

"나, 요즘 살쪘는데 괜찮겠어?"

"응."

"정말? 정말 쿵 쓰러진다?"

"괜찮다니까. 현실에 가장 가까운 느낌으로."

"현실을 모르는데?"

"그런가? 그렇구나."

"그럼, 간다. 진짜 간다."

요시미치는 자기 몸을 지탱하고 있던 두 손바닥을 쓱 뺐다. 자기 얼굴이 나쓰키의 오른쪽 귀 옆으로 떨어졌을 때 생각보다 딱딱한 자기 뼈가 생각보다 부드러운 나쓰키의 몸 어딘가에 격렬하게 부딪히는 것을 느꼈다.

"헉!"

나쓰키는 숨을 들이켜는 듯한 소리를 흘린 후 잠시 침묵했다. 요시미치는 나쓰키의 어깨 근처에서 나는 기름 냄새를 맡고 있었다. 오랫동안 이자카야에 있었던 사람의 냄새.

"너무 무거워."

나쓰키가 드디어 목소리를 냈다.

"그야 그렇겠지."

요시미치는 웃고 말았다.

"순간, 숨을 쉴 수 없었어."

"미안해."

요시미치는 다시 팔을 기둥 삼아 세워 몸을 일으키려 했으나 그럴 수 없었다.

나쓰키의 팔이 등을 감고 있었다.

"그래. 이런 거였구나."

귓가에서 나쓰키의 목소리가 나고 나쓰키의 팔에 힘이 들어갔다.

"인간의 무게에 안심하게 되는구나."

나쓰키가 팔에 주는 힘과 반대로 요시미치의 온몸에서 힘이 빠졌다. 그러사 자기가 마치 이불이라도 된 듯한 기분이 들었다.

"다른 사람의 몸을 만진 적 자체가 없었어."

안심한다는 게 너무나 이상했다. 뼈가 부딪혀 아픈데, 당장이라도 어딘가 잘못될 듯 불안정한데 누군가의 몸 표면과 닿아 있기만 해도 내 몸이 안심한다는 사실을 요시미치는 깨달았다.

"나는 틀림없이, 이런 거 무겁고 숨 막힐 줄 알았어."

요시미치의 코에 나쓰키의 옷에 묻은 기름 냄새 다음으로 목덜미 냄새가 닿았다.

"정말 엄청나게 무겁고 숨 막혀."

한 사람 위에 다른 사람. 나쓰키가 말할 때마다 침대 시트에 박혀 있는 요시미치의 얼굴도 조금씩 진동했다.

"그런데, 그만큼 무거운 돌 같은 걸로 나를 이 세상에 묶어 두는 것 같아."

호흡할 때마다 차가웠던 시트가 따뜻해진다.

"여기 있어도 된다고 말해 주는 것 같아."

시트의 차가움이 얼굴 온도와 뒤섞인다.

"어쩌지?"

겹쳐 있는 두 몸의 경계가 점점 사라진다.

"나는 이제, 혼자 살던 때로 돌아가지 못할 것 같아."

이제까지 지내 온 시간도, 익숙하게 길들였던 외로움도, 원망도 비뚤어진 생각 모두 이 순간 하나로 뒤섞이는 듯했다.

요시미치는 자기 가슴에 나쓰키의 가슴이 부드럽게 눌려 있는 것을 느꼈다. 니시야마 슈도 다요시도 모두 이런 감각에 성적으로 흥분할 것이다. 하지만 요시미치는 아무런 느낌이 없다. 여성의 몸과 아무리 밀착해 있어도 성적인 반응은 전혀 일어나지 않는다. 하지만 자기 몸이 누군가의 몸과 닿아 있는 동안은 이 몸에 배어 있는 슬픔과 외로움의 역사가 땀구멍을 통해 흘러 나가는 듯했다.

하지만 요시미치는 깨달았다. 본인은 지금 이토록 대단한 감개에 빠져 있으나 이 생활은 단 하나의 빗금만으로도 쉽게 무너진다는 것을. 우리는 어차피 서로를 이용할 뿐이다. 만약 둘 중 하나가 일할 수 없게 되면 얼마나 상대를 돌봐 줄까. 어디까지나 자립한 사람끼리 적당히 기대는 것일 뿐인 우리가 언제까지 이렇게 지낼 수 있을까.

하지만, 그래도.

"다행이야."

다행이라고 생각하며 요시미치는 그 말을 곱씹었다.

"그때 용기 내길 정말 다행이야."

그때.

학교 건물 뒤쪽 급수장에서 만났을 때. 동창회장에서 재회했을 때. 그 후 둘이 택시를 타고 니시야마 슈가 죽은 강가에 갔을 때. 한 해의 마지막 날, 건널목에서 눈이 마주쳤을 때. 먼지 냄새 나는 침대에서 새해 카운트다운을 들었을 때.

그곳에서 용기를 짜내지 않았다면 다 끝이었다. 그렇게 생각한 순간이 여러 번 있다. 이제까지 살아남은 기적이 온몸을 내달렸다.

"내 앞에서 사라지지 마."

나쓰키의 목소리가 떨어졌다. 귓가에서 속삭이는데 아주 먼 하늘 저편에서 목소리만 떨어지는 듯하다.

"내 앞에서 사라지지 마."

요시미치도 목소리를 내어 본다. 작디작은 목소리이고 나쓰키의 귀는 바로 옆에 있는데, 두 손을 입에 대고 몸을 젖혀 목이 쉬도록 외친 느낌이다.

내일도 틀림없이, 미래에서 보면 '그때'가 된다. 내일 더 늘어난 관계가 틀림없이 또, 나를 이 세상에 묶어 주는 그물 일부가 될 것이다. 요시미치는 시트를 힘껏 움켜쥐었다. 시트에 잡힌 주름이 이 몸에서 세상으로 뻗어 나가기 시작한 뿌리처럼 보였다.

지금 품은 안심은 이 동거처럼 아주 불안정하고 일시적일지 모른다. 그렇다고 해도 이 순간을 하나씩 이어 가야만 극복되는 시간이 모여 인생이 된다.

요시미치는 눈을 감았다. 꼭 쥐고 있는 시트에 온기가 감돈다. 내일 처음 만날 두 사람과 이미 손을 잡은 것처럼.

모로하시 다이야
2019년 5월 1일로부터, 52일

다이야는 일단 손에 들어 봤다. 이미 무의미한 일이라는 것은 알지만, 이 케이블을 집에 두고 외출하는 데 저항감이 들었다.

일단 가지고 갈까.

위에서 내려다보니, 배낭 안에는 야에코가 건넨 케이블이 오프 모임에 필요한 물품 사이에 섞여 있다. 평소 절대 섞이지 않도록 다이야가 조심하는 두 개의 인격이 섞여 있다는 사실을 상징하는 것 같아서 보기만 해도 조마조마했다.

어차피 집에 둬도 불편할 것이다. 조금 이른 시간이지만 얼른 나가는 게 좋겠다. 다이야는 손목시계로 시각을 확인하고 배낭을 들고 현관으로 향했다. 오전 11시 약속 시각까지 아직 한 시간 이상 남았으나 이렇게 안절부절못하는 모습으로 가족의 의심을 사는 일은 피하고 싶다.

'합숙, 올 거지?'

현관에 앉자 마치 알람처럼 야에코의 목소리가 되살아났다. 다이야는 스니커즈의 끈을 다시 묶으며 그 말이 남긴 울림을 뿌리치려 했다.

어젯밤에 세미나 담당 교수와 실행 위원들에게는 연락했다.【열이 나고 있습니다. 합숙 결석에 관해서는 내일 아침 일찍 연락드리겠습니다.】큰 의미는 없으리라. 전날 밤에 가볍게 결석할 가능성을 알림으로써 직전에 취소할 때의 충격을 조금이나마 완화하려는 약삭빠른 생각일 뿐이다. 그리고 오늘 아침 6시쯤에【죄송합니다만 컨디션이 회복되질 않아서 결석하겠습니다.】라고 연락했다. 교수와 우스이, 오카노야는 답신을 줬는데 야에코는 읽었다는 표시만 떴을 뿐이다.

'그 케이블이 없으면 합숙 마지막에 프레젠테이션, 못 하니까.'

야에코는 그렇게 말했으나 틀림없이 어떻게든 될 것이다.

"좋았어!"

다이야는 일어나며 목소리를 내어 봤다. 지금부터 나는 드디어 같은 페티시즘을 지닌 사람들과 만난다. 그렇게 생각하자 케이블 일도 머릿속에서 완전히 날아가 버렸다. 드디어 만난다, 드디어 대화한다. 그런 실감이 들수록 세미나 합숙이라는 현실이 멀어져 갔다.

다이야는 손잡이를 잡은 순간, 지금부터는 평소의 나를 아는 사람과는 만나선 안 될 것 같았다. 주위 사람이 본다고 해서 내가 지금부터 같은 성적 취향을 지닌 사람들의 오프 모임에 간다는 사실을 알아차리지는 못할 것이다. 그래도 모로하시 다이야로서 자신을 인식하는 누군가에게 들키기 싫었다.

그래서 다이야는 어쩔 줄 모르고 집 앞 도로에 서 있는 사람의 모습을 확인한 순간 온몸의 회로가 끊어진 것만 같았다.

야에코, 가 있었다.

"아!"

야에코는 수수한 사복을 입고 짐도 들고 있지 않았다. 본인조차 자기가 왜 여기 있는지 모르겠다는 표정을 짓고 있었다.

"아, 몸은 괜찮아?"

다이야는 꼼짝할 수 없었다. 눈앞의 현실을 뇌가 제대로 처리하지 못했다.

"그냥 너무 걱정되어서……. 같은 실행 위원이기도 하고, 마음이 쓰여서."

야에코는 마치 자신을 설득하듯 혼자 계속 떠들었다.

"왜?"

다이야는 우리 집을 아느냐고 말을 잇고 싶었으나 혼란이 앞섰다. 다만 그렇게 질문한다고 해도 그 질문이 지금 자신이 느끼는 위기감을 정확히 표현한 게 아니라는 것을 깨달았다.

두 사람의 머리 위에는 새파란 하늘이 커다란 밥공기처럼 부풀어 있었다. 오늘은 한여름 날씨가 될 거라는 일기예보가 맞은 듯하다. 토요일 오전 10시 전, 인적 없는 주택가를 기온이 오르기 직전의 시원한 바람이 훑고 지나갔다.

"미안해. 그게 아니야."

야에코가 입을 열었다.

"걱정하기는 했는데 뭐랄까?"

그리고 야에코는 한참 시선을 허공에 뒀다가 다이야를 똑바로 바라보고 말했다.

"같이 한 걸음 내딛자고 말하고 싶어서."

"뭐?"

아마도 목소리로 나왔을 것이다. 하지만 지금의 야에코에게는 다이야의 반응 따위는 상관없으리라.

"그 마음, 알아. 나도 합숙 같은 거 아주 힘드니까. 잘 모르는 남자들과 잠을 자다니. 방이 남녀로 나뉘어 있어도 싫어. 사실은 가기 싫어. 하지만."

야에코의 눈이 촉촉해진다.

"내가 잘못한 게 하나도 없는데 왜 싫은 게 늘어나기만 할까? 그냥 너무 답답했어. 왜 잘못한 게 하나도 없는 내가 합숙 같은 것들을 인생에서 멀리해야 할까. 그렇게 생각하니까 그냥."

갑자기 무슨 소릴 하는 걸까. 아니, 합숙이 어떻다는 말인가. 아니, 그보다 역시 어떻게 우리 집을 알았을까.

"모로하시도 같은 기분일 듯해서."

딱히 똑같지 않은데.

"그래서 같이 합숙에 가자고 말하려고 왔어."

다이야의 머릿속에는 다양한 의문이 떠올랐으나 그것들을 하나씩 음미할 여유가 없었다.

"괜한 참견일지 모르겠어. 하지만 지금이야말로 우리가 변할 기회인 것 같아서."

하늘이 파랗다. 아주.

다이야는 굳어 버린 몸의 무게에 지지 않도록 발바닥에 힘을 줬다.

"그러고 보니."

야에코가 침묵을 메우듯 이야기를 시작했다.

"올해도 학교 축제로 다이버시티 페스티벌을 치르기로 했어."

다이야의 입안에서 씁쓸한 침이 퍼졌다.

"올해도 연대라는 주제를 그대로 이어 가며 더 깊이 파고들 생각이야. 작년에는 다양성을 대대적으로 내세웠는데 올해는 좀 더 세분하려고. 우리처럼 이성이나 연애가 힘든 사람까지 포함해서. 성적 소비를 조장하는 콘텐츠라든가. 그 이야기는 미스 선발 대회 폐지와도 이어지겠지만."

굳어 버린 다이야의 몫까지 자기가 맡아야 한다는 듯 야에코는 빠르게 말을 이어 나갔다.

"같은 문제의식을 지닌 사람과 이어질 기획을 준비할 예정이야. 기획을 통해 이런 생각을 하는 사람이 나만이 아니라는 사실을 알면 앞으로는 좀 더 내 기분에 정직하게 살자는 분위기가 되지 않을까 해서."

야에코가 침을 한 번 삼켰다.

"그러니까 이제 다양성의 시대이니만큼 모로하시도 더는 혼자 끙끙대지 말고."

"나는, 동성애자가 아니야."

다이야의 목소리가 구름 한 점 없는 넓은 하늘로 빨려 들어간다.

"그 녀석에게 무슨 소리를 들었는지 모르겠는데 나는, 네가 생각하는 그런 사람이 아니야."

'네가'라는 2인칭의 울림이 마른 초여름의 공기 속에 순식간에 퍼져 나갔다.

"그러니까 나 좀 내버려 둬."

다이야는 현관에서 야에코를 내려다봤다.

"너를 다 이해한다는 얼굴로 다가오는 녀석이 제일 짜증 나. 애당초 나는 정직하게 살고 싶은 마음도 없어."

오전 10시가 되기 직전, 주택가는 아직 새 지저귀는 소리만이 당당하게 울릴 정도로 조용했다.

"이성의 시선이 무섭다거나 연애가 힘들다거나…… 너처럼 세상의 응원을 받을 줄 알고 자기 상처를 드러내는 녀석을 보면 그 상처 딱지에 칼을 찔러 넣고 싶다고."

야에코의 등 뒤로 자전거를 탄 노인이 천천히 지나갔다.

"동정받을 수 있는 과거를 밝히고 정말 힘들었어, 괴로웠어, 그렇게 떠들면서 그런 곳에 나를 끌고 들어가지 마."

따르릉.

"본인이 상상하는 '다양성'만 예찬하고 질서에 넣으면 기분 좋지?"

지나간 자전거의 벨 소리가 상쾌하게 울린다.

"너희들이 그토록 좋아하는 '다양성'이란 거, 사용하면 저절로 그렇게 되는 마법이 아니야."

누군가를 물러서게 할 의도가 없는 벨 소리는 정말 오랜만이다.

"나는 모르는, 상상도 할 수 없는 게 이 세상에는 정말 많아. 바로 그걸 깨닫게 하는 단어여야지."

따르릉. 소리가 멀어진다.

"다양성이라고 떠들면서 한 방향으로 우리를 끌고 가려고 하지마. 나는 한쪽으로 치우친 사람과는 달리 다양한 처지에 있는 사람을 균형적으로 이해한다는 얼굴을 하고 있지만, 너는 어디까지나 '많은 걸 이해해요.'라는 데 치우쳐져 있는 일개 인간일 뿐이야. 눈에 보이는 쓰레기를 버리고 예쁜 꽃으로 장식하고는 '와, 새로운 시대가 왔어.'라며 좋아하는 극단적인 사람일 뿐이라고."

따르릉.

주류가 조장한 악영향이 가득한 장소에서만 간신히 그 숨을 이어 왔다. 오히려 소수자를 적당히 이용하는 장소에서 상처를 입었다. 전자가 규제되고 후자를 예찬하는 장소만 만나 왔다.

인생에 대한 그런 원망을 눈앞의 사람에게 푼다고 해서 달라질 게 없다는 것은 안다. 하지만 그래도 다이야의 입은 멈추지 않았다.

"나는 한없이 이해할 수 있는 사람이라고 생각하는 녀석이 제일 싫어."

자전거 페달을 밟는 노인의 등은 이미 아주 작아졌다.

"네가 신나서 한 짓이 바로 이런 거야. 이거라고."

그 상체가 기분 좋게 흔들리고 있는 게 보인다.

"어떤 인간이라도 자유롭게 살 수 있는 세상을! 다만 정말 위험한 녀석은 제외하고."

바람이 분다.

"차별은 안 돼! 하지만 소아성애자와 흉악범은 격리해야 하고 윤리에 반하는 언동을 하는 사람도 사회에서 사라져야 한다."

야에코의 얼굴에 걸쳐진 머리카락이 마치 사선 같다.

"나는 동성애자가 아냐. 너처럼 다 이해한다는 얼굴을 하는 녀석이 상상조차 할 수 없는 인간이야. 나와 같은 성적 취향을 지닌 사람은 성욕을 채우려다가 체포되었어. 절도와 건조물 침입 혐의로."

야에코의 표정이 잘못 쓴 부분을 지우려고 그은 사선에 의해 보이지 않게 된다.

"너 같은 녀석일수록 다정하게 굴면서 강한 선을 긋듯 말하지. 나는 차별하지 않는다거나 소수자들을 이해한다거나, 이해하지 못한다고 판단된 사람에게 사과하라거나, 똑바로 좀 배우라거나, 시대에 뒤떨어진 꼰대라거나."

또 바람이 분다. 선이 늘어난다.

"이해하다니 뭘? 너희가 이해하든 안 하든 나는 변함없이 여기 있어. 무엇보다 나는 이해받고 싶은 마음도 없다고."

너에게. 다이야는 강력하게 그렇게 생각한다.

"너희들이 상상조차 못 하는 인간은 이 세상에 얼마든지 있어. 이해받고 싶지 않은 사람도 아주 많고. 나 스스로가 싫은 사람이 있어도 당연하다고 생각해."

야에코의 표정이 점점 사라진다.

"나는 주위와 내가 다르다는 사실을 안 뒤로 적어도 내 욕구를 현실에서 드러내지 않으려고 애쓰며 살았어. 나와 같은 사람이 과거에 체포되었다는 걸 알았으니까. 하지만 너 같은 녀석들이 우리의 마지막 보루마저 시대의 진보라며 빼앗아 간다고."

철커덕 소리가 들렸다.

"우리 마음을 알겠어?"

오른쪽 옆집 문이 열렸다.

"자기 전에 매일 생각해."

젊은 부모와 어린 여자애가 현관에서 나왔다. 세 사람 다 즐거운 표정으로 좁은 주차장에 세워진 작은 차로 다가갔다.

"아침에 일어나면 다른 사람이 되었으면 좋겠다고. 매일 밤 생각해. 성욕이 죄가 되지 않는 사람이 되고 싶다고. 나도 그런 인간으로 태어나 좋아하는 사람과 어떻게 할지 고민하고 연인이 생기고 가족이 생기고 아이가 생겼으면 좋겠다고. 혹시 누군가와 서로 사랑하는 인생이 아니더라도 처음부터 다 빼앗지 말고 나도 언젠가 행복한 가정을 가질 수 있다고 생각하며 살고 싶었어."

야에코는 곧 자동차가 출발하리라고 예상했는지 다이야에게서 떨어지는 형태로 길을 내 주었다.

"내게 정직하라고 하는데 그 정직한 부분이 막다른 곳이라고. 나는 뿌리부터 잘못되었어."

"그래도 나는 이해하고 싶어."

멀어진 입술에서 가는 목소리가 날아왔다.

옆집 자동차 문이 쾅 소리를 내며 닫혔다.

"모로하시가 어떤 사람이라도 나는 거부하지 않아."

자동차 시동이 걸린다.

"어려울지도 모르지만, 최대한 이해하고 싶어. 그리고."

"그게 짜증 난다고!"

부웅.

다이야와 야에코 사이로 옆집 가족을 태운 자동차가 들어온다.

"거부하지 않는다니 그게 무슨 소리야? 상관없다고! 네가 거부하든 안 하든. 왜 너희들은 항상 누군가를 받아들이는 쪽에 있다고 전제하지? 너희들의 이해라는 말은 결국 우리를 정상인의 문맥에 넣을 수 있는 정도의 이물질인지 확인하려는 거겠지."

지나가는 자동차의 뒷좌석, 어린이용 시트에 앉은 여자애는 다이야를 향해 손을 흔들었다.

"제발 부탁이니까 나 좀 그냥 내버려 둬."

안녕.

여자애의 입이 조그맣게 그러나 또렷하게 움직였다.

안녕.

나도 이제 좀, 안녕이라고 말하고 싶다.

내가 안은 문제를 드러내 누군가에게 이해받고 싶다는 생각, 눈곱만치도 해 본 적 없다. 그저 이대로 살 수 있게만 해 주면 좋겠다. 탐색하지도 않고 들여다보지도 않고 판단하려고도 하지 말고 이대로 그냥 두면.

"편하구나."

식칼로 생선의 배를 가르는 듯한 목소리가 들렸다.

"그렇게 불행하게 있는 게 더 편한 거지?"

야에코는 다가오지 않았다. 그런데도 다이야는 야에코가 바로 눈앞에 서 있는 듯했다.

"선택지가 없으면 고민할 필요도 없지. 노력 안 해도 그만이고, 계속 그렇게 나는 세상에서 제일 불쌍한 사람이라고 한탄하고 있으면 되지. 그러고 있는 게 실은 아무 생각 없이 지낼 수 있지. 대면해야 할 일에 대면하지 않고 있을 수 있지."

"뭐?"

야에코의 목소리는 분명 내 귓가에 도달했는데 왠지 다이야의 목소리는 상대에게 닿지 않는 듯하다.

"그렇게 전부 태어난 탓으로 돌리고 자신이 제일 불행하다고 말하면 그만이지."

바람이 분다. 야에코의 얼굴에서 사선이 사라진다.

"아까 우리 마음을 아느냐고 물었지? 그런데 너도 모르지? 선택지가 있는데도 잘 되지 않는 사람의 괴로움, 모르지? 나도 이렇게 답답하지 않았으면 좋겠어. 이런 용모의 나를 사랑해 주는 사람과 살고 싶다는 동경 같은 거 다 지우고 싶어. 성욕이나 연애, 결혼 같은 거 다 상관없이 살 수 있다면 그러고 싶어. 하지만 사람을 좋아하게 되고 말아. 남자도 오빠도 다 끔찍한데 그래도 나는 남자를 좋아하게 된다고!"

이번에는 왼쪽 옆집 문이 열렸다. 구묘지역에서 내리면 있는 주택가는 똑같은 디자인의 집들이 쭉 늘어서 있다.

"고민에는 온갖 종류가 있고 다들 자기 고민에 집어삼켜지지 않으려고 애쓰며 산다고. 우리가 한 행동에 위협을 받았다면 알려 달라고. 말하라고. 뭐야? 우리 마음을 아느냐고 말하고는 문을 닫아 버리면? 당연히 모르지. 알 리가 있느냐고? 모르니까 이렇게 더 얘기하자는 거잖아!"

이번에는 열 살 정도의 남자애가 문에서 나왔다.

"내버려 두라는데 그건 그쪽의 엉터리 논리라고. 네가 어떤 성적 취향을 가졌는지도 모르고 폐를 끼치지 않으려고 노력해 왔을지 모르지만, 그래도 규제를 받았다면 어디의 누군가를 일방적으로 소비한 거 아냐? 대등하지 않은 부분이 있었던 거 아냐?"

남자애는 깡충깡충 뛰어 현관에서 조금 떨어진 우편함으로 걸어갔다.

"그리고 뭔데? 절도와 건조물 침입이라니, 그런 건 누구든 안 되는 거잖아? 마음대로 뭘 훔친 거잖아? 들어가면 안 되는 데를 들어간 거잖아? 그런 건 모든 사람이 다 안 된다고!"

자전거를 탄 노인도, 차에 탄 가족도, 우편함으로 향하는 남자애도 휴일 오전 중이라 그런지 다 기분이 좋다.

"불행하다고 해서 뭐든 다 해도 되는 건 아니야. 동의가 없으면 키스도 섹스도 다 범죄야. 특별히 너희들만 자유롭지 않은 게 아니라고."

덜컹. 우편함이 열리는 소리와 함께 남자애의 뒷머리에 엉킨 머리카락이 흔들렸다.

"내 오빠는 방에 틀어박혀 역겨운 야동만 보고 있어. 그 시선이 옆방에 있다는 생각만으로 너무 싫어. 그렇다고 현실에서 누군가를 억지로 어떻게 하려고는 하지 않아. 이성애자도 다들 이를 악물고 온갖 욕망을 채우지 못하는 자신을 다독이며 살아가고 있다고!"

어디선가 밀가루가 익는 냄새, 그리고 버터 냄새가 났다. 늦은 아침일까.

"처음부터 선택지를 뺏긴 고통도, 선택지가 있는데 선택할 수 없는 고통도, 다 고통이라고."

남자애가 마치 선물 내용을 한시라도 빨리 확인하고 싶은 듯 우편함 안에 손을 넣었다.

"그래서 나는 너처럼, 이거 봐, 이렇게 힘들다면서 불행으로 당당하게 상대의 입을 다물게 하려고 생각하지는 않아. 그게 가지고 태어난 거라도 불행을 변명 삼아 온갖 것에서 도망치고 싶지 않아. 미스 선발 대회를 폐지한다고 해서 누군가의 머릿속에 있는 성적인 시선을 제어할 수 없다는 건 알아. 모든 대학에서 미스 선발 대회를 없애겠다는 생각도 없어. 하나의 방향으로 이끌고 싶지도 않아. 나를 깎아내리는 것들뿐인 세상 속에서 어떻게든 긍정적으로 살려는 방법을 생각할 뿐이야. 그것을 위해 그냥 행동할 뿐이야. 내가 그렇게 심한 소리를 들을 이유는 없다고!"

야에코의 표정이, 순간순간 변한다.

야에코의 그림자 형태도, 조금씩 변한다.

'나를 깎아내리는 것들뿐인 세상 속에서.'

"너지?"

쾅, 우편함이 닫힌다.

"'스페이드' 인스타그램에 요청 사항을 보낸 사람이?"

몸을 돌린 남자애는 양팔에 신문과 우편물을 잔뜩 안고 있다.

"너, 내 사진을 보려고 임시 계정까지 만들어 요청을 보냈지?"

도박이었다. 확신이 있었던 건 아니다. 하지만 목소리를 내어 얘기하니 자기 안에 일렁이고 있던 의혹의 불꽃이 사실이었음을 깨달았다.

야에코의 얼굴이, 하늘보다 더 파랗다.

"그거, 정말 싫었어."

우편함을 등진 남자애는 안고 있는 종이 다발이 미끄러지지 않도록 천천히 현관으로 걷기 시작했다.

"다들 나를 노리고 올리는 요청이라고 하고, 그래서 마음대로 상반신 노출 사진도 올라가고, 요청한 녀석이 그 사진을 어떻게 이용할지 생각하니 너무 기분 나빴어."

"그게 아니야."

야에코가 그렇게 말했을 때 남자애가 눈동자만 굴려 이쪽을 봤다.

"그게 아니야. 그 요청에는."

"성적인 감정은 없었다고?"

주의력이 흩어져서인지 남자애의 손에서 엽서 크기의 무언가가 스르륵 떨어졌다.

"어떻게 판단하지? 그 감정이 성적인지 아닌지?"

남자애는 일단 들고 있던 모든 걸 땅에 내려놓았다.

"무엇을 보든 보는 순간에 생기는 감정은 자기조차 명확하게 구분하기 힘들어. 어떤 감정이든 0 아니면 100이 아니야. 희로애락이 얼마씩 섞여 지금 감정이 되었는지 아무도 정확히 몰라. 안 그래?"

이런 상황에서도 주위의 움직임을 냉정하게 관찰하듯.

자전거를 타는 노인을, 차에 탄 젊은 부부를, 저기에 쭈그려 앉은 어린아이를, 저마다 저마다의 측면에서 성적으로 느끼는 사람이 있듯.

"누가 무엇을 어떻게 생각할지는 아무도 조절할 수 없어."

'미스 선발 대회를 폐지한다고 해서 누군가의 머릿속에 있는 성적인 시선을 제어할 수 없다는 건 알아.'

그야 당연하다고 다이야는 생각한다.

무엇이 성적인 것이라고 정의하기는 쉽다. 하지만 무엇이 성적이라고 '생각하는' 것을 제어하는 일은 아무도 할 수 없다. A를 보고 B라고 '느끼는' 데 참견하는 사람은 어디에도 없다.

남자애가 땅에 내려놓은 물건을 줍는다. 털 하나 나지 않아 매끄럽게 빛나는 가는 정강이가 짧은 반바지 아래로 드러나 있다.

어떤 사람에게는 아무것도 아닌 게 다른 사람에게는 지극히 성적으로 보인다는 사실을 다이야는 뼈저리게 알고 있다. 그리고 그런 나조차도 상상할 수 없는 것에 흥분하는 사람들이 이 세상에는 수없이 존재한다는 사실도 너무나 잘 안다.

뇌. 무엇을 어떻게 느끼고 생각하고, 생각하더라도 아무도 간섭하지 못하게 하는 단 하나의 성벽.

"나를 성적으로 봤다고 해도 괜찮아."

남자애의 반바지 아래로 잘 구운 빵처럼 부푼 허벅지가 보인다.

"품어선 안 될 감정은 이 세상에 없으니까."

그 말은 곧, 있어서는 안 될 사람 역시 이 세상에는 없다는 소리다.

이상하게도 다이야는 말하면서 그렇게 생각했다.

이제까지 자기를 잘못된 생물이라고 생각해 온 다이야에게 이런 놀라운 생각이 찾아오다니, 인생 최초의 경험이었다.

"맞아."

야에코가 입을 열었다.

"감정은 자유라고 나도 생각해."

영차! 남자애가 다리에 힘을 준다.

"그래서 더욱."

야에코가 목소리를 짜내는 것과 남자애가 일어난 것은, 거의 동시였다.

"그 자유를 지키기 위해 어떻게 해야 좋을지 같이 더 생각하고 싶어."

남자애가 앞으로 나아간다.

"모로하시가 무슨 말 하는지 알겠어. 알지만 결국은 그거, 힘으로 억압될 가능성이 적은 처지라 할 수 있는 말이라고 생각해. 역시 나는, 아무리 머릿속은 자유라도 그걸 어떤 형태로 드러내는 건 싫어."

야에코는 일단 말을 끊었다가 다시 이었다.

"이를테면 길을 걷는다고 쳐. 체격적으로 우위인 사람이 많은 곳에서 그런 일을 당하면 그거 정말 무서워. 던져지는 시선이 같더라도 나와 모로하시가 받는 영향은 전혀 달라."

어느새 현관에 도착한 남자애는 안고 있는 종이들에 세심한 주의를 기울이며 문을 열려고 한다.

"있잖아. 모로하시."

문득 정신을 차리니 야에코의 목소리가 바로 옆에 있었다.

"그렇게 말이야, 많은 것들을 앞으로 같이 생각하면 말이야."

언제 여기까지 다가왔을까.

"뿌리라고 생각하던 게 가지가 될지도 몰라."

뜨겁다.

기온일까 체온일까. 둘 중 무언가가 확실히 상승하고 있다.

"아까 너는 뿌리부터 잘못됐다고 했는데 가지고 태어난 부분은 바뀌지 않을지 모르지만, 그보다 더 큰 뭔가를 앞으로 만들어 낼 수 있지 않을까? 그렇다면 지금까지 뿌리였다고 생각한 게 가지 정도로 가늘어져 보일 수도 있잖아."

어느새 도로를 건너 바로 옆까지 다가온 사람의 눈에 비친 자신을, 다이야는 바라봤다.

"나는 그렇게 하고 싶어."

이 사람의 눈에 비친 세상.

"나는 앞으로도 계속, 외모 콤플렉스나 이성의 눈을 두려워하는 마음에 휘둘리며 살기 싫어. 그것 때문에 지금까지 포기한 게 너무 많아. 앞으로는 더 포기하고 싶지 않아."

결국은, 인간끼리의 연애가 기초가 되는 세상.

"모로하시도 그렇게 생각할 수 없을까?"

그 세상의 희망을 표식으로 사는 사람이 내게 손을 잡자고 한다.

"나는."

다이야는 일단 눈을 감았다.

"안 될 거야."

눈앞에 있는 야에코의 얼굴근육이 중력에 무너진다.

"나는 결국, 너와는 다른 세상을 살아갈 테니까."

야에코가 입을 열기 전에 다이야가 목소리를 높였다.

"아니, 같은 세상을 살지만, 받아들이는 감정이 너무 달라."

야에코의 눈동자가 살짝 흔들린다.

"그러니까 가지고 태어난 게 가지처럼 얇게 보이게 되더라도 너처럼 긍정적으로 되지는 않아. 어디부터 말해야 그런 마음을 제대로 전할지는 모르겠지만."

"아, 정말 성가시네!"

그 목소리는 자전거의 벨 소리보다 자동차 엔진보다 열리고 닫히는 우편함 문보다 그 어떤 것보다 크게 주택가에 울려 퍼졌다.

"어디부터 얘기해야 할지 모르겠으면 뭐든 얘기해 봐! 이렇게 더 얘기했으면 됐다고! 나도 여러모로 착각했고 지금도 오해하고 있을 게 많겠지. 하지만 이제 네가 품은 문제를 이해하고 싶다는 생각은 그만둘게. 다만 다른 사람과 다른 부분을 품고 사는 것에 대해서는 틀림없이 더 서로 할 말이 있을 거야."

다이야는 깨닫는다.

상승하는 것은, 기온 쪽이다.

태양의 위치가 바뀌었다.

"더는 유메 선배에게 이야기를 들었기 때문도, 호감을 품었기 때문도 아니야. 나는 나와 생각이 다른 너와 더 얘기하고 싶어. 전혀 다른 머릿속의 자유를 서로 지키기 위해 더 이어지고 싶다고. 더 함께 생각하고 싶다고. 나는 지금 진심으로 그렇게 생각해."

시간이 흐르고 있다.

"미안해."

눈동자 속에서 자신이 사과하고 있다.

"나, 이제부터 드디어 누군가와 이어질 참이야."

머릿속의 자유를 지키기 위해 손잡을 사람들.

야에코의 어깨 너머로 펼쳐진 하늘에 한여름의 에센스가 점점 배어 나오고 있다.

"네가 그토록 떠들어 댄 연대라는 게 드디어 내게도 생길 것 같아."

심장을 한 꺼풀 벗겨 낸 듯한 태양이 앞으로 내가 보낼 시간을 눈부시게 비추고 있다.

"그러니까 오늘은 가게 해 줘."

야에코가 똑바로 다이야를 응시했다. 그리고 그 작은 입이 열렸다.

"그러면, 다음에 꼭 같이 얘기하자. 나에게도 그 연대를 얘기해 줘."

다이야는 자기도 놀랄 정도로 솔직하게 고개를 끄덕였다.

그대로 한 걸음 내딛는데 메고 있던 배낭이 흔들렸다. 그때 물풍선과 케이블이 함께 흔들리는 걸 깨달았다.

모로하시 다이야로서의 자신과 SATORU FUJIWARA로서의 자신. 그 둘이 뒤섞인 상태로 누군가와 대면하는 날이, 어쩌면 언젠가, 올지도 모른다. 다이야는 이제까지 살아온 시간 속에서 처음으로 그렇게 생각했다.

다요시 유키쓰구
2019년 5월 1일로부터, 80일

처음입니다. 조사라니. 이런 경험, 좀처럼 할 수 없으니까요. 조금 심한 말인지 모르겠지만, 흥분되기도 하네요.

그러니까 그거죠? 조사라는 거, 경찰만이 아니라 검사님도 하시죠? 경찰에 한 말과 같을 텐데 그래도 되나요?

네. 다요시입니다. 다요시 유키쓰구. 유키히코와 유키나리의 아버지이고 사사키 요시미치 용의자는 같은 부서 후배입니다. 아, 이제는 '후배였다.'라고 해야 하나.

아, 저는 용의자라고 안 불러도 되나요? 아니, 그냥 인터넷 뉴스만 봤더니 말해 보고 싶었습니다. 사사키 요시미치 용의자. 하하하. 왠지 입에 착 감긴다니까요.

네? 아, 괜찮습니다. 그쪽이 정보를 다 공개하지 않아도 저는 늘 꼼꼼하게 찾아보고 있으니까요. 사건은 대강 파악하고 있습니다. 그거죠? 과거에 아동 성매매를 저지른 놈이 있는데 그놈이 체포되어 줄줄이 공범이 드러났고 사사키의 휴대전화에서도 그날의 사진 같은 게······. 제가 말하고도 기분이 나쁘네요. 그 녀석, 내 아들을 어떻게 이용한 건가? 아, 생각만 해도 기분이 나쁩니다.

그니까, 들키지 않으려고 이런저런 약속 사항도 정해 놨다잖아요. 읽었습니다. 3개 조항 같은 거. 정말 교활하다고 해야 하나······ 다른 사람에게만 들키지 않으면 된다고 생각했다는 말인가. 쓰레기는 쓰레기일 뿐이죠. 그보다 범죄 집단의 이름이 파티라니, 그거 정말입니까? 그거 너무한 거 아닌가요?

그보다 인터넷 뉴스라는 데는 정말 제멋대로예요. 지금까지 당사자가 된 적 없어서 몰랐는데 정말 너무합니다. 놈을 보고 '회사에서도 신상품 개발을 맡길 정도로 기대한 인재'라고 적었던데 전혀 그렇지 않거든요. 분명 개발에 참여하기는 했지만, 그저 관여했을 뿐 기대한 인재는 전혀 아니었다고요.

제가 본 사사키의 인상이요?

경찰에도 조금 얘기했는데 저는 놈을 전부터 수상한 놈이라고 생각했습니다. 설마 롤리타 콤플렉스일 줄은 몰랐지만. 게다가 남자도 좋아하는 타입일 줄은.

검사님은 없으세요? 이 녀석, 왠지 수상쩍다는 생각이 들 때. 제대로 된 인간이 아니라는 감이 올 때, 있죠? 바로 그겁니다.

구체적으로요? 아, 오늘은 그 부분을 자세히 알고 싶으신 겁니까? 뭐라고 할까요, 일단은 그토록 오래 같이 일했는데 어떤 사람인지 전혀 모르겠다는 점입니다. 예를 들어 부서 남자들끼리 여자가 나오는 가게에 가 보자는 이야기가 나와도 녀석은 절대 끼질 않아요. 사실, 사람은 그런 자리에서 가까워지잖아요? 검사님도 그렇죠? 좋아하실 것 같은 얼굴인데요. 이 밖에도 회식에도 절대 안 오지 점심도 늘 혼자 먹었어요. 녀석과 친한 회사 사람, 하나도 없을 거예요. 어떤 놈인지 도통 몰라 전과자가 아니냐는 소문이 돌기도 했다니까요. 결과적으로 전과자 같은 게 되긴 했네요.

예를 들어 사건 때 같이 있던 도요하시 말입니다. 그 녀석에게는 그런 느낌이 전혀 없어요. 도요하시와는 회사 아마추어 야구부에서 같이 활동하고 있는데 사람들과도 잘 어울리고 가족이 다 같이 사이좋게 지내는 사원도 아주 많아요. 아, 우리, 회사 안에 운동부나 사진부 등 여러 모임이 있는데 사사키는 그런 데도 전혀 참가하지 않았습니다.

뭐랄까요. 줄곧 정체를 숨기려 한다는 느낌을 받았어요. 비밀주의라고 해야 하나. 연예인처럼. 딱히 아무도 자기에게 관심이 없는데 말이죠.

그래서 사사키가 결혼했을 때 위장 결혼이 아니냐는 소문이 돌았습니다. 아니, 사람을 좋아하지 못하는 놈이라고 생각했던 터라. 식도 안 올렸고 사사키의 부인이라는 사람을 만나 본 사람도 하나 없고요.

지금은요? 지금도 똑같아요. 사죄도 전혀 안 했으니까요.

보통 남편이 아동 성 착취물로 체포되고 그 피사체의 부모가 상사라면 사죄 정도는 하러 오지 않겠어요? 그런데 사죄는커녕 연락 한 번 없었어요. 그런 부인이 있을 수 있나요? 도통 모르겠습니다. 베일에 싸인 가상 아내. 아, 아내가 있긴 해요?

검사님은 벌써 만나셨어요? 그래요? 아니, 이야기를 들어 보는 게 좋을 것 같아서요. 사사키 그 녀석이 묵비권을 지키고 있다니 오히려 아내가 언질을 준 게 아닌지 해서요. 그거 정말로 위장 결혼이라니까요. 위험한 사람끼리 손을 잡은 거죠. 어엿한 인간이라면 우선 피해자나 그 부모에게 사죄하려고 생각하겠죠. 그렇지 않은 걸 보면 제대로 된 사람이 아니죠. 충격을 받았더라도 체포되고 벌써 여러 날이 지났으니까 얼마든지 움직일 수 있을 텐데.

그래서 그날, 공원에서 사사키를 발견했을 때도 왠지 이상했습니다. 저는 별로 관여하고 싶지 않았는데 도요하시가 말을 거는 바람에. 그 녀석, 워낙 사람이 좋아서.

그렇습니다. 6월 22일입니다.

그날은 도요하시 가족과 시미즈가오카 공원에 놀러 갔습니다. 공원이라기보다 병설 수영장이죠. 평소에는 그렇게 먼 데까지 가지 않는데 이날은 그곳에서 전 올림픽 선수가 수영 교실을 연다며 같이 가자고 도요하시가 제안해서요. 맞아요. 도요하시 네 첫째가 수영을 배우거든요. 우리 장남도 웬일로 모처럼이니까 같이 갔다 돌아오는 길에 공원에서 놀자고 하더군요.

둘 다 남자 형제입니다. 뭐, 그렇게 극성스러운 편은 아닌데 아이용 수영 교실도 있어서 둘째들도 그곳에 넣어 놓으면 부모는 지켜보기만 하면 되니까 편했죠. 그리고 수영 교실이 다 끝났을 때였습니다. 밖에서 점심이라도 먹을까 해서 공원으로 나왔더니.

구석에 남자 셋이 있었습니다.

어쩐지 엄청나게 큰 물대포나 물풍선 같은 걸 들고, 그 정도라면 이상할 일도 아니었죠. 그런데 그중 하나가 사사키 아닌가? 어라? 그런 느낌이었습니다. 그 시점부터 저는 영 께름칙했는데 도요하시의 둘째 아들이 "물대포다!"라며 달려갔습니다. 그러니 이제는 말을 걸 수밖에 없었죠.

그때 그 녀석, 표정이 가관이었어요. 마치 숨바꼭질하다가 술래에게 잡히기라도 한 듯. 아니, 진짜 귀신이라도 본 듯한 얼굴이었죠.

기분이 영 안 좋았어요. 아니 셋 중 하나는 누가 봐도 학생처럼 보이는 젊은이였으니 빈말이라도 친구라고는 할 수 없는 남자들끼리 물놀이를 하고 있으니까요. 도요하시가 가볍게 "이런 데서 뭘 하고 있어?"라고 말을 걸었을 뿐인데 녀석은 어쩔 줄 모르며 굳어 버렸어요. 그야 당연하죠. 사실은 놀러 온 아이들과 장난감을 미끼로 접촉하려 했을 테니까요.

그랬더니 학생으로 보이지 않는 남자가 "봉사 활동 단체예요."라는 말을 꺼냈어요. 안 쓰게 된 장난감을 모아 아이들에게 제공하는 활동이라고 했나? 그것도 미리 입을 맞췄겠죠. 인터넷 뉴스로 봤는데 자원봉사라는 말을 꺼낸 놈이 초등학교 선생이었죠? 어, 기간제 교사요? 어쨌든 그 일을 시작한 이유도 불순한 동기겠죠.

아이들은 물대포나 물풍선을 좋아하니까요. 정말 열심히 놀았죠. 지금 생각하니 역시 교활했어요. 그렇게 놀면 옷도 다 젖잖아요. 그날은 한여름이었고 수영하고 나온 터라 아이들도 옷을 벗기 시작했어요. 지금은 그 순간을 노렸다는 걸 알지만 그때는 전혀 몰랐습니다. 아이들은 모두 윗옷을 벗고 꺅꺅 소리를 질러 댔죠. 그러고 보니 그때는 그 초등학교 교사라는 사람이 주로 사진을 찍었습니다. 나중에 공유하기로 약속했던 거 아닐까요?

사사키는, 모르겠습니다. 내내 이쪽에 등을 돌리고 있어서. 큰일 났다고 생각했겠죠.

그리고 그때 사진은 당연히 녀석들에게 공유되었겠죠? 아, 생각만으로도 정말 역겹습니다. 어차피 그거겠죠. 사사키의 컴퓨터에는 그거 외에도 이상한 동영상이 있었겠죠? 그건 알려 줄 수 없다고요? 그런가요? 그보다 이거, 그 초등학교 교사의 성매매가 없었다면 영원히 들키지 않았겠죠? 아, 너무 역겨워. 젠장! 제기랄.

이런 놈은 사회에 유해하니까 계속 감옥에 있었으면 좋겠습니다. 정말로. 최대한 무거운 처벌을 내려 최대한 사회에 나오지 못하게 해 주세요. 사회로부터 격리해야만 합니다. 불기소 같은 게 떨어지면 정말 용서할 수 없을 겁니다. 피해자의 부모로서.

가끔 트라우마 같은 거라고 우기기도 하잖아요? 그런 놈들이 자기들도 피해자라고 주장하는 장면. 원해서 그렇게 된 게 아니라고.

그런 거 저는 모르겠습니다. 그렇다고 해도 그렇다면 다른 사람에게 폐가 안 되도록 집에 틀어박혀 있어야지. 녀석들 사정에 따라 사회에 폐를 끼쳐서는 안 되죠.

정말 싫습니다. 그런 변태가 있다는 걸 알면서 그런 사회에서 아이와 사는 게. 검사님도 자식이 있으시죠? 그렇다면 잘 아시겠네요. 아이가 자유롭게 밖에서 혼자 놀지 못하는 나라라니 이상

합니다. 뭐라더라, 무적의 사람이랬나? 어쨌든 위험한 놈들은 어딘가에 한꺼번에 모아 놨으면 좋겠습니다. 온갖 사건의 보도를 볼 때마다 생각합니다. 왜 아무 잘못도 없는 우리가 이렇게 신경을 쓰며 살아야 하나요? 정말!

우리 아이는 지금은 아무것도 모릅니다. 하지만 어디 사는 누가 알아내서 학교에서 왕따라도 당하면 어떻게 합니까? 우리는 아무 잘못도 없는데. 이러다가 등교 거부라도 하기 시작하면 끝입니다. 인생 끝이죠. 검사님도 한 아이의 아비지로서 그렇게 생각하시죠?

사사키도 다른 놈들도 평생 어딘가에 격리하는 건 안 될까요? 약을 먹이거나 GPS를 달거나, 해외에는 그런 게 있지 않나요? 왜 일본은 못 하는 겁니까?

아, 일본에도 있지 않나요? 성범죄 재발 방지 시스템. 뉴스 같은 데서 본 것 같아요. 성범죄자가 과거 트라우마를 말하고 치료를 목표로 한다는 거. 그거 맞죠?

하지만 놈들, 딱히 트라우마가 있어서 그랬다고 하지는 않죠? 원인이 있어서 그렇게 된 거 아니죠? 자기들에게 저항하지 못하는 아이들을 고르다니, 정말 최악입니다.

그러니까 소용없다니까요. 그런 변태에게 재발 방지라니. GPS나 약물 치료나 그런 걸 빨리 도입해 주세요. 아니, 성범죄의 재범률은 분명 엄청나게 높잖아요.

사회 복귀 지원 같은 건, 그놈들에게 의미가 없어요. 가령 성범죄자가 우리 회사에 재취업하려 하면 반드시 거부할 겁니다. 너무

기분 나빠요. 있을 수 없습니다. 놈들은 영원히 어딘가에 완전히
격리해야 하는데.

　네? 어디에 어떻게요?

　그거야 제가 생각할 일은 아니죠.

데라이 히로키
2019년 5월 1일로부터, 82일

아동 성 착취물을 소지했을 경우 검사가 고려할 사항은 상당히 제한적이다. 이번 사건은 일단 세 명이 공범일 여지가 있는 사안이라 구류 청구가 필요했다. 그런데 확정적인 물적 증거가 나온 덕분에 구류 연장이 거의 무조건 인정되었다.

히로키는 시계를 봤다. 구속 시각까지는 앞으로 이십 분 남짓.

이번 사건에서는 피의자 셋 모두 사진과 동영상에 찍힌 상반신 노출 아동과의 접촉을 인정하고 사진과 동영상 수지도 인정했다. 체포 초기 셋 중 둘이 "아동이 목적이 아니었다."라고 진술했다는 기록이 있는데 그런 변명은 전혀 의미가 없다. 아동의 성적인 사진과 동영상을 여럿 소지하고 있었다는 사실이 있는 이상, 게다가 접촉한 점도 사실인 이상, 어떤 목적이었는지는 깊이 고려할 필요 없다. 기소 여부를 정하는 위치에 있는 사람이 보기에는 피의 사실이 무엇보다 중요하다.

선을 넘었는가, 아닌가. 검찰은 그 한 가지만 묻는다. 선을 넘을 때까지의 궤적은 고려하지 않는다.

특히 아동 성 착취물은 2014년 이후 심사 기준이 국제 기준에 맞춰 더 엄격해졌다. 세계적인 분위기를 봐도 엄벌을 지지하는 여론은 앞으로도 강해질 것이다. 다이키의 유튜브 채널도 끝내 댓글창은 닫힌 상태다.

히로키는 후 한숨을 내쉬었다. 업무 중에 집안일은 생각하지 않으려 하는데 가끔 이렇게 쓱 끼어들 때가 있다. 히로키는 다음 조사 시간까지 경찰이 보낸 조서와 직접 작성한 조서를 다시 검토하기로 했다.

첫 번째 피의자는 야타베 요헤이. 지바현에 거주하는 24세. 직업은 초등학교 기간제 교사다. 야타베는 올해 6월 말에 아동 성매매 혐의로 체포되었다. 그때 압수한 휴대전화와 컴퓨터 등에서 아동의 성적인 사진과 동영상이 대량 발견되어 이번에는 아동 성 착취물 소지로 다시 체포된다. 경찰이 보낸 증거품 일람에는 벌거벗은 아동뿐만 아니라 사지가 없는 어린아이의 사진, 큰 뱀이나 상어 등이 아동을 통째로 삼키는 일러스트 등도 포함되어 있어, 야타베가 중증 성도착에 빠진 것은 명백했다. 실제로 야타베는 같은 성도착 성향을 지닌 사람들과의 교류도 많은 듯한데 만에 하나를 생각했는지 그 사람들과는 인터넷에서 데이터 교환을 되도록 하지 않으려 조심했다고 한다. 동료 중에 누군가가 체포되더라도 자신에게는 수사의 손길이 닿지 않도록 서로 주의했을 것이다. 설마 과거에 성적으로 접촉한 소년이 별건으로 보호되어 자신과의 관계를 폭로할 줄은 상상도 못 했을 것이다.

다만 방심했는지, 야타베는 소지하고 있던 최신 아동 성 착취물 데이터인 6월 22일에 촬영된 여러 남자아이가 속옷 차림으로 물에 젖어 있는 사진이나 동영상을 두 인물에게 송신하고 그 이력을, 체포 당시 아직 삭제하지 않고 있었다. 그 덕분에 수신한 두 사람을 체포할 수 있었다.

완전히 식어 버린 블랙커피를 한 모금 마셨다. 수없이 확인해도 증거품 일람에 있는 사진들은 히로키의 눈에 익숙해지지 않는다. 벌거벗은 아이를 보고 흥분한다는 자체를 전혀 이해할 수 없었는데 사지가 없거나 동물에 집어삼켜지는 아이라니, 흥분은커녕 보고 싶지도 않다. 야타베는 이 밖에도 바다나 호수 사진 등도 대량 소지하고 있었는데 그것들은 이번 건과는 관계가 없어 증거품 일람에서는 제외했다.

자신들을 아이들에게 놀이를 제공하는 자원봉사 단체라고 말한 사람은 야타베였다고 한다. 이런 내면을 가진 인간이 휴일 공원에서 아이들과 웃으며 접촉했다고 생각하니 히로키는 몸의 저 깊은 곳이 마구 들쑤셔진 기분이 들었다.

아이와 노는 봉사 단체.

또? 히로키는 절레절레 고개를 흔들었다. 생각의 틈새로 들어오는 정보를 물리적으로 떨치면서 히로키는 조서를 넘겼다.

그 야타베가 아동 성 착취물을 송신한 상대 중 하나가 모로하시 다이야. 가나가와현에 거주하는 21세. 가나자와핫케이대학 3학년 생이다. 해명 녹취록에서도 분명히 6월 22일, 야타베와 함께 범행 현장에 있었다고 진술했다.

히로키는 모로하시와 처음 대면했을 때 이 얼굴이면 주위 여성이 가만 놔두지 않았겠다 싶어 저도 모르게 안타깝다는 생각이 들었다. 모로하시는 신병이 검찰로 송치된 이후 계속, 아마도 체포된 이후로 계속, 넋을 놓았다고 해야 할까, 갑작스럽게 벌어진 일에 말과 함께 정신까지 빠져나간 듯 보였다. 다만 그런 상태임에도 이성에게 인기가 많았을 과거가 훤히 보이는 외모가 아까웠다. 잠자코 고개를 숙인 모습 자체가 그림 같아 조사 중에 전혀 반응하지 않아도 뭔가 말이 되는 느낌이었다.

다만 거의 묵비에 가까운 태도를 보였으나 야타베와 함께 6월 22일에 아동과 접촉한 사실은 해명 녹취록 단계에서 인정했고 데이터를 소지한 점도 한 번도 부인하지 않았다. 담당 변호사의 움직임으로 보아 부모는 어떻게든 합의하려고 움직이는 듯하다. 히로키는 모로하시의 부모의 마음을 상상했다. 아침, 집에서 갑자기 아들이 경찰에 체포된다. 게다가 아동 성 착취물 소지 혐의로 말이다. 얼마나 혼란스러울까.

마지막은 사사키 요시미치. 가나가와현에 거주하는 30세. 다카라 식품 주식회사에 근무하는 회사원. 이 사람도 다른 둘과 마찬가지로 해명 녹취록 단계에서 6월 22일에 그 장소에 있었으며 데이터를 가지고 있었음을 인정했다.

다만 다른 둘과의 차이점은 사사키의 경우, 피사체가 된 아동과 전혀 모르는 관계가 아니었다는 것이다.

　이번에 피사체가 된 아동은 네 명. 전원이 사사키와 같은 직장에 근무하는 사원 두 명의 자녀였다. 다만 피사체가 된 아동의 아버지이자 사사키의 상사인 다요시, 마찬가지로 선배 사원인 도요하시를 각각 조사한 결과 아동 성 착취물 소지에 있어서 애매한 지점이 되는 피의자와 피사체가 잘 아는 사이였다는 부분은 사라졌다.

　도요하시는 오히려 나은 편이고 다요시는 철저하게 사사키를 규탄했다. 아이들과 원래 아는 사이였다니 그럴 리 없다, 오히려 사사키를 전부터 계속 의심스럽게 생각했다, 틀림없이 범인이다, 녀석은 변태다…… 다요시의 발언은 피해자의 친족이라기보다 어떤 사건의 가해자 같았다. 혈관이 튀어나오고 침을 튀기면서도 왠지 즐거운 듯 보이는 다요시의 모습이 좀처럼 잊히지 않았다.

　'이러다가 등교 거부라도 하기 시작하면 끝입니다. 인생 끝이죠. 검사님도 한 아이의 아버지로서 그렇게 생각하시죠?'

　히로키는 다시 고개를 흔들었다.

　6월 22일 사건에서는 공범 관계가 의심되고 도망이나 증거인멸의 위험성을 고려해 셋은 이미 담당 변호사 외에는 대화할 수 없는 상황이다. 야타베 요헤이는 이번 건에 관해 모든 죄를 인정했다. 본인에게 더 죄가 큰 아동 성매매 쪽에 관심이 집중되어 아동 성 착취물 쪽은 그리 신경을 쓰지 않고 있을 것이다. 모로하시 다이야는 자기는 아이가 목적이 아니었다는 주장을 일단 한 적 있는

데 그 후로는 묵비 상태를 이어 가고 있다. 사사키 요시미치도 처음에는 모로하시와 같은 주장을 했으나 그러면 목적이 무엇이었느냐고 묻자마자 뭔가를 포기한 듯 입을 다물어 버렸다.

애당초 이 사진을 지닌 목적 따위 우리와는 상관없다. 아동 성착취물에 해당하는 사진을 소지했다는 사실이 명확한 이상 그들의 죄에는 변함이 없다.

히로키는 떠올린다. 불리한 사실을 묻는 순간 완고하게 묵비권을 행사하는 피의자를 지금까지 수없이 봐 왔다. 그럴 때 대체로 그들은 검사에 대한 불신을 그대로 드러냈다. 죄를 저지른 처지에 그런 태도를 보이면 이쪽도 짜증이 난다.

하지만 이번에 체포된 세 사람이 입을 다물 때 히로키는 이상하게도 짜증이 나지 않았다.

그들은 입을 다물 때 어떤 의지로 입을 다물기보다 갑자기 기운을 잃은 표정을 지었다.

자기에게 불리한 일을 숨기려는 게 아니라 무슨 말을 해도 어차피 알아주지 않으리라고 포기하는 듯한.

나를 추궁하는 검사에 대한 불신보다 눈앞에 있는 인간의 등 뒤로 펼쳐진 아주 멀리 존재하는 세상에 대한 체념 같은 게 느껴졌다.

그리고 히로키는 그 표정을 어디선가 본 듯했다.

"데라이 검사님."

고시카와가 불렀다.

"사사키 나쓰키 씨가 대기실에 도착했습니다. 데려오겠습니다."

"그래."

히로키는 한 박자 느리게 익숙한 등에 대고 대답하면서 경찰에서 작성한 신상 조사서로 시선을 떨어뜨렸다.

사사키 나쓰키. 사사키 요시미치의 아내.

체포된 세 명 가운데 유부남은 사사키 요시미치뿐이었다.

'사사키가 결혼했을 때 위장 결혼이 아니냐는 소문이 돌았습니다.'

확실히 사사키의 아내에 관해서는 마음에 걸리는 부분이 있다.

경찰이 사사키 나쓰키를 조사했을 때 나쓰키는 그 죄명을 듣고 동요의 기색을 그다지 보이지 않았다고 한다. 또 접견 금지라는 사실을 전했을 때도 흐트러짐 없이 받아들였다고 한다. 보통 친족이 갑자기 체포되고 접견 금지까지 되면 동거한 사람은 공황 상태에 빠지는 경우가 많다. 국선변호인과 연락하게 해 달라고 요구할 정도로 차분한 사람은 적고 오히려 혼란스러워하는 사람이 대부분이다.

히로키는 그게 더 자연스럽다고 생각한다. 체포란 내내 함께 있던 사람의 전혀 몰랐던 부분을 최악의 형태로 알게 되는 상황이다. 그런 상황에서 차분한 게 더 이상한 일이다.

어제 내가 그랬듯.

히로키는 또 고개를 흔들었다. 쓸데없는 생각을 떨치려고.

그런 상황에서 사사키의 아내는 매우 차분했다고 한다. 좀처럼 없는 일이라 인상에 남았다고 담당 경찰은 나지막하게 이견을 흘렸다.

히로키도 사사키를 조사하다가 사건의 전모를 더 자세히 알려면 사사키의 아내에게도 이야기를 들어야 할 것 같았다. 그것은 모든 질문에 입은커녕 마음마저 닫아 버린 사사키가 아내 이야기가 나왔을 때만 잠시 말을 했기 때문이다.

"사라지지 않을 거라고 전해 주세요."

"그런 말은 전할 수 없습니다."

히로키는 냉정하게 말했으나 또렷하게 들은 그 말이 그 후로도 줄곧 머릿속에서 울려 댔다.

사라지지 않을 거라고 전해 주세요.

왜, 떠나는 사람처럼 말할까.

보통 사사키의 처지라면 아내에게는 사죄의 말을 전하는 게 당연하지 않나. 백 보 양보해 사라지지 말아 달라고 간청한다면 또 이해한다. 적어도 떠나는 사람처럼 말할 상황은 아니지 않나.

그렇다면 나는.

히로키는 시각을 확인했다.

나는 어떤 말을 걸었어야 했을까. 어제, 유미에게, 다이키에게 뭐라고 말했으면 좋았을까.

히로키는 숨을 내쉬고 앞으로 나쓰키가 앉을 빈자리를 가만히 응시했다.

"바쁘신데 죄송합니다."

"아닙니다."

히로키가 그렇게 말하자 나쓰키는 고개를 저으며 말했다.

사사키 나쓰키는 요코하마역 근처에 있는 몰의 침구 전문점에 근무하고 있다. 퇴근하는 시간에 맞춰 요코하마 지검까지 와 준 것인데 히로키는 고시카와가 준비한 커피를 한 모금 마시고 나쓰키의 표정을 살폈다.

차분하다.

수사를 담당한 경찰의 말 그대로라고 히로키는 생각한다. 남편이 체포된 지 며칠 지났다고 해도 다른 것도 아니고 지금부터 검찰의 조사를 받게 된 상황인데 혼란, 초조, 두려움 등이 뒤섞인 분위기가 전혀 없다.

"일단 먼저 알려 드리겠습니다만 가족분 일이라 해도 사건과 관련된 자세한 사정은 알려 드릴 수 없습니다. 저희 질문에 대답해 주시기만 하면 됩니다. 마음에 안 드시는 부분이 있으리라고 생각하지만, 부디 이해해 주시길 바랍니다."

공범이 의심되는 사건에서 피의자는 변호사 외에는 접견이 금지된다. 접견자가 공범과의 대화에 도구로 사용될 가능성이 있기 때문이다.

"압니다. 그 부분은 변호사님에게 들었습니다."

차분하기만 한 게 아니라고 히로키는 생각한다. 특이한 점이 더 있다.

사건이나 남편에게 불쾌한 감정을 품고 있는 것처럼 보이지 않는다.

이른바 아동 성 착취물이나 치한 등의 성범죄로 가족이 체포되면 특히 여성 친족은 일단 사건 자체에 과도할 정도로 사죄하고 그다음 피의자에게는 혐오감을 드러내는 경우가 많다. 특히 남편이 체포되어 아내가 조사받으러 오면 원래 사이가 안 좋았다는 걸 전제로 남편이 죄를 저질렀다고 주장하는 경우가 많고 그럴 때 아내는 남편을 떠올리는 것에조차 거부감을 드러내기도 한다.

하지만 나쓰키에게는 그게 전혀 없다. 혼란도 거부감도 느껴지지 않는다.

그저 거기에 있을 뿐이다.

"이번 사건의 피의자인 사사키 요시미치에 관해서는 아동 성 착취물을 소지한 혐의에서 여죄의 가능성 등도 시야에 넣고 조사하고 있습니다. 오늘은 아내 처지에서 요시미치 씨의 생활상을 포함해 여러모로 이야기를 듣고자 합니다."

"네."

여죄의 가능성이라는 단어에 대해서도, 나쓰키의 표정에는 변함이 없었다. 남편의 몰랐던 일면을 더 만나야 할지 모르는데 변함없이 공포나 당황스러움과 같은 감정이 전혀 전해지지 않았다.

뭔가 배후를 놓쳐 버린 듯한 느낌이다.

나쓰키의 태도는 자기가 더 넓은 범위를 둘러보고 있는 사람 특유의 여유로 가득했다.

"경찰에 한 대답과 중복되는 부분이 있을 겁니다. 일단 사건 당일부터 묻겠습니다."

"네."

시야 끝에서 고시카와가 펜을 고쳐 잡았다.

"이번 사건은 6월 22일에 발생했습니다. 이날 피의자는 쉬는 날이었고 당신은 출근했습니다. 일단 이런 일이 자주 있었습니까? 그러니까 당신 모르게 피의자가 외출하는 일이 자주 있었나요?"

"네."

나쓰키의 맑은 목소리가 종이비행기처럼 하늘을 가른다.

"저는 기본적으로 평일에 쉬어서 피차 쉬는 날 뭘 하는지는 파악하지 못하고 있습니다."

그런 생활상이라면 여죄가 있을 가능성도 클 것이다. 히로키는 마음을 단단히 먹었다.

"장시간 외출할 때도 서로 가는 곳을 알리지 않는다고요?"

"네."

여전히 나쓰키의 표정은 차분했다.

이런 조사를 하다 보면 아무리 부부라 하더라도 자기 이외의 사람을 얼마나 모르고 사는지가 드러나기 마련이다. 같이 산다고 해도 자기가 모르는 곳에서 가족이 무슨 일을 하는지, 이토록 모른다는 사실에 불안해진다.

'장시간 외출할 때도 서로 가는 곳을 알리지 않는다고요?'

자기가 내놓은 질문이 그대로 자기에게 돌아온다.

"그러면."

히로키는 목소리를 높여 분위기를 바꾼다.

"6월 22일은 피의자가 어디서 무엇을 했는지 모르셨다는 말인가요?"

눈앞의 테이블에 시선을 떨구고 있던 나쓰키가 쓱 고개를 들어 히로키의 눈을 봤다.

"아뇨. 그건 알고 있었습니다."

뜻밖의 대답에 히로키는 저도 모르게 몸을 굳혔다.

"그날은 원래 저도 같이 갈 계획이었어요."

고시카와가 자기를 보는 게 느껴졌다.

"무슨 뜻이죠?"

"이야기 그대로죠."

나쓰키는 그렇게 말하고 테이블로 시선을 떨어뜨렸다.

체포된 가족과 관련되어 조사받는 사람의 행동은 몇 개의 패턴으로 나뉜다. 도대체 어떻게 된 일이냐며 오히려 따지는 사람, 가족을 감싸려고 거짓말하는 사람, 범죄자가 된 가족을 버리는 사람.

나쓰키는 그 어느 것도 아니다. 그래서 무슨 생각을 하는지 알 수 없었다.

"그 말은 당신도 아동과 성적 접촉을 할 계획이었다는 말인가요?"

그 질문에 나쓰키는 잠시 시간을 두고 대답했다.

"남편은 뭐라고 하던가요?"

"네?"

"남편은 아동과 성적으로 접촉할 생각이었다는 전제로 말했나요?"

이 사람은 지금 무슨 소릴 하는 거지?

"피의자의 진술 내용은 말씀드릴 수 없습니다."

히로키는 갑작스러운 질문에 당황하면서도 어떻게든 냉정한 태도를 유지하려고 노력했다.

"6월 22일, 당신도 아동과 성적 접촉을 할 계획이었나요? 대답하세요."

히로키가 질문하자 나쓰키의 얼굴근육이 중력에 무너진다.

히로키는 그때, 지진의 흔들림을 느끼듯 눈이라기보다 오감으로 그것을 잡아냈다.

나쓰키의 이 표정.

말해 봤자 소용없다고 생각하는 거대한 체념.

이번 사건 피의자들과 똑같다.

"당신은 지금 본인의 상황을 알고 있습니까?"

고시카와의 목소리가 날아왔다.

"네."

상대가 누구라도 나쓰키의 태도에는 변함이 없다.

"하지만 남편이 한 말 외에 저는 말할 수 없습니다. 남편도 마찬가집니다. 그러니까 말할 게 거의 없을 겁니다."

나쓰키가 다시 히로키를 바라봤다.

"우리, 그렇게 약속했어요."

마치 문에 자물쇠를 거는 듯한 목소리였다. 그 문이 두 번 다시 열리지 않으리라는 사실만이 그 음색을 통해 전해졌다.

"변호사님에게 들었는데요."

나쓰키가 차분하게 말을 이었다.

"아동 성 착취물 소지로 체포되었을 때 사진을 가지고 있으면 그 시점에서 불기소될 가능성은 적다고."

"뭐, 그런 경우가 많죠."

히로키는 말을 흐렸다. 변호인과 어떤 상의를 했는지, 무엇이 목적인지, 여전히 전혀 읽을 수가 없다.

"그렇다면 더욱, 더는 말할 수 없어요."

나쓰키는 꼿꼿하게 등을 폈다.

"다른 분들도 저와 같은 생각일 겁니다."

다른 분들, 이란 누구를 가리키는 걸까, 히로키는 순간 판단할
수 없었다.

"어차피 설명해도 모를 테니까요. 끝내 기소되면 아무도 얘기하
려 하지 않을 게 당연해요."

'어차피 설명해도 당신은 모르잖아.'

유미의 목소리.

어제 들은 유미의 눈물 섞인 목소리.

"사사키 씨, 예를 들어 하는 말인데요."

고시카와가 끼어들었다.

"아동이 아니라 사진에 찍혀 있는 다른 게 목적이었다면 주장하
는 게 좋다고 생각합니다. 피의 사실은 바뀌지 않을 가능성이 크
지만, 변호인도 그렇게 말했을 겁니다."

"고시카와!"

왜 검찰이 변호인의 의견을 대변하나. 눈으로 그렇게 견제해 봤
으나 고시카와는 나쓰키를 보고 있다.

"이번 사건에서 이를테면 아동이 아니라 장난감 같은 데 성적
관심이 있었다는 진술이 나오면."

상황이 변할지도 모른다고 계속하려는 고시카와의 이야기에 나
쓰키의 관심이 기울어지는 게 보였다.

"아."

히로키는 서둘러 나쓰키의 의식을 자신에게 돌리려 했다.

"현실적으로 그런 변명은 있을 수 없지만요."

또 같은 표정이다.

히로키는 아직 내리지 않는 비 냄새를 맡을 때처럼 역시 그것을 오감으로 느꼈다.

나쓰키의 표정.

얼굴근육이 중력에 무너지는 그 표정은 이번 사건 피의자들 이외의 무엇과 겹친다.

'나도 이 아이처럼 학교에 가지 않고 내 힘으로 하고 싶은 일을 하고 싶어.'

히로키 앞에서 그렇게 주장하기를 점점 그만둔 다이키의 표정.

'어차피 설명해도 당신은 모르잖아.'

어젯밤, 우콘과 빈번히 만난 사실을 변명하길 포기했을 때의 유미의 표정.

나쓰키의 표정이 이제까지 자신에게 향해진 다양한 사람의 얼굴과 겹친다.

"있을 수, 없나요?"

입을 연 나쓰키의 시선이 히로키의 손에 쏟아졌다.

"그러면 그건 있을 수 있나요?"

히로키는 나쓰키의 시선이 쏟아진 끝을 봤다.

"이성의 성기에 성적 관심이 있는 건, 왜 있을 수 있는 일인가요?"

반지.

"그야."

히로키의 왼손 약지에 껴 있는 반지가, 묵직하게 빛났다.

"있을 수 있다기보다 본능적으로 정해진 거니까."

히로키는 그렇게 대답하면서 왜 이렇게 말도 안 되는 질문에 진지하게 대답하고 있는지 생각했다.

"좋아하는 사람을 상대로 하니까 그렇죠."

어젯밤 히로키는 오랜만에 유미에게 부부 관계를 요구했다.

이미 유미와 얼마나 관계하지 않았는지 셀 수도 없었는데 어젯밤 느닷없이 다이키가 학교에 가지 않게 된 이후 한 번도 하지 않았다는 것을 깨달았다. 그리고 그 깨달음과 동시에 쓸쓸하거나 허무한 감정이 아니라 유미, 다이키, 그리고 우콘 세 사람의 뒷모습을 보며 느낀 감정이 가슴을 채웠다.

가족 같구나.

그때 그렇게 느낀 기억이 유미에게 관계를 제안하게 했다.

"이성의 성기에 성적 관심이 있는 건, 왜 자연스러운 일인가요?"

데라이 검사님, 하고 고시카와의 목소리가 들려왔다.

"한 이성에 수십 년이나 성적으로 흥분하는 일은 누구에게 이렇게 조사받을 필요 없을 만큼 자연스러운 일인가요?"

유미에게 거절당한 순간, 히로키는 자신도 놀랄 만큼 자신이라는 용적에서 뭔가가 흘러넘쳤다는 걸 깨달았다.

자신을 거부하는 상대의 배경이, 자신이 내 온 대출금으로 성립된 공간임을. 다이키가 원하는 학교에 붙을 수 있도록 학원부터 모든 걸 조절해 왔음을. 전근하지 않겠다는 의사를 표함으로써 검찰청 안에서의 지위가 불안해졌음을. 다이키가 언젠가부터 엄마를 통해서만 자기에게 얘기하게 된 것을. 유튜브에 대한 의욕이 줄었어도 다이키가 학교에 갈 마음은 생기지 않았음을. 그에 대해 유미가 자신이 아니라 누군가와 상의하고 누구를 의지했는지, 사실은 훨씬 전부터 알아차리고 있었음을.

지난해 마지막 날, 현관에 나란히 선 세 사람의 실루엣이 마치 가족처럼 보인 그 순간, 다이키가 뒤를 돌아보며 히로키를 똑바로 바라본 채 우콘의 손을 꼭 잡았음을.

그때 웃고 있었다는 사실을.

"좋겠어요. 누구에게도 설명할 필요가 없는 인생은."

흘러넘치고 말았다. 자신조차 몸 안에 축적되어 있는지 명확히 파악하지 못했던 게 말이 되어 폭력이 되어 온몸의 윤곽을 넘어 튀어나오고 말았다.

나를 무시해. 무시했어? 무시했어, 응!

"좋겠어요. 그런 건 현실적으로 있을 수 없다고 애써 살아 보려고 선택한 길이 단죄될 일 없어서요."

'어차피 설명해도 당신은 모르잖아.'

"아동보다 장난감에 흥분한다고 해도, 그게 현실적인지 아닌지마저 당신이 결정하겠죠."

유미는 몸을 보호하면서 아우성쳤다.

"우리도 현실을 살고 있어요."

'우리가 왜 우콘에게 의지했는지, 당신은 아무리 얘기해도 이해해 주지 않았잖아. 빨리 학교에 돌아가지 않으면 더는 손쓸 수 없다고, 그런 말만 계속 들으니까 다이키와 계속 같이 있는 나까지 혼나는 기분이 들었어. 당신은 그런 마음도 전혀 모르잖아. 지금 다이키가 뭘 보고 웃고 뭘 좋아하는지, 무엇으로 살아갈 희망을 얻는지, 당신은 조금이라도 생각한 적 있어? 당신은 전혀 이해할

수 없더라도 상상해 본 적 있어?'

"당신이 말하는 현실에서, 설명해 봤자 아무도 들어주지 않는 사람끼리 간신히 이어져 살고 있어요."

'나도 이대로 괜찮은지 모르겠어. 모르는 것투성이라 불안하다고.'

"그런 생활이, 설명하면 누구나 알 법한 법률에 걸려 잡히고 말았네요."

'하지만 당신은 이해한다고 말해 주지 않아. 빨리 평범한 길로 돌아오라는 말뿐이지. 사회정의 같은 소리를 떠들기 전에 다이키의 이야기를 들어주라고. 그러지 않으면 이제 나는 당신과 살아봤자 정신적으로 쫓길 뿐이야. 다이키의 이야기를 들어주는 사람에게 가고 싶다는 마음뿐이야.'

"사라지지 않는다고 전해 주세요."

나쓰키가 갑자기 그렇게 말했다.

"남편이 아무 말도 안 하는 이상 제가 할 말은 없습니다. 대신 남편에게 사라지지 않겠다고 전해 주세요."

도대체 무엇으로 이어져 있는 걸까.

'사라지지 않을 거라고 전해 주세요.'

체포된 남편과 똑같은 말을 하는 아내를, 히로키는 응시했다.

아이도 없고 집을 짓지도 않았고 경제적으로 서로 독립한 맞벌이 부부. 그런 상태에서 남편이 성범죄로 체포되었다. 게다가 아동 성착취물 소지라는 세상 사람들이 가장 혐오하는 종류의 혐의로.

그런데 왜 함께 있겠다고 할까.

왜 서로 사라지지 않겠다고 맹세할까.

도대체 무엇으로 이어지면 저토록 서로를 생각할 수 있을까.

"검찰이 이야기를 전할 수는 없습니다. 변호인에게 부탁하세요."

"그렇군요."

고시카와의 대답을 듣고 나쓰키는 자리에서 일어났다. 히로키는 이대로 조사를 끝낼지 자신이 판단해야 한다는 사실을 알면서도 그 자리에서 움직일 수 없었다.

간배 야에코

"그 사건 말이야."

갑자기 등 뒤에서 목소리가 들렸다.

"정말 뭐라고 할 말이 없더라."

야에코가 돌아보기도 전에 목소리 주인이 앞으로 돌아왔다. 1학기 보강 마지막 날의 학교 식당은 거의 비어 있어 아무 자리나 자유롭게 앉을 수 있다.

익숙한 향수 냄새가 너무나 정겹다.

"이렇게 보는 거 오랜만이다."

요시카는 그렇게 말하고 된장 연어조림 정식을 담은 쟁반을 테이블에 놓았다. 출렁출렁 흔들리는 된장국 속에서 얇은 유부가 흔들린다.

"오랜만이야."

야에코는 멀거니 바라보고 있던 휴대전화를 뒤집고 중얼거렸다. 정겨울 뿐만 아니라 괜스레 부끄럽다. 서로 어색한 사이도 아닌데 시간이란 여러 가지를 멋대로 되돌린다.

"오랜만이야."

그렇게 미소 짓는 친구와 마주 앉자 조금 전까지 보던 뉴스가 저 멀리 사라진다.

트위터 트렌드에 있던 '무적의 사람'이라는 단어를 터치하자 나온 사건이었다. 이곳에서 아주 먼 시골 마을에서 노령의 남성이 아이들이 노는 공원을 향해 도난 차량으로 폭주한 사건.

"잘 먹겠습니다."

건너편 자리에서 요시카가 손을 모았다. 세미나와 수업을 계속 빠진 야에코가 보강 마지막 날까지 학교에 나와야 하는 건 당연한 일이지만, 요시카는 그러지 않아도 될 텐데. 왜 왔을까 하고 생각하다가 야에코는 깜짝 놀라 입을 다물었다.

8월부터는 학교 축제 준비가 본격적으로 시작된다. 야에코는 이렇게 요시카를 눈앞에 두고서야 그 사실을 깨달을 정도로 최근 외부와의 접촉을 거절해 왔다.

다이야가 아동 성 착취물 소지로 체포되었다는 소식을 들은 후로 줄곧.

"무적의 사람, 아침부터 계속 트렌드에 있더라."

요시카가 후루룩 된장국을 마셨다.

차로 공원을 향해 폭주한 노령의 남성은 범행 동기로 "급수장을 폭발시키고 싶었다.", "사회를 원망한다."라고 진술했다고 한다. 이 이해할 수 없는 발언으로 정신이상자가 아니냐고 여론이 들끓었다. 또 그 남성에게 체포 이력이 있고 내내 생활보호를 받으며 살았다는 게 밝혀지며 이처럼 사회로부터 단절된 '무적의 사람'이 일으키는 범죄는 앞으로도 늘어날 것이라는 평론가의 의견도 함께 실렸다.

"아까 같은 뉴스를 보면 정말 내가 참 운 좋게 살고 있다는 생각이 들어."

"그렇지."

야에코도 맞장구를 쳤다.

"그거 오카야마 지역 뉴스이기는 했는데 머리가 이상한 사람의 폭주에 언제 휘말릴지 누가 알겠어."

된장국의 달콤한 냄새가 건너왔다.

오카야마에 사는 무직의 후지와라 사토루 용의자. 간신히 야에코의 망막에 새겨져 있던 글자가 곧 천천히 사라졌다.

"목숨까지는 아니더라도 갑자기 누군가에게 소중한 것을 빼앗긴 경험은 우리도 있잖아?"

"어?"

야에코는 올라가는 어미의 뜻을 알 수 없어 고개를 기울였다.

"차에 치인 정도는 아니더라도 갑자기 내게 덮쳐진 뜻 모를 말에 상처 입는 일은 늘 있잖아."

요시카는 그렇게 말하고 야에코의 눈을 보고는 씩 웃었다.

"사회의 그런 공격에 물러서지 않도록 지금부터라도 같은 문제의식을 지닌 동료와 손잡을 장소를 만드는 게 올해 학교 축제의 주제인데. 야에코? 이제 준비에 참여할 수 있겠어?"

요시카가 장난치는 아이처럼 얼굴을 가까이 댔다. 아무래도 처음부터 학교 축제 얘기로 넘어가려 했을 것이다.

"미안해. 연락해 줬는데 무시해서."

야에코는 솔직히 사과했다. 지난 몇 주간 아르바이트도 무단결근을 계속하고 말았다. 틀림없이 해고되었을 것이다.

"전혀 신경 쓰지 마."

요시카의 표정이 다정해진다.

"SNS를 보게 되었다는 건 그럭저럭 회복되었다는 건가?"

다이야가 체포된 후 인터넷에 수많은 기사가 나왔다. 아동 성착취물과 미남 대학생, 두 개의 단어가 트렌드가 되어 야에코는 한동안 SNS를 볼 수 없는 상태가 이어졌다.

"응. 조금."

야에코는 그렇게 중얼거리며 미소를 지었다.

지금도 가끔, 갑자기 자기가 어느 집 앞에 서 있는 기분이 들 때가 있다.

세미나 합숙 날 아침, 무의식적으로 가게 된 그 집 앞에.

"그러면 이제부터 회의실에서 학원 축제 회의를 할 건데 올래?"

"어? 괜찮아?"

야에코는 미안해하며 눈썹을 늘어뜨렸다.

"물론이지. 다들 야에코를 기다려."

미소 짓는 다정한 친구의 눈동자는 밝은 빛을 머금고 있었다.

내가 만들어 낸 것으로 이 사회를 옳은 방향으로 움직이게 한다. 그런 욕구가, 유행하는 색깔의 화장으로 칠해진 눈에 가득하다.

"합류해도 돼? 정말 폐를 끼쳐서 미안해."

"나야 좋지! 다행이다!"

요시카의 눈동자 빛이 더욱 강해진다.

"올해도 말이야, 주제는 '연대'야. 작년 야에코가 생각해 낸 '연대'."

"응."

야에코는 고개를 끄덕인다.

연대.

지금도 가끔, 갑자기, 자신이 그 푸른 하늘 밑에 서 있는 느낌이 들 때가 있다.

기온이 오르기 직전의, 구름 한 점 없는 초여름의 푸른 하늘.

그때 자신이 어떻게든 그를 막았다면 그런 일은 일어나지 않았을까 하고 생각하는 순간이 있다.

동시에 그때 자신이 그를 막지 않았기 때문에 그가 이후로도 살아남은 게 아닌가 하는 생각을 하는 순간도 있다.

'네가 그토록 떠들어 댄 연대라는 게 드디어 내게도 생길 것 같아.'

"연대."

'나에게도 그 연대를 얘기해 줘.'

야에코는 조금 전 뒤집어 놓은 휴대전화를 다시 들었다.

두 눈을 선의로 반짝이는 친구가 '머리가 이상한 사람의 폭주'라고 단정한 뉴스는 어느새 까맣게 변한 화면 속으로 사라지고 없었다.

【참고 작품 · 문헌】

· 이치카와 히로시, 《검사 실격》 (신초문고)
· 사카이 고헤이, 《검사의 일 어느 신임 검사의 발자취》
  (다치바나쇼보)
· 〈계간 형사 변호〉 87호 (현대인문사)

또 집필에 있어서 미즈노 히데키 변호사, 무라세 다쿠오 변호사에게 큰 가르침을 받았습니다. 이 자리를 통해 감사드립니다.

해설

정욕을 떠맡다 — 아사이 료는 고약하다.

"성적 욕망은 훈련할 수 없다. 훈련해 봤자 때로는 지나치기 마련이고, 때로는 너무 부족하다."

나카야마 겐 역, 《프로이트, 성과 사랑에 대해 말하다》, 54쪽

《정욕》의 해설을 맡고 정말 많이 후회했다. 한 번 읽자마자 바로 알았다. 이 이야기는 너무 벅차다.

'바른 성'이 주제다. 어떤 성에 속'해야' 하고 무엇에 성욕을 느끼고 그것을 어떻게 채'워야' 하나? 사회는 '바른 성'의 존재 방식을 멋대로 정의하고, '바르지 않다.'라고 여겨지는 사람들을 배제했다. 법률과 제도, 사람들이 나누는 평범한 수다 그리고 내 전공인 심리학에도 이런 폭력이 깊이 배어 있어 많은 사람이 상처를 입었다.

그러므로 이 소설은 '바른 성'을 고발한다. 정말 철저하게 고발

한다. '바른 성'을 고발하는 '바름'마저 고발한다. 새로운 '바름'이 새로운 '바르지 않음'을 만들어 내는 구조를 명확하게 드러낸다.

이렇게 쓰며 생각한다. 문장이 너무 무겁다.

내가 엄청나게 조심하고 있구나. 두렵기 때문이다. 어떤 단어를 써야 좋을지 일일이 신경 쓰며 대놓고 강조 부호를 남용하고 있다.

아픈 기억이 스친다. 임상 심리사로서 평소 심리 상담을 생업으로 삼고 있는데, 상담하며 부주의하게 내뱉었던 한마디가 상담자의 마음에 상처를 줬던 일이 떠오른다. 대놓고 강력하게 항의하는 상담자가 있는 한편 그 자리에서는 아무 말 안 했다가 나중에 '상처받았다.'라고 밝히는 상담자도 있다. 아마 계속 입을 다문 상담자도 있을 것이다.

그럴 경우, 그 일 자체를 함께 이야기하지 않으면 안 된다. 뼈아픈 시간이 아닐 수 없다. 내가 바로 상처받는 장본인이 된다. 상담자에게 비난받고 화난 그들의 감정을 느끼며 나도 내 실수가 너무 싫어진다.

상담에는 반드시 이런 국면이 생기기 마련이다. 그럴 때 도망치지 않고 함께 이야기를 나눠야 하는 게 임상 심리사의 일이자 그 과정이 바로 치료다. 그 정도는 전문가로서 잘 알고 있다. 그래도 생각한다.

가능하다면, 상처받고 싶지 않다.

그러므로 이 해설에서 바른 이야기만 쓰고 싶다. 아무에게도 상처 주지 않고 나도 상처받지 않고 끝낼 바른 말만 하고 싶다. 바른 글을 쓰고 싶다.

큰일 났다. 이런 생각만 하고 있으니 도무지 글이 써지지 않는다.

맞다. 나는 정욕(正欲)의 덫에 걸려 있다. 성욕에 막 눈뜬 중학교 남학생처럼(물론 사춘기 남성은 여러 종류의 사람이 있으므로 일반적으로 정의할 수는 없으나). 비유마저 서둘러 주석을 달 만큼 정욕에 얽매여 있다.

이 이야기는 너무 벅차다. 정욕에 휘말린 내가 어떻게 하면 '바른' 해설을 쓸 수 있을까.

하지만 의뢰를 받았으니 쓸 수밖에 없다. 앞으로 스포일러도 포함되어 있음을 처음부터 밝히고 일단은 심리학의 교과서적 조감도부터 제시하고자 한다.

성욕과 정욕(正欲)은 사이 나쁜 쌍둥이다. 성욕이 싹틈과 동시에 정욕이 생긴다. 정신분석학자 프로이트는 그렇게 생각했다.

프로이트에게 성욕은 기류 나쓰키와 그 동료들이 사랑하는 물과 같은 것이다. '리비도(Libido)'라고 불리는 이 생물학적 본능은 수도꼭지에서 무질서하게 뿜어져 나와 자유자재로 형태를 바꾼다. 성욕에는 어디로든 갈 수 있는 근원적인 자유가 있다.

사회는 이를 위험하다고 생각한다. 무질서한 성욕은 억제해야 하므로 사회는 사람들에게 명령한다.

"이것이 바른 성이고 저 섹스는 이상하다."

동물로서의 본능을 형상화해 마음대로 정한 '인간'이라는 형태에 쑤셔 넣으려 한다. 아니다. 실제 사회의 목소리는 훨씬 날카롭다.

"그게 뭐야? 의미를 모르겠네. 정말 웃기다. 하지만 미친 사람은 문제야."

니시야마 슈를 비롯한 나쓰키의 옛 동창들이 한 이야기다. 그들은 조금의 의심도 없이 자기들이 바르게 살아가고 있고, 언제나 사회는 옳다고 굳게 믿고 있다. 타자의 바름은 조금도 고려하지 않는다.

이게 정욕이다. 우리는 사회의 목소리를 내면화해 자기 목소리로 만든다. 사회의 명령을 어느새 스스로 욕망하는 것이다.

성욕이 있는 곳에, 정욕이 있다. 프로이트는 이를 '에스(Es)'와 '초자아(Superego)'라고 부르고 이 두 힘이 서로 겨루며 우리의 마음이 운영된다고 생각했다.

우리는 동물이자 인간이다. 이 모순 속에서 성욕과 정욕이라는 쌍둥이가 나타나는 것이다.

아사이 료는 정욕(正欲)의 작가이다.

대표작 《내 친구 기리시마 동아리 그만둔대》와 《누구》는 젊은이들을 지배하는 분위기를 그린 소설인데, 여기서 그린 분위기의 정체는 바로 정욕이다. 정욕에 휘둘린 젊은이들이 얼마나 맹목적이며 오만하고 또 어리석은가. 그런 글을 쓰는 작가의 필치는 너무나 심술궂은데 그 특기가 이번 작품에서도 유감없이 발휘되고 있다.

일테면 검사인 데라이 히로키(계몽할 때의 '계(啓)' 자가 이름에 있는 걸 보면 정욕으로 가득한 이름이다. 쓰야키(艶喜)라고 개명하면 좋을 텐데)의 정욕은 가족을 파괴한다. 그는 '바름'에 집착한 나머지 자기 아이의 마음에 깊은 상처를 주고 아내의 마음을 잃는다.

그리고 니시야마 슈. 그가 술에 취한 채 강물에 뛰어든 이유는 '바른' 바비큐를 위해서였다. 그의 정욕은 자멸로 이어졌다.

그리고 대학에서 다이버시티 페스티벌 개최로 분주한 야에코 일행. 그녀들은 정욕에 완전히 취해 자기가 '바른' 쪽에 있다고 확신하므로 그들의 언동이 모로하시 다이야에게 상처가 된다는 사실을 알아차리지 못한다.

정욕은 파괴적이고 폭력적이다. 그것은 타자에게 상처를 주고 자기조차 잃고 만다. 아니, 그뿐만이 아니다. 정욕의 문제는 출구가 없다는 점이다. 정욕을 비판하는 것 역시 정욕이듯, 다양성에는 다양성을 부정하는 다양성이 있을 곳이 없다. 관용은 불관용에 대한 불관용일 수밖에 없다. 저주 같다. 우리는 정욕 밖으로 나갈 수 없고 아무에게도 상처 주지 않을 수 없다.

아사이 료는 고약하다. 이 이야기는 우리에게 정욕을 자각하라고 재촉한다. 인터넷에 올라온 독자 평만 봐도 알 수 있다. 많은 독자가 바르게 존재하고 싶은 자신의 추함을 깨닫고 큰 타격을 받았다. 그리고 그런 자신의 깊은 죄책감을 고백하는 글 자체가 결국은 정욕의 산물로 보인다는 사실을 깨닫고 망연자실했다. 나도 마찬가지다. 이 해설 자체가 정욕의 발로, 그 자체로 보일 것임을 안다.

　결국은 똑같은 결론으로 돌아온다. 우리는 정욕에 갇혀 있다.
어떻게 하면 좋을까.

　이야기의 힘은 난관을 만났을 때 비로소 빛을 발한다. 이념이
막다른 길에 이르고 논리가 파탄 났을 때 사상이나 학문은 거기
서 멈출 수밖에 없겠으나, 소설은 더 나아갈 수 있다. 모순을 안
은 채 그래도 살아가려는 사람들을 그릴 수 있기 때문이다. 그러
면 모순도 보이지만, 또 다른 모습도 보이기 시작한다.

　소설적 역전은 나쓰키와 요시미치가 길에서 재회하는 장면에서
시작된다. 사람들의 정욕(正欲)에 상처받고 절망해 죽음에서 구원
을 찾으려던 나쓰키 앞에 똑같이 죽음을 선택하려는 요시미치가
나타난다. 둘은 대화를 나눈다.

　"이 세상에서 살아가기 위해 손을 잡지 않을래?"

　같은 성욕을 지닌 사람으로서 함께 살기 시작한 것이다.

　이것이 그들을 지탱하는 '내일 죽지 않는다.'라는 마음을 싹트게
한다. 이 순간 바로 성욕이 아니라 정욕이 채워진 것이다.

　방 두 개와 식당 겸 부엌이 있는 신혼집에서만큼은 물에 성적
흥분을 느낀다는 걸 공유할 수 있고, 욕망을 터놓고 얘기할 수 있
다. 그곳에서는 그들의 성욕이 '인간'적인 것으로 인정된다. 조그
만 '바름'이 생긴 것이다.

그리고 두 가지의 새로운 마음이 움직이기 시작한다. 하나는 '아무도 외톨이가 아니었으면 좋겠다.'라는 마음. 그들은 같은 성욕을 지닌 사람들의 고독을 생각하고, 행동한다. 인터넷에서 말을 걸어 자신들의 '바름'이 위협당하지 않는 조그만 사회를 세우려 한다. 더 많이 이어지고 싶다,라고 바란다.

다른 하나는 '내 위로 쿵 떨어져 줘.'라는 것이다. 아름다운 장면이다. 나쓰키와 요시미치는 밤의 어둠 속에서 섹스하는 흉내를 내고 서로의 몸을 포갠다. 이때 두 사람은 간절히 타자를 원한다. 깊이 이어지고 싶다고 기도한다.

바로 이거다. 성애란 성을 사랑하는 일이자 동시에 성을 통해 누군가를 사랑하는 일이다. 마찬가지로 우리는 '바름'을 사랑함과 동시에 '바름'을 통해 타자를 사랑하려 한다. 그것은 '정애(正愛)'라고 불러야 할지 모른다.

한편 정욕(正欲)은 타자를 배제하고 파괴한다. 하지만 동시에 타자를 긍정하고 깊이 이어지도록 한다. 그러므로 정욕을 부정하고 억압만 하는 게 해결책은 아니다. 그렇게 되면 우리는 아무에게도 상처 주지 않을 수는 있겠지만 모두가 외톨이인 우주에서 살게 될 것이다.

그렇다면 나쓰키 일행이 그랬듯 정욕을 '바르게' 운영할 수밖에 없나. 즉 같은 성욕을 지닌 사람끼리 조그만 사회를 만들어 다른 정욕의 침입으로부터 자신을 지키는 게 유일한 해결책일까.

그렇지 않다. 아사이 료의 심술궂은 행동에는 깊은 사랑이 숨어 있다. 그는 다른 가능성을 시사하려고 또 다른 소설적 대역전을 후반부에 두었다. 야에코와 다이야가 서로를 비난하는 장면이다.

야에코는 동료들과 만들 조그만 사회에 갇히려는 다이야를 말리며 말한다. "더는 혼자 끙끙대지 말고." 어긋난 정욕이 부딪힌다. 이에 대해 다이야는 역습을 시도한다. "나는 한없이 이해할 수 있는 사람이라고 생각하는 녀석이 제일 싫어." 억눌러 왔던 정욕이 격돌한다. 뜻밖에도 야에코는 물러나지 않는다. 그녀의 생생한 정욕이 모습을 드러낸다. "그렇게 불행하게 있는 게 더 편한 거지?"

정욕은 추하다. 그럼에도 나는 이 장면이 이 소설에서 가장 아름답다고 생각한다. 그들은 서로의 정욕을 드러내고 맞부딪힌다. 상황이 가열되며 땀이 분출한다. 서로 물어뜯어 피가 흐른다. 절정에 달한다. 그리고 다시 정적이 찾아온다.

"그러니까 오늘은 가게 해 줘."

다이야가 말한다.

"그러면, 다음에 꼭 같이 얘기하자."

야에코가 대답한다.

상처를 입힌 만큼, 상대의 마음에 자기의 마음이 있을 장소가 남았다.

섹스와 같다. 생생한 정욕을 들이댔을 때 그것은 '바르지 않은' 운영처럼 보일지 모른다. 그래도 그렇게 하지 않으면 알 수 없는 게 있다. 성관계만이 아니라 '바른 관계'를 통해 두 사람은 조금이나마 이어졌을지 모른다.

성인이 되려면 성욕을 받아들여야 한다. 성욕은 때로 타자를 지독하게 상처 입히고 자신에게도 손상을 가한다. 그래도 성욕을 두려워하면 타자를 사랑할 수도, 자신을 사랑할 수도 없다. 우리는 동물이자 인간이다. 이 모순을 받아들이고 어떤 형태로든 살아 나가는 게 성숙이다.

마찬가지로 정욕(正欲)도 받아들여야 한다. 우리는 때때로 정의에 사로잡힌다. 소설 마지막에 요시미치와 다이야가 가차 없이 단죄되듯 정욕은 폭주할 때 신처럼 주저함이 없다. 하지만 동시에 정욕이 있기에 우리는 타자와 이어지고 세계를 조금이라도 좋게 바꿀 수 있다.

이처럼, 신이기도 인간이기도 한 자신과 대면해 관계를 잘 맺는 것이야말로 바른 성숙, '정숙(正熟)'이다.

이렇게 그럴듯한 말로 기분 좋게 마무리하고 싶은데 이 소설은 그 역시 허락하지 않는다. 바로 화살이 날아든다.

성욕도 정욕도 딱히 받아들이지 않아도 되지 않나? 다양한 '성인'의 형태가 있는데 왜 네가 함부로 결정하지? 네가 신이라도 되는 양 '바른 해설'에 취한 거 아냐? 이 해설에 상처 입을 사람의 마음을 생각해 봤어?

정확하다. 다 옳은 말이다. 내 말은 어디까지나 심리학의, 특히 정신분석의 정의에 불과하다.

정욕에 관해 말하는 게 두렵다. 아무리 말을 고르고 주의를 기울여도 어디선가 내 정욕이 드러난다. 한심한 나를 지울 수 없다. 그게 누군가를 상처 입힐까 두렵다.

이 이야기는 너무 벅차다. 그래서 마지막으로 처음에 소개한 프로이트의 이야기를 다시금 남겨 두려고 한다.

"성적 욕망은 훈련할 수 없다. 훈련해 봤자 때로는 지나치기 마련이고, 때로는 너무 부족하다."

정욕은 과잉과 부족 사이에서 언제나 흔들린다. 지나치게 바르거나 지나치게 바르지 않다. 우리의 정욕은 절대로 '바른' 장소에 놓일 수 없다.

결국은 야에코의 말이 옳다.

"그러면, 다음에 꼭 같이 얘기하자."

너무나 버거운 정욕에 우왕좌왕하면서 수없이 함께 이야기한다. 이 끝나지 않을 바른 교섭만이 인간과 인간을 계속 이어줄 것이다. 아사이 료와 프로이트 모두, 인간이란, 그리고 사랑이란 그런 거라도 말하고 있다.

그러니 무슨 일이 있더라도 같이 얘기하자는 말로 이 글을 마감하자. 독자의 반응이 두렵지만 여기서 끝내려 한다. 수없이 다시 쓰고 주석을 달고 내 글에 지적질을 해 대고 싶은 욕망을 여기서, 마감하겠다.

레이와 5년(2023년) 2월

도하타 가이토(임상 심리학자)

정욕

1판 1쇄 발행 2024년 3월 28일
1판 4쇄 발행 2024년 6월 14일
지은이 아사이 료 | **옮긴이** 민경욱 | **펴낸이** 최원영
편집부장 윤영천 | **편집부** 김서연 이지윤 | **북디자인** 형태와내용사이
본문조판 양우연 | **국제업무** 박진해 남궁명일 | **마케팅** 김민원 조은걸
펴낸곳 (주)디앤씨미디어 | **출판등록** 2002년 4월 25일 제20-260호
주소 서울시 구로구 디지털로 32길 30 코오롱디지털타워빌란트 1301-1308호
전화번호 02.333.2513 | **팩스** 02.333.2514

ISBN 979-11-92738-26-0 03830

정가 17,200원